CUENTOS DEL MUNDO MESTIZO

Existe un México que desafía la penetración cultural, el aislamiento, y sobrevive, leal a su diaria imagen y a una identidad que resiste pese a la fragilidad de su apariencia. Tal es el México que dibuja y en que se mueve Ramón Rubín, ese viajero incansable. Bastaría asomarse a cualquier lugar de nuestra geografía para encontrar los personajes que habitan los *Cuentos del mundo mestizo*: la vida de las rancherías, la de los pequeños poblados y la de las grandes ciudades que aparecen en sus narraciones como aventuras vividas al filo de un itinerario vital, historias recogidas en el curso de las diarias andanzas.

De antemano el autor ha fijado sus reglas del juego: "El cuento —afirma— debe ser el relato de un episodio incidental organizado de acuerdo con una estructura de corte clásico, con su enunciado, desarrollo y desenlace. Sin estos tres momentos el futuro cuento entra en el terreno de la disquisición. El cuento es sólo la recreación de una anécdota que contenga cierta situación paradójica." Rubín considera que en el espacio reducido que ocupa una historia no es factible profundizar en la psiquis del ser humano, pero que, en cambio, es posible captar el interés del lector y comunicarle su emoción.

No se acerca a sus temas con pretensiones antropológicas ni con los propósitos experimentales de los narradores que buscan nuevas fórmulas expresivas. Rubín confiesa que ha puesto mayor cuidado en el estudio del ambiente. Por ende, se interesa en averiguar las decisivas características que imprimen los elementos telúricos sobre la vida del individuo.

"Ramón Rubín —afirma Manuel Pedro González— es un diestro alfarero que sabe aprovechar con gran sentido artístico las cualidades y defectos del barro humano con que trabaja. De sus manos sale esta rústica materia transformada en rica cerámica que en nada desmerece de la elaborada con elementos urbanos. Y esto sin idealizarla ni transgredir los límites del realismo de buena ley. Al autor le bastan su intuición artística y su talento de escritor genuino, su familiaridad con el tema y su actitud comprensiva."

RAMÓN RUBÍN

CUENTOS DEL MUNDO MESTIZO

letras mexicanas

FONDO DE CULTURA ECONÓMICA

Primera edición,   1985
Segunda reimpresión, 1992

PQ
7297
.R815
C82
1985

D. R. © 1985, Fondo de Cultura Económica, S. A. de C. V.
Carretera Picacho-Ajusco 227; 14200 México, D. F.

ISBN 968-16-1999-4

Impreso en México

PARADÓJICOS

EL DUELO

La sinceridad es lo de menos cuando se trata de guardar la compostura.

Todo aquel que se precie de juicioso debe tener muy en cuenta que es un parroquiano obligado de la Muerte. Y mantenerse preparado para cuando le llegue su hora.

No es que nos hayamos propuesto difundir la parte más elemental de las enseñanzas del Catecismo. Sólo nos preocupa dejar sentado que el hecho de fallecer no resulta un acontecimiento tan trivial como lo imaginan algunos. Y, haciendo en ello hincapié, arribar a la conclusión siguiente: puesto que nada más una vez se muere en la vida, lo menos que se nos debiera exigir es que aprendiésemos a hacerlo con la propiedad necesaria.

Hay personas que jamás se encuentran listas para fenecer como conviene a la simple urbanidad.

Hasta al más obtuso se le alcanza la evidencia de que una muchacha no podría casarse decorosamente en tanto no disponga del dinero necesario para adquirir un vestido nupcial de tules blancos. Y que jamás se debe bautizar a un niño sin haber apalabrado a una persona de cierto relieve social que lo apadrine... Pues bien, de la misma manera, para morirse como conviene a la urbanidad y a la buena crianza es indispensable tener abonado el terreno entre parientes, vecinos y amistades con el fin de que el deceso resulte muy lamentado y el velatorio concurrido y patético.

El patetismo en la disposición de quienes acuden a vernos tendidos constituye algo sin lo cual no podría descansar tranquilo ningún difunto que se precie de tener un adarme de vergüenza.

Nada malo hay en que una persona civilizada, cristiana y honesta, atenta a la legítima satisfacción de sus apetitos y conveniencias materiales, olvide cultivar el afecto y la simpatía de sus semejantes. Con que se abstenga de atropellar los códigos de la Ley, la moral cívica y la apariencia, Dios y la sociedad lo sabrán comprender poniéndose de su lado. Pero ni en el caso peor debe olvidarse de ir amañando siquiera una frágil razón para que alguien se muestre pesaroso al saberlo cadáver... O correrá el riesgo de resultar un difunto desairado y ridículo como estuvo tan a punto de sucederle a don Bene.

El viejo sobrepasaba los setenta cuando murió y no se podría decir que fuera a destiempo. Además, estaba viudo desde quince años antes, sus tres hijos eran hombres de pelo en pecho ya y nadie en esta vida precisaba de su consejo y su ayuda. Tratábase, pues, de un auténtico intruso en los predios de la existencia. Y lo mejor que a primera vista pudo ocurrírsele fue eso de escapar de escena por el escotillón de una pulmonía doble.

Don Bene no había sido precisamente lo que se conoce por un malvado. Pero sí pudo considerársele como el más estupendo de los campeones en la defensa de sus reconocidos derechos.

Esa parte de la Ley fue algo que él paladeó siempre con fruición de sibarita, exigiendo de todo el mundo que la cumpliese con arreglo a la más implacable de las ortodoxias. Procuró, en lo posible, no atropellar los derechos de los demás; pero comportándose celoso como un musulmán en la preservación de los suyos.

No atravesara un pobre viandante, en procura de atajo para su largo camino, alguno de los numerosos predios que él poseía; pues aunque el terreno se hallara baldío o el hombre lo hiciera con el máximo respeto a las cercas y cultivos, de sorprenderlo en ello don Bene no escaparía sin llevar en su espalda la huella de unos cuantos cintarazos. Asimismo, haría muy bien un pariente suyo en no atenerse a imaginadas prerrogativas, efectuando con religiosa oportunidad el pago de los cinco o diez pesos que le adeudaba a don Bene, ya que de no hacerlo antes de que excediera el primer segundo del término previsto en el convenio, podía dar por seguro que el anciano, sin la menor consideración a la amistad o al parentesco, tomaría por suya la prenda de veinte veces más valor que garantizaba el empréstito. Tampoco debía extrañarse su vecino de encontrar balaceado y moribundo al perro de la casa si en un descuido se había metido el animal en el zaguán enmosaicado de don Bene. Y ¡pobre del chiquillo que jugando pelota en la calle tuviera la desgracia de romper un cristal de las ventanas del anciano!; inmediatamente iría la queja a parar al juzgado y, con ella, una exigencia de elevada indemnización y pena de encierro y mil azotes para el juguetón o para el padre que no tuvo cuidado de vigilar sus juegos.

Se observará que en ninguno de tales casos excedía don Bene el límite cabal de sus derechos ciudadanos.

Pero la defectuosa ecuanimidad de las personas del pueblo motivaba que se le guardase un hondo y general resentimiento por esas intolerancias. E, indispuestos todos por tan exagerado rigor, nadie conseguía sentir por él ni la más leve de las estimaciones.

Ello no pareció acarrearle mayores disgustos mientras estuvo con vida.

Mas fue a salir brutalmente a flote no bien se le antojó expirar y largarse definitivamente de este mundo atormentado.

Después de embutir el cadáver en su traje dominguero y de trenzar los dedos de ambas manos para cruzarle éstas sobre el pecho en actitud de estar orando y pidiéndole a Dios clemencia para los vivos, sus tres hijos tendieron el cadáver en un cajón y lo colocaron en medio de la sala. Adjudicáronle una escolta de pesados candelabros y sudorosos cirios. Cubrieron con cortinajes de luto las ventanas. Arrojaron chorros de formol para que no trascendiese la pestilencia de su descomposición. Y satisfechos de la propiedad con que el difunto lucía, sentáronse a esperar la llegada de las personas que, a no dudarlo, iban a acudir al duelo...

Pero transcurrieron cinco horas sin que se presentase un solo pariente. Y mucho menos las amistades y los vecinos.

¡Aquello era vergonzoso!

Y antes de que don Bene se incorporara colérico en su catafalco, emprendiéndola con ellos a fuetazos para exigirles sus usuales derechos de difunto, resolvieron deliberar en torno a los recursos que les quedaban para encarar airosamente una situación tan enojosa.

De los tres maduros huérfanos, Benedicto era el primogénito. Él se mostró siempre más equilibrado y adicto a los sanos principios éticos y morales paternos. Estaba resuelto a llevar adelante la tradición familiar, portándose honesto y prudente en cuanto a los riesgos de cometer algún atropello con los derechos de sus semejantes, pero velando con inusitada fiereza por la inafectabilidad de los suyos.

En la pequeña población se le tenía, igual que al padre, por avaro y mezquino. Mas, visto sin apasionamientos y a la luz de la equidad, ese mayorazgo era estrictamente justiciero.

Y, como debía esperarse, cuando los tres mozos se reunieron a deliberar sobre el método más adecuado para ponerle remedio a la insoportable indiferencia popular, su opinión prevaleció y se impuso.

Sostenía ella que la gente estaba en perfecto derecho de no

acudir al velorio si así lo decidía, y que nada hubiera podido resolverse con dicterios, amenazas y violencias. Estimaba que el único proceder sensato consistía en que los tres hermanos salieran por distintos rumbos de la población para recorrer los hogares de sus parientes, conocidos y personas de pro y, fingiendo que no los creían informados del deceso, les participaran la muerte de don Bène, apelando a su buen corazón al insinuarles amablemente que se los esperaba para el velatorio. Era de confiar en que comprometidos por esa atención, el hielo se rompiera e invadiesen el funeral.

En tanto que hacían esto, el cadáver de don Bene quedó solo, tendido en su catafalco.

Habían recogido los cortinajes negros para que el féretro se pudiese divisar desde la calle, a través del enrejado de la ventana baja. Y la puerta quedó abierta, con el fin de que los transeúntes se sintieran tentados a pasar para hacerle compañía.

Con ademán y gesto compungidos recorrieron los principales barrios del pueblo llamando a las puertas de las casas de sus más prominentes vecinos e introduciéndose en los comercios para cambiar unas palabras con quienes solían hacer tertulia en ellos.

—Venía a avisarles que tenemos tendido a mi apá —aventuraba el de turno con cautela.

—Sí; ya nos platicaron —consentía su interlocutor—. Y ante la significativa expectación del visitante, consideraba: —¡Ya descansó don Bene!

Había en esta frase piadosa y cortés un tono apesadumbrado definitivamente hipócrita. Diríase que en el fondo de ella se alcanzaba a traslucir cierta maliciosa sonrisa, expresión involuntaria de la complacencia y el descanso íntimos del que hablaba por verse liberado al fin del peligro que siempre constituyó la despiadada intolerancia del difunto.

Pero el hijo tenía que hacerse sordo al desencanto perseverando:

—¿No los tendremos por allá?

Entonces absorbía al interpelado el evidente afán de encontrar un pretexto. Y al descubrirlo, prendíase de él con fruición:

—Si no fuera por esta gripa... ¡Achísss!... Pero bien saben que los acompañamos en su pesar.

Con la última frase había dado en demasía. Y su gesto era una advertencia muda que negaba cualquier derecho de apelación.

Así, pues, resultó completamente inútil la táctica capciosa y prudente ideada por el primogénito. Y cuando una hora más tarde los tres hermanos regresaron a su casa tascando un arrebato de contenida violencia, don Bene seguía solo en el aposento.

Con el temor de que se incorporase para arrojarlo fuera y entablar un proceso en su contra por allanamiento de morada y otros delitos, ninguno de los que pudieron verlo al pasar por la banqueta osó entrar a hacerle compañía. Y como sus hijos no traían ni la más remota esperanza de que acudiese alguno de los que fueron a invitar, lo que habían creído habilidad suya para conmover a los indiferentes se tradujo en una mayor exhibición del desaire que motivaba su bochorno.

Decidieron entonces seguir el consejo de José, el mediano, que gozaba fama de cimarrón y un tanto lerdo, pero el cual pecaba también y mucho más por lo medido que por lo espléndido.

Éste recomendó solicitar la ayuda del cura párroco del pueblo como mayormente eficaz que cualquier otro recurso.

Y a verlo fueron los tres.

Debemos reconocer que el clérigo los escuchó con meritoria paciencia y afabilidad; y que compenetrado de la enojosa situación en que se hallaban, puso de su parte todo lo que tenía en sus manos para ayudarles a superarla.

Se lanzó en busca de algunos de sus feligreses de los que conceptuaba más dóciles y razonables, y trató de conmover sus sentimientos humanitarios apelando a la piedad cristiana, ¡tan lisonjera a los ojos del Señor!... No escatimó los vituperios cuando alguno de los así reconvenidos persistía en fundamentar su renuencia en el recuerdo de escenas desagradables originadas por alguna intolerancia de don Bene. Y fue pródigo en estigmas condenatorios contra los abúlicos que, no teniendo nada que sentir del muerto, tampoco tenían nada que agradecerle, y se resistían a tomarse la molestia de asistir a donde nada los reclamaba... Pero al cabo, también su cosecha resultó nula.

La gente le decía:

—Por usté, padre, subiríamos todos los de esta casa arrastrándonos hasta la capilla del Cerrito. Pero ¡Dios perdone a don Bene!; nadie en este pueblo lo quería.

—Lo sé —gesticulaba el cura—. Cristiano y todo como se decía, nunca pude sacarle una limosna. Y hasta supe que andaba diciendo que los santos eran de madera o yeso y que él nunca había visto que los objetos de ese material comieran... Pero era tu semejante; y Dios Nuestro Señor te pide que le tengas compasión como con todo y eso se la tengo yo... ¡Ya lo juzgarán allá arriba!...

—Lo compadezco, padrecito; pero no me late ir a velarlo.

—Es que necesita tus plegarias como necesitarás tú las de los demás cuando te llegue tu hora.

—Puede... Pero no me explico bien para qué ha de querer abogados ahora, si siempre presumió de ser tan justo.

—¡No te metas en lo que no entiendes!... Debes ir.

—Le rezaré desde aquí... Al cabo que como usté mismo nos dice, Dios está en todas partes...

La disputa se volvía interminable. Y el sacerdote acababa por exasperarse y por ir en busca de otro más compasivo o menos rencoroso, sin que en ningún lado lograra encontrarle.

De modo que los tres hermanos aguardaron que llegaran los primeros piadosos con el mismo resultado negativo. Y como ni siquiera se presentase el cura párroco, tal vez contagiado de aquella general mala voluntad o detenido por la pena de explicarles la razón de su fracaso, doblando la medianoche la ansiedad de los dos mayores se tradujo en un deseo, todavía un poco reticente, de conocer la solución que proponía Enrique, el último de ellos.

El benjamín de la familia fue siempre su oveja negra. Un tarambana en el que fallaron estrepitosamente todas las leyes de la herencia. Desconocía la mezquindad, la mesura, la avaricia y la prudencia, así como todas las otras *virtudes cardinales* que les dieron fama de ordenados y justos a su padre y sus hermanos. Era alocado, pendenciero, salidor, irresponsable, malhablado y afecto a la disipación. Le gustaban, como vulgarmente se dice, la botija, la baraja y la verija. Y era muy de temerse que la herencia de don Bene no habría durado en sus manos más allá de una semana.

No obstante, habiéndose mostrado muy solidario en la congoja por el desairado duelo de su progenitor, era preciso escucharle, aunque no tuviera otra cosa que proponer que el absurdo de recurrir a la violencia para traerse del cogote o las orejas a los que no accedían a acudir por las buenas.

No era ese su plan, sin embargo. Lo que había discurrido, a pesar de que lo expuso con repelente crudeza y sin reticencias consoladoras, mostraba ciertos atisbos de sensatez.

—La gente más compadecida la encuentra uno en la cantina y en los burdeles —dijo—. Tenemos que ir a buscarla allí. Y, ultimadamente, si no jala de voluntad, por el interés de unos tragos o monedas la lleva uno a donde se le antoje.

Como solución no parecía muy edificante. Pero entre acometerla o tolerar que un vecindario rencoroso se saliese con el capricho de enviar a don Bene camino del cielo agobiado por la pena de tan ignominioso desaire, no cabía vacilación... Y el mozo fue comisionado para recorrer los centros de vicio a su arbitrio y para traerse de allá a todo aquel que se prestase a acudir mediante las estipulaciones que considerara oportunas.

Tuvo la suerte de que, siendo sábado, se encontrasen muy concurridos tales lugares.

Enrique penetraba en los establecimientos con su habitual desparpajo, íbase hacia el más nutrido grupo de bacantes y, después de imponer a duras penas unos momentos de atención, les disparaba a boca de jarro la fatídica novedad:

—Ocho horas hace que mi tata es difunto.

Sobreponiéndose al desconcierto general y a la torpeza que el alcohol engendraba en su cacumen, inquiría alguno de ellos:

—¿Don Bene?

—Sí; don Bene. Lo tenemos tendido.

—Ya nos habían platicado... ¡Que sea por Dios!

Los comentarios atentos brotaban entonces en el grupo con evidente trabajo. No se esforzaban por aparecer efusivos ni era posible descubrir en ellos un atisbo de espontaneidad. Las facciones no se inmutaban tampoco. Se diría que hablaban por no dejar:

—¡Y se miraba fuerte todavía!...

—Bien dicen que enero y febrero, desviejadero.

—Con él son tres las gentes mayores que se petatean en lo que va del año.

—Ansina es; cuando uno menos se la malicia...

—Tanteo que don Bene era de la mesma edad de mi difunto tata.

El mozo aguardaba en vano que alguien manifestase abrumo y se condoliera del suceso. Frustrado, insistía:

—Quedan todos invitados al velorio... Los esperamos en su casa de ustedes.

Una marea de franco estupor subía entonces de nivel hasta inundar los salones. Los concurrentes se miraban entre sí un tanto incrédulos, porque la familia de don Bene era de otra categoría social más elevada que la suya. Y enseguida daban comienzo a las mal pergeñadas excusas:

—Si no tuviera que madrugar mañana...

—Va pa dos noches que no duermo.

—Y a mí se me enfermó un muchacho...

El hijo menor del difunto, defraudado otra vez en sus esperanzas de encontrar piedad y comprensión, veíase entonces obligado a tomar el toro por los cuernos:

—Habrá café cargadito... con su buen piquete...

Y ante el acentuarse del gesto atónito de todos sus oyentes, concluía:

—¡Para qué más que la verdad!... Lo que pasa es que mi viejo dejó un encargo antes de morirse. Nos dijo: "Miren, muchachos; quiero que recen por mí los pobres, porque ya oyeron al señor cura que son sus oraciones las que más fácil llegan al cielo. Y para que no nomás vengan a perder su tiempo, ai les dejo el encargo de que le den un peso al que venga a velarme, dos a los que me lloren y cinco a los que me miren tendido y de la emoción se ataquen... Así fue... Conque ahora ya lo saben si gustan ir.

Y hecha aquella proposición que agotaba los recursos de su ingenio, salía de la piquera dejando que la codicia del auditorio rumiase a solas las implicaciones de esa oferta.

Y se encaminaba a otra para repetirla.

Una hora después aparecían los primeros grupos rondando con desconfianza la casa del difunto.

A la entrada del zaguán, papel y lápiz en mano, invitábalos a pasar el mayorazgo Benedicto, anotando el nombre de cada uno para saberlo acreedor al peso ofrecido. Ya en la sala, los caravaneaba y les ofrecía sillas el apocado José, que también portaba papel y lápiz para anotar a los llorones. Y en el comedor contiguo, igualmente armado de útiles de escritorio para llevar la cuenta de los desmayados, Enrique preparaba y repartía los ponches.

Los hombres penetraban tímidamente, dándole vueltas entre sus manos al ala del sombrero, e iban procurándose un acomodo en el rincón más discreto... Pero cuando la afabilidad de los anfitriones y el feliz descubrimiento de hallarse entre puros compinches les restituía la confianza y el dominio de sus actos, se acercaban al cadáver de don Bene para observar su seráfica actitud y santiguarse.

Luego iba ascendiendo paulatinamente el tono de sus voces.

Hasta que, con los primeros tragos, el más ansioso de ellos rompía en llanto, iniciándose el coro de plañidos:

—¡Pobrecito de don Bene!... ¡Era un santito del cielo!

Entonces, de uno en uno, entraban los demás a la orquestación de aquella pena apócrifa como al conjuro de una batuta. Y entre los rezos del Alabado, que marcaban la cadencia, se atropellaban sus exclamaciones y gimoteos:

—¡El Señor lo ha de tener con Él!

—¡Tan compadecido que era!...

—¡Jue muy de ley con los probes!

—¡Quién no lo había de querer, si era tan legal y tan buen hombre!...

Aquel clamor lastimero se volvía por momentos, contagioso. Lo alteraban de vez en cuando, rompiendo su armonía, unos profundos eructos de borracho o el estrépito de los sorbos en el café con alcohol que le servía de base al fúnebre agasajo. Pero no cesaba en su tremar un solo momento. Y el inocentón de José no se daba abasto para incluir en la lista el gran número de acreedores al beneficio de dos pesos fuertes.

Rayando en la medianoche, aquel coro de plañidos se elevaba hacia el firmamento, hacía estremecer a las sensitivas estrellas y su rumor tornaba a descender difundiendo la melancolía por todos los barrios del pueblo entristecido. Algunos de los dolientes acentuaban la pauta de su congoja hasta imprimirle tonos histéricos; y prorrumpían en alaridos espeluznantes, como si con la vida del anciano les hubieran arrancado un pedazo de lo más noble de su organismo. Por momentos, la pena parecía asumir una sinceridad que desconcertaba.

Desde el umbral de su morada, el primogénito Benedicto iba percatándose de la reacción que entre los vecinos producía; y la ufanía le ayudaba a erguir con insolencia la cabeza. Ahora podía escupirles en el rostro por su infamante desaire y presumir ante ellos de que si no estimaron a su padre fue sólo por tratarse de un acérrimo defensor de la justicia y de un discreto benefactor de menesterosos y desamparados, como lo demostraba la humilde categoría social de los dolientes y el patético cariz de su velorio...

Momentos después pareció que se iniciaban los desmayos.

Al concluir la lenta letanía del Alabado, entre los grupos que sin dejar de gimotear charlaban por los rincones, empezó a convulsionarse con ademanes de epiléptico uno de los beodos. Sacudido por espasmos y entre sollozos se puso a clamar en voz muy alta que dominaba el coro de los plañidos:

—¡Que me ataco!... ¡¡Que me ataco!!

Y en medio de un teatralismo que, por lo burdo, dejaba en entredicho sus facultades histriónicas, se desplomó sobre el enladrillado del suelo cuan largo era, pataleando como si estuviera en la culminación de una tormentosa agonía, y sin que, tomados todos de sorpresa, acudiera nadie a apuntalarle para amortiguar el costalazo.

Absurdamente, la concurrencia pareció mostrarse sorprendida y hasta agraviada por aquella pésima comedia. Y el farsante, asistido por dos que lo abanicaban con desgana y una vez que hubo abierto un ojo para cerciorarse de que Enrique lo estaba apuntando en el papel, procedió a recobrar la compostura, sintiéndose un tanto corrido ante la general actitud de reproche.

En vista de ello, ni él lo repitió ni reprodujo nadie el sainete.

Los llantos y lamentaciones en que continuaba sumergido todo aquel conjunto humano, iban asumiendo en cambio una expresión cada vez más sincera.

Diríase que el incalculable caudal de pesadumbres reprimidas durante muchos siglos de infortunio que todo indígena lleva adentro, había encontrado en los excesos de aquella farsa macabra una oportunidad de desfogue mejor que la que les proporcionaba el vino. Y que, en tan particular estado anímico, los efectos del café con piquete se les volvían tristeza.

No acertando a comprender esos insospechados deseos de llorar, dolíanse del fallecimiento de don Bene como si verdaderamente lo hubieran querido.

Esto cobraba vigor a medida que la madrugada iba avanzando. Y llegó un momento en el cual hubiera podido afirmarse, sin que hubiese embuste en ello, que la pena menos auténtica de cuantas allí se exhibían era la de los tres hijos del difunto.

Éstos se veían algo asombrados; pero fundamentalmente contentos.

Iban tomando las cosas como se presentaban. Y creían ya descubrir que ungido por el aliento de aquella congoja general, al cadáver de su viejo lo transfiguraba cierta expresión de beatitud; el difuso resplandor de algo que tal vez fuera el aura de una inefable santidad incomprendida.

El alba los sorprendió arrullados por esa melancólica dicha.

Todo había salido, al fin, a pedir de boca. Y don Bene estaba ahora en condiciones para emprender el camino de la bienaventuranza confortado por el recuerdo de esa noche maravillosa, como los que mueren muy estimados y sentidos.

Sin embargo, fue un trago de hiel para los tres herederos la confrontación del monto que alcanzaban las nóminas de los asistentes al velorio.

Y muy particularmente a los dos mayores, empezó a dolerles en el alma el desembolso que por ese concepto tendrían que añadir a los ya considerables y ominosos gastos del funeral.

Cuando uno y otro se confiaron las razones de su desasosiego, diéronse cuenta de lo semejante que era su modo de sentir con respecto al particular. Y atenidos a que formaban mayoría, excluyeron a Enrique para entrar en conciliábulo y buscar la forma de ponerle remedio.

Se trataba de explorar los diferentes métodos que pudiera haber para eludir aquel pago sin violar lo estrictamente legal y justo, de acuerdo con los principios éticos del mayorazgo y de su padre muerto.

Como acaso el menor fuera a objetar el fraude, la deliberación resultó pesada y empeñosa. Pero a la postre la cordura, sensatez y mayor autoridad de los dos hermanos grandes se impuso. Y, uno por uno, fueron borrados de la lista todos los acreedores al beneficio en moneda hasta dejar la deuda en cero.

Creyeron que podían justificarlo eficazmente haciendo hincapié en que un convenio que no se firma y registra carece de valor, y atendiendo a que una condolencia que no es de corazón, un llanto interesado y un desmayo de pantomima no merecen tomarse ni ante Dios ni ante los hombres juiciosos por condolencia, llanto y ataque en lo que rigurosamente se entiende por tales. Y puesto que los concurrentes al duelo llegaron, simularon llorar y uno de ellos se fingió desmayado sin otro estímulo que el interés en recibir la gratificación ofrecida, nada tenían que pagarles.

El concepto moral de Benedicto lo estimaba así y la acendrada devoción de don Bene por lo justo lo hubiera sancionado.

No se forjaron grandes ilusiones con respecto a que su razonamiento iba a ser bien acogido por los plañideros. Estaban casi seguros de que, al explicárselo, don Bene cosecharía en apenas unos minutos más insultos, maldiciones e improperios que loas pudo acumular en toda la noche de efusivo duelo... Pero esto no tenía importancia ya. Los hijos estaban satisfechos de haber podido restregar en el rostro de los vecinos importantes que no quisieron acudir, la fama de discreto benefactor de desamparados que el difunto adquiriera con aquella maravillosa exhibición. Y don Bene, o su alma, se encontraría por aquella fecha harto complacido del homenaje y disfrutando de la paz a la vera del Señor, en los dominios celestes, arrullado por las oraciones que esos pobres le rezasen y gozando del divino reconocimiento a los méritos terrenales que le adornaron.

Los mezquinos huérfanos se equivocaban, sin embargo. Nadie acudió a reclamarles el dinero prometido por Enrique.

Y cuando, incapaz de comprender las razones de tan altiva abstención, decidió interpelar a uno de aquellos pueblerinos, éste se las expuso muy en serio, con un énfasis en el cual parecía haber algo profundamente supersticioso:

—De los demás no le respondo —le dijo—. Pero por lo que a mí me toca, mal me estaría aceptarles ese dinero. Fui, como todos, por el interés del trago y de los centavos, ¡pa qué más que la verdad!... Pero allí la tristeza me agarró de serio, de a buenas... No le atino si fue que me dio lástima del difuntito; que me puse a almirarme de que todos nos hemos de morir un día con otro; o que, ¡por derecho! traiba ganas de llorar y allí encontré el modo... El caso es que lloré de un bien a bien y eso no se cobra.

Así, pues, no hubo controversias ni dificultades.

Y aún hoy, nadie puede presumir en el pueblo de haber tenido un difunto que superara la abrumadora efusión penosa del extraño velatorio que le hicieron al despiadado y malquerido don Bene.

LA BATALLA DE LA CRUZ

> Nada nos acerca tanto a una idea como el
> odio irascible contra la misma.

EL CORONEL Rodiles Pulido no fue, como se pretende ahora, un
cabecilla cristero. Es inútil que se obstinen en demostrarlo exhibiendo esa fotografía en la cual aparece al pie de la cruz, amparándola con su robusto pecho, el chaquetín desgarrado, chorreando sangre por sus heridas y con las armas tremolantes en un
patético ademán de desafío.

A pesar de la autenticidad de ese retrato, él fue todo lo contrario. Y quienes hoy intentan canonizarlo, no saben lo que dicen.

Realizó su apoteósica entrada en aquel pueblo una tibia tarde
de otoño, cuando iba más o menos a medias la década de los
veintes. Comisionado por la Jefatura de la Zona Militar para guarnecer la localidad contra las incursiones de ciertas gavillas de
cristeros que merodeaban por las sierras inmediatas, llevaba el
mando de un batallón de caballería del ejército federal. Y desde
el primer momento se condujo como el herético de violentas y
acendradas convicciones que era.

Tan es así, que en el afán de ostentarlo dispuso que se le anticiparan un sargento y cuatro soldados para que repicasen las
campanas del clausurado templo parroquial a fuer de jubilosa
bienvenida a la tropa anticlerical que comandaba.

Y huelga decir que el sarcasmo implícito en esta disposición
contribuyó a predisponer los ánimos del católico vecindario de
la localidad en contra suya más aún de lo que se encontraban
predispuestos. Hasta se diría que aquel gesto iba a marcarle la
pauta a la paradoja que originó a la postre su extraña muerte y
la confusión de sus actuales panegiristas.

Aun siendo creyentes fervorosos y partidarios ocultos de la causa
ultramontana, los vecinos se tenían por elementos de paz y eran
gente de muy pobres arrestos para enfrentársele. De suerte que
su hostilidad sólo se llegó a manifestar a través del rencoroso silencio con que, disimulándose tras el empersianado de las celosías de las ventanas, observaban el desfile de la caballada, la cual

iba sacando chispas y golpes metálicos en el pedernal del empedrado callejero.

Pero aun ese tímido recibimiento enojó al beligerante militar.

Y resuelto a vengarse de aquella ausencia de entusiasmo, detuvo al batallón en la Alameda y mandó patrullas que convocaran
en ella al vecindario, para endilgarle una explosiva disertación
sobre la naturaleza de su cometido y los enérgicos propósitos que
le venían animando.

En cuanto tuvo un regular auditorio consternado y atento bajo
el palio verdiazul de los eucaliptos que dan sombra y amparo a la
Alameda, lanzó una mirada en torno buscando el lugar propicio
para servirse de él a modo de tribuna. Y creyó encontrarlo en la
corpulenta cruz de adobes mal enjarrados que sobre una aparatosa peaña erosionada por las intemperies, la labor corrosiva de
los chiquillos juguetones y el afán irreverente de los perros ca-
llejeros en servirse de ella a modo de letrina, alzaba su sobria
estructura en el centro del jardín.

Sin meditarlo mucho, se dirigió a ella seguido de su estado
mayor y arrastrando con deliberado estruendo las rodajas de sus
espuelas. Y encaramándose e irguiéndose sobre uno de sus brazos, se dio a toser conminativamente para reclamar el silencio y
la expectación apropiados al mayor efecto de la catilinaria que,
con voz engolada y detonante de instructor de cuartel, dejaría
fluir poco después.

Matizada por unas particularísimas facultades de tribuno mar-
cial y por la vehemencia de su pasión partidarista, no hubiese sido
dable establecer si aquello encajaba en el género de la oratoria
lírica, era una simple arenga militar o constituía, tan sólo, una
iracunda diatriba. Decía:

—¡Compatriotas! ¡Mexicanos! Traigo el mando de este glorioso batallón y órdenes especiales del Supremo Gobierno de la
República para protegerlos a ustedes contra la vandálica amenaza
de esa tenebrosa hidra del oscurantismo religioso y de la pérfida
reacción clerical; contra esa babeante bestia ensotanada que ahoy,
como ayer y como antier y como todita la vida, traiciona villana-
mente a nuestra amada patria y, afilando sus colmillos de hiena
nefasta, se lanza a disputarnos las sagradas conquistas de la Revolución con gavillas de fanáticos retrógrados e idólatras descas-
tados y sin cacumen que roban, asesinan y se desviven por mirar
a nuestro querido México agonizante otra vez entre las ensangren-
tadas garras de una medieval Inquisición...

Mientras el coronel se desenvolvía de esta guisa, el vecindario lo escuchaba cohibido y atónito. Y aquella catarata de adjetivos sonábanle a veces a grandes verdades y en otras ocasiones a horrendas blasfemias.

Una buena parte del auditorio iba procurando distraer la atención de lo que juzgaba sacrílega oratoria repasando mentalmente algún rezo cristiano.

Los soldados, por su parte, se advertían muy ufanos de la facilidad de improvisación y palabra de su jefe. Y aunque también repugnasen a sus prejuicios de creyentes algunas de sus frases que lograban entender, disculpábanselas generosos en gracia a la fama que tenía de parejo y entrón a la hora de los combates, a la desenvoltura con que iba administrando su vehemente arenga y a lo rotundos que sonaban los epítetos.

Él estaba convencido de que quienes escuchaban sus palabras iban sintiéndose arrebatados por la misma emoción mesiánica que inspiraba su oratoria. Y embelesado con la furia calcinante de los improperios, llevaba apenas recorrida la mitad de su repertorio de calificativos contra la "hez crapulosa y hedionda del malvado clericalismo", cuando aconteció algo que le hizo abandonar el flagelo y puso de punta los cabellos de su dócil auditorio.

El brazo de la vieja cruz sobre la cual se había encaramado traicionó de súbito la robustez que aparentaba, desplomándose y dando en tierra con el sacrílego orador. Y puesto que el suceso presentaba todo el cariz de un milagro, la superstición sacudió con un estremecimiento el conturbado espíritu de la concurrencia.

Seguramente Dios Nuestro Señor se había fastidiado de escuchar tantas barbaridades y le dio rienda suelta a su cólera proverbial demoliendo el profanado monumento para poner como lo puso, a aquel borrego perorante, prófugo de su redil. De modo que parecía casi seguro que, cuando el militar pretendiera incorporarse, se iba a encontrar con las entrañas roídas por ese fuego divino cuyas flamas lo alcanzaron...

Sin embargo, los miembros del estado mayor del coronel Rodiles se sobrepusieron pronto al temor que también los afectaba. Y, para decepción del auditorio, el caído no tuvo mayores dificultades al ponerse en pie, así que ellos procedieron a levantarle. Y aun se mantuvo erguido y se sacudió personalmente el polvo, rechazando con molestia la exagerada solicitud de aquellos subalternos empeñados en prestarle ayuda.

No fue el derrumbe desde muy alto. De modo que los magullones recibidos por el orador resultaron de escasa consideración. Era mayor el oprobio que lo atormentaba por lo revolcado que quedase y por lo malparada que en adelante iba a lucir su dignidad de tribuno. Y como no tardara en percatarse de que lo significativo del momento daría pie para que el percance fuera interpretado como una jugarreta procaz de sus enemigos de Allá Arriba, se rehízo con premura. Y sintiendo crecer los ímpetus de su heterodoxia bajo la espuela de la adversidad, se desentendió de las atenciones de su séquito y se dispuso, en franco desafío a las fuerzas de lo sobrenatural, a encaramarse en el otro brazo de la cruz, desde donde reanudaría la perorata.

No lo fulminó un rayo como sus oyentes esperaban... Pero tampoco pudo llevar a buen término aquel propósito.

Apenas se disponía a acomodarse arriba cuando vino a darse cuenta de que también ese otro lado amenazaba derrumbe. Y apenas si el tiempo le alcanzó para efectuar un precipitado descenso antes de que el nuevo desplome lo alcanzara y arrastrase consigo, haciéndole dar un segundo costalazo.

Despojada de ambos brazos, la cruz cristiana quedó convertida en pagano obelisco. Pero el aura de su prestigio como capaz de efectuar milagros se consolidó hasta adquirir en el criterio popular la consistencia de lo inobjetable.

Por su parte, el maltrecho militar tuvo que ir hasta el costado poniente de la Alameda para darle fin a su catilinaria desde lo alto de la escalinata de ladrillo que permitía el acceso al elevado atrio de la parroquia, y la cual se antojaba y resultó menos vulnerable a las malas artes de sus celestiales enemigos.

Desde allí pudo hacer sin nuevos tropiezos una rencorosa exposición de su escepticismo militante, por más que los arrestos combativos que originalmente exhibiera se viesen muy dañados por el doble fracaso anterior y muy empobrecido de florilegios ditirámbicos el fluir de su pintoresca verborrea.

Con motivo de una visita que hizo a la cárcel municipal dos días más tarde, Rodiles se enteró por el alcaide de la misma de la gran importancia que los católicos del pueblo le estaban atribuyendo a aquellos tropiezos suyos en la cruz de la Alameda. Y hubo de convenir en que su discurso había desempeñado una función contraria a la que inspirase el propósito de pronunciarlo.

Buscando los medios para destruir ese equívoco, planeó un desquite.

Se lo tomaría mandando restaurar la cruz en cuestión, dotándola de una robusta dala del mejor cemento disponible para que sus brazos adquiriesen solidez y utilizándola a manera de tribuna en cuanta ocasión le diera oportunidad de perorar con motivo de las efemérides patrióticas más señaladas.

Mientras llegaba el 5 de febrero, primera de esas festividades en las cuales le iba a ser dado atormentar con sus diatribas al sufrido vecindario, gozábase de su ocurrencia comentando los pormenores de la misma con el juez civil y el alcaide de la prisión, únicas personas de pensamiento liberal que pudo descubrir en el pueblo y de las cuales no tardó en hacerse amigo.

Sin embargo, los trabajos de restauración en la cruz empezaron a sufrir frecuentes contratiempos. Manos hostiles, tal vez de cristeros emboscados entre los partidarios locales de la subversión, llegaban arropándose en las sombras de la noche para destruir los adelantos que en la reparación del monumento se lograban durante el día... Y a Rodiles no le quedó otro remedio que destacar centinelas que lo preservasen.

Cuarenta y ocho horas después de haber tomado esas providencias, los albañiles que ejecutaban las obras desaparecieron.

El coronel ordenó buscarlos en sus domicilios y supo que habían resuelto huir de la población, pues los sublevados que merodeaban por las montañas vecinas les amenazaban con que realizarían un escarmiento en ellos y en sus familiares si perseveraban en restablecer la milagrosa cruz de la Alameda para beneficio de los siniestros propósitos del militar blasfemo.

Rodiles dispuso en vano que los localizaran e hiciesen comparecer para ofrecerles garantías, aunque tuvieran que traerlos amarrados. No aparecían por ningún lado. Y en vano, asimismo, trató de sustituirlos por otros. Pues, al corriente de lo sucedido, los demás albañiles de la localidad y los que vivían en las inmediatas se negaron a exponerse y a exponer a los suyos ni mediante el más generoso de los estipendios.

El coronel se sentía cada vez más contrariado y frenético.

Hubiera sido en grave daño de su autoridad y de la pujanza de su causa desistir entonces de aquel ardiente empeño. Y antes de incurrir en el desprecio del vecindario tolerando tamaña burla, se obstinó en sacar adelante su propósito, no importa los esfuerzos que su realización le costara.

Por lo pronto, convocó en su despacho del cuartel a las autoridades civiles y a los vecinos más conspicuos o sospechosos de contubernio con la "cristiada", a fin de prometerles solemnemente que, le pesase a quien le pesara, había de ingeniárselas para restablecer aquella cruz, sin que, de acuerdo con su pintoresca erudición, importara que tuviese que "convertirse en el Ave Fénix para hacerla resurgir de sus cenizas" y aunque para lograrlo tuviera que pasar por encima del "hediondo cadáver de todos los cristeros y fanáticos del mundo y sus alrededores"... Y valiéndose de los magros conocimientos que en el arte de la albañilería descubrió en uno de sus soldados, hízole formar y dirigir un grupo de éstos que llevaría a buen fin la obra, aportando de su peculio personal los fondos necesarios para que resultase maciza, sólida y, a la vez, adornada de modo tal que contribuyese a la mayor espectacularidad de sus desplantes tribunicios.

Le era indispensable salir esta vez adelante con su empeño; mostrar un triunfo inequívoco que en el criterio de la gente lo resarciera del descrédito acumulado en tantos fracasos previos... Y protegida la obra noche y día por pelotones al mando de los oficiales de su mayor confianza, la erección no tardó en verse a unos cuantos pasos de culminar en el éxito.

Sus enemigos, sin embargo, no se mostraron menos tozudos en el propósito de impedirlo.

Cierta madrugada, cuando ya la cruz se podía dar por casi concluida, el vehemente militar despertó sobresaltado a los estrépitos de una balacera. Requirió de su asistente informes sobre lo que acontecía. Y éste fue y le trajo la noticia de que un grupo de cristeros había intentado sorprender al destacamento que resguardaba la obra de la Alameda, si bien fue descubierto a tiempo y estaba siendo batido con eficacia.

Rodiles se incorporó al punto, ordenando que toda la tropa disponible se organizara y aprestase para repeler a los temerarios e inferirles un terrible escarmiento.

Y fue ello asaz oportuno. Pues al percatarse los sublevados de que el pequeño contingente que enviaran a sorprender al retén de federales y derribar a cabeza de silla la cruz, había sido descubierto antes de lo previsto, y que contaba ya con muy escasas posibilidades de realizar su objetivo, optaron por reforzarlo en su hazaña bajando en masa de los cerros inmediatos, de modo que el número de atacantes aumentó hasta alcanzar un ciento de enardecidos y resueltos combatientes.

Y puesto que los refuerzos de uno y otro bando coincidieron, el disperso tiroteo original vino a convertirse en enconada batalla dentro de la población.

Debido a la sorpresa del ataque, el coronel Rodiles Pulido no tuvo tiempo de organizar satisfactoriamente la defensa. Y comprendiendo que los planes de sus enemigos convergían al propósito cardinal de destruir la cruz, resolvió abandonar a su suerte las oficinas públicas, las intendencias, las casas del vecindario y hasta el mismo cuartel, reconcentrando toda su tropa en el punto de la disputa y dándole órdenes de repeler la agresión al monumento sin parar mientes en las bajas que ello pudiera ocasionar.

Esta estrategia se tradujo en cuantiosas pérdidas materiales. Pues los edificios de la Municipalidad y el Cuartel, así como las intendencias, los corrales y la cárcel pública fueron ocupados y saqueados por los rebeldes, quienes además consiguieron parapetarse durante dos horas en la torre de la vieja iglesia y tañer a rebato las campanas en pregón de triunfo, menester en el que era naturalmente ducho el sacristán que los comandaba.

Pero cuando al amanecer se disipó el humo del combate y los cristeros se retiraron a los cerros llevándose todo el botín que les fue dable recoger y pudieron cargar consigo, la cruz de la discordia se encontraba indemne, sin otro daño que dos superficiales raspones de bala de categoría muy similar a los que en la clavícula izquierda cosechara el propio jefe militar cuando bizarramente interpuso su pecho en el afán de protegerla. Y era contemplada con ufanía y embeleso por sus defensores.

Rodiles quiso que quedara una constancia gráfica de su intrepidez. Y mandó traer un fotógrafo que lo retratase sobre la peaña, al pie de la cruz ilesa, con el manchón de la sangre de sus heridas destacando bajo las hombreras del chaquetín, el cabello alborotado, el espadín desnudo y en alto en su mano derecha y, en la otra, arrojando todavía por el cañón el humo de un último disparo, la pistola.

Es ésta, precisamente, la fotografía con la que ahora, pasados los años, se intenta justificar la pretensión de que el coronel acabó defendiendo el augusto símbolo de la religión cristiana con su vida y con su sangre, debido a que en su campaña contra los cristeros lo alcanzó la gracia del Señor, convirtiéndolo en una versión mestiza del Saulo de los Evangelios.

Pero la verdad es que Rodiles, después de hacerse retratar así, se encaminó por sus pasos a la Oficina del Telégrafo, donde antes de someter a cura su herida, se puso a formular el parte que del combate dirigía a la Superioridad y que debe conservarse aún en los archivos de la Secretaría de la Defensa.

Por cierto que, cuando en la Comandancia Militar de la Zona recibieron ese comunicado, el Alto Mando Regional, entre cuyos integrantes resultaba muy conocida la fama de *comecuras* del coronel Rodiles Pulido, cayó también en una grave confusión. Llegó a pensar que éste se había vuelto completamente loco o que, de no ser así, se enfrentaban a una felónica traición, a un *chaquetazo* o cuando menos a una inconfesable cobardía.

Y no era, en verdad, para menos, pues el informe explicaba:

"El suscrito, coronel de caballería Fedro Rodiles Pulido, destacado por órdenes de esa Comandancia en esta plaza al mando del 46 Batallón, se honra en informar a esa Superioridad que a las cuatro de la mañana de hoy fuimos atacados por fuerte contingente de cristeros que estimo en más de quinientos fanáticos, unos a pie y otros a caballo pero todos perfectamente armados y municionados, y a los cuales inspiraba el vandálico propósito de derribar una cruz de mampostería que, en interés y beneficio de esta población, había yo mandado levantar en su Alameda. La tropa a mi mando no se dejó intimidar por el felón ataque, librándose en las calles de la población fiero combate que duró más de dos horas y en el transcurso del cual hubo que lamentar el saqueo e incendio por el enemigo de la Presidencia Municipal y la Cárcel Pública, y del Cuartel de nuestra unidad, así como el vandálico saqueo de las intendencias, corrales y algunos establecimientos comerciales. Pero la tropa a mi mando, combatiendo bizarramente, pudo alcanzar plenamente el objetivo que se le señaló, defendiendo con valor y coraje ejemplares la cruz en cuestión. Ésta y su pedestal salieron intactos, como podrá apreciar esa superioridad en la fotografía que por separado les estoy enviando. Al amanecer, vergonzosamente batido, el enemigo tuvo que retirarse sin haber cumplido su misión, por lo que en su rabia cometió cuantas depredaciones se le ocurrieron. Los atacantes sufrieron treinta muertos y setenta heridos, de los cuales dejaron abandonados en el campo de batalla tres de los primeros, llevándose a los demás. Por nuestra parte tuvimos que lamentar las siguientes pérdidas: catorce carabinas *mausser* que estaban en el armero del cuartel; tres fusiles y doce pistolas que se llevaron de la cárcel; toda la caballada de la tropa menos cuatro acémilas, pues la robaron de los macheros de la intendencia; seis cajas de parque y algunos uniformes. Hubo además las siguientes bajas: un sargento, un cabo y nueve números de tropa muertos en combate; dos soldados y un teniente heridos de gravedad; seis soldados desertores; y diez y ocho heridos menores, entre los que me incluyo, y que comprenden soldados y clases. También liberaron a los delincuentes comunes presos en la Cárcel Municipal, que han desaparecido, y se llevaron secuestrados al ciudadano alcaide de la misma y al ciudadano juez civil, ambas personas adictas a la causa de la legalidad y por las cuales existen vivos temores en el pueblo. La falta de caballada nos impidió seguir a los facciosos y exterminarlos. Es de temer que una vez que se repongan de esta derrota vuelvan a la carga para acabar con el referido monumento de la cruz, por lo cual someto a juicio de esa Comandancia la conveniencia de enviarme algunos refuerzos que me permitan preservarlo como hasta ahora. Atentamente. Crnel. de Caballería Fedro Rodiles Pulido."

Nadie conseguía entender aquella desconcertante actitud del herético militar.

¿Cómo era posible que abandonase al saqueo por el enemigo una plaza de la importancia de la que guarnecía para dedicar todos sus bríos a defender una cruz que, por añadidura, había mandado levantar él mismo?... ¿Y cómo explicarse que los insurrectos atacaran sin más fin que demoler esa cruz que ellos llevaban por símbolo y divisa?...

La actitud patética del coronel en la foto que les había prometido, acentuó la zozobra de sus superiores. Las conjeturas iban y venían. Los comentarios se impregnaban de un temor insidioso a que estuviera tratando de ocultar un simple desastre... Hasta que fue prevaleciendo la idea de que el motivo de tanto disparate radicaba en el afán de encubrir las vergüenzas de una flagrante cobardía.

Resolvieron aclarar los hechos. Y fue enviado un mayor que lo relevaría en el mando del batallón, mientras el informante se presentaba en la Comandancia de la Zona escoltado por dos de sus oficiales, que a la vez que de custodios habían de servir de testigos en el juicio que un tribunal castrense le iba a instruir.

Seguro de la rectitud de su conducta, Rodiles acató sumisamente la orden.

Pero una vez ante el Consejo de Guerra, víctima del acoso del fiscal y defraudado por las declaraciones de sus subordinados, que conceptuaron su proceder como una sarta de insensateces y locuras, su pundonor explotó. Y presintiendo el amago de la degradación, arrebatóle la pistola al oficial que lo defendía, se la llevó a las sienes y pudo escapar a la ignominia por las puertas de un suicidio pundonoroso, sobre cuyos pormenores nadie hasta ahora se ha ocupado de hacer historia.

De suerte que quienes desempolvaron aquel retrato que lo representa herido y defendiendo en un paroxismo de exaltación aparentemente mística el símbolo de la religión que combatía y se hacen lenguas de su milagrosa conversión al bando de los de Cristo, de su martirilogio por la fe y de la conveniencia de canonizarlo, no saben lo que dicen.

¡Ojalá que no hayan sido tan santos como él muchos de los que, a título de tales, figuran en el calendario!

LA "TROCA"

> Lo sublime, en el amor propio, es su infinita crueldad.

Las laderas del cerro, desde el pueblo acurrucado al fondo de la seca cañada hasta las terracerías de la pista en construcción que se retuerce en lo alto, son estratos gredosos cortados en escalón donde a duras penas se mantiene un epiléptico huizache y los matojos de jaras se aparragan contra el suelo con timidez de codornices.

Subiendo por el sendero en zigzag que el tránsito de las personas dejó impreso en la vertiente, mis botas altas se llenaron de tierra. Y una vez que estuve al borde de la carretera procedí a descalzármelas para ponerle remedio a la molestia que me infería el vaivén de las piedrecillas remolidas por la planta del calcetín y del pie.

Sólo un liviano sombrero de palma trataba de protegerme de los ardientes rayos del sol mientras pasaba un autobús a bordo del cual pudiera efectuar el viaje.

De modo que me sentí confortado cuando vi venir, arrastrando en pos una cauda de polvo, el de Los Ahuajes, pintado de un patriótico verde y rojo y tan herméticamente cerrado como si él fuera un estuche y las personas que llevaba adentro joyas de valor inestimable.

Tenía por seguro que iba a hacer el viaje comprimido en una especie de cajetilla de cigarros como esa, desprovista de toda ventilación por el singular horror al *aigre* del camino que induce a nuestros pueblerinos a mantener cerrada hasta la última rendija de las ventanillas. Y no paré mientes en ello.

Estirando el brazo, lo agité en lo alto solicitando que se me permitiera subir.

Pero el vehículo no disminuyó la velocidad. Lejos de eso; pareció que aprovechaba la pendiente de la cuesta abajo para gozarse corriendo, pues pasó como exhalación a mi lado envolviéndome por diez minutos en la espesa cauda de polvo que lo perseguía.

Tuve la impresión de haber visto fugazmente, tras el cristal, el índice del chofer que con una leve señal negativa de limpiabrisas

31

me explicaba su desatención. Y comprendí que el autobús iba a todo su cupo; cosa que, por lo demás, confirmaba la presencia de seis hombres parados sobre la defensa trasera y sosteniéndose con dificultad agarrados de la escalerilla de la baca.

Esperé. Ya pasarían otros.

Mas, puesto que con el segundo aconteció lo mismo, me di a cavilar y recordé que ese día se celebraban ciertas festividades religiosas muy concurridas en una población de camino adelante, lo cual movía a temer que todos los vehículos vinieran igual de llenos.

Tenía que llegar a San Jerónimo. Y no me iba a desanimar tan pronto.

Más de una docena de corridas cruzaba diariamente por allí. De suerte que en alguna de ellas quedaría un resquicio donde acomodar mi pobre humanidad, aunque la tierra que me echaban encima mientras aguardaba me pusiera como polvorón de pastelería.

Iba tratando de reconciliarme con mi negra suerte, cuando en lo alto de la carretera apareció una troca o camión carguero de redilas, con un letrero en la portezuela que lo identificaba como propiedad del Mineral de Las Tinajas. Sobre el parachoques anterior traía, además, una sarcástica leyenda escrita en toscos caracteres blancos. Decía: *Gudbay... Que te alivies.*

Sintiéndome aludido por esta ironía, estaba listo a escupir para darle pábulo a mi indisposición de alguna manera, cuando noté que el vehículo aminoraba su marcha y venía a detenerse precisamente ante el lugar en donde me hallaba.

Dentro de su caseta viajaban el chofer, una muchacha y un joven. En tanto que arriba de la plataforma de carga iba toda una tribu, compuesta por seis hombres, tres mujeres y cinco niños de la más humilde clase campesina.

El conductor, joven y afable, asomó dificultosamente por la ventanilla la cabeza tocada con un sombrero de palma de ala ancha que lucía un adorno gárrulo de encordados y chapetones, preguntándome sin ningún apremio:

—¿Pa ónde camina, amigo?

—Voy a San Jerónimo... Pero los camiones de pasaje van llenos y no quieren pararse a levantarme... ¿No me llevas?

—Ai verá si gusta subirse arriba —propuso en tono displicente y señalando con un movimiento de cabeza la plataforma de carga.

—¿Cuánto me vas a cobrar? —indagué precavido.

—Súbase —me conminó con cierto desdén, dejándome sentir un reproche tácito por la mezquindad que demostraba al concederle importancia a un detalle tan trivial.

Pero yo estaba escamado, y perseveré:

—No... Antes dime.

—Lo llevo de oquis... Trépese —concluyó impaciente.

—Tampoco me parece correcto —aduje disfrazando mi desconcierto. Y mientras iba encaramándome por las redilas hasta situarme en medio de la tribu que llevaba atrás, decidí: —Te pagaré lo que sea justo.

No hizo caso. Y partimos.

Confieso que me sentía reconocido de la providencial gentileza de ese chofer con la que había resuelto mi problema.

El vehículo llevaba también una poca de carga. Y, por lo que se podía apreciar, las personas que iban conmigo en la plataforma eran devotos de la imagen que se veneraba en las celebraciones religiosas aludidas, que sin duda levantó generosamente de la orilla del camino, lo mismo que a mí.

Dos de las mujeres amamantaban criaturas de pecho. Los más grandotes de los muchachos brincaban desaprensivamente sobre la carga aferrados a los goznes de las redilas y gozando del nada cómodo paseo y del para ellos novedoso panorama. Y los hombres, estoicos y distraídos, fumaban por los rincones evadiendo acuclillados los rebotes del camión en sus rabadillas.

Me procuré un lugar lo más aislado posible. Y luego de acomodarme también en esa postura para hacer muelle con mis articulaciones y amortiguar los brincos de la troca, permanecí contemplando con desgana los áridos cerros que desfilaban a su raudo paso.

A la vez, meditaba sobre el monto de lo que debiera pagarle al buen chofer por ese transporte; pues no me parecía decente aprovecharme de su buena disposición dándome por bien servido. Y resolví que un peso sería suficiente, pues la distancia era corta y los autobuses cobraban muy poco más.

Cuando terminamos de bajar la cuesta, al entrar en un pequeño puente que brinca un arroyo ocasionalmente seco pero bordeado de pirules, me di cuenta de que las cajas sobre las cuales iban sentados o trepados mis acompañantes tenían impresa al canto y en grandes caracteres rojos la palabra DANGER... Pero tardé

33

unos momentos en establecer cuál era el motivo que existía para que ese descubrimiento me inquietase. Hasta que, de súbito, me vino a la memoria que se trataba de un término inglés que significa "peligro". Y afloró, sin que pudiera dominarlo, mi sobresalto.

Empujado por aquella turbación, me fui acercando a la carga. Y levantando la plegada cobija de uno de los campesinos que la cubría parcialmente, me puse a descifrar la más extensa inscripción en la tapa superior de cada caja.

Instantes después me retiraba aterrorizado.

Tratábase de nueve cajas con cartuchos de dinamita y de otras dos con fulminantes y mechas para los mismos.

Hubiera lanzado una exclamación de alarma. Pero el terror me la congestionó en la garganta y sólo pude expeler un mugido sordo. Aunque sentía que una súbita sensación de frío se iba extendiendo por mis canales sanguíneos en tanto que sobre mi frente cristalizaban gotas de un sudor atormentado, me sobrepuse, tratando de sosegarme y reflexionar.

Tal vez lo indicado era pasar sobre los otros atropellándolos e ir a tocarle al chofer el vidrio de su ventanilla trasera para pedirle que se detuviera y me permitiese bajar... Pero un delicado prejuicio de la hombría me detuvo. Se hubieran reído a carcajadas de mi flaqueza de ánimo, cosa que no estaba dispuesto a soportarles.

Y apartándome de las cajas cuanto pude, permanecí aturdido, aguardando una oportunidad propicia para desertar de modo digno, e inevitablemente atento a la conducta de mis compañeros de viaje, cuyas imprudencias atizaban los fuegos de mi sobresalto.

Tres de aquellos hombres fumaban con absoluto desenfado sobre las cajas de explosivos, sacudiendo la ceniza incandescente en el canto de las mismas. Los pequeñuelos saltaban encima de ellas dándole rienda suelta a su alborozo. Y el vehículo iba a toda velocidad, rebotando aparatosamente en cada borde de la carretera inconclusa y haciendo que sobre su plataforma brincara la peligrosísima carga. De suerte que mi tensión fue volviéndose imperiosa hasta que no pude soportar más.

Me acerqué a los hombres y, despacito, pues temí advirtiesen los trémolos que ponía en mi voz el espanto y no estimaba prudente despertar a la fatalidad que hasta entonces nos estaba olvidando, les pregunté:

—¿Se fijaron en lo que llevan esas cajas?

34

—Crioque son bombillos pa'l mineral —respondió uno de bigotes profusos y caídos bajo una nariz de subido tono solferino, como el de la pitaya, haciendo gala de la más consoladora indiferencia.

—Son detonantes y dinamita —recalqué ansioso—... Y si continúan fumando o golpeándolas podemos volar con todo y troca... y carretera.

—¡No nos la sale, amigo! —me reprochó otro de ellos, investido con aquella misma impasibilidad y dándole un provocativo chupetón a su pitillo—... Onde juera; es que ya'staría de Dios... Pero ahoy no es día de dijuntos.

Y mientras esto decía, me miraba con una expresión compasiva, tan enojosa que no me quedó más remedio que callarme.

Percibía que en su interior se empezaban a reír de mi flaqueza, aunque la prudencia y la cortesía indígenas les impidieran hacer ostensible la burla. Y como hasta las mujeres se mostraran apiadadas de mi carencia de ánimo, deduje que debía tener la faz de un intenso tono lívido.

Eso me perturbó tanto como el propio temor a la explosión. Y luché por sobreponerme a la angustia, encogiéndome de hombros mientras ellos continuaban fumando, ahora con una fruición provocativa que no les había notado antes.

Por ponerme a tono con aquel aire fatalista, comenté:

—Pues de veras: ya estaría de Dios si nos sucede algo.

Pero mis nervios empezaban a declararse autónomos. Y los sentía deshechos y a punto de estallar.

Al cabo de un rato comenzó a dominarme el impulso de brincar del camión tal como iba de veloz y sin explicación alguna... O de lanzarme sobre aquellos estúpidos y hacerles tragar sus hediondos cigarrillos. Hubiera cubierto de improperios al chofer cada vez que hacía saltar al vehículo sobre las asperezas del camino.

Y apenas contenía el deseo de tomar por el cuello a los mocosos que pateaban sobre las cajas de fulminantes y lanzarlos hasta la cuneta.

La carretera se volvía por momentos más áspera y llena de pozos. Y sólo cuando advertía que los demás me miraban a hurtadillas con cierta intención burlona, intentaba el imposible de disimular mi excitación poniéndome a canturrear o aparentando estar absorto en el espectáculo de las grandes nubes blancas que

35

posaban su vientre sobre la cúspide de unos cerros lejanos. Pero no creo que mi disimulo fuera muy perfecto.

Pasábamos por la ranchería de El Huizapole sin detenernos, cuando un hombre joven, con la cara manchada por el paño y que iba en la esquina opuesta, extrajo de la bolsa de su camisola un cigarrillo y, luego de ofrecérmelo y de soportar el insolente rechazo, se dispuso a encender un fósforo para fumárselo. Mas, como el viento no le permitía realizar esa maniobra puesto de pie, se echó de bruces, buscando el abrigo de un rincón en donde iban las cajas con los fulminantes.

Yo lo observaba desde el borde posterior de la plataforma. Y permanecía alerta, con todos mis músculos tensos, a fin de anticiparme a la explosión y brincar cuan lejos me fuera posible así que percibiera la chispita inicial del fogonazo. Pero sin decidirme a protestar contra tanta imprudencia.

Tuvo que encender tres fósforos antes de que consiguiera darle lumbre al pitillo. Y uno de sus compañeros le previno:

—No repegues la lumbre tanto... no sea la de malas.

Luego me miró, sonriéndome no sé si burlón, ufano o comprensivo.

Hice como que no había advertido nada de aquello... Pero me tomó por asalto un aparatoso estremecimiento de horror cuando, al doblar una curva, nos encontramos parado otro vehículo, el cual, contraviniendo lo que los reglamentos de tránsito establecen, no había puesto ninguna señal que anticipara su presencia. El chofer del nuestro tuvo que frenar de improviso, haciendo que las cajas de explosivos se azotaran contra la sección delantera de las redilas y que nosotros nos viéramos impelidos en la misma dirección por la fuerza incontrastable de la inercia.

Sin embargo, e inexplicablemente, la catástrofe no sobrevino todavía.

Reanudamos la marcha recuperando la velocidad anterior. Y empezaba yo a recobrar cierto sosiego cuando una de las mujeres vino a sacarme definitivamente de mis casillas al preguntarle a quien aparentemente era su marido si podría encender lumbre en un brasero de tiras de latón que entre sus *tiliches* llevaba, para calentar unas tortillas duras.

—Nomás no lo repegues muchito a la pólvora —le dijo el interpelado.

Estaba resuelto ya a protestar, aun a costa de poner en evidencia mi deplorable cobardía.

Pero no lograba aún la inoportuna cocinera acomodar el carbón y el ocote que extrajo de una costalilla de ixtle, cuando llegamos a Las Cruces. Y la troca se detuvo jadeante ante un jacalón habilitado para gasolinera con el fin de reaprovisionarse de combustible.

Hubiera sido necio prolongar la mortificación que me torturaba.

Y aún no se detenía el vehículo por completo, cuando ya estaba yo en el suelo tratando de subirme al estribo de la caseta para entregarle el peso al chofer y darle las gracias.

—¿Se queda aquí? —me preguntó sorprendido.

—Sí.

—¿No que iba a San Jerónimo?

No pude más. Exploté furioso, dejándoles ver, además de mi ingratitud, el pánico que me poseía.

—Iré; pero con uno que no lleve explosivos y bueyes fumando y encendiendo braseros sobre las cajas.

Y sin aguardar su contestación, me alejé, trepando por una cantera cercana al flanco del cerro inmediato, sin otro fin que ganar altura y distancia antes de que fuese demasiado tarde para ponerme a salvo.

Sólo cuando estuve muy arriba me sentí bastante seguro y tranquilo para contemplarlos y darme cuenta de cómo se mofaban de mi cobardía.

Bueno. El mal ya estaba hecho y de ningún modo hubiera podido borrar la pésima impresión que les dejó mi conducta. Sin duda yo no era más que un pobre diablo, con un apego exageradamente frenético a esta vida deleznable y dotado de unas piernas tan temblonas que maravillaba pudiesen con mis setenta kilos... ¿Qué había de hacer?

La bomba del surtidor de la gasolina no funcionaba. De modo que el chofer fue hasta el jacalón y volvió acompañado de un muchacho, el cual traía levantado con grandes dificultades y apoyándolo en su barriga, un bidón de carburante. Después de abrir el tapón en el depósito del vehículo, ambos se pusieron a vaciarlo con la ayuda de un embudo.

Desde mi lejano observatorio podía yo distinguir cómo reverberaban los gases que el combustible despedía al ser trasegado, y a los pasajeros de la troca, que seguían conversando arriba de ella, burlándose de mi flaqueza de ánimo.

Sobre la plataforma, a escasos dos metros del lugar por donde entraba el chorro de la gasolina y a no más de las cajas de fulminantes, la mujer había aprovechado aquella pausa para encender su brasero, y soplaba con afán en la llamita del ocote, que no acababa de morder en el carbón de leña. No podía entender lo que la fatalidad estaba esperando para hacer que todo ello volara por los aires. Mas, seguro de que acontecería y temeroso de que al propagarse la explosión a los depósitos de la gasolinera la catástrofe se volviese peligrosamente grande, escalé un poco más el cerro, hasta poder considerarme seguro en cualquier circunstancia.

Aún no concluían de cargar el carburante cuando llegó un camión de pasaje repleto de gente y se detuvo junto a ellos.

Este hecho no dejó de conmoverme, pues la mortandad iba a resultar así muy copiosa. Pero no intenté gritarles una advertencia, ya que hubiera sido en vano para hacerlos entrar en razón y sólo habría conseguido agravar el bochorno de mi desairada situación. Opté por distraerme del abrumo de ésta, lamentando que se me escapase la oportunidad de solicitar y tal vez conseguir asiento en ese otro vehículo para continuar el viaje.

Uno no puede saber qué clase de ángel tutelar traen estas personas cabalgando a sus espaldas. A veces pienso que han conseguido amarrarlo allí para que no deserte y los desampare; porque ante imprudencias tan insensatas como ésas, lo razonable sería que hasta él sintiese sus alas temblar y, siguiendo mi ejemplo, acabase dejándolos solos con su formidable inconsciencia.

El caso es que terminaron de vaciar el combustible sin que el desastre aconteciese. Y luego de pagarle al muchacho de la gasolinera, el chofer tapó tranquilamente la boca del tanque, estuvo unos momentos de conversación con el conductor del otro vehículo y, subiéndose al suyo, tomó el volante y oprimió el encendido de la marcha para echar a andar el motor.

Mientras maniobraba para reanudar su camino, sacó de nuevo la cabeza por la ventanilla despidiéndose de mí con una seña y una sonrisa piadosa. Parecía sentirse afectuoso, si bien yo podía adivinar que estaba murmurando alguna frase despectiva y que tras el antifaz de aquellas atenciones, brillaba en sus ojos un chispazo de burla.

Por ello no le contesté.

Los hombres, mujeres y chiquillos de la plataforma de carga

también se despidieron de mí con sonrisas y ademanes de sus brazos levantados. Seguían fumando y saltando despreocupadamente sobre las cajas, en tanto que con el brasero encendido ya, la cocinera estimulaba la llama con un soplador y el carbón empezaba a desprender un chisporroteo que los tropezones iniciales del camión dispersaba.

Los vi alejarse por la carretera. Y lejos de producirme un alivio el hecho de que hubieran salido indemnes, me trajo una honda y rencorosa amargura. Todas mis pesimistas previsiones parecían haber sido una alarma medrosa e injustificada, y ello dejaba más en evidencia y más lacerante mi vergonzosa cobardía.

Sin duda me había colocado en el más abyecto de los ridículos, y la fama de mi medroso comportamiento iba a trascender por toda la comarca cubriéndome de ignominia, pues era casi seguro que el chofer de la troca lo acababa de comentar con el muchacho de la gasolinera y con su cofrade del autobús, que seguía reaprovisionándose frente al expendio, y no cabía ninguna duda de que también entre ellos y el pasaje se estaba haciendo burla de mi pusilanimidad.

En todo caso, no parecía tener ya ningún remedio.

Mas, por eludir por lo menos de momento las penas del vejamen y la burla, decidí aguardar hasta que el segundo vehículo se marchase también y viniese otro donde no conociesen todavía mi fracaso para continuar en él mi viaje.

Esto, sin embargo, no iba a resultar necesario.

Pocos momentos después se escuchaba, al otro lado del recodo de la carretera que había doblado la troca, un formidable estampido que hizo estremecer, como si fuera a desmoronarse, el promontorio sobre el cual me hallaba. Y ello me indujo a confiar en que, ampliamente confirmados mis temores, estaba en condiciones de dar honrosamente por resuelto el problema que me afligía.

Confortado por aquel alivio, bajé sin pena, tranquilo y hasta ufano a solicitar pasaje en el autobús próximo a partir, y para cuyo paso tuvimos que improvisar una desviación, pues estaba obstruido por los escombros, derrumbes y despojos humanos un tramo de la primera curva del camino.

UN HOMBRE HOSPITALARIO

> Agradece la buena intención aunque te saque las entrañas.

FUE hace ya muchos años; por los tiempos de la Revolución. Manque habían nacido tres de mis hijos, yo estaba muchachón entodavía y lo recuerdo como algo que me ayudó a conocer la ingratitud de las gentes; mayormente la de esas que dicen que son nacidas de buena cuna.

Su casa de ustedes se hallaba entonces en el trastumbo de la última loma de la barranca grande, mero en la linde del plan de tres leguas donde a la mitad levantaron la casa del rico de la hacienda de El Coyol.

El patrón me había instalado allí con el encargo de vigilar que su ganado no se saliese de lo suyo y que no se metieran en sus terrenos bestias de otras gentes que se acabaran los pastos y fueran a perjudicar sus sembradíos. Él me hacía confianza como vaquero y me pagaba una medida de maíz y unos centavos por aquel servicio. Además, me permitía criar unos animalitos, que era a lo que yo le llevaba mayor interés porque así me aviaba de buena leche, de algún quesito, de blanquillos frescos y podía vender dos puerquitos de engorda todos los años para comprarles unas garritas a mis gentes. De pilón, me dejaba hacer milpa en una rinconadita de tierra buena donde se me daban algunos elotes.

Eso de casa es un decir. Era un jacalito como cualquier otro del rumbo, de varas de copal trenzadas y cubiertas con ripio de lodo colorado y su techo de dos aguas muy empinado y mullido de zacatón sobre un envarado de carrizo. Pero lo protegía del sol y de las granizadas un camichín viejo, que no conseguían dejar trespeleque los ejércitos de arrieras que hacían hilo por el tronco.

A una de las ramas, que se combaba hasta casi rozar el suelo, ataba las mulas y el caballo cuando era menester tenerlos a mano. Y nomás pestañeaba el amanecer sobre lo pando de la loma, cuando el canto del gallo que dormía entre el ramaje y los rebuznidos de los burros que retozaban la brama en el pradito del ojo del agua a donde la vieja iba a llenar su cántaro, me dispertaban como si me estuvieran jaloniando del petate.

Pero yo no lo tenía a mal. Porque a esa hora pasaba galopando por el camino real, que se ceñía a la puerta de golpe de mi machero, el tronco de caballos bien cebados que arrastraba la diligencia del Sur, y a mí me gustaba contemplar su paso manque me pusiera muino que nunca se detuvieran a echar una platicada y que ni siquiera les mereciese un saludo.

Malicio que aquel capricho mío de ver pasar todos los días la diligencia sería por la soledá en que vivíamos, pues la casa más cercana era la de la hacienda y por el camino real nunca pasaban arrieros, que iban más presto por el atajo que brincaba en la distancia un lomerío.

Esa vez yo venía bastante después de medianoche del pueblo de Cuinixtlán, a donde había ido para entregar una carga de maiz y a mercar una botella de vinagre que ocupaba para darles unas friegas a mis muchachillos. Me había agarrado de camino la última tormenta del verano, que pegó con granizo y muchos retumbos como las del comienzo de las aguas; y aunque hice caperuza con un costal de los tientos para cubrirme, sentía las gotas escurriéndome por el espinazo.

Esto me tenía con apuración por llegar a su casa de ustedes y quitarme la ropa antes de que me fuera a pegar la pulmonía. Y me faltaría una media legua cuando al bajar al arroyo de El Muerto, que corre por el fondo de la barranca y un vado del camino real brinca, escuché un trajín de gente y caballos que me alarmó. La diligencia del Sur no era hora que pasase entodavía, y la del Norte debía hacer algunas horas que había pasado.

Y apreté el paso.

Aunque ya sólo lloviznaba y estaba volviendo la calor, todavía rezongaba el trueno y se encendían algunos relámpagos lejanos. Y a su vislumbre pude comprobar que era la última, la del Norte, que se había atascado y detenido porque se le abrieron dos eslabones de la cadena de la retranca y el cochero no pudo enfrenarla en la cuesta abajo, de modo que una de sus ruedas redumbó la orilla y fue a caer sobre la piedra bola del arroyo, donde se le rompieron algunos rayos.

El carruaje no llegó a voltearse, ni hubo desgracias ni lastimados. Pero como en esas malas condiciones era imposible que siguiera su camino, habían desenganchado la remuda, el pasaje estaba en tierra y le tenían calzado el eje con un montón de piedra laja mientras lograban desmontar la rueda estropeada.

Ésta era demasiado pesada para que alguno de los caballos la pudiera cargar a lomo hasta el pueblo de Camotlán, donde había entonces un buen herrero. Y puesto que a Camotlán hay desde allí de menos cinco leguas, tenían decidido esperar que se la llevara la diligencia del Sur, que pasaba ya amanecido. Como había de devolverla ya reparada la diligencia del Norte del día siguiente, si bien les iba, hasta pasada la medianoche del otro día podrían continuar su camino.

Los pasajeros tendrían que estarse a cielo descubierto, y dándole gracias a Dios si no les mandaba otro aguacero para acabar de ensoparlos.

Como era un matrimonio de señores que hacía un viaje de urgencia a la ciudad acompañado de sus cinco hijos por huirle a la malquerencia de un enemigo de su rumbo que se había tirado al monte y andaba con una partida de revolucionarios amenazando tomar el pueblo, se lamentaban mucho. Y mirando que iban a pasar allí otro día y otra noche a la sintemperie, mojados y sin bastimento, que me sale lo compadecido.

Con el propósito de resolverles sus problemas, se me antojó ofertarles de muy buena voluntá mi jacalito y lo que en él hubiera mientras el mayoral y el postillón arreglaban lo de la rueda.

Luego de informarse de que su casa de ustedes quedaba no más lejos de media legua, que no había otra más cercana y que aparte de unos petates para tirarse a descansar y un mal techo, podían encontrar en ella algunas gordas, lechi, huevos y frijolitos para el desayuno, y quién quita que algún pollito tierno para el mediodía, cambiaron de humor y se animaron a acompañarme, aprovechando que llevaba mis dos burros de vacío para turnarse sobre su lomo y hacer más descansado el camino.

Le encargaron mucho al mayoral que no se fuera a olvidar de recogerlos cuando partiesen a la noche siguiente. Y allá fuimos todos a ver de a cómo tocábamos, chapaliando en los barrizales de la rodada porque el herbazal estaba crecido en los ribazos y nos aventaba para dentro por mucho que quisiéramos salirnos a buscar lo menos lodoso.

Como eran gentes muy maniadas para esos bretes, tropezaban y caían a cada paso, y pronto se desistieron de buscar en la escuridá la orillita y los pasitos más duros, metiéndose hasta las corvas en lo más pegajoso del barrizal y renegando de lo acongojados y por haber aceptado mi buena oferta.

El señor, según eso licenciado, era muy girito, y cargaba chaleco, saco y botines de fieltro que no sé cómo los aguantaba con la calor. Sus antiparras, sostenidas con un listón flojo, cada ratito se le caían de la nariz. Y no tardó en ponérseme muy molesto, pues cada ratito insistía en que yo le garantizase que esa media legua que yo le había dicho distaba su casa de ustedes, no era tan larga como solemos hacerla los campesinos. La señora y las dos muchachas grandes lloraban y renegaban de tan semejante friega, que ellas decían que era el más peor de los calvarios por el que jamás pasara un cristiano. A cada ratito teníamos que detenernos para juntar algún zapato que se les quedaba entre el lodo buscándolo a tientas. Y como las criaturitas menores se negaban a apearse no hubo más que dejarlas a ellas sobre los burros, donde yo no me daba abasto a capearlas cada vez que se adormilaban y empezaban a resbalarse de sus lomos. Sólo uno de los muchachos, el mayor, jovenzón y borlotero, tomó las cosas por buen lado y marchaba chapoteando en los charcos hasta con placer, correteando a las hermanas, asustándolas y burlándose de ellas como si encontrara aquella situación muy divertida.

Dieron gracias a Dios cuando al fin divisamos el jacal, y se aprontaron para buscarse en él el reposo que tenían bien merecido.

El señor me preguntó si había alguna buena cama para tenderse. Pero todavía no me daba tiempo a explicarle, cuando al acercarnos pudo comprobar por él mismo que con el tamaño de mi chocita la cama ni hubiera cabido adentro...

Como yo no le había ofertado cama, se encogió de hombros con desánimo, resignándose a acomodarse hecho bola con toda su familia en un rincón y sobre los tres petates que, cediéndoles de considerados el que usábamos mi vieja y yo, eran todos los que podía poner a su disposición para que no les calara la humedad del piso.

Como no había más de una pieza en el jacal, allí junto estaban echados mis muchachillos. Pero a éstos no podía levantarlos por el mal estado de su salud.

Mis invitados entraron en su casa de ustedes sacudiéndose el lodo y aventando los zapatos. Seguro para recordarme el compromiso o para consolarse y darse ánimos, mientras iban acomodándose empezaron a platicar del buen vaso de lechi y de los buenos blanquillos que les había prometido osequiarles cuando amaneciera. Yo busqué el aparato de petróleo y unos cerillos para encenderlo, porque adentro estaba muy escuro y no fuera que atropellasen y lastimaran a mis hijos.

Pero la lluvia había deslavado el ripio de las paredes y por las rendijas entraba un aire que no dejaba en reposo a la flama. De modo que tardó un rato que diera buena luz, y fue hasta entonces que ellos descubrieron los bultos de mis tres chamacos que resollaban con la fatiga de la fiebre sobre sus petates.

Por el modo como me los veían yo malicié que tenían envidia de aquellos otros dos petates. Y tantiando el modo de poner juntos a mis tres hijos para ofertarles uno más al licenciado y a su familia y que no tuvieran que decir que no se les había tratado allí como a cristianos, le pregunté a mi vieja qué tal habían pasado la tarde los muchachillos.

Ella movió la cabeza dudando, y me dijo que el más pequeño había estado bastante lamentoso e intranquilo, que a los otros dos no quería cederles la calentura y que el mayor se quejaba de que no podía mirar y se restriegaba mucho sus ojos.

—¿Pues qué tienen sus muchachos? —me preguntó el licenciado amoscándose.

—Dicen que son las virgüelas —le contesté, esperando de su buena crianza que me los compadeciera.

Pero hagan de cuenta que hubiera mentado al Diablo o que les estuviera cuchileando a todos los perros bravos de la casa. El señor y la señora se levantaron de un brinco. Y a rempujones, maltratadas y puntapiés se pusieron a echar para fuera a los que querían resistirse de sus hijos.

Sin darme ni siquiera las gracias por toda aquella buena voluntad que les había demostrado, se marcharon de vuelta por el camino lodoso, corriendo hacia la diligencia averiada todavía más aprisa de lo que habían venido. Yo salí para pedirles una explicación y poner en orden al perro que les ladraba. Y alcancé a oír los insultos con que, mientras iban huyendo, correspondían a mi buena disposición de ayudarles.

Malicio que tal vez tuvieron miedo de que se les pegara el mal que sufrían mis muchachillos. Pero nunca me imaginé que fueran gentes de tan poca razón que no supieran agradecer la cortesía y las atenciones con que se les había tratado.

Ya ven, pues, lo que se saca por andar de ofrecido con esa gente.

LOS MIRONES

Donde empieza el morbo termina el pudor.

ME HALLABA muy fatigado. Y la expectación con que aquella familia nos venía observando no me inmutó hasta que sobrevino el momento de desnudarnos.

Llevábamos tres días con sus respectivas noches durmiendo mal y comiendo peor, escalando cerros y descendiendo a barrancones, arañados por las crueles espinas del breñal, con los pies hundidos en esteros pantanosos, almácigo de zancudos y todo género de cínifes, o sobre pedregales inhóspitos o calveros de arena materialmente tatemados por la reverberación de un sol canicular. Y, medio muertos de cansancio, sed, insolación e inopia, sin otra cosecha que un miserable sartal de huilotas y la piel desprendida de un tigrillo, acabábamos de arribar a un meandro de ese arroyuelo de la selva tórrida donde, bajo el amparo de la sombra de unas ceibas, se formaba un plácido y transparente remanso.

Después de beber en él echados de barriga, nos despojamos de la impedimenta y nos tendimos en procura de reposo.

Me proponía tomar un baño de tres o cuatro horas cuando cediese un poco lo acalorado. Era preciso que ahogase y calmara el ardor de las garrapatas y güinas que se incrustaron en mi piel y la taladraban como chispitas de lumbre. Y la presencia de los habitantes del jacal cercano en la parte alta de la loma me resultaba tan indiferente como la disposición de mi compadre Jacinto a permitirme ese solaz.

Tenía bien resuelto ya no dejarme embaucar otra vez por maniáticos como él, que dedicaban todas sus vacaciones al estulto placer de los lances de cacería.

De suyo, nunca me han apasionado las escopetas ni he podido explicarme el gozo sanguinario que ciertas personas encuentran abatiendo a tiros a cuanto animal silvestre se topan al paso. Convengo en que algunos de éstos pueden ser dañinos. Pero también lo es el hombre, y en mayor escala, y no por eso he de opinar que deba exterminársele sin misericordia.

Mi compadre, en cambio, podía ser considerado como un fanático genuino de tan inexplicable devoción. Colijo que él se figura

45

muy seriamente que la vida no tendría sentido alguno si no la volviera tan hermosa y emotiva el deporte de las expediciones de caza.

Y, como me sabía andarín, aunque siempre fueron otros impulsos los que me llevaron a serlo, se propuso iniciarme en los dudosos encantos de su pasión cinegética con un empeño tan tozudo que, por quitármelo de encima, había esa vez accedido a probar, acompañándole.

Pronto me arrepentí. Y entonces estaba resuelto a no reincidir ni aun cuando la humanidad retrocediese a la época de las cavernas, a los tiempos en que la cacería le proporcionaba al ser humano el principal de los medios de sobrevivir al hambre.

Después de todo, creo que Jacinto entendía mi disposición y participaba de aquellos deseos de tomar un buen baño en el remanso. Pues no hizo intento alguno de obligarme a continuar la marcha, y en cuanto yo empecé a desnudarme, sus ademanes me anunciaron el propósito de imitarme.

Esperábamos que al descubrir nuestra intención, la familia de rústicos de la loma que nos observaba con estólida insistencia a unos ochenta metros distante, se retirase a su inmediato jacal de palapa. Pero no fue así. El campesino, su mujer y sus dos hijas mozas se mantuvieron impertérritos, cayéndoseles positivamente la baba, como si precisamente entonces tomara su interés toda la tensión y listos para no perderse ni un detalle del espectáculo que nuestros cuerpos desnudos les ofrecería.

Ello me produjo cierto malestar, ya que siempre he sido un poquito pudoroso. Y podía adivinar a mi compadre inquieto también por la impertinencia de aquellos intrusos... Mas tampoco era cosa de privarnos del delicioso baño en atención a la gazmoña decencia cuando tan fácil les hubiera sido a las mujeres hacer mutis por el agujero-puerta de su casucha y, si la curiosidad era tan grande, ponerse a espiarnos con la discreción debida, a través de las rendijas que dejaba la palapa.

Guiados por un propósito sinceramente honesto de ahuyentarlas de una vez, mi compadre y yo resolvimos hacer ostentación de impúdico descaro, bajándonos los pantalones hasta los tobillos y sin hurtar el cuerpo del campo visual que ellas tenían... Y, con creciente asombro, comprobamos que ni así se retiraban.

Entonces nos miramos el uno al otro en una consulta tácita. Y, puestos de acuerdo, nos encogimos de hombros, echando mano de todas nuestras reservas de cinismo y desvergüenza para seguir adelante hasta quedar perfectamente en cueros.

Tal vez no estuviera bien exhibirse así. Mas consideramos que si ellas tenían tan grandes deseos de mantenerse contemplando nuestra anatomía, mejor era complacer su curiosidad dejando que se recrearan hasta quedar bien enteradas y satisfechas, por más que en lo particular me acongojase un poco el concepto desdeñoso que de mi endeble físico se formarían.

Al fin y al cabo, nada me movía a esperar que volviese a verlas nunca.

Por otra parte, deduje que era preciso ser comprensivo y tolerante tratándose de personas que vivían tan alejadas de los centros de población.

De seguro estas mujeres encontraban muy escasas oportunidades para mantener contactos sociales con gente extraña, y ello volvía casi natural la aberración de que, cada vez que aparecía uno por allí, trataran de resarcirse de esas limitaciones recreándose con aquel interés infantil hasta en sus secretos más íntimos.

Lo único verdaderamente extraño era la tolerancia del marido y padre. Cierto que él no tenía motivos serios para mostrarse celoso de la endeblez de mi físico, y acaso hasta se sintiera ufano permitiéndoles a las mujeres establecer comparación entre mis carnes blancuchas y magras y aquella piel cobriza y lustrosa que forraba su recia y bien formada musculatura de indio. Mas, por otra parte, mi compadre Jacinto era hercúleo y bien formado, muy varonil, y el desaprensivo ranchero podía no salir tan en ventaja de la comparación con él.

Pisando con gran cuidado para no espinarme, hollé los capomos y lirios de la orilla y pude alcanzar el raizón de la ceiba que sobresalía al borde del agua. Era una magnífica plataforma natural para efectuar zambullidas. Y luego de exhibirme descocadamente sobre ella, inflé un poco mi complexión en reto a la estólida mirada de los cuatro espectadores de la loma, alcéme de puntillas y me arrojé de un chapuzón al agua. Jacinto hizo otro tanto. Y pronto estuvimos los dos nadando placenteramente en el interior del remanso, mientras los mirones se incorporaban con creciente interés e iban acercándose un poco para observarnos más a su sabor.

Estaba visto que era la primera vez que esos rústicos descubrían seres humanos capaces de tomar una ablución. Y resolvimos dejarles una impresión espléndida, esforzándonos por llevar a cabo con desenvoltura y maestría las piruetas más vistosas dentro y fuera del agua.

Seguros de haber quedado a la altura de las circunstancias, después de casi tres horas de retozar en el baño empezamos a sentir deseos de ponerle fin a aquel esparcimiento. Y nos encaramamos por la orilla para alcanzar nuestras ropas y vestirnos.

Apenas entonces las mujeres, que no nos habían quitado un solo segundo la vista de encima, dieron muestras de incomodidad ante nuestra desnudez y se retiraron a la choza de la loma, me figuro que un poco defraudadas.

Mi compadre y yo estuvimos cambiando bromas en torno a tan extraño comportamiento mientras nos poníamos la ropa. Y una vez vestidos, luego de recoger las armas, el sartal de aves, la piel del tigrillo, las bolsas y demás ajuares de cacería echándonoslo a cuestas, emprendimos el ascenso de la pequeña eminencia a fin de investigar con tan sencillas personas dónde nos sería posible comprar unas tortillas y pernoctar más cómoda y protegidamente.

—¿Qué tal el baño? —preguntó el hombre con inesperada desenvoltura.

—Magnífico —le contestamos—. Nos dejó como nuevos.

Él permaneció unos momentos reflexivo, con cierta expresión decepcionada en el gesto.

—¿No miraron nada? —inquirió a la postre con un acento que contenía mil sugerencias.

Jacinto y yo intercambiamos una mirada de extrañeza. Habíamos visto agua, árboles, plantas, piedras, mosquitos, libélulas y hasta unos cuantos ajolotes... Pero nada que pudiera conceptuarse extraordinario en un pozo de selva como aquel.

—No; nada —repuse—. ¿Qué era lo que teníamos que ver allí?

Y el indígena, encogiéndose un poco de hombros y dándole un chupetón al deforme cigarro de hoja que colgaba balanceándose de su carnudo belfo, explicó con decepción y desgana:

—Es que ai sale el lagarto... Toavía antier mató un novillo que bía bajado a abrevar en esa tinaja.

Y apenas entonces, tardíamente consternados por el peligro que corrimos, alcanzamos a darnos cuenta del motivo de aquella contemplación impertinente y del inexplicable desafío al acendrado sentimiento del pudor por las tres mujeres del jacal.

No querían perderse el estupendo espectáculo de nuestro último pataleo entre las espantosas fauces del cocodrilo.

EL RETABLO

Es más valiosa la devoción de un insincero
que la de un convencido.

DE LA patrona de nuestra ciudad, esa Virgen de la Santa Fe que
ocupa el puesto de honor en el altar frontal de la Parroquia, nadie podrá asegurar que haya resultado milagrosa. Los exvotos o
retablos que se amontonan en la sacristía abundan más en reconocimiento a la ayuda de Nuestro Señor Jesucristo que en devoción a la Santa Señora.

Pero por la pequeña imagen de la Virgen de los Prodigios, que
refugia su humildad en una oscura hornacina de la capilla del
Cerrito Colorado, sobrará quien meta al fuego las manos. Y pienso que no sacaría de ello ni una mala chamuscada.

Uno de los más sobresalientes entre los incontables portentos
que respaldan su fama de hacer milagros, es aquel que le mereció
Soledad, la esposa del capataz de la mina Anselmo Vivanco y
que éste se trajo enhoramala de San Felipe Torres Mochas para
investirla con una inmerecida dignidad social que únicamente
debe corresponder a las mujeres honestas.

Trabajaba Anselmo en La Bonanza. Y valiéndose de sus ausen-
cias, ella no tardó en caer en adulterio con Rodrigo López, un
joven barretero del socavón El Norteño.

Fue dicha infidelidad ampliamente conocida y comentada no
sólo entre la gente del gremio, sino en todo el barrio de La Presa, donde el matrimonio Vivanco moraba. Y aun trascendió con
el tiempo a los murmuraderos y tertulias de la ciudad, llegando
a adquirir la popularidad de lo que se ha vuelto clásico y ejem-
plarizante, pues estuvo en boga el dicho aquel que, queriendo
establecer por definitiva la perra condición de una mujer, la ana-
tematizaba diciendo: "Es más pior que la mujer de Vivanco".

Dos circunstancias protegían la estabilidad de aquella situación:
la buena fe del capataz, el cual, habiendo recibido más de cuarenta delaciones de amigos que lo estimaban, se obstinó siempre
en creerlo producto de malquerencias y habladurías; y la condición dolosamente hipócrita de su mujer, que a juicio de quienes
la trataban era más falsa que mula alazana.

Como quiera que la tal Chole llegó a estar muy encaprichada con Rodrigo, deseosa de mantenerlo fiel a la querencia, le llevaba su comida a la mina cada mediodía, lo mismo que lo hacía con su esposo. Iba primero al tiro de La Bonanza, que queda por el lado de Marfil, dejando allí el lonche para Anselmo, y volvía luego a su domicilio para recoger las quesadillas y tacos que con especial esmero cocinaba para el otro, llevándoselos en la misma canasta de mimbre, cuidadosamente cubiertos con una blanca servilleta bordada en punto de cruz, hasta la boca de El Norteño, que se orienta al rumbo de La Valenciana.

Puesto que era obligación del capataz permanecer todas las tardes en la mina hasta dos horas después de que se había retirado el último minero, recibiendo, pesando y anotando el mineral extraído por cada uno en el fondo de la galería, Chole y Rodrigo disponían de aquel lapso para verse y gozar del adulterio. Y lo hacían en el mesón de doña Dome, que al pie del Cerrito Colorado vende café con hojas y alquila petates y tilmas a los arrieros que llegan del otro lado de la sierra.

Antes de esas furtivas entrevistas, Soledad visitaba la capillita cercana para rezarle por lo menos una salve a Nuestra Señora de los Prodigios, y, en caso dado, para reponerle la veladora que siempre le tenía encendida, pues era muy devota de la imagen.

Un día, a Anselmo Vivanco le hizo daño el lonche, tal vez porque su mujer no lo aderezaba con el escrúpulo necesario y debió írsele algún ingrediente nocivo entre los condimentos. El capataz se sintió enfermo dentro de la mina, y fue atacado por náuseas y sudores fríos, optando en vista de ello por salir hasta la boca del tiro en la jaula del malacate, a fin de respirar el aire bueno de la superficie. Estaba allí retorciéndose presa de un agudo dolor de estómago, cuando acertó a pasar el administrador. Y como por ser operario cumplido y afecto siempre a la parte de la empresa en los conflictos sindicales lo estimaba bastante, una vez impuesto de la contingencia le dio permiso para ir a su casa a reponerse.

Con el sol todavía fuerte, el capataz iba subiendo ese angosto y retorcido callejón de Las Delicias camino de su albergue, cuando al doblar uno de sus recovecos se tropezó de manos a boca con su mujer, la cual bajaba desprevenida y llevando en la canasta de mimbre que le colgaba del brazo la ración para su amante... Y ambos se mostraron igualmente sorprendidos.

Después, Chole sintió que el mundo se le venía encima. Y de no hallarse Anselmo tan cerca, hubiera retrocedido corriendo para ocultar en algún lado la cestilla delatora.

No lo hizo, sin embargo, por temor a despertar mayores sospechas y poner así más difíciles las cosas. Pero como con su sofoco dejó de manifiesto que algo sucio llevaba en la conciencia, indujo al crédulo capataz, al que más de uno de sus confidentes había apuntado lo de ese doble viaje que la infiel efectuaba todos los mediodías, a investigar lo que de otra manera parecía poco explicable.

Toda su atención quedó prendida de la malhadada canasta, la cual iba cubierta como cuando le llevaba a él los alimentos y cuyas asas parecían quemar los morenos brazos de su esposa. Cavilando que después de haberle llevado de comer a La Bonanza, Chole carecía de buenos motivos para andar con ella, olvidóse del dolor de estómago que lo martirizaba y la interpeló con acento imperioso:

—¿Dónde ibas, pues, con esa canastilla?

Incapaz de improvisar un argumento verosímil que satisficiera aquella curiosidad y explicase el contenido de la cesta, Chole mintió, echando mano de lo sobrenatural que era lo único capaz de ofrecerle una esperanza en situación tan comprometida:

—Le llevaba unas flores a mi Virgencita de los Prodigios para que te cuide.

Mas había titubeado mucho. Y su expresión aturdida y su voz temblorosa eran indicios harto elocuentes del gran susto que la poseía.

De modo que Anselmo no se tragó el embuste esta vez. Y deseando cerciorarse, mientras ella musitaba una desatinada imploración de ayuda a la santa, adelantó dos pasos y detuvo por un brazo a su mujer, para levantar y descubrir con la otra mano cuál era el contenido de la canasta.

Chole se debatía tratando de eludir esa intención.

Y con el fin de desviar el interés del marido a terrenos más de su conveniencia, se apresuró a preguntarle, forzando un dejo receloso y adusto:

—¿Y tú qué andas haciendo por aquí a estas horas?

Pero esta vez Anselmo estaba decidido a aclarar aquel fregado; y su artimaña no surtió el efecto que deseaba.

—Ese es asunto del que tanteo que no tengo que darte razón —repuso en tono agrio—. Y atrayéndola del brazo con definitiva

51

violencia, levantó resueltamente y sin que ella pudiera impedirlo la fementida servilleta, a tiempo que añadía: —Deja, pues, mirar lo que cargas ahí.

Soledad se hallaba fría, atónita, con la mirada divagante y la imaginación febril buscando en vano la explicación que se le volvía inasible. E iba a romper en llanto, sin otro objeto que ganar tiempo y predisponer al marido a la compasión, cuando pudo notar que la presión de la mano de éste sobre su brazo se relajaba y cedía hasta quedar casi en caricia.

Levantó entonces los ojos hacia aquel rostro varonil que volvía de su inspección a la canasta, y pudo descubrir en él, llena de asombro, un gesto afectuoso y compungido, ajeno ya al menor atisbo de sospecha o de ira.

Hasta entonces reunió el valor indispensable para mirar fugazmente al cestillo descubierto. Y su sorpresa fue mayúscula cuando, en lugar de las ollas y cazuelas con el yantar de su amante, pudo ver brotando de él un hermoso ramo de rosas, cempazúchiles y clavellinas.

Percatada de haber merecido la compasión y la ayuda que invocase de Nuestra Señora de los Prodigios, le advirtió a su marido que en un instante retornaba al hogar; y se fue corriendo calle abajo, camino de la capilla del Cerrito Colorado para dejar a los pies de su favorecedora esas flores del milagro y el tributo de su enardecida reverencia.

El ramillete se marchitó mucho antes que sus amoríos con Rodrigo, el de El Norteño. Pero su devoción a la santa se mantuvo siempre viva.

Y como constancia de la veracidad de este portento, en el presbiterio de su pequeño templo existe todavía un retablo que ella pintó de propia mano, si bien con menos destreza artística que gratitud, y en el cual aparecen todos los personajes de la historia en la escena culminante del prodigio: Chole, impasible, con la frente levantada al cielo, la canasta bajo el brazo e inexplicablemente parada en el declive casi vertical de la calle de adoquín; Vivanco, en cuya faz imprimen la cólera y la desconfianza un gesto horrendo, dándole un jalón a la servilleta para hacer brotar, como si fuera prestidigitador, un ramo de flores muy colorido; en una esquina superior Rodrigo, con rostro de querubín, triste, sentado y esperando paciente la comida; y arriba, en el cielo, dominando toda la escena envuelta en el resplandor de su santidad, la imagen de Nuestra Señora de los Prodigios. Al pie, garrapateada con tinta gruesa, una inscripción dice: *Doy grasias a mi Virjensita de los Prodigios porque le hevitó a mi fiel dijunto una decilución que el pobre no meresía — Soledad Uribe.*

LA PISTOLA DEL VALIENTE

> Ningún perro ladra cuando le faltan los dientes.

SEBASTIÁN CARRIÓN, a quien conocían por *El Tianillo* en el pueblo, fue un mozo humilde, discreto, juicioso y hasta se diría que un poco tímido mientras no trajo pistola. Pero aquel aciago día en que fue al puerto para negociar una buena cosecha de ajonjolí y volvió de allá con una resplandeciente *super-38* ceñida sobre el cuadril cambió tanto, que hasta en su casa tuvieron dificultades para reconocerlo.

Poco tiempo después se había vuelto altanero, fanfarrón, ensoberbecido e insolente.

El Güero Oroná, que había sido buen amigo suyo, se lo encontró un día en la plazuela y le dijo afablemente, ante muchas de las personas que andaban en la serenata:

—A ver, home, *Tianillo*: presta tu cuete.

Y él, poniendo la palma de su mano derecha sobre la cara lateral del arma, repuso desdeñoso:

—Era que a tu edá supieras, home, qu'el caballo, la mujer y la pistola no se le empriestan a naiden... Contimás a un pendejo como tú.

Al *Güero* le desconcertó la desusada crudeza del insulto. Y, un poco amargado, trató de desviarlo por los caminos de la broma:

—¡No se vaya a deshacer si la manijo!...

—Pue que no... Pero de menos me la percudes.

El Güero no quiso seguir sirviendo de blanco a esos hirientes desplantes de su bastardo ingenio, y se retiró humillado e indispuesto, a la vez que evidentemente cohibido por la presencia amenazadora del arma.

El empistolado no tardó en darse cuenta de que ella le estaba proporcionando una nueva personalidad, capaz de intimidar e infundir respeto. Y trató de orientar sus actos en consonancia con esto. Poco a poco fue creciendo en él un complejo de superioridad que se manifestaba en la insolencia. Y si gracias a ello perdió algunos de sus mejores amigos, en cambio se ganó el efímero servilismo y la falsa admiración de otros tantos lambiscones que buscaban respaldo en su intimidad y no tenían empacho en darle impulso a su insensatez con los más imbéciles elogios de su *valentía*.

Acabó por volverse necesario que justificase tan gratuita fama. Y creyó llegada la oportunidad de hacerlo en un baile que se celebraba en casa de las cuatas Almejola, donde toda la concurrencia era gente de paz y predominaban las mujeres.

Estaba entre éstas la *Chita* Cabrera, joven con la que Sebastián andaba medio volado esos días, y la cual venía bailando abonada con Tavo Pérez sin poner mucha atención en él. Tal situación le hizo sentirse ofendido, y resolvió raptársela allí mismo, a la fuerza y con la ayuda de su maldita *super*.

Tomóla de un brazo y, desenfundando el arma para protegerse si alguien se oponía, la quiso remolcar hasta la puerta. Pero la muchacha se arrastró resistiéndose. Y en los manoteos de su desesperación agarró con tan mala fortuna el cañón de la pistola, que al presunto raptor se le escaparon dos tiros, uno de los cuales le cercenó a la infeliz dos dedos de la mano.

El Tianillo se asustó de su propia hazaña. Y emprendió la fuga dejando a la muchacha desangrándose en la banqueta.

Por un tiempo temió que lo encarcelaran y anduvo prófugo. Pero pronto se dio cuenta de que las autoridades no eran muy estrictas ante esa clase de delitos con lesiones menores. Y como nadie se atrevía a pedir contra él por miedo de granjearse un enemigo peligroso, no tardó en sentirse de nuevo libre y con el arma.

Lejos de advertir a qué clase de indigna cobardía le había llevado su insolencia, o porque lo advirtió y no encontraba modo mejor de justificarse que fingir ignorarlo, se manifestó convencido y ufano de haberse vuelto inmune gracias a la posesión de la pistola y a su manifiesta decisión de usarla.

De modo que no tardó mucho en conseguirse otra pendencia, para demostrar en ella que no traía las balas únicamente para lesionar mujeres, al matar de cinco disparos a un indefenso maquinista del ingenio.

Entonces sí conoció la cárcel.

Pero su dinero o no sé qué influencias y atenuantes lo dejaron libre a las pocas semanas, y en poder de la terrible arma todavía.

A partir de entonces, el de *El Tianillo* era un apodo que había que pronunciar con respeto y reverencia en toda la comarca.

Los hechos habían consolidado en grado superlativo su incipiente prestigio de *valiente,* y esa misma situación lo obligaba a no dejarlo olvidar metiéndose en las pendencias cada vez que la ocasión se le ofrecía.

Para ello se unió a un grupo de matones a sueldo de los terratenientes, que por aquel tiempo asolaba la comarca, compartiendo orgullosamente la responsabilidad en el asesinato de algunos campesinos inermes. E hirió, por simples discrepancias de opinión, a un aguafresquero del mercado y obligó a bailar un macabro *jarabe* a tiros de pistola al cojo Pedro Canales en el aguaje de *El Cuije* por no haberle aceptado unas copas.

Tenía ya dos mujeres *de planta* y con casa puesta cuando se encaprichó con Tila, la muchachona hija de don Ricardo Román, que apenas contaba diez y seis abriles y que no lo quería, huyendo de su presencia con un horror en el que tanto el desprecio como el miedo estaban de manifiesto.

Conociendo su fama de atrabiliario, don Ricardo, que aunque viejo tiene sus tamaños y es hombre serio y cabal, lo abordó en la calle y le dijo:

—Home, Jebastián: precisamente quería yo platicar contigo.

El pistolero puso su mano sobre la *super,* y cuadrándose ante el pobre hombre, hizo su voz todo lo ronca que pudo al contestar:

—Usté dirá pa qué soy bueno, suegro.

El insolente tratamiento alteró a don Ricardo. Pero como venía resuelto a arreglar en santa paz las cosas, hizo un esfuerzo y siguió adelante, apelando a la dudosa sensatez del individuo:

—Ta bueno que dejes por la paz a mi muchacha. Tila está muy tierna todavía pa que me la anden alborotando. Y tú no eres ya ningún chamaco pa que fueras comprendiendo mejor las cosas.

—Mire, suegro —repuso el matón amenazante—: Precisamente porque ya no estoy chamaco, sino hombre pa lo que se ofrezca, no ando pidiendo consejo a naiden. Usté cuide sus gallinas, porque este gallo no reconoce corral. Y dése de santo que ya está viejano, que si no, se lo hacía ver de otra manera.

Con lo cual se alejó celebrando con los serviles admiradores que lo acompañaban lo que creyó frases ingeniosas.

En la noche de tres días más tarde sorprendió a Tila cuando regresaba de la iglesia por la oscura calle de la panadería acompañada de una amiga. Y ayudado por uno de sus sayones la arrastró hasta el arenal del río, donde tenía su caballo. Como la muchacha gritara, le rompió tres dientes de un golpe que le dio en la boca. Y cuando *El Güilo* Cadenas, al escuchar los gritos, salió de su casa dispuesto a prestar auxilio, lo ahuyentó a tiros, acertándole un balazo en el talón de un pie.

Subió a la desmayada muchacha sobre su montura y atravesó con ella la corriente para llevársela a una casa de la ranchería de Tepetates, donde lo recibió un compañero de andanzas y pudo ocultar su presa amparado por la soledad del paraje donde ese refugio estaba.

Tila volvió al pueblo cinco días después, sola y hecha una lástima. Los cardenales le cubrían brazos y cara y tenía infectadas las encías.

Amparándose tras el pretexto de insolubles diferencias políticas, los matones habían sumido bajo una ola de sangre la región, y los campesinos abandonaban sus tierras y huían antes de caer asesinados.

Previniéndose contra esa negra nube de odios, que amenazaba descargar mayores miserias sobre la comarca, el Gobierno Federal decidió al fin intervenir, destacando retenes de tropa que llegaron a los poblados con órdenes terminantes de apaciguar a la gente y desarmar a los rijosos.

La mayor parte de aquellos que habían logrado imponerse a fuerza de pistola, huyeron. Y los que como *El Tianillo,* por carecer en esos momentos de recursos económicos para hacerlo o por no ser lo suficientemente avisados, se quedaron, viéronse detenidos por los soldados, que hacían caso omiso de las fementidas *super-38* y se los llevaban a la Comandancia Militar del puerto, donde después de amonestarlos, los ponían en libertad pero sin armas.

Al salir a la calle con la funda de su pistola vacía, *El Tianillo* se sintió tan desconcertado como si estuviera desnudo y tan temeroso como si lo tuviesen de espaldas al paredón y listo para fusilarlo.

¿Qué podía hacer él sin la protección de su *38?*. . . ¿Cómo mantener en pie la fama de temible que lo preservaba?. . . ¿Cómo defenderse de sus numerosos enemigos?. . .

Es verdad que también éstos habían sido desarmados. Incluso don Ricardo, que se la tenía jurada. Pero aun así, él no podía volver a su pueblo sin pistola más que a riesgo de resultar víctima de una agresión a estacazos, patadas o pedradas de parte de alguna de las personas a las que antes hiciera temblar y tartamudear el miedo en su presencia.

Se deslizó, amparándose en los huecos de las fachadas de las casas, receloso de cada transeúnte, hasta el hogar de un amigo que en el barrio de La Montuosa le ofreciera tiempo atrás un revólver en venta. Pero había sido detenido ya y despojado no sólo de las armas que vendía, sino también de la suya.

El Tianillo se sentía a cada momento más angustiado.

Su pavor era tan hondo, tan pueril, como el de una criatura que se extravía de la protección de sus padres entre una muchedumbre de carnaval enloquecida y borracha.

¡Imposible subsistir sin su pistola! Ella formaba ya parte de su organismo y era tan necesaria en él como los mismos ojos.

Pensó en marcharse, perder la tierra. Pero carecía de dinero. Luego se le ocurrió ir al cuartel a solicitar que lo encarcelasen. Pero desistió por dudar que lo hicieran. Y al fin resolvió que por incomprensivas que las autoridades militares fuesen, si les explicaba claramente su problema tendrían que entender que echarlo así a la calle con tantos enemigos, era como ponerlo en la boca de un tigre hambriento.

El coronel lo oyó pacientemente. Y el pánico que exhibía le hizo sonreír. Pero el miedo de *El Tianillo* era de tal naturaleza que había oscurecido hasta el temor al ridículo. Insistía lastimero, casi lloroso:

—Quíteme los tiros, pero déjeme el arma, mi coronel. Con mi vida le salgo garante de que no volveré a usarla. Sólo la quiero para asustar; pa que me respeten, pues... ¡Regrésemela, mi coronel, y ya sabe que lo que se le ofrezca!...

—¿Por qué no te compras una de barro? —sugirió el militar, inconmovible y sarcástico—... Si nomás la quieres para que te tengan miedo...

Y aunque ello sonaba a burla, dio pie a que el frustrado implorante albergara una esperanza.

Así, cuando salió de la zona desalentado y sin el permiso de portación de armas, llevaba bulléndole en el limitado cacumen un plan que si no parecía legítimamente bueno para remediar sus desventuras, acaso le ayudara a conservar temporalmente en pie, mientras reunía el dinero necesario para huir de allí, su indispensable prestigio de *maldito*.

Compró en el mercado una pistola de barro a la medida de su funda, y se encerró en el mesón para adaptarle unas cachas de nácar que tenía, pegándoselas con cola muy cuidadosamente. Y fue tan satisfactorio el resultado, que en buena parte se sosegó de la histeria.

La falta de peso en la cadera le recordaba de cuando en cuando lo vano de su artificio y despertaba un gusanillo de temor que se arrastraba por su ánimo. Pero consiguió sobreponerse y partió para el pueblo, tratando de lucir tan animoso y fanfarrón como lucía antes.

Por dos veces quisieron las escoltas desarmarlo en el camino. Pero él, asegurándoles traer en regla el permiso de portación, consiguió apartarlos hasta donde no los vieran sus compañeros de viaje, para mostrarles la frágil naturaleza del *arma* y suplicarles humildemente que fueran discretos.

Los vecinos pacíficos de su pueblo, que habían esperado quedar libres de aquella pesadilla, al verle reaparecer pistola al cinto sintieron que naufragaban sus ilusiones. Los serviles y adulones, en cambio, lo recibieron confusos pero mostrándose halagadores:

—¡No, home!... Aquí, al *Tianillo,* hasta los *guachos* le hacen los mandados... Él tiene sus buenos agarres...

Ello confortó a Sebastián. Y a la larga lo condujo a sentirse tan dueño de sí mismo como lo fuera antes.

Puesto que las cosas le resultaron tan fáciles, muy pronto se rehízo su insolencia y su bravuconería.

Cierto atardecer en que, acompañado por uno de sus *lambiscones,* se hallaba sentado en una de las bancas de cemento de la plazuela viendo desfilar a la gente del pueblo que había acudido a la serenata, como observara que Tila daba vueltas por el andén acompañada de un jovenzuelo casi imberbe, se sintió molesto y celoso; y fingiendo que hablaba con su acompañante, empezó a lanzarle insidiosas ironías en voz bastante alta para que todos los que estaban cerca las oyesen.

—A uno naiden le agradece los favores, Rogelio... Así, molachas, son menos aguerridas, home, y se las amansa más fácil.

Su acompañante rió estrepitosamente la burla, y aunque de muy mala gana y con cierta amargura, sus cobardes vecinos en la banca, echándole una mirada fugaz a la pistola, sonrieron.

Los dos jóvenes por quienes iba la tirada, percibieron el veneno del comentario. Pero aunque Tila se quería ir para su casa, humillada y temerosa por la suerte del muchacho, éste parecía gallito de estaca y se encaprichó en seguir paseando.

Tal resolución no pudo menos de ofender el canallesco amor propio de *El Tianillo*, bien seguro de que con su fama y su pistola, el jovenzuelo no se atrevería a afrontarlo. De modo que cuando pasaron frente a él a la siguiente vuelta, ya tenía un dardo, más ponzoñoso aún, preparado:

—¡Bien dicen que los botines usados son siempre más suavecitos!... Aunque, cuando uno está muchacho, le gusta estrenar, manque le aprieten.

El joven que acompañaba a Tila, al oír esto, escupió al piso muy cerca de los zapatos del matón, reforzando lo provocativo del gesto con un ademán de asco. Y ello hizo temblar a los circunstantes y lividecer al arbitrario pistolero, que a duras penas pudo contenerse hasta la siguiente vuelta.

Al verlos llegar de nuevo, se levantó de la banca y parándose en el lugar por donde habían de pasar, insistió, con la mano en la pistola en actitud amenazante y dirigiéndose aún a su compinche de la banca:

—Ya me dio asco con la escupitina del puerco, y voy a ver si no se la hago tragar de vuelta al animalito, Rogelio.

No se la tragó el joven, por cierto. Y, antes bien, no había acabado de hablar *El Tianillo*, cuando otro salivazo lo alcanzó en la mitad del rostro.

Bajo la tremenda impresión de ofensa tan degradante, el matón trató instintivamente de sacar la pistola, mientras ciego y dando traspiés se bamboleaba... Pero súbitamente recordó que era de barro la que traía y suspendió la maniobra, comprendiendo demasiado tarde lo imprudente y estúpido que había sido al buscarse esa pendencia.

Buscó con la mirada en torno suyo un clavo del cual asirse. Y sólo pudo ver miradas hostiles y al joven frente a él con los puños cerrados y resuelto a brincarle encima no bien hiciera otro movimiento. Sacó el pañuelo, se limpió la saliva y, genial en su estulticia, adujo:

—Dé gracias, amigo, que le prometí al coronel no sacar la pistola... Si no, no lo contaba.

Y dio media vuelta para alejarse.

Animado por esa vergonzosa retirada, el muchacho tuvo ánimos para propinarle un puntapié. Y lo hizo con tan fatal puntería, que quebró en pedazos la pistola de *El Tianillo*, el cual se puso lívido de espanto mientras todos los que se habían acercado a presenciar la pelea se miraron atónitos entre sí.

Descubierto en toda su desnuda impotencia, el pistolero se sintió arrebatar por un pánico histérico que por momentos crecía. Y echó a correr hacia el cuartel de la escolta en busca de protección y seguido por el desconcertado Rogelio, quien aturdida e instintivamente iba recogiendo los pedazos de arcilla quemada que regaba la funda de su *super-38* por todo el camino.

Desde ese infausto día, *El Tianillo* desapareció de su pueblo para siempre.

EL LLORÓN DE SU COMPADRE

Es una pobre virtud la sensiblería.

En un mínimo claro de la espesura del monte de confite y paloblanco, sobre el brazo de tierra muy cercano al litoral que separa
la Laguna Verde del estero de El Palmito, levantaron Tirsa y Catarino su magra choza de varejones techada con palma.

Hacía tiempo que él andaba enfermo. El curandero japonés con
ínfulas de médico titulado que lo examinó en el Agua Zarca, rancho de las estribaciones de la sierra donde antes habían vivido, le
prescribió baños de mar. Y ya que para eso habían de acercarse
a la costa y puesto que no tenían pertenencias de mucha consideración que los ataran a su lugar de origen, se fueron de "un
todo a todo". Y allí erigieron su nuevo albergue.

Este munificiente "todo a todo" no pasaba de englobar un humilde camastro tejido con cuerdas, una cobija descolorida y ajada,
cinco gallinas ariscas, dos vaquillas cimarronas y horras, un arado
de palo, una mula vieja, un burro cojo, un puerquito talachudo y
enteco, un machete para ir por leña y cuatro ollas y cazuelas para
cocinar sus comidas. Pero constituía, al cabo, el compendio de
su nada dispendiosa hacienda.

La costa les quedaba cerca y el terreno era libre allí para ponerse a desmontar una labor y sembrarla de frijolar y milpa.

Mas los baños de agua de mar, que Catarino tomaba cada mañana agarrado de las ramas temblorosas de un manglar y metido
hasta el cuello en las espesas linfas del canal del estero, no parecieron serle de mayor provecho. De modo que el alivio que buscaba se le fue haciendo cada vez menos tangible, y desde el día
en que contrajo unas fiebres perniciosas que complicaron su mal,
su salud fue agravándose de tal suerte que acabó muriendo.

Hubo que enterrarle allí cerquita.

Y puesto que Tirsa no quería irse muy lejos de sus amados despojos y dado que la milpa estaba verde aún y prometía una buena cosecha, la cual estaría llamada a ser el puntal más consistente
de su raquítica economía, decidió esperarse.

El tiempo la reconcilió con la soledad y, al fin, la hizo desistir
del propósito de volverse al Agua Zarca.

Los ánades, los tildíos y las garzas morenas del estero de El Confite, que rasgaban el impoluto cielo azul con la bullanguera inquietud de sus vuelos, animaron un poco la languidez de su vida. Los cocoteros silvestres le brindaban generosos las delicias del agua azucarada y la pulpa blanca de sus nueces. Algunos pescadores de la Comunidad Agraria de El Palmito que pasaban por allí le ofrendaban, de cuando en cuando, flacos ostiones del estero, patas-de-mula, callos-de-hacha, mojarras y *pajaritos*. Y los arrieros que cruzaban con cargas de maíz desde El Walamo y Las Higueras camino del embarcadero de El Confite, le dejaban, compadecidos, unos cuartillos de cereal en pago de la preparación de unas tortillas o de un trago de agua potable, y le platicaban por unos instantes dándole razón de cómo iba el jiloteo de la milpa o de qué tan fuerte pegaba "la calor" en los veranos.

No experimentaba ni ambición ni curiosidad por ningún otro aspecto de la vida, y si no llegó a sentirse contenta con lo poco que tenía, al menos estaba conforme sin lugar a dudas.

Sus planes para el porvenir los resumía una única previsión, harto macabra y deprimente por más que a ella se le figurase que llevaba calor y consuelo a sus sentimientos. Les tenía muy encargado a sus vecinos más próximos, una familia de agraristas mitad campesinos mitad pescadores, de la dispersa comunidad de la isla de El Tigre cuya choza estaba cerca de dos kilómetros distante de la suya, que si un día cualquiera la encontraban muerta tuvieran por piedad la consideración de abrir un joyo al ladito de donde estaba sepultado su Catarino, y que no diesen razón a nadie de que la habían enterrado allí.

Así las cosas, una calurosa tarde de otoño en que se hallaba sentada sobre un petate apartando unas mazorcas mal graneadas que iban a servirle para engordar su puerquito, vio llegar por la vereda a un hombre.

No la sobresaltó su presencia, ya que de cuando en cuando pasaban por allí personas desconocidas que no se metían con ella para cosa mayor que para pedirle un taco de frijoles o la calabaza del agua; y, desde su desgarbada persona a lo más opulento de las pertenencias que albergaba su jacal, nada había dentro de éste que pudiera despertar la codicia del más mísero y necesitado de los caminantes al grado de moverle para que le buscase algún perjuicio a ella.

Así, pues, esperó tranquila.

Y cuando el forastero se fue acercando y pudo reconocer en él a su compadre Ireneo Bañuelos de su mismo rancho del Agua Zarca, se incorporó con la faz morena y manchada por el paño iluminada por los reflejos de una venturosa alegría.

La presencia de aquel hombre le traía buenos y ya lejanos recuerdos. No muy buenos, claro está, por ser recuerdos de pobre... Pero, siquiera, de otras épocas en las que aún no había perdido el amparo de su hombre y en que, junto con él, podía de vez en cuando correr tras el engañoso señuelo de una esperanza.

Este que llegaba, Ireneo, casado con su comadre Celerina, fue un buen amigo de su esposo muerto. Su compadrazgo venía de que llegó a servirle de padrino de bautizo al único hijo que ellos engendraron.

Fue aquel un bautizo un tanto funeral, por cierto. Pues llevaron al pequeño ya moribundo al templo de Concordia para que pudiese volar al cielo ostentando como pasaporte ante el severo Juez que dispondría de su alma, la confirmación de su breve destino de cristiano. El "angelito" se les murió de regreso al Agua Zarca. Pero el compadre Ireneo se había engreído tanto con él en ese corto tiempo, que no quiso "aflojarlo" ni un solo minuto. Él mismo transportó su cuerpecillo yerto en brazos. Y no conforme con haber costeado de su limitado peculio el aparatoso bautizo, erogó también lo necesario para comprar el mezcal que había de darle carácter y dignidad al velorio, pagó la música que tuvo que amenizar la macabra alegría con que se celebraba el trasunto del "angelito" desde este valle de lágrimas y desventuras al cielo. Y, envolviéndolo en unas hojas de plátano, presidió el duelo, transportándolo en hombros hasta darle sepultura al pie del cerro donde los conejos y las liebres monteses escarbaban las tumbas del humilde camposanto.

Estaba tan impresionado durante todas estas ceremonias, que las lágrimas le fluían y se le derramaban copiosamente.

Y una madre desventurada como Tirsa jamás hubiera podido olvidar semejante buena disposición hacia su hijo. De modo que, desde entonces, Ireneo fue persona muy adentrada en los afectos del matrimonio.

Una vez que se repuso de la alegre sorpresa que le trajo su inesperada presencia, Tirsa pensó que acaso llegara su compadre de visita y con el encargo de su comadre Celerina de tratar de llevársela otra vez al Agua Zarca, donde le quedaban algunos parientes lejanos y unos cuantos buenos amigos. Y se aprestó a defender su ya rotunda decisión de permanecer allí, cerca de su buen marido muerto, hasta que Dios fuera servido de llamarla a cuentas y tuviera que comparecer postrada ante Él con la carga sobrehumana de sus cuantiosos pecados de pobre.

Mas, al abrazar al compadre, descubrió en su mirada una extraña expresión de turbado recelo que le era desconocida. Y convino en que bien podía estar equivocada y que acaso fueran otros los motivos de aquella extraña visita. Exclamó, de todos modos:

—¡Bien haiga, compadre, que se alcordó de esta vieja!

El hombre correspondió al abrazo un tanto conmovido. Y luego, mientras la acompañaba hasta bajo la sombra de la enramada que había al lado de su choza, le dijo pausada y sentenciosamente:

—Pos, por lo mesmo que tengo gusto de ber dao con usté, comadrita Tirsa, no me había de cuadrar andarle echando mentiras... Y la mera verdá es que yo ni la hacía por aquí; y si vine a dar por estos rumbos, fue de juyido, pues ha de saber que me persiguen pa detenerme.

Lo decía con tanta naturalidad, con tan escaso sobresalto, que ella no consideró necesario darle mucha importancia a la noticia. Pero, por aquello de la necesidad de hacerle patente su interés en sus conflictos, arguyó sorprendida:

—¡¿Cómo pue ser eso, compadre?!

—Ansina como l'oye... Usté sabe que uno no es hombre p'aguantar malhoreos de naiden y le gusta que le den su lugar y lo respeten. Ai, a Palemón, su vecino, se le puso echarme unas habladas...

—¿Y lo mató, compadre? —se anticipó Tirsa, ya un poco más asustada.

—¡¿Pos qué otra cosa le hacía?!... Lo maté.

—¡¿Usté tan bueno, compadrito?!

—Ya ve, pues... Y ora es más fácil que mate otros tres que sea quién pa hacerlo vivir de nueva cuenta... La gente ya ve cómo es de criminosa. Vinieron a Concordia con el argüende, y me pusieron en mal con la autoridá... Ai me cargan caballo conque lo maté a la mala, felónicamente, y conque el dijunto deja siete hijos chavalos... Pero no se ponen a contar los de uno...

—Que de menos son cinco.

—Seis, comadre, porque ya nació l'otro... Y nomás míreme de juyido por estos rumbos, sin saber d'ellos ni de la vieja.

65

La expresión de la mujer había cambiado. Pero aún le observaba más indecisa que temerosa.

Por unos instantes pudo haberle nublado el gesto la consideración de la vileza que acaso hubiera en el crimen de su compadre. Mas su voluntad titubeaba y se le enternecía el corazón con los lejanos recuerdos que había ido despertando su presencia. Y el vínculo tan entrañable que estableció su función en el bautizo y aquel su comportamiento tan considerado con el pequeño ahijado muerto, acabaron por prevalecer e imponerse en su disposición, empujándola a rendírsele con efusiva franqueza.

La justificación brotó discreta y humilde. Si Ireneo había matado a Palemón, sus buenas razones tendría.

—¡Cosas de Dios Nuestro Señor que así lo tenía dispuesto, compadrito!... Él me puso también en su camino cuando me lo trujo aquí, conmigo, pa que yo viera de darle ayuda. Y lo mesmo que mi difunto biera hecho por usté, ha de jallarlo conmigo. ¡Él lo quería!

Ireneo se mostró muy enternecido.

Humilló la cabeza y dejó caer la mirada, fija y desalentada, hasta el suelo. Parecía estar a punto de romper a llorar de tan conmovido.

Luego exclamó:

—¡Pobre de mi compadre!... ¡Mejor ni me lo recuerde!... Yo, en veces, comadrita, le voy a usté la razón de que biendo sido él tan gente, hace bien en no dejarlo de a tiro solo en este lugar.

La mujer rompió en sollozos. Y el compadre tuvo que volver a abrazarla para infundirle ánimo y consuelo. No obstante, y al parecer, él debía necesitarlo tanto como ella misma, pues acabó por contagiarse y explotar en un llanto gemebundo.

Entre hipo e hipo, Tirsa le aseguró:

—Hágase cargo de esta casa, compadre, como si juera la suya... Todo lo que encuentre aquí, haga de cuenta que usté es su dueño.

Y le tendió un petate para que se acomodara, bajo la enramada anexa, confortado su ánimo por la compañía, pues estaba muy necesitada de comprensión, apoyo y consuelo.

Cierta tarde de días después, cuando ya Ireneo se consideraba casi seguro y dueño de vivir tranquilo en el paraje, por la vereda y a caballo aparecieron cinco desconocidos cuya catadura no era como para tranquilizar a ningún fugitivo de su calaña.

Él los divisó desde la puerta. Y por más que Tirsa se manifestase nerviosa y azorada, Ireneo no dio muestras de alterarse hasta que los tuvo cerca. Únicamente previno a su comadre:

—No deje ver que trai pendiente, comadrita, y ponga cuidado con lo que les digo; no sea que me haga quedar mal.

Luego tomó su machete y se sentó despreocupadamente sobre una piedra a picar en un tronco unas calabazas para el puerco. Y los dejó llegar, impasible, dueño de la más serena indiferencia...

Se trataba de un hombre viejo, tres en edad madura y un joven. Y los cinco portaban pistola sobre la cadera y a la cintura una canana de parque para abastecerla.

Cuando los tuvo ante sí, Ireneo levantó perezosamente la mirada tratando de ver si le resultaban conocidos. Y una vez que se cercioró de que todos ellos le eran extraños, se tornó aún más ajeno a cualquier remedo de zozobra y más ensimismado en sus importantes menesteres con la calabaza.

La tarde iba madurando y un sordo y espeso calor de verano se retorcía por entre los ramajes del monte que rodeaba a la choza.

Los forasteros venían fatigados de una larga andada, sedientos y sudorosos como sus caballos. Y, al cabo de un breve titubeo, detuvieron las bestias ante el que picaba la fruta.

—Oiga, amigo —le gritó el más viejo de los cinco—: ¿qué no tendrá por ai un traguito de agua que nos regalara?

Ireneo repuso humildemente y mientras hacía ademán de incorporarse:

—Con el favor de Dios y anque tenemos que trairla de lejos, de eso no pasarán necesidá.

Y volviéndose hacia el interior de la choza le gritó a la comadre, que trajinaba aturdida y nerviosa junto al fogón:

—A ver, vieja: sácales l'olla y la calabaza del agua aquí a los señores.

Y mientras Tirsa le obedecía, volvió a encararse con los jinetes y les dijo con toda la cortesía y buena ley que rigen las costumbres de la tierra:

—Pero apiense con confianza... ¿Qué tanta urgencia llevan?

Los cinco hombres se miraron entre sí, consultándose. Y, previa una indicación del de mayor edad, que aparentaba mandar la tropilla, hicieron hacia atrás los sombreros de palma y enjugándose el sudor de la frente con pañuelos colorados, echaron complacientes y complacidos pie a tierra, entre una algarabía metálica de espuelas.

Ireneo, siempre con el machete en las manos y la mirada baja y un tanto esquiva, mantuvo su entereza insistiendo:

—Ai vayan buscando onde sentarse. Y si algo más se les ofrece, ya saben que están en su casa.

Luego que hubieron bebido hasta saciar la sed y que se hallaron acomodados de la mejor manera posible, unos sobre un tronco, otros al borde del camastro que se *oreaba* a la intemperie y el restante en cuclillas y recostado contra los horcones del tejaván contiguo a la choza, el más viejo de ellos le preguntó a Ireneo, que había retornado a su tarea de picar las calabazas:

—¿Ónde nos recomienda por aquí cercas un lugar pa dormir la nochi?

Ireneo se detuvo en su labor, clavó el machete de punta sobre la madera y caviló unos instantes.

Al cabo, repuso:

—Cercas, cercas, arregulo que no van a dar con una casa más mejor que esta de ustedes. Y pa jallar hotel, ni en El Walamo lo hay... Lo más cercas es en Estación Presidio; y queda a casi diez leguas.

—De por allá venimos... Tenemos todo el día a caballo; y ya es hora de descansar, porque no dilata la nochi.

Ireneo asintió con la cabeza. Luego preguntó:

—Dispensando la curiosidá: ¿de pa ónde son?

—De Concordia —contestó el joven secamente.

Ni el más leve gesto de inquietud o de sorpresa inmutó las facciones impasibles de Ireneo. Continuó con la misma imperturbable tranquilidad de antes, proponiendo:

—Pos ai verán si gustan quedarse aquí... Unos manojitos de hoja y unos cuartillos de máiz pa los caballos hay modo de que se los venda... Y puede que a la vieja le alcancen los frijolitos pa que les eche unos tacos con qué matar l'hambre... Cama, eso sí no tenemos más de la que están mirando, y la ocupamos la vieja y yo. De modo que si se animan a quedarse, ai se las tendrían que arrieglar con unos petates bajo la enramada.

—Sobre piedras que jueran me dormía —exclamó uno de ellos exhibiendo su cansancio.

Entonces el viejo se encaró con los demás y preguntó:

—¿Qué les parece si pasamos aquí la nochi?

—No tiene ni qué pensarlo —dijeron todos a una.

Ireneo se incorporó, dirigiéndose al interior del jacal para advertir a su comadre que los iban a tener de huéspedes. Pero al llegar a la puerta se detuvo unos instantes, como si reflexionara. Y se volvió después de cara para decir insinuante:

—Yo tengo por descontao que son gentes de bien. . .

—No pase cuidado por eso —le tranquilizó el más viejo—. Van a dormir seguros, porque semos polecías de la autoridá.

Lejos de inmutarse con la inquietante noticia, Ireneo se mostró complacido. Había logrado confirmar lo que ya temía, y ahora no lo podría tomar por sorpresa. Se volvió de espaldas y desde allí le indicó a su comadre:

—A ver, pues, vieja, si te sobran por ai unos taquitos que les des de cenar a los amigos. . . Y vas sacudiendo esos petates, porque se van a quedar a durmir aquí ajuera.

El crepúsculo se bañó en un cielo jaspeado de morados y rojos sangrientos, y las garzas morenas del estero cruzaron sobre la choza, volando hacia sus refugios en el anfibio manglar de la Laguna Verde.

El naufragio del sol en el horizonte marino no disipó el sofoco del calor que pesaba denso sobre el paraje.

De no se sabe dónde, arrastrándose lastimero por los claros y playas de la marisma y colándose a través del punzante entramado de los abrojos, los huizaches y los retorcidos cactus costeños asfixiados por la flora exuberante del trópico, el ladrido lejano de un perro saludó la noche.

Luego, como al conjuro de una batuta invisible, empezaron su concierto grillos y ranas.

En la choza de la comadre Tirsa, los huéspedes terminaron de comerse los taquitos, escanciaron varias veces el guaje del agua y empezaron a bostezar en cuclillas o recostados sobre los horcones y puntales de la enramada.

En el centro del grupo, el compadre Ireneo Bañuelos hablaba sin descanso y con voz segura y reposada mientras desgranaba unas mazorcas.

Sería muy bueno, recomendaba, que a la mañana siguiente antes de partir de allí, tanto los forasteros como sus caballos se diesen un buen baño en los canales del estero para apaciguar el escozor de las güinas y zancudos, así como a las niguas que ya delataban su presencia bajo las uñas de los caminantes. Él solía curárselas con la misma creolina que usaba para matarles el gusano en las heridas a sus animales, pero no creía que ese sistema fuera un remedio propio para cristianos. . .

Los hombres lo escuchaban abúlicos y fastidiados, por mera cortesía; pero bostezando insinuantes su necesidad de reposo. El más joven acariciaba y jugueteaba con el perro y los otros fumaban displicentes y cansados.

Por fin, Ireneo pareció darse por entendido de que estaban ansiando retirarse a dormir, y se incorporó animándolos:

—Ai verán si quieren echarse ya... Se miran cansados... Háganlo sin pendiente. Yo les voy a ir poniendo una lumbradita con bagazo de coco pa que no se les amontonen los moscos... Ellos le sacan al jedor del jumito... Sirve que de paso es güena pa que no se los coman las mochomas, que toda la nochi dan guerra acarriando hoja del corral pa en ca su hormiguero.

Ellos comprendían tolerantes aquel afán de conversar muy propio de un hombre que vivía en semejantes soledades. Pero sintieron alivio cuando lo vieron encaminarse al cercano palmar en busca de la costra fibrosa que reviste el fruto de los cocoteros, sin más luz bajo la clara noche estrellada que el piqueteante encender y apagar de la panza fosforescente de los copechis.

Cuando volvió, cuatro de los hombres dormían ya.

Habían dejado de guardia a uno de ellos, que se ocupaba de persogar los caballos cerca de allí, y al que de seguro relevaría a su turno alguno de los durmientes.

Ireneo amontonó su cosecha cerquita de la enramada, sobre unas piedras ahumadas, y se echó de bruces para darle fuego, permaneciendo durante un buen rato soplando en esa posición hasta que apuntó una llamita pálida y empezó a danzar con ritmo ondulante en la quietud de la noche calurosa una lenta humareda blanca, que la tenue brisa nocturna desparramó a la postre sobre la choza. Luego se incorporó. Y pasando entre los hombres dormidos, penetró en la casa, donde confusa y nerviosa le esperaba sentada al borde del camastro su comadre Tirsa.

Ireneo se aposentó junto a ella y le dijo por lo bajito:

—A ver, pues, dígame, comadre: ¿Qué cosa la tiene tan mortificada?

—Esos hombres que están dormidos ajuera, compadrito...

Ireneo se apartó un poquito para envolverla en una mirada llena de consideración. Luego, le explicó locuaz y persuasivo:

—No hay como no ahuitarse, comadrita. Ya vido qué bien me los'toy toriando. Ya los rejunté y ai juerita los tengo tan de modo, que nomás con el puritito machete, sin gastar parque ni hacer ruido, acababa con los cuatro.

Un sudor frío empapaba la frente febril de la mujer. Por primera vez experimentaba miedo de su compadre Ireneo, cuyo rostro cenceño ungido por aquella terrible sangre-fría, parecía resplandecer con una sonrisa siniestra. Y tuvo que llamar en su ayuda el recuerdo del marido muerto, en honor a cuya estimación le diese protección y albergue, para sobreponerse a aquella turbación atropellada. Implorante, le dijo al compadre:

—¡No los vaiga a matar aquí!

Ireneo se atusó con fruición y jactancia el escasísimo bigote. Buscó el rostro de su comadre para sonreírle de frente, aunque con cierta mueca amarga. Y luego exclamó como sorprendido:

—¡No coma ansias, comadrita! Yo no bía de comprometerla a usté de ninguna manera... Y luego, es la fecha que no sabemos si es a mí a quien andan rastriando... Déjilos que duerman...

La comadre Tirsa se sintió un poco tranquilizada. Y convino:

—¡Yo bien sabía que usté no era malo, compadre!...

—¡No me vaiga a ofender poniéndolo en duda!... A mí nomás cuando me buscan me jallan; que pa eso es uno hombre... Y ¿cree que el más muchachón de esos cinco hasta me cuadra?... Le da un aigre a m'hijo Policarpo; manque aquél está más tierno toavía... Endenantitos que lo estaba mirando me alcordé de aquéllos y de la vieja, y en cuantimás si se me arrasan las lágrimas...

Y en verdad que aun entonces parecía que a la evocación brillasen en sus mejillas unas gotas de aquel fácil llanto entristecido a la vaga penumbra de la noche que filtraba el envarado.

Luego se incorporó. Y alejándose hacia el machero, le dijo a la mujer:

—Usté estése silencia y sin pendiente.. Ora voy a ver qué platico con aquel que dejaron de guardia y anda atendiendo las bestias.

El hombre trataba de distraer su fatiga preocupándose por los caballos.

Éstos triscaban los manojos de hoja de maíz que les sirviera, pateando en la dura tierra del machero, y se dejaban quitar los cadillos pacientes y comprensivos.

Ese policía tenía muy escaso aspecto de tal, a no ser por la pistola. Era hombre macizo, lampiño y moreno, tocado hasta arriba del flequillo lacio que el sudor le untaba en la frente angosta, con un tieso sombrero de palma ribeteado de cuero resacado. Sobre el cogote le caía en abandono el nudo del barboquejo de crin y su camisola de color solferino contrastaba desagradablemente con el gris amarilloso de sus pantalones de dril. El ceñidor de las pesadas espuelas le había desgarrado la piel de los botines de oreja y un pedazo le colgaba del elástico.

Ireneo se le acercó envuelto en la noche y lo sorprendió asomándose de pronto por sobre el lomo de una de las caballerías.

—Usté dice si ya le traigo el maiz, amigo.

—Espéreme tantito a que se terminen l'hoja y me los lleve a abrevar —repuso el otro—. No apura, porque es mejor que no los agarre tan de vacío la friega que van a llevar mañana.

—Pos ¿pa ónde ganan? —inquirió el prófugo mostrándose puerilmente curioso.

—Pa onde nos lleve la pista... Andamos rastriando a un criminal que anda juyido por todito esto.

Ireneo se estremeció levemente. La oscuridad de la noche y la pantalla que le ofrecía la montura amparaban su disimulo. Su interlocutor, por lo demás, no parecía mostrar gran interés en sus reacciones.

Esperó un instante para que no fuera a traicionarle algún trémolo de su voz, y luego insistió en el interrogatorio con fingida desgana:

—Si no es meterme en lo que ni me va ni me viene, ¿a quién andan precurando, amigo?

—No lo ha de conocer. No es de estos rumbos. Buscamos a un delincuente del rancho del Agua Zarca que asesinó en forma vil y cobarde a otro señor del mesmo pueblo.

Una sorda irritación colérica empezó a agitarse dentro del ánimo de Ireneo al conjuro de aquella cáustica apreciación. Lo de la vileza y la cobardía le dolía como dos piquetes de verduguillo. Pero aún consiguió 'dominarse para seguir inquiriendo:

—Pos ¿por qué lo mató?

El otro se sentía locuaz. Y no encontraba razones que fundamentaran algún recelo. De modo que, inadvertido, hasta festinó la explicación:

—Hay gente de mala entraña... Eran, según eso, amigos... Pero le cayó a la mala al voltear una cerca, y asina le dio catorce puñetes con un verduguillo... Toditos por la espalda...

Las uñas de Ireneo arañaron el cuello del caballo que creía estar acariciando. Y el hervor de la ira puso en sus ojos un brillo siniestro... Pero, mordiéndose los labios, insistió tozudo:

—¿Por detrás, dice?

El policía estaba muy entretenido destramando los abrojos de una crin:

—Por detrás y con toda la ventaja... Es un criminal felónico y cobarde; un hijo de la...

Ireneo se sentía cada vez más estrangulado por una angustia que se le volvía sólida en la garganta. Sus labios estaban resecos y sus orejas ardientes tras el negro cortinaje de la noche. Bajó los torvos destellos de su mirada al suelo, fingiendo examinar uno de los cascos traseros del caballo que tenía atravesado ante sí, e hizo un poderoso esfuerzo por dominar y sobreponerse a sus impulsos violentos y por ocultar la exaltación que le invadía.

Resultaba casi obvio continuar el interrogatorio. Y sólo maquinalmente, por distraer la cólera, siguió conjeturando:

—Quién sabe cómo se llamará ese endivido...

El otro estaba cada vez más desaprensivo y propicio a la comunicación:

—Le dicen Irineo Bañuelos... Pero no ha de ser de sus conocencias... Aunque él ganó para acá, no es de estos rumbos. ¡No onde quiera se dan gentes con tan poca madre!...

El fugitivo se quedó rígido, agachado como estaba sobre el casco del caballo. Su faz, de lívida, se iba tornando verdosa. Y la ira le hervía y le explotaba dentro.

En su voz temblaba una emoción indiscreta cuando le dijo, aturdido hasta la necedad por el ardor que resentía su susceptible y entonces impotente amor propio, a su confidente:

—Pos viera que lo he oído mentar... Y por estos rumbos no falta quien le dé razón de él, y se lo tiene por hombre cabal, que no hace mal a naiden como no lo ofendan.

Tal noticia sorprendió vivamente al policía. Por primera vez puso algún interés en su interlocutor, que eludía sus miradas tras de la barrera inquieta y sudorosa del animal.

Ellos traían por cierta la impresión de que el perseguido era extraño en la comarca, y de que si acaso permanecía en ella, debía ser bajo nombre supuesto. Y lo que el anfitrión acababa de decirle desquiciaba ese punto de vista. Por lo demás, este nuevo aspecto de los acontecimientos parecía muy favorable al desempeño de la comisión en que se hallaban comprometidos; pues podrían recabar informes de su paso en cada ranchería y los campesinos los ilustrarían gráficamente sobre el aspecto del fugitivo, que ellos desconocían, y sobre el rumbo que pudiera haber tomado.

Así que terminó por comentar complacido:

—Le va a dar mucho gusto al jefe eso que me acaba de contar, amigo. A medianochi, que me releve, ai usté le platicará a él cómo es el tipo y cuáles son por aquí sus comederos...

Ireneo seguía limpiando el casco del caballo, que se sacudía impaciente babeándole la espalda como si se diera cuenta de que tanto esmero resultaba superfluo o de que la operación no era realizada con la atención y el acierto debidos.

Comprendió nebulosamente que su irritación le había llevado hasta una deplorable imprudencia. Pero persistía virulenta su indisposición y estaba frágil el ánimo de enmendarla. De modo que casi lo puso peor al tratar de hacerlo:

—Como le digo, yo de bien a bien no lo conozco... Pero por aquí no faltan gentes que lo estiman y lo tienen por hombre de bien, que no ha robao ni hecho mal a naiden como no le den motivo... De modo que pa que no vaiga a ser que le salgan a uno dificultades por berles dao albergue a ustedes que lo andan persiguiendo, vale más que en amaneciendo me hagan favor de que se marchen de por aquí cuanti primero... No sea que a él o alguno le parezca mal que los haiga recogío en mi casa.

El policía se encogió de hombros un poco confuso. Después, mostrándose comprensivo, intentó tranquilizarlo:

—¡No tenga pendiente, amigo!... A ese desgraciado nos lo vamos a apergollar... Y prontito.

Y no insistió más, porque la resolución de aquel asunto que empezaba a complicarse no era de su competencia de subalterno. Pertenecía a don Nacho, el jefe de la partida; y a él se la dejaría cuando lo fuese a despertar.

Mientras tanto, trató de conciliar con Ireneo.

Y suplicándole que les fuera sirviendo unos puñitos de maíz en los sudaderos a los caballos, tomó a éstos del cabestro y partió para llevarlos a beber antes en la Laguna Verde, puesto que ya habían terminado con la hoja y les estaba cediendo lo sudado.

Al quedarse solo, Ireneo se encaminó con paso incierto hacia el jacal donde esperaba la comadre Tirsa.

Después de echarles de pasada una mirada fugaz a los cuatro hombres que dormían profundamente bajo la enramada anexa, penetró en él cabizbajo y reflexivo y le dijo a la mujer, observándola de través y encogiéndose de hombros:

—No queda otra que no voy a tener más remedio que ultimarlos antes de que se dispierten, comadrita... ¡Nomás biera oyido lo que anda contando de mí aquel hijo de la chingada!...

La mujer lo miraba sobresaltada y confusa. Como si tratara de convencerse a sí misma, aseguró:

—Pero usté no es mala persona, compadre...

—Pos, no. Pero, como le digo, la train casada conmigo; y tanteo que lo mejor es que aproveche ora que no están recuerdos pa quebrármelos.

Un hálito de siniestra decisión trascendía de la expresión sombría de Ireneo. Sus palabras tenían una inflexión extraña. A la mujer la empezaba a sobrecoger el temor.

Muda por ello, sólo acertó a sacudir, denegando, la cabeza.

Él no parecía preocuparse de la naturaleza de sus juicios, porque advirtió, bien resuelto:

—Mire: mejor se me voltea pa otro lao, pa que no mire...

Y tomó el machete cañero, curvo y pesado, que colgaba de uno de los horcones de la choza, y con él en la mano, probándole el filo con la yema del pulgar, se encaminó lentamente hacia la enramada.

La mujer cobró alientos y una tardía desesperación la impulsó a incorporarse bruscamente del borde del camastro, tratando de detener a su compadre por un brazo:

—¡Por caridá!... ¡No lo vaya a hacer, compadre!...

Ireneo se volvió un instante hacia ella. Implacable pero meloso, le advirtió por lo bajito:

—Me va a perdonar, comadrita, pero estos endividos andan malinformando de mí... Bien ve que yo hice toda la lucha por ser gente con ellos, y hasta los envité a cenar y a dormir...

—Pos, sí, compadre... Déjilos que se marchen.

—Uno es macho pa que naiden le ande ruñendo la pacencia, comadrita. Y ora nomás ellos jueron los que se la buscaron con andar hablando mal de uno... L'único que me puede es el muchachón; que, como le digo, le da un aigre a mi Policarpo. Pero tengo que acabar con éstos antes de que regrese l'otro con los caballos, porque a ése lo quiero agarrar solito pa quitarle lo hablador...

Y se desprendió de la mujer, avanzando con paso tardo pero resuelto hacia la enramada.

La comadre Tirsa, cubierta la cara con las manos, se arrojó sollozando sobre el camastro.

La selva arrullaba a la noche con su dispersa sinfonía de murmullos y el rumor del mar se revolcaba lejano y con un ronco quejido sobre la playa.

Cuando llegó a oídos de la mujer el golpe tajante del machete y el grito ahogado de quien lo recibiera, se tapó consternada las orejas, tratando de ignorar la fiesta de sangre en que se regocijaba el susceptible amor propio del buen compadre Ireneo. Se quedó contemplando temblorosa, hundida en la ofuscación de una gran angustia, las miríadas de impávidos luceros que lloraban las lágrimas de luz de sus cabrilleos por el pesado y tranquilo firmamento del trópico. Y acabó por cegar también su atormentada visión contra los pliegues de la frazada del camastro para evitar que se le metiera por ella y hasta el alma todo el horror del espantoso drama.

Así esperó durante un rato de eternidad. Hasta que pudo notar que, terminada su macabra tarea, Ireneo había vuelto a su lado y la observaba compadecido de su consternación. Sin duda pensaba que sus víctimas eran las culpables únicas de que su buena comadrita pasara aquella congoja.

Ella se dio valor para voltear a verle.

Y la presencia de su siniestra figura con el machete ensangrentado colgando lacio de la mano derecha, agolpó en su pecho un pavor trémulo. Ireneo traía también en la otra mano las pistolas y los cinturones-canana que les quitase a los muertos. Pero la miraba con una honda ternura, como si el abrumo de ella tuviera mucha más importancia que la acción pavorosa que acababa de llevar a término.

—Ya estuvo, comadrita —trató de confortarla—. Ora nomás falta que regrese l'otro.

—¿Los mató, compadre?

—Nomás a los tres mayores... ¡No m'hice l'ánimo de ultimar al muchachón, y lo dejé que juyera!... Se me jueron las patas y hasta la pistola le dejé... A ver si por compadecío no se me va a voltiar ahora...

Y limpiándose reposadamente el sudor de la frente con la manga salpicada de sangre de su camisa, añadió desalentado:

—¡Si le digo que uno es demasiao aguao pa meterse en estos bretes, comadrita!...

Efectivamente, aquel providencial parecido del joven gendarme al ausente Policarpo y la flaqueza sentimental de Ireneo respetaron una vida.

Había despertado al escuchar los gemidos agonizantes de sus compañeros y bajo la impresión repulsiva y viscosa de las salpicaduras de sangre que lo alcanzaban. Y vio el machete del asesino presto a caerle sobre la garganta y detenido por una para él inexplicable emoción del hombre que lo enarbolaba. Como en medio de una pesadilla siniestra, bajo la extraña impresión de unos ojos que le miraban insistentes y enternecidos, escuchó atónito el murmullo de una voz opaca que le decía:

—Dése de santo, home, que usté le da un aigre a un chavalo mío: que nomás por eso le voy a perdonar la vida... Ande, píntese pa Concordia, y diga allá que Ireneo Bañuelos no es de la malvada condición que ellos lo malinformaron, porque si me lo topo de vuelta por aquí, me cai de madre si no me lo echo...

Un puntapié acabó de despertarle y sobreponerle a la modorra que no le permitía darse cuenta cabal de lo que estaba sucediendo.

Y huyó hacia el monte, perseguido por la mirada tierna del asesino.

Ya que se consideró fuera de su alcance, se detuvo a concertarse y reflexionar. Dedujo que su anfitrión era sin duda el feroz criminal que andaban buscando; que había dado muerte a todos sus compañeros; y que sólo él se había salvado en gracia a quién sabe qué providencial o sensiblera circunstancia, cuyos orígenes no era aquel el momento para ponerse a analizar. Y se preguntó qué era lo que le correspondía hacer.

Tenía un alma de auténtico polizonte y sentía sobre su cadera la pistola y ciñendo su talle la canana. No era hombre que le corriese al temor, y decidió quedarse, para espiar y seguir al asesino, ya que por estar ahora éste mucho mejor armado que él no se atrevía a enfrentársele.

Consolidaba estas reflexiones cuando oyó llegar por la vereda el tropel de los caballos que el otro sobreviviente traía. Y le salió oportuno al encuentro para prevenirle contra la acechanza de Ireneo y darle atropellada cuenta de lo sucedido.

Deliberaron sobre la situación. Y confortados al comprobar que eran dos hombres contra uno solo, dispersaron los caballos, prepararon sus armas y rodearon la choza situándose en lados casi opuestos.

Desde atrás de los troncos del palmar, el mozo le gritó a su enemigo:

—Vale más que levante las manos, salga y se nos entriegue, amigo, porque no hay modo de que se juiga de ai y lo vamos a agarrar a balazos en el jacal.

Ireneo se manifestó sorprendido al reconocer la voz, considerando que la ingratitud, como temiese, lo había traicionado. Comprendió que esperaba parapetado inútilmente al que había de regresar con los caballos, y que tendría que enfrentarse sin ventaja con los dos que habían quedado vivos. Se hallaba tras de la cerca del machero y retrocedió hasta las puertas de la choza para cubrirse en el interior de ésta mientras les gritaba:

—Vengan por mí si se tantean tan machos.

Luego se revolvió hacia su comadre para comentar sentencioso:

—Ya me salió cola con el chavalo... ¿No le dije bien que a la mejor se me voltiaba?... Ora bien ve cómo no costea, pues, andar de compadecío.

Y disparó rabiosa y ciegamente sobre la maleza de donde saliera aquella voz conminativa, la carga de una de las tres pistolas.

Pero los policías se habían parapetado tras de los troncos. Y uno por cada lado de la casa, se ponían de acuerdo a gritos.

—Usté por ai y yo por aquí, compañero: a no dejarlo salir mientras amanece y nos llegan refuerzos pa sacar al creminal a como haya lugar.

Y la noche forró en espeso silencio la expectación de la escena.

Ireneo no hizo ningún esfuerzo por escapar de aquel sitio.

Había resuelto resistir desde allí hasta donde la fatalidad le fuera propicia o desgraciada, y se sentía flaco de ánimo frente a la perspectiva de echarse a navegar en fuga por entre el hiriente malezal del monte en una escapatoria sin cuartel y sin esperanzas. Ellos tenían caballos y la posibilidad de obtener refuerzos para perseguirle y acosarle. Y en el fondo, presidía su decisión una opaca conclusión fatalista de que, de un modo u otro, lo que estaba escrito que iba a suceder, sucedería.

Sus providencias se limitaron a amontonar bajo el dintel de la puerta tres costales de grano que dentro del jacal había, para usarlos a modo de trinchera; a recargar el arma que había disparado; y a advertirle a su confusa y temblorosa comadre que buscara el modo de protegerse tras de algo por si empezaban a llover las balas sobre la choza.

Y esperó sin desfallecer ni medir el tiempo.

Hasta ya en la madrugada rompió la severa quietud de la noche, que parecía haberse vuelto toda expectación con sus mil ojos de luz incandescente, la voz de aquel policía que llevara los caballos a abrevar, y que gritaba desde detrás de unos matorrales de uña-de-gato, entre un bosquecillo de paloblanco:

—Le alvertimos, señora, que contra usté no traimos nada, y que vamos a tener que echar bala. Si no quiere que le toque un plomazo, vale más que de una vez se vaya saliendo de ai.

Tirsa lo oyó.

Pero aterrorizada, no sabía qué hacer y estaba muda.

Ireneo sugirió, después de reflexionarlo un momento:

—Yo estaría en el acuerdo de que se saliera, comadrita. Pero me late que esos hijos de la chingada me la quieren poner de carnada pa que me les rinda... Ya usté ve cómo son de matreros, y a la mejor la usaban de parapeto pa que no les disparara.

La mujer acertó apenas a balbucir:

—Mejor me quedo con usté, compadre... Y ai que sea lo que Dios quiera...

Ireneo rubricó esta decisión vaciando la carga de la pistola que tenía en la mano sobre el manchón boscoso de donde saliera la voz del policía.

Aún insistió el mocetón desde el otro lado:

—Acomídase a salir, señora... Contra usté no traimos nada y puede irse sin pendiente.

Pero la mujer permaneció acurrucada junto al camastro, mientras otra ráfaga de balas hería la noche, yendo a buscar entre los troncos del bosquecillo de palmas el cuerpo bien protegido del que acababa de hablar.

Transcurrió un rato más en silencio. Y al cabo, se empezó a escuchar por la vereda, junto con los gritos estentóreos de una guacamaya que saludaba el amanecer, el "glu-glu" de unos borricos cargados. Instantes más tarde, la voz medrosa del arriero, acaso preocupado por las detonaciones que escuchara y por el silencio de muerte que flotaba en torno al paraje, gritó reclamando:

—¡Ey!

El más maduro de los dos gendarmes le contestó desde atrás de su parapeto:

—No se acerque más, amigo, que le puede tocar un plomazo.

Evidentemente, el arriero se detuvo obedeciendo esa consigna. Su voz titubeaba cuando al fin pudo preguntar:

—¿Pos quién anda echando bala?

—Semos de la polecía de Concordia —le contestaron desde el fondo de la oscuridad—. Y tenemos sitiao a un creminal en esa casa... Lo que ha de hacer es regresarse rápido pa'l Walamo y avisar a la Defensa que venga a ayudarnos... ¡Pero aprisita!...

Durante unos momentos el intruso permaneció mudo. Sólo se escuchaba sus silbidos atajando a la recua. Con ella retrocedió algunos pasos. Y cuando se consideró suficiente distante del peligro, protestó:

—Me están esperando unos canoyeros en el embarcaero de El Confite... Y voy p'allá de urgencia.

Desde el jacal, la voz de Ireneo le advirtió ronca y amenazante:

—Ai tantéese lo que le conviene, amigo... Más después no le vaiga a salir cola...

Por su parte, el policía insistió lacónico:

—Usté haga lo que le digo, que es orden de la autoridá. Y váyase reciecito al Walamo si no quiere que le venga algún perjuicio.

El arriero lo meditó otro rato. Pesaba el pro y el contra. Y a la postre, se decidió:

—Voy, pues, nomás persogue a los burros... No me dilato.

Del jacal brotó una carcajada que quiso ser burlona, precediendo a la voz sardónica de Ireneo, que le recomendaba:

—Y de allí gane pa'l puerto a trairse a los federales de la zona, porque tanteo que todos éstos no van a ser bastantes pa que le lleguen a uno.

La noche recogió el sarcasmo y lo difundió por la bruma que empapaba las tinieblas.

La voz de Tirsa, trémula bajo el camastro, rompió el silencio:

—¿Sabe lo que estoy pensando, compadrito?

—A ver: diga.

—Pos que ya que quieren que yo me salga, sería bueno que, antes de que amanezca, usté se ponga mis naguas y el tápalo y aproveche pa juírseles.

Apenas lo pensó Ireneo un instante.

—¡No me friegue, comadrita!

—¿Por qué, compadre?

—¿Cómo me bía de pintar dejándola comprometida?...

—Yo no cargo pendiente con ellos...

—Pero ayudándome a juyir lo tendría... Y otra más, comadre: no se les va a hacer que maten a Ireneo Bañuelos vestido de vieja...

La mujer reflexionó y acaso convino en que la actitud de su compañero parecía digna y sensata. Porque consideró:

—Pos no se me ocurre otra pa que se les juya.

Transcurrido un rato, un estremecimiento de despertar empezó a latir sobre la selva. De la oscuridad brotaba y parecía ir difundiéndose el murmullo de los seres que, cansados de vagar en la noche, se arrastraban hacia sus refugios de la maleza amedrentados por los incipientes clareos del alba.

Hacia el manglar del estero se oyó el graznido de un ánade que saludaba la cercanía del amanecer, y un tildío de la playa dejó flotando su agudo y ululante chillido sobre los limos pantanosos de la ribera. Por encima de las altas cumbres del oriente asomaba su sonrisa inicial el resplandor del día.

Bajo el aplauso de las largas alas de unas garzas morenas en vuelo que surcaban el firmamento violáceo, Ireneo se dejaba arrullar por ese latir en incremento de la vida. Y pensaba que era ése un mal momento para morir. Un enervante calor de emociones envolvía a su espíritu, a medida que le iba descubriendo a aquella hora un amable sabor a todo lo confortante que tiene la existencia.

Y experimentó vagos deseos de llorar por todo lo que pudo y no supo haber vivido.

La fatalidad, a la que cediese sus propósitos, acudió sin embargo por los derechos adquiridos, y sacudió la cabeza despejándola del enervamiento que la poseía.

Con el despertar de la selva, despertaba la agresividad de los dos hombres que acechaban ocultos en los bosquecillos inmediatos. La falta de sueño los irritaba. Y orientados por los primeros clareos del día, empezaron por calcular la vulnerabilidad de su blanco con dos disparos de tanteo que restallaron en la pesada quietud de la atmósfera y cuyos proyectiles atravesaron la endeble empalizada del jacal.

La violencia recobró sus fueros también en Ireneo. Y lo movió a contestar con otra andanada de balas, hasta vaciar toda la carga de una de sus tres pistolas.

Ello permitió a los sitiadores precisar mejor su posición, provocando nuevos disparos.

Ireneo los recibió sonriendo sardónico tras su parapeto de costales de grano. Pero bajo el camastro, empezó a quejarse la comadre Tirsa.

—¡Válgame Dios, comadrita!... ¡Ya le tocó la que ni debía!...

Y en la penumbra se arrastró hasta su lado para ayudarla.

La mujer tenía un balazo en el hombro, a la altura de la clavícula. Y sangraba copiosamente a pesar de la mano con que se esforzaba en taponar la herida. Ireneo se quedó contemplándola con ojos enternecidos y llorosos.

—¡Ya la amolaron, comadrita!

Impresionada por aquella pesimista conclusión, la mujer se dejó caer de espaldas, respirando fatigosamente y casi desvanecida. Él le aseguraba:

—¡Ora sí le juro que no he de dejar uno de esos cabrones con vida!...

Y rompiendo en un llanto histérico, se volvió hacia el parapeto y armándose de las dos manos, se puso a disparar frenético sobre una sombra que en la penumbra cambiaba de refugio tratando de acercarse al jacal o de encontrar un punto desde donde afinar la puntería. Los disparos de uno y otro lado cayeron como granizada sobre el paraje... Estallaban en los costales y hacían saltar pedacitos de la empalizada de la choza.

La mujer se desangraba bajo el camastro. Pero él no disponía de ningún respiro para asistirla. Sólo estaba confusa en sus propósitos una precaria esperanza. Si pudiera acabar con estos dos hombres antes de que llegaran los otros, acaso tendría tiempo para darle un poco de agua antes de fugarse de allí.

Pero la empresa no tenía nada de fácil y la Defensa Social de El Walamo no se hizo esperar gran cosa.

Aún no amanecía del todo cuando escuchó el relincho de los caballos y las voces que anunciaban su arribo... Y el compadre Ireneo tuvo que embarrarse en el suelo de tierra de la choza para sortear la cada vez más densa tempestad de balas.

La mujer fue herida otra vez en la cabeza. Y aparentemente agonizaba. Pero aún alcanzó a decirle a él:

—Ya no tiene pa qué priocuparse de mí y puede que todavía alcance a huir con mi rebozo y mis naguas...

Ireneo ni siquiera conseguía ver ya muy claro el éxito de esa perspectiva. Ironizó concluyente:

—¡Qué güena figura bía de hacer yo con ellos puestos, comadrita!...

Y al sacar la cara llorosa por sobre los costales buscando un blanco para mandarles una bala, sintió un golpe en la frente y se dejó caer de espaldas...................................
....

82

Luego se aquietó el paraje.

La pausa duró mientras los sitiadores deliberaban sobre la mejor manera de llegar a un tiempo y por todos lados al jacal. Y la aprovechó un zopilote para venir a posarse en la copa de un cocotero cercano, oteando desde allí el buen curso que llevaba la prometedora culminación de sus macabras esperanzas.

LA MULA DE LAS TALEGAS

El oro ciega más que la tracoma.

DESPERTÉ sobresaltado poco antes del amanecer. Mi tío estaba asomado a la puerta corrediza del furgón donde yo dormía, conminándome con apremio a que me acercara a él.

Mientras lo hacía, noté que se había aplacado el ronco estampido de los cañones que batían nuestras trincheras desde el otro lado del río. Y no sé por qué, me pareció ver en ello un mal augurio. En cambio, el tableteo de las ametralladoras continuaba sobreexcitado su rezo de cascadas imprecaciones y las detonaciones de la fusilería piqueteaban toda la curva extensión del frente.

Mi pariente venía montado en su penco y traía cabestreando una mula prieta, sobre cuyo lomo se adivinaba, discretamente cubierta con unos costales vacíos, cierta pesada aunque poco voluminosa carga.

—Lo hacía con los que están defendiendo el puente en el camino de Ocotlán, tío —le dije sin ocultar mi sorpresa.

—Allí estoy —repuso—. Nomás me di una escapada para buscarte... Y antes di contigo, porque la segunda compañía del Catorce está aislada por el fuego enemigo y empantanada en el fangal de la ribera al borde de aquel planito.

—Sí —admití—. Pero a mi teniente Camargo y a mí nos relevaron anoche. Teníamos cuarenta y ocho horas sin dormir y nos metimos en este furgón para sacarle a los zancudos... Usté dirá pa qué soy bueno.

—Andan rumores de que los obregonistas se nos metieron por Poncitlán y de que estamos cortados —me explicó bajando la voz—. De un derrepente se va a desatar la huida... Aprevente, y te haces cargo de esta mulilla que viene cargada con pesos fuertes... Te pelas orita con ella pa Guadalajara, y escondes bien el dinero en el aljibe de tu tía. Después te escondes tú y me aguardas hasta que yo vaya.

Aquel alud de novedades me dejó confuso. No me resultaba fácil admitir su veracidad en cuanto a que estábamos casi cercados. Todavía al anochecer del día anterior dábamos por ganada la batalla.

De todos modos, quien me hablaba era no sólo mi tío, sino además un mayor, un superior jerárquico, y precisamente aquel que me había embarcado en la desastrosa empresa de la sublevación estradista consiguiéndome un grado de subteniente y ofreciéndole a la crédula imaginación de mis diez y ocho años la perspectiva de un triunfo fácil y provechoso, a la vez que engalanado por huecas glorias de justicia social. Y ya que ahora venía a incitarme a huir, no podía caberme duda de que las cosas andaban mucho peor de lo que habíamos previsto.

—¿Por qué no viene usted también? —indagué, desechando por completo la idea de que podía estar tratando con un derrotista.

—Porque estoy al mando de la gente que ha de proteger el repliegue, y no había de desertar —repuso confirmándolo—. Cuídate de ti y de tu tía y llévale ese dinero para lo que se ofrezca mientras yo puedo ir... Te traje este salvoconducto por si lo ocupas... Y apúrale, que no dilata la desbandada.

—¿Por dónde me voy? —pregunté, considerando inútil cualquier propósito de alterar sus planes.

—Faldea esos cerros, y más allá de Poncitlán los atraviesas y sales a la hacienda de Atequiza. Luego te vas por toda la vía de Chapala hasta El Castillo y de allí por la del Central... Cuida que no te atoren.

Y entregándome la reata que sostenía atada al bozal de la mula, mi tío picó espuelas a su caballo y se alejó rumbo al frente.

Yo me quedé en la puerta del carro-caja hecho un estúpido, sosteniendo a la bestia que empezaba a inquietarse e invadido por un extraño temblor.

Palpitaba por el oriente un semicírculo de claridad azulosa hurtándole su fulgor a los luceros, y en la medianía, el festón rojizo de unos nubarrones acababa de definir la cercanía del alba. El relente posaba su humedad sobre las labores ya pizcadas donde se había instalado el campamento. Y por allá lejos, hacia el apeadero de Santa Cruz el Grande, cantaban gallos y jadeaba una locomotora tratando de mover los trenes embotellados.

Até la reata de la mula al pasador de la puerta y me volví hacia el interior para despertar a mi compañero que dormía de bruces sobre la mochila, con el fusil terciado bajo ella y el kepí cubriéndole la nuca. Me costó algún trabajo disipar su modorra. Y cuando lo conseguí, le expliqué la situación invitándole a acompañarme en la huida.

El subteniente Camargo era de mi edad. Pero, más prudente

que yo, vio con recelo esa cosa del dinero y quiso comprobar las afirmaciones de mi tío.

—Si nos agarran por desertores y ladrones, no nos escapamos de que nos fusilen. ¿De dónde sacaría esas talegas de pesos?

—Él es incapaz de robar. Se las daría el general, que es su amigo —repuse.

No pareció muy convencido.

Y saltamos del carro para observar lo que sucedía.

Tuvimos que convenir en que parecía sintomática de la derrota la ausencia de toques de corneta y voces de mando de los oficiales, así como de pelotones de relevo camino del frente, y la desorganización y el murmullo maldiciente de los grupos que volvían de él. Además, el fuego de fusilería en nuestras líneas parecía precipitado y discordante, como si lo dirigiera la desesperación. Luego, que algunos camilleros regresaban del frente sin heridos. Y los que corrían hacia allá lo hacían presas de una histérica urgencia, como si les apurara resolver algún encargo y retornar enseguida.

—¡Alto ahí esos soldados! —les gritamos con voz de instructor a tres que pasaban cerca.

Los hombres se detuvieron sorprendidos. Pero contrariamente a la ordenanza, no hicieron ademán de cuadrarse.

—¿Por qué abandonaron sus puestos? —preguntó mi compañero.

Recobrados, nos contestaron con una imprecación insultante y un rosario de palabras obscenas. Y continuaron su camino desdeñosos.

Después debió ocurrírsele a alguno de ellos una lisonjera idea, porque detuvo sin dificultad a los otros y deliberaron. Adivinando violentamente su intención de apropiarse nuestros caballos, desabrochamos las fundas de nuestras pistolas y con las tercerolas amartilladas avanzamos hasta el cercano mezquite a cuyo tronco estaban atadas las bestias.

Viéndonos resueltos a defenderlas, los soldados desecharon la tentación y siguieron malhumorados su camino.

Convencidos ya de la veracidad de la advertencia de mi tío, ensillamos las cabalgaduras disponiéndonos para la fuga.

Cuando estuvimos listos, el subteniente me dijo:

—Es mejor que nos vayamos por toda la Intendencia. Si se nos ponen carrascalosos, tenemos el salvoconducto. Y así no se le antojará a algún oficial acomedido clarearnos creyéndonos juilones.

Con la mula del cabestro, cabalgamos siguiendo la vía congestionada de trenes embotellados y ocupados como dormitorios, almacenes y hospitales de sangre.

La gente que encontrábamos se hallaba atareada y nerviosa, en un trajín desorientado por el pánico y como si toda ella quisiera echar a correr y nadie se decidiese a ser el primero en hacerlo. Se consultaban en corrillos, presas de mal disimulada excitación, sobre las posibilidades de la fuga. Y no se advertía que ningún oficial impusiera el orden y serenase los ánimos. Por el surquerío de las milpas marchitas, desde todas las direcciones del arco que describía el frente al seguir el curso del río, se veían venir grupos de soldados. Y en la atmósfera misma parecía latir el hálito tembloroso de la inminente desbandada.

Avanzamos, desafiando con nuestras armas preparadas la envidia de los que parecían tentados por la posesión de nuestros caballos y de la mula... Y cuando llegamos al apeadero de Santa Cruz el Grande, el cielo se había puesto violáceo y los desolados campos nacían a la luz de la amanecida.

Nos encontramos conque allí el desorden y el pánico empezaban a volverse patéticos.

La gente corría de un lado a otro disputándose las acémilas disponibles. Algunos soldados amenazaban con sus fusiles a los maquinistas que no conseguían mover las embotelladas locomotoras para formar los trenes en los que deseaban partir. Otros se despojaban de los uniformes y los arrojaban al suelo, buscando angustiados unas ropas de civil para sustituirlos. Y los heridos que se hallaban en condiciones de moverse, salían de los hospitales de emergencia envueltos en sábanas blancas y cobijas atigradas, recabando informes de lo que sucedía e implorando ayuda para subirse al tren que estaban intentando formar. Un hormiguero de desertores que llegaba del frente, corría gritando que los esperasen...

La tentación de hacer valer nuestro rango de oficiales para tratar de restablecer el orden, palidecía ante la irritabilidad general, que lo hubiera recibido con insolencias, amenazas y quién sabe si hasta con tiros.

La contagiosa sensación del miedo era allí, a varios kilómetros del frente, mucho más impresionante que en medio del fragor de la peor de las batallas.

Rodeamos y apuramos el paso, porque algunos nos reclamaban ya la mula. Y por un rato continuamos junto a la vía con rumbo hacia a Poncitlán, que era por donde más temían marchar ellos.

A medio camino resolvimos salirnos de cabe los trenes de la Intendencia, atravesando unas labores en dirección al cordón de cerros que pretendíamos trasponer siguiendo el itinerario que nos trazara mi tío.

Cuando encumbramos una de aquellas eminencias, nos detuvimos para volver la vista al pandemónium que quedaba a nuestras espaldas.

Resultaba muy consolador hallarse lejos de aquel embravecido mar de pasiones y de miedos que se agitaba en medio de aspavientos, disparos y gritos en torno a la vía del ferrocarril y sin conseguir mover los larguísimos trenes. Comparados con él, los frentes parecían tranquilos, aunque todavía se escuchaban los últimos disparos del estertor de la pelea.

El día lo bañaba todo en luz para mejor escarnecerlo, y nos permitía aquilatar el ímpetu creciente de las deserciones. Pequeñas y dañadas por la metralla, se distinguían las torres de la iglesia de Ocotlán, abanicadas por la esbelta copa de dos palmeras indemnes. Y a su pie debía palpitar dichoso, con la emoción del triunfo, el ánimo del enemigo.

Felices de sentirnos libres, íbamos a reanudar nuestro camino, cuando el cabezal de la mula se reventó, y ésta, con su carga de dinero, quedó libre.

Grité, advirtiendo a mi compañero de esa desgracia.

Nos pusimos rápidamente de acuerdo, y evitando hacer demasiados aspavientos nos acercamos al animal por sus dos flancos, tratando de recuperarle. Pero el híbrido era mañoso; y después de dejarnos acercar haciéndose el desprevenido, huyó trotando y rebizcando en la dirección de donde veníamos.

Le seguimos, aunque nos resultaba harto penoso tener que retroceder.

Se había detenido a pastar y otra vez parecía no reparar en nosotros... Pero así que estuvimos cerca, dio de nuevo la estampida y salió corcoveando para ir a apaciguarse otros doscientos metros más abajo.

Notando cómo se gozaba en arrastrarnos de nuevo hacia el peligro, un furor histérico nos dominaba.

¡Maldita mula!

Nos pusimos tácitamente de acuerdo y tratamos de rodearla y de llegarle por el lado opuesto, para que, si huía, se viese obligada a hacerlo en la dirección que convenía a nuestros propósitos.

Pero fue también en vano. Su conducta se antojaba hija de una perversidad consciente; pues, a medida que avanzábamos intentando sobrepasarla, ella aumentaba el trote para impedirlo... Y seguía corriendo hacia la vía, peligrosamente cercana ya.

Mi compañero y yo nos miramos un instante. No podíamos abandonarla. Hubiera sido muy difícil explicárselo satisfactoriamente a mis tíos, que seguramente esperaban obtener del tesoro que sobre su lomo llevaba una ayuda inapreciable tanto para sobrevivir ella en el probable exilio de él como para pagar posteriormente el rescate de su amnistía. Y con todo el mundo haríamos fama de haber escondido y robado aquel encargo, por más evidencias que en contra de ello pudiéramos exhibir.

Optamos por insistir, siguiéndola al pasito y con mayor cautela para no sobresaltar su recelo.

Mas aquella bestia matrera no se dejaba engañar de ningún modo. Y ya que nos veía cerca, relinchaba y huía reparando en el aire.

Maldecimos mil veces de ella y de nuestra pésima suerte que no nos deparaba una chavinda para lazarla. Pero el pánico y el furor nervioso que nos poseían, parecían alentar nuestro empeño en alcanzarla y someterla, llevándonos siempre a otra postrer intentona.

Todos los trucos que nuestra desesperación ideó fracasaron... Y cuando acordamos con nosotros mismos, ya estábamos de nuevo entre la enloquecida muchedumbre que reunió, cabe la vía, la desbandada.

Visto de cerca, era aquel un espectáculo sombrío.

Habían matado a un maquinista porque no pudo mover un tren. Y cada quien defendía a gritos, amenazas, golpes y hasta disparos algunas de las intrascendentes pertenencias que en aquellos dramáticos momentos habían adquirido un valor casi tan alto como la misma vida: el caballo, un traje de civil, un sombrero de palma... Los propios oficiales se desvestían cambiando sus ropas por las que habían tirado los soldados rasos. Y los heridos, envueltos como fantasmas en sábanas blancas, muchas veces manchadas de sangre, danzaban grotescamente entre los demás implorando ayuda para huir y sin que nadie les hiciera caso. Tras de los soldados desertores, cuyos semblantes estaban congestionados por una mueca de espanto y rabia, corrían las soldaderas gritándole a la Virgen el temor de que les fueran a matar a su "juan". Y en general, todos se veían recelosos e irritables, buscando ansiosamente algo que pudiera servirles de tabla salvadora en aquel naufragio y con las armas listas para disparar sobre el primero que interfiriese en el camino de sus desatinados propósitos.

La mula se metió entre una docena de soldados haraposos que habían salido a su encuentro. Y tres de ellos le brincaron encima.

Se pandeó con el peso. Y antes de que fuera a reventar, los jinetes se las arreglaron para despojarla de la carga, aventándola aparatosamente al suelo y sin parar mientes en lo que las talegas contenían.

El ruido argentino que hicieron al dar en tierra lo delató. Y creímos que al advertirlo los demás se avalanzarían en infernal barahúnda sobre aquel tesoro.

Pero, lejos de ello, aprovecharon nuestra distraída expectación para rodearnos, resueltos a disputarnos la posesión mucho más preciosa de nuestras cabalgaduras.

Comprendimos que estábamos ante el final del dilema, y pensamos que acaso fuera lo prudente olvidarnos del tesoro y tratar de salvar nuestro pellejo. E íbamos a hacerlo así, revolviendo nuestras caballerías para atropellar y rechazar aquella frenética manada de lobos humanos, cuando alguien disparó por nuestra espalda y el subteniente Camargo cayó herido al suelo.

Me consideré perdido. De todas las direcciones corrían hacia mí grupos de desesperados que se iban cerrando en torno y sobre los cuales tendría que pasar si decidía emprender la huida.

Cuando empezaron a sonar los disparos y unas primeras balas me pasaron zumbando junto a la oreja, opté rápidamente por no exponerme y salté del caballo a tiempo que con un fusil me daban un golpe que me inutilizó una pierna.

Con ello se llevaron mi caballo y me dejaron en paz.

Y aunque renqueando, pude acercarme hasta el amigo, examinarle la herida en el pulmón y tratar de darle ayuda.

Pero lo único que logré en su provecho fue arrastrar hasta él las abandonadas talegas de dinero y utilizarlas a modo de almohada, poniéndoselas bajo la nuca para mantener erguida su cabeza.

—¡Huye! —me dijo el subteniente—. Y llévate el dinero.

—¡Que se lo lleve el diablo! —repliqué furioso—. Él tuvo la culpa de que estemos como estamos.

Mi camarada me miró a través de una mueca de dolor, y denegando con la cabeza, entre borbotones de sangre, dijo:

—Creo que más bien fue el miedo, manito... No le hallo cómo no se nos ocurrió dispararle a la maldita mula.

Una multitud enloquecida por el pánico se disputaba nuestros caballos con un frenesí asesino. Cuando alguno conseguía subirse sobre ellos, los demás lo bajaban golpeándolo brutalmente. En la trágica disputa acabaron por derrengar a las bestias. Y a nadie aprovechó nuestro sacrificio.

Hasta que llegó el enemigo no terminaron los horrores de aquella desbandada.

El dinero lo tomó éste como botín al levantar el campo.

Y por lo que respecta al subteniente Camargo, creo que debió sentirse descansar, igual que yo, cuando le quitaron de bajo la cabeza aquella almohada tan dura..., por más que ya estaba muerto y no pudo pronunciar ni otra palabra.

LA JICOTERA

Definir el derecho de propiedad suele ser tan
difícil como explicar la Nada.

Es "Moro" un perro comprensivo, casi humano. De hocico largo
y orejas tiesas, la sensitiva nariz negra y levantada y trasijado del
anca por las frecuentes vigilias, desde el fondo de la dulzona
tristeza que mana de sus ojos inyectados de rojo, parece sonreír
una lealtad resignada a la ufana autoridad de Cacho, su pequeño
y paupérrimo dueño.

Ha aprendido bien pronto su función en la empresa que van
a acometer, y no osaría sublevarse a las molestias de esas ramas
de pirul que esta tarde le ha colgado el niño de su collar de jar-
cia. Se mantiene alerta. Y, a las excitativas del amo, pasa corriendo frente a la covacha del "tesoro", haciendo ruido, ladrando y
levantando polvareda con su aparatoso remolque.

El sordo ronquido que emerge por entre los dos peñascos del
pequeño frontal se vuelve entonces turbulento, como el que ad-
quieren los ríos en creciente, y un furibundo escuadrón de jicotes
aparece zumbando y se precipita sobre él haciéndole correr, la cola
entre las piernas y el ramasco brincando a trancos, por todo el
pajonal de la ladera. Se enreda, al cabo, en su aparato, y alcanzado
por los primeros de sus enemigos se contrae al dolor, se tumba
cobarde y se deja lancetear gimiendo lastimero, sin otro impulso
de defensa que el de revolcarse en el macizo de chicalotas hasta
donde lo llevó su fuga.

Cacho, su dueño, de panza sobre lo alto del promontorio y protegido hasta las orejas por un astroso sombrero de soyate, presencia consternado su sacrificio y su fracaso sin acudir en su ayuda.

Arriba, por la empinada ladera de lo más alto del cerro, pacen
el zacatón que peina la silbante brisa de la cumbre las nueve
cabras a su cuidado. Y él tiene a cada momento que incorporarse
para lanzarle una piedra a un goloso recental que espera la ocasión de llegar furtivamente a la ubre opulenta de su madre, la
chiva rubia que el padre del pastor ordeña a su regreso al rancho.

Ahuyentado el cabrito, el chiquillo torna a considerar el problema, olvidado de la tragedia del maltrecho y palpitante perro,

tendido como en desmayo entre los yerbajos y quejándose con un chillido fatigoso.

¡Precioso pero rebelde tesoro este que Cacho da por tan suyo y que, erizado del dolor de sus propias defensas, tiene ya más de una semana de resistir indómito el codicioso afán que alientan sus ensoñadas delicias!... Tuvo el niño la sospecha de su cercanía cuando vio por primera vez a unos jicotes revoloteando en torno a la floración de los jarales del arroyo de la cañada. Precoz amigo del monte, emprendió la búsqueda del panal. Esperaba a que, completa su carga, los avispones se remontasen y orientaran, y los seguía con la mirada en lo alto, a trueque de tropezar en los raizones y piedras y abriéndose dolorosamente paso con las piernas semidesnudas entre el ramerío de los huizaches espinosos. Cuando, encandilados sus ojos por el sol, los perdía de vista, se detenía a esperar el tránsito de nuevas obreras que por otro trecho perseguía. Por horas y días persistió en esta operación que le indicaba un rumbo para acercarse al codiciado néctar. Señalaba en las tardes los lugares en donde le rendía el cansancio o le faltaba la luz, y reanudaba desde allí la persecución a la mañana siguiente. Hasta que al cabo de recorrer unos cuatro kilómetros descubrió, jubiloso, la oquedad en donde se ocultaba la colmena, que desde aquel instante tuvo por definitivamente suya.

Mas, con ser tan trascendental el descubrimiento, no era aún lo determinante en la posesión de tan exquisita riqueza. Faltaba pelear su propiedad con sus legítimos dueños. Y se trataba de un enjambre de esos feroces jicotes cuya ponzoñosa lanza está siempre presta a defender el producto de su laborioso trabajo.

Cacho ensayó las argucias que su tierna inexperiencia le dictaba.

Después de pasar dos días consiguiendo un mísero fósforo, enrolló una bola de pochote al extremo de un largo carrizo que apenas lograban sostener sus frágiles brazos, y le prendió fuego.

Pero el enjambre era muy nutrido y muy pobre la humareda para que lograse aturdirle. Y como el artefacto se le apagara a poco de andar hurgando con él en la ranura, un regimiento de lanceros se le vino encima y por más que huyó desaforado ladera abajo, no evitó que antes de que pudiera proteger sus carnes dentro del agua de un remanso del arroyo, lo alcanzaran tres dolorosos piquetazos que le hincharon la frente, el cuello y el lóbulo de una oreja hasta volvérselos monstruosos.

Maguer lo muy elocuente que este fracaso parecía ser en cuanto a su triste impotencia, no quiso participar a nadie su descubrimiento. Quería gozar en exclusiva de todos los rendimientos de su éxito, sin verse constreñido por la ambición ajena a aceptar las migajas de ese festín en el que se recreaban sus ilusiones.

Durante varios días ensayó sin suerte procedimiento tras procedimiento.

Amontonó y quemó a la entrada de la covacha boñiga seca de vaca; trajo agua del arroyo para verterla sobre el enjambre; cortó ramascos y les prendió fuego dentro del orificio; atacó personal y resueltamente la colmena protegido por una gruesa envoltura de trapos que sólo dejaban libre una angosta ranura ante sus ojos y armado de ramas de eucalipto... Y aunque consiguió mermar en algo el número de los defensores, aún parecía tan lejos de llegar a dominarlos como al comienzo, y estaba materialmente desfigurado por los puyazos que formaban incontables bubones desde sus párpados hasta sus pantorrillas, por todo el cuerpo, y que habían motivado que su madre le hiciera remedios figurándoselo enfermo.

Entonces decidió probar si podía ahuyentarlos con la ayuda del pobre perro, fiel compañero, junto con el corto machete, de sus pastorías. Y el resultado amenazaba ser el mismo.

Invadido por el desaliento, está contemplándolo así cuando escucha a sus espaldas el "uío uío" de un pájaro que brinca por entre las ramas de un guaje y que lanza su agudo clamor hacia los pirules frondosos de la distante hondonada. Y su curiosidad de chiquillo le induce a voltear a verlo.

Tal azar le brinda la sorpresa de un desagradable descubrimiento.

Allí cerca, por detrás del follaje de un pequeño cazahuate, atisba la cara prieta y sucia, rígida bajo la emoción de la envidia y coronada también por un ancho sombrero seboso, de Nicolás.

Ha descubierto su maniobra y su tesoro está en peligro.

Cacho tiene que hacer un esfuerzo por sobreponerse a la ofuscación rabiosa que motiva aquel hallazgo. Una tremante sensación de despecho afluye en lágrimas a sus ojos y crispa sus manos sobre el pequeño machete que trae para ir cortando leña, sacudiéndole con un temblor irresoluto mientras contempla la mata donde pretende esconderse el intruso.

¿Cómo hubiera podido sospechar él que Nicolás se hallara tan cerca cuando los bueyes que pastorea pastan al pie del cerro?...

Antes de que su irritación le permita decir algo, el otro ladronzuelo sale de tras el arbusto, mordisqueando con sus blancos dientecillos de tejón unos tallos tiernos del zacatal. Y se retira displicente para ir a asomarse, fingiendo indiferencia, al promontorio que domina la cañada, donde se queda de espaldas a Cacho y a su panal avizorando a los bueyes.

Se abarca desde allí un panorama amplio, aunque desolado y vacío. Ondulante de altozanos y colinas surge la depresión de un valle cuyos sedientos potreros salpica el verde opaco de los mezquites, ocasionalmente ornados por la floración color de fuego del "injerto" parásito que los invade y deprime. Dos pardos pueblecillos de jacales agachados sobre la tierra rematan la herida seca de un camino de brecha que va a servir de ceja al ojo rielante de un apacible "vallado". Por las orillas de éste sacuden el cascabel de su pequeña fruta encarnada los pirules que cuelgan sus vencidas ramas hacia el estero y elevan una sinfonía de calandrias y azulejos al inmaculado azul del cielo.

Nicolás parece absorto en la contemplación de todo ello. Pero no consigue engañar a Cacho, en el fondo de cuyos rústicos sentimientos infantiles trabaja con afán un rencor insidioso y se va bruñendo de agresivos destellos la resolución de defender la prioridad de sus derechos.

Un temprano impulso de violencia le baila dentro del ánimo. Y en su boca se traduce en el borboteo de un murmullo incisivo y rencoroso:

—¡Ladrón!... ¡Me andaba ispiando!...

Y su mano se agarrota, trémula y crispante, sobre el mango de cuerno del machete.

Los jicotes ven con dificultad de noche, y su defensa se vuelve precaria.

Quizás esto le pueda ayudar a Cacho en la ardua conquista del panal ahora que la presencia de Nicolás alteró sus planes dando origen al propósito de aprovechar el sueño de la ranchería para escaparse al cerro y redondear su empresa.

Una vez que sus padres se han dormido, sale a hurtadillas del jacal seguido de *Moro* y con el inseparable machete en la mano. Y corta por el atajo que sigue bajo un ralo bosquecillo de fresnos añosos.

A sus cortos años no deja de impresionarle la oscuridad que prevalece.

95

Pero no podría admitir que un temor o negligencia inoportunos le permitan al otro ladronzuelo hurtarle la prioridad que le ha dado su descubrimiento.

Bajo el manto sombrío de la noche el monte se entenebrece y puebla de sombras fantasmagóricas. El búho deja oír su lúgubre queja intermitente desde los ramajes del mezquital y el bramido de los toros remontados adquiere resonancias tétricas de lamento. Cuando además la fantasía y el temor maduran en el ánimo del caminante, la penumbrosa pantalla de los cielos donde navega un pedacito de luna, destaca más negros y anfractuosos los perfiles de la cumbre de los cerros. Y a cada instante parece que sobre ella, reflejándose en la difusa claridad del infinito, va a surgir la silueta de algún ente fantástico, aureolada por destellos de fuego y pisando con pasos que harán trepidar los ámbitos de la noche.

Pero todo esto es nada para quien, como Cacho, acude en defensa de tan fundados derechos. Y apenas si siente un poco congestionada su garganta por el tenebroso desplazamiento de los rumores que llenan la soledad de misterio.

Pensar en los jicotes, en las delicias de su miel y en el plan de arrebatársela es, después de todo, un buen recurso para alejar del ánimo las pesadillas que la pavura sugiere... Y absorto en ello, vence el temor y llega hasta el peñasco, en cuya hendidura inferior duerme el enjambre...

Dormiría, debo decir, si no estuviera ya allí otro enemigo ocupado en perturbar su reposo y en birlar su tesoro.

Y se halla él tan atareado, que ni siquiera se percata de la aparición de Cacho arriba del promontorio.

Es éste un competidor astuto, sinuoso y tenaz en la lucha por la miel que acumularon los jicotes. Un rival temible por cuanto trabaja en silencio y tiene a su favor la habilidad del instinto, el incentivo del hambre y toda la malicia que le ha dado su condición de alimaña selvática.

Es nada menos que un coyote.

Por suerte el perro, que escarmentado ya por la dolorosa experiencia de la tarde no quiere saber nada del enjambre, se quedó rezagado. Y, una vez repuesto de la natural sorpresa, el chiquillo puede tenderse a contemplar discreto y silencioso la complicada labor de este otro intruso.

No le teme, porque conoce el recelo y la cobardía que el peligro constante de su vida dañera y salvaje imprimió en el ánimo del animal, porque confía en una eventual ayuda de *Moro* y, sobre todo, porque se trata de defender esa buena miel que tiene por suya.

Puede ser, además, que la habilidad innata del intruso le resuelva el problema que han encontrado tan insoluble sus facultades humanas.

El coyote sabe de esta clase de hurto y es un enemigo falaz de los jicotes. Si se tratara de una colmena de pequeñas guarichas o de un enjambre de tímidos jicotes negros, probablemente hubiera dado ya término a la faena. Pero este pequeño jicote torito, de ala gruesa y abdomen amarillo, es un enemigo feroz, ensañado y peligroso, casi tanto como la avispa desmayagente o guitarrilla, de cuerpo estrangulado y colores de oro viejo. El jicote torito posee una agresividad tan especial, que permite que algunos rancheros audaces lo toreen después de irritarlo hasta la exaltación sacudiéndolo en un bule, y un grueso aguijón capaz de lancear a través del paño más tosco y de reincidir hasta diez veces en el puyazo sin mengua de su ponzoña ni deterioro de su lanceta.

El coyote sabe muy bien que sólo puede acabar con ellos muy poco a poco.

El enjambre zumba dentro de su panal desesperado contra la fatalidad que ha traído tanto ladrón a su miel. Pero se resiste a salir temeroso de la oscuridad de la noche.

El coyote se acerca cauteloso, se voltea de grupa y hurga provocativo el orificio con el peludo extremo de su cola, puestos en la labor todos sus sentidos. Y cuando sale el guardián más inmediato, recoge presto el rabo hasta cerca de su hocico y lo recibe con manotazos y dentelladas hasta destruirle. Pero esto debe ser haciéndolos salir de uno en uno, porque su pelea contra dos o más cuando salen simultáneos se complica y llena de riesgos, lo cual le induce a no hacer más ostensible ni osada su provocación con la cola para no alborotar en exceso a la jicotera.

Su labor se vuelve así pesada y lenta... Pero bien vale la pena, puesto que el coyote es tan goloso de la miel como los seres humanos.

Cacho lo observa y lo deja hacer. Puede ser que la paciencia encuentre el premio que no lograron sistemas más precipitados. Ahora se halla con respecto al coyote en el mismo plan en que estaba Nicolás con relación a él. Y a fe que va pareciéndole más cómodo y provechoso.

Cautelosamente, su mano se ha posesionado de un pedrusco con el que espera ahuyentar a la alimaña en el momento preciso, cuando haya acabado con los feroces himenópteros y pueda el chico bajar a tomar posesión de la colmena.

Pero tampoco a él le resulta fácil. Aunque persiste en su labor ajeno al acecho de la envidia.

Brinca grotescamente en el aire contorsionándose, manoteando y tarasqueando estrepitoso a cada avispón que va saliendo. Cuando lo domina, lo toma entre los dientes levantando cuidadosamente los labios para que no se los alcance la lanceta y lo mastica hasta asegurarse de que está bien muerto. Luego vuelve a su labor con el rabo pacientemente. Pero toda su habilidad no le preserva por completo del legítimo furor de los jicotes. En más de una de tantas metidas de cola surge un chorro de avispones, y al ladrón le salen alas para volar con la angustia de la muerte hasta perderlos. Va después al remanso del arroyo para aliviar el dolor de los puyazos sumergiendo en el agua la parte adolorida. Y, un poco deprimido y fatigado por el esfuerzo, retorna a la colmena para continuar su lucha.

¡Quién sabría explicar cuánto tiempo lleva en ella!

El caso es que, al fin, llega el momento en que sus requerimientos y provocaciones al enjambre se vuelven vanos.

Ya no quieren salir jicotes del panal por más que introduce y revuelve en él la cola atormentada. Algunos quedan todavía adentro, pues el rumor de su irritación persiste. Pero sin duda son pocos y están amedrentados, ya que prefieren defenderse allí que acudir a darle la batalla.

Al cerciorarse de esa disposición, el cánido se voltea de frente olfateando la cueva con precaución, porque un puyetazo en la nariz sería demasiado doloroso. Animado al comprobar que los avispones no salen, se determina, al cabo, a arriesgar una mano para arañar el panal.

Y apenas lo ha hecho cuando, súbitamente agredido por un borbotón de jicotes, da un salto hacia atrás y ha de emprender de nuevo la desatinada fuga... Mas allá los va afrontando de uno en uno hasta aniquilarlos, para estar de nuevo allí, adolorido pero terco, apenas pasado un rato.

Y ahora se halla trémulo por la premura de cobrarse el éxito de su penosa labor con unos bocados de miel. Y escarba con decisión y a dos manos el terraplén de la cueva.

Pero este salvaje ladrón de la soledad nocturna no cuenta con el otro ladronzuelo que asoma su cabeza ensombrerada por arriba del promontorio; y que, considerando que ha llegado su turno, le avienta el pedrusco que rebota brutal sobre la panza trasijada y enjuta de tan vacía de la alimaña.

Ésta recibe el impacto brincando ridículamente en el aire con todo el histérico pavor de su eterna condición de perseguida. Y, olvidando el objeto de su dilatada maniobra y como sorprendida de notarse ilesa, emprende al punto la más veloz y definitiva de las fugas.

Dueño del terreno, Cacho se cala bien el sombrero, se abrocha cuanto puede su desastrada camisa, se ciñe el calzón de manta a los tobillos y, armado con un ramasco y ajeno a toda zozobra, se resbala por el promontorio para asomarse a la ahora vulnerable cueva de sus ilusiones.

Escarba cuidadosamente el tepetate donde yace el panal medio enterrado, y así que salen los últimos jicotes, se trenza a ramascazos con ellos, enardecido por el frenético deseo de acabar de una vez con aquella tentación apasionante.

La tibia luz de la luna lo ayuda a dominarlos.

Puede ser que aún queden más jicotes en las celdillas. Pero aunque le arden como al contacto de una brasa el cuello y un pie, donde ha recibido dos nuevos puyazos, afronta con resolución el riesgo, desmoronando la tierra en torno al panal con el machete.

En eso está cuando sucede algo que congela su presencia de ánimo y detiene el ritmo acelerado de su corazón.

A sus espaldas, muy cerca de él, ha caído alguien que brincó desde lo alto del promontorio... Cacho no encuentra valor para volverse a verlo, y su pánico no se descongestiona hasta que puede escuchar la voz de Nicolás que desde allí le dice:

—¿Quihúbo?... ¿Vamos mita y mita?

Su miedo se resuelve bruscamente en cólera.

Este Nicolás ha sido el amigo y el enemigo de todos sus años de muchacho. Con él retozó por los cerros apedreando tórtolas, cazando iguanas y persiguiendo ardillas; y con él ha tenido que pelear cada guija caprichosa, cada cimbreante varita de membrillo, cada tuna madura y cada una de las magras ilusiones que trataron de componer la miseria a perpetuidad de su desdichada vida... ¿Cómo pudo esperar que no estuviera en acecho?...

Cacho recuerda ahora lo que ha luchado y sufrido para lograr esta miel y considera lo que tiene de ingrato el hecho de que, ahora que ha conseguido arrebatársela al coyote, que a su vez trataba de hurtársela a los avispones, venga quien nada hizo a querer compartirla.

Y del fondo de su estrecho y parcial sentido de la justicia brota la exclamación con que protesta:

—¡No te doy ni una lambida!... El panal es mío.

Al cabo que Nicolás no es ni más grande ni más fuerte. Están igual de raquíticos, de sucios y de pobres, y les dieron simultáneamente las viruelas... Hasta en eso se asemejan y compiten.

Y Cacho enarbola amenazante su machete, rubricando con el gesto la decisión de defender lo que considera sólo suyo.

También el otro trae un cuchillo.

Pero la resuelta expresión de su amigo y enemigo le sorprende y asusta. Él no ve la razón por la cual no han de encontrar un camino más sencillo y más sensato a la avenencia.

Al advertirlo Cacho, se siente dueño del terreno. Rubrica con una interjección insultante la amenaza y se inclina de nuevo y sin perderlo de vista para seguir desenterrando el ambicionado tesoro que será suyo únicamente.

Así consigue removerlo y desprender un trozo de simétricas celdillas chorreantes del espeso néctar... Pero con él vienen algunos jicotes que tratan de llevar a cabo una postrer y ya inútil defensa. Y esto obliga a los ladronzuelos a dejar los machetes y a echar mano de unas ramas, que son arma mejor para repeler el ataque.

...El trozo de panal rueda hasta el suelo, y surge breve y furiosa una batalla a través de la cual concluyen por imponerse y exterminar a los últimos himenópteros, no sin antes haber cosechado en el empeño otros piquetes que acaban de deformar el ya monstruoso rostro de Cacho y hacen surgir en el de Nicolás las primeras protuberancias dolorosas con las que, ahora sí, acredita sus incipientes derechos.

Terminada la lucha, los dos chiquillos quedan frente a frente, fatigados, jadeantes y armados sólo con las ramazones.

Nicolás adivina en su amigo y enemigo la intención de recurrir de nuevo al machete. Y, escaso de tiempo para meditarlo, se precipita sobre él antes de que lo haga. El otro lo afronta, y no tardan en rodar por tierra pateando la miel, enzarzados en un frenético pugilato que caldean entrecortadas injurias y amenazas.

—¡¿Pos qué train con tanto argüende?! —se extraña, de pronto, la ronca voz de un hombre a sus espaldas.

Y otra vez lo inesperado los detiene y paraliza.

El que acaba de hablar es Pifanio, el leñador, un mocetón que, pasando por la vereda cercana con sus burros cargados y su machete de monte, se desvió sorprendido por el rumor de un pleito tan a deshoras, y está ante ellos dubitativo, con los ojos muy abiertos y las manos reposando sobre el lazo que ciñe su calzón de manta a la cadera.

Un presentimiento amargo sobrecoge y vuelve mudos a los chiquillos. Mas Nicolás, que parece abrigar muy escasas esperanzas de éxito en la pendencia y prefiere arriesgarlo todo en manos de un extraño que proseguir a solas con su amigo la encarnizada disputa, exclama con reproche y mirando fieramente a su contrincante:

—¡Te dije que mejor juéramos mita y mita en el panal!...

Al oírlo, el rostro del leñador se contrae, el gesto de su boca se hunde y la mirada se le revuelve ladina e inquieta.

—A ver, pues; ¿ónde está ese panal? —inquiere.

Los chicos están pringosos de tierra y miel por sus harapos. Y Cacho se vale astutamente de ello para tratar de salvar una esperanza:

—Era un panal de jicotes que sacamos de ai —explica—. Éste me lo tiró y lo revolcó todito.

Podrá ser muy rústico Pifanio. Pero tiene su malicia campirana y su sagacidad no se desorienta tan como quiera. También vive en él, con esa fuerza incontrastable que le da la frecuencia del hambre, el sentimiento de la gula.

—¡No digo cómo serán naguales! —les reprocha—... A ver, háganse y dejen mirar si queda algo.

Y metiendo en la oquedad su mano callosa, tantea el tepetate, manipula en él durante un rato puesto en cuclillas y, ante la desolada expectación de los dos chiquillos, extrae un buen trozo de panal chorreante de dorada y espesa miel, examinándolo a la luz pálida de la luna.

—Es cuanto dejaron —considera lacónico, mientras va la golosina a exprimirse sobre la abierta codicia de su boca.

Y relamiéndose los labios por donde chorrean espesas gotas del delicioso manjar, se retira apresurado hacia el camino, para alcanzar a las bestias que se le han adelantado, con el opulento trozo de panal en la mano y sin hacer caso de los dos pequeños litigantes que le van en pos y le asedian con sus súplicas:

—¡Dame una probadita! —implora Nicolás tironeándole de una manga.

Y el leñador, sintiéndose generoso, magnánimo, desprende dos minúsculas celdas y le da ese fragmento, no más grande que una uña, al mendicante, el cual lo mastica ávido, con todo y cera.

Cacho viene también tras el grandullón. Pero no son migajas lo que limosnea. Ha luchado tanto por conseguir ese panal, que no podría conformarse con tan escaso beneficio. Parece que fuera más satisfactorio para él hacer uso del supremo derecho a seguir gritando:

—¡Ese panal es mío!

Y allá lejos, desde el lado opuesto de la cumbre del cerro, también el otro ladrón, el coyote, interviene con su desconsuelo en la disputa, invocando para sí esa misma inútil propiedad que, bien lo sabe, no ha de darle cabida a la menor esperanza. Parece como si en los colgados de su lúgubre aullido se escuchara:

—¡Es míooooo!

Los únicos que nada dicen ya son los jicotes que con su trabajo lo amasaron. Pues los que pudieron quedar, andan perdidos en la noche, y si alguno de ellos osara invocar ese magnífico y casi sagrado derecho de propiedad, correría el peligro de perder hasta la propia vida.

TRÁGICOS

LA MUERTE DE "LA LLORONA"

> La cólera y el pánico hacen un compuesto explosivo.

TARQUINO había llegado a comprender que tanto él como su mujer y su hijo tendrían que salir voluntariamente del pueblo o serían arrojados fuera de éste por la cólera de sus vecinos.

La aversión que a todos ellos inspiraban crecía a un ritmo cada vez mayor, y había llegado hasta sus amistades más íntimas y a los mismos parientes, traduciéndose en una hostilidad general a la que animaba el claro propósito de hacerles imposible la vida. No tardarían en culparlos de las inundaciones y sequías, de las malas cosechas y de las pestes que azotasen al pueblo, en cuchilearles los perros y en lapidarlos los muchachos.

El exiguo y pardo caserío de Popotitlán se levantaba en lo alto de una meseta que coronaban sus sombras cuadrangulares semejando en silueta las almenas de una vieja muralla. Sin embargo, esas habitaciones eran, en su gran mayoría, jacales hechos de palos y cubiertos con zacate que formaba, en manojos trenzados y sobrepuestos, un techo de dos aguas o caídas. No había en él más que una calle, si puede llamársele así al espacio baldío que, ignorando los principios más elementales de la simetría, dejaban en medio las dos filas de casuchas. El sol del trópico cascaba sobre él sus inclementes rayos durante todo el día; y sólo al advenimiento de la noche la brisa y el relente aliviaban algo el calor de horno que flotaba dentro y fuera de cada habitación. Sus míseros habitantes eran campesinos, ganaderos y carboneros a la vez, y algunos de ellos poseían en el cañón del arroyo huertas en donde levantaban magras cosechas de fruta que adquirían y se llevaban compradores de la lejana ciudad.

La casa de Tarquino era también un jacal, el que más atrevido que los otros, se asomaba a la ladera del barranco por cuyo fondo brincaba aquel regato que más adelante había de convertirse en río.

Y era una casa maldita.

Como hombre, Tarquino no tenía mucho de particular. Se trataba de un joven aindiado, flaco, hermético, de músculos duros y semblante anguloso, arado por las huellas de la gran preocupación que llevaba encima a cuenta de la maldición que sobre él y su familia pesaba.

Hijo de la "siñora" Críspula, una anciana más india y más hermética aún que él, casó siendo un muchacho con Sara, cierta mujer que murió de un mal extraño a los cuatro años de matrimonio, dejándole un chiquillo esmirriado, que en vez de ser un consuelo en su viudez, sólo le servía de mortificación por la imposibilidad de atenderle a causa de su trabajo. Cansado de bregar con las enfermedades y caprichos del chico y convencido de que él solo iba a ser incapaz de sacarlo adelante, y como además sentía la necesidad de una mujer que llenase el hueco que dejó la pérdida de la infortunada Sara, requirió de amores a Adelina, una muchacha que se dejó convencer y aceptó el concubinato junto con el compromiso de atenderlos a él y a su pequeño hijo.

Quiso la adversidad que la misma noche de su conjunción amorosa se oyesen en el fondo del barranco, precisamente abajo de su jacal, unos gritos desolados.

Los perros armaron gran alboroto y los vecinos que, haciendo valor, acudieron a asomarse, aseguraron haber visto un tenebroso fantasma blanco que se paseaba solemnemente ante la valla de cardón del huerto de ciruelos y aguacates situado en la otra margen del riachuelo, y que de tarde en cuando se detenía para emitir aquellos alaridos tétricos, los que despojados de las estridencias y modulaciones conque los adornaba la angustia, expresaban una misma idea aterida y matizada de histérico dolor:

—¡Mi hijoooo!...

¿Qué duda cabía? Por el poblado corrió enseguida la voz de que se trataba de la Llorona de la leyenda; y los que se habían asomado a verla desde lo alto, volvieron a sus chozas con los cabellos erizados por un hondo pavor supersticioso.

Ese pánico no tardó en apoderarse de todos los vecinos. Popotitlán no tenía recuerdo en su historia de un acontecimiento semejante. Pero nadie en él ignoraba la conseja de esas madres difuntas que vuelven en calidad de apariciones clamando por sus hijos perdidos o en peligro. El espectro no salía con regularidad. Mas, a partir de entonces, era rara la semana en que no hiciese una de sus macabras apariciones en el arroyuelo del barranco. Y ello acabó siendo suficiente para que nadie se atreviera a cruzar éste luego de anochecido y para que desaparecieran las tertulias y corrillos de antes de acostarse, así como para que cerrase sus puertas con dos horas de anticipación a lo acostumbrado el tendajón de don Ezequiel. La gente evitaba ya salir en la noche a la intemperie y los chamacos empezaron a irse tempranito a dormir sin necesidad de las antes reiteradas conminaciones de sus padres, a cuyo petate se pasaban buscando el amparo de los cuerpos de su tata y de su nina, que en esa forma no podían hacer una vida marital ordinaria, como lo tenían por hábito.

Comoquiera que todo efecto tiene una causa, hubo que buscarle explicación a las impertinentes visitas de tan tenebrosa señora.

Y, atando cabos, el ingenio popular consiguió hallarla.

Dado que el único hogar desde donde se divisaba aquel sitio del barranco en que aparecía el fantasma era la choza de Tarquino, que además la primera aparición había coincidido con la reunión en concubinato de éste y Adelina y que los gritos preguntaban angustiosamente por el hijo, no cabía la menor duda de que se trataba del alma en pena de la fenecida Sara, la primera mujer de aquel hombre, quien, desazonada por la infidelidad del marido a su recuerdo y temerosa de la suerte que corriera su muchacho confiado en adelante a una madrastra, acudía a reclamar la criatura precisamente desde el lugar en donde mejor pudieran verla y escucharla los que tenían en su mano su destino.

De aquí que, a partir de entonces, el jacal, la pareja que en él vivía y aun el pequeño reclamado, fuesen cosas malditas para todo el vecindario.

Se los miraba con horror. Y el mocoso, causante involuntario e inconsciente de aquel drama, no podía ya asomarse con su ventruda desnudez a ningún lado en donde hubiese personas mayores o chiquillos de poca más edad sin que se iniciase una desbandada general al grito unánime de:

—¡Ai'stá l'hijo de la Llorona!...

A todas estas esquiveces y habladurías hubo que añadir el peso de la propia conciencia de la desventurada pareja. Porque Tarquino y Adelina habían aceptado con un candor infantil la conclusión sacada por sus convecinos sobre las razones que motivaban la tétrica aparición.

Verdad es que no encontraban claramente justificados los motivos que obligaban al ánima de Sara a perseguirlos de aquella manera. Tarquino quería noblemente a Adelina; pero antes de la defunción de su primera mujer nunca le había pasado por la mente la posibilidad de abandonarla por otra. Y en lo tocante al hijo, éste se encontraba sin duda alguna mejor atendido por una madrastra buena que por un padre solo, que nada entendía de prodigar cuidados a criaturas desvalidas. Si hubiera notado en Adelina alguna aprensión hacia el pequeño, inmediatamente hubiese intervenido él poniendo punto final a sus intenciones de inferirle cualquier maltrato. Pero, lejos de ello, tan lo trataba bien, que el chico había llegado a quererla y a confiar en ella como en su propia madre. Y en realidad, si algunas desventuras agobiaban al infante, éstas tenían por origen precisamente la aparición del fantasma de la muerta, que lo había convertido en tabú a los ojos de todo el pueblo.

De aquí que antes de aceptar la resolución de Adelina, que aburrida de la emponzoñada intención conque se los observaba en Popotitlán quería separarse, Tarquino decidiera agotar todos los recursos.

Conviniendo en que las coincidencias que dieron origen a la deducción que les atribuía toda la responsabilidad en la vagancia de aquel alma en pena eran absolutamente justas, aún se podía intentar algo por transformar la situación y destruir la insidia sin recurrir al caso extremo de separarse.

Y una tarde fueron los tres al cementerio.

Era éste un trecho de monte sin ninguna cerca, y donde no había más señas de que se hubiera establecido una necrópolis que unas cuantas cruces de madera agobiadas por las viciosas trepadoras del verano o derribadas por las vacas y los burros. El terreno de la fosa en la que, dentro de su cajón, debían descansar los restos de Sara, se hallaba intacto y hasta empezaban a crecer en él unos yerbajos. Era indudable que no lo habían removido. Cierto que un fantasma es un ser incorpóreo que no precisa de estas sutilezas para huir de una tumba. Pero siempre tenía algo de tranquilizador el hecho.

Tarquino, su mujer y su hijo se hincaron ante la humilde cruz de palitroques que había clavada sobre el sepulcro, y después de rezar devotamente durante casi una hora por el descanso del alma de la desaparecida, juraron con solemnidad y reverencia impecables respetar su recuerdo y ser leales y considerados con el chamaco, implorando, a cambio, que reposase tranquila en su tumba permitiéndoles a sus espíritus recobrar el sosiego perdido.

Volvieron a su casa confortados por una esperanza.

Pero, como si se tratara de escarnecer la devoción y la magnífica voluntad que inspirasen aquellos ruegos, la Llorona reapareció esa misma noche en el barranco y gritó más recio que nunca exigiendo la felicidad de su hijo.

Tarquino no quiso ceder aún. Antes de aceptar aquel último recurso en que su mujer insistía, era necesario que él hablase con el fantasma de la muerta. Este propósito se clavó en su voluntad obsesionándole. Y así se dispuso a hacerlo.

Tres días después bajó al barranco apenas había cerrado la noche. Como estaba nublado, la claridad de la luna llegaba a través de unos nubarrones grises que flotaban en el cielo, y la noche no era clara ni perfectamente oscura. Se parapetó junto a la cerca de piedra que había cabe al aguacatal por donde solía pasearse, y que pertenecía por cierto a su madre, la vieja Críspula, y aguardó paciente, aunque no sin espanto, porque no era cosa de broma salir a pedirle explicaciones a un difunto. Desde allí podía ver los contornos en sombra de su choza arriba de la meseta y oía el ladrido de los perros de la ranchería, que interrumpía de tarde en cuando el murmullo monótono del arroyuelo y el cántico metálico y espasmódico de las chicharras.

Faltaba saber si acudiría esa noche el espectro.

Y, temblando contra su voluntad, Tarquino pensaba a veces que acaso fuera mejor que no llegase, pues desconfiaba de su valor para dirigirle la palabra y para exponerle coherentemente sus razonamientos.

En estas cavilaciones le sorprendió la aparición de la blanca figura que caminaba lentamente por el borde de la arboleda. Y el corazón empezó a brincarle dentro del pecho, los dientes a castañetearle y un nudo de ansiedad a oprimirle la garganta.

La siniestra visión tendría casi dos veces la estatura de una persona normal, y no parecía haberse dado cuenta de su presencia, no obstante que sólo unos cuantos pasos los separaban. Se detuvo al fin, y luego de despejar su garganta con una tosecita perfectamente humana, lanzó uno de sus lúgubres alaridos, que penetró con el frío de una puñalada en el trémulo corazón de nuestro hombre y se desparramó con la sangre por todas sus arterias.

Poseído por un temblor epiléptico, Tarquino hizo ánimo para correr unos pasos a su encuentro, cayendo ante ella de rodillas y balbuciendo mecánicamente la frase que llevaba estudiada:

—Vine a que me platiques lo que queres, Sara...

No pudo continuar. Al darse el fantasma cuenta de su presencia, que no sospechaba, emitió una exclamación de sorpresa, decreció en tamaño y, asustado, se dio a correr por entre la arboleda como si le persiguieran todos los demonios del averno.

Tarquino se quedó unos instantes suspenso, desconcertado.

Cuando pudo recuperar el dominio de sí mismo, consideró que quien así tosía, gritaba, huía y hacía ruido al caminar, no era gente de otro mundo, sino alguien muy de éste, tan de carne y hueso como lo era él. No tuvo tiempo de perseguir al fugitivo para resolver de una vez el torturante enigma. Pero se hizo la íntima y formal promesa de cobrarle bien caro la próxima vez que apareciera, todos los sinsabores y desazones que les estaba haciendo pasar a su familia y a él.

Al día siguiente amaneció casi contento.

Ya le había confiado lo que averiguara a su mujer y salió a la calle para hacer público entre los vecinos lo que le había sucedido. Como algunos se negaran a creerle, aseguró que si la tal Llorona volvía a aparecer por el barranco, bajaría allá armado de su machete y no le dejaría un hueso sano en el cuerpo. Y por si se presentaba esa oportunidad, afiló ostensiblemente el instrumento.

Tenía que sospechar de alguien. Y pensó en Fortino, un mozo del lugar que había cortejado antes que él a su Adelina y que podía obrar así instigado por el despecho y con la esperanza de separarlos. Se abstuvo de comunicarlo a nadie, pues no estaba muy seguro, y si se atrevía a salir de nuevo pensaba tomarse muy bien tomada su revancha.

Pasaron unas semanas. Y como la aparición no se dejase ver ni oír durante ellas, el vecindario de Popotitlán empezó a recobrar la tranquilidad, al grado de que hasta los chicos se atrevían ya a bajar de noche a las huertas del arroyo. Parecía evidente que el fantasma, que no podía ser sino una gente del pueblo, enterado de los propósitos de Tarquino había resuelto desistir de su maquiavélico trabajo...

Pero una noche, cuando ya la aventura era casi cosa de la historia, se volvieron a escuchar los estridentes gritos en el barranco. Y entre los que acudieron a despertar a Tarquino y a incitarle a cumplir sus amenazas, estaba precisamente aquel Fortino; con lo que quedó de manifiesto que nada tenía él que ver con la Llorona.

Nuestro hombre no podía hacerse atrás. Saltó del petate, se puso la ropa y empuñó, con gesto resuelto, su afilado machete.

—Nomás no me lo espanten —dijo, delatando lo medroso en el temblor de su voz

Abandonó la choza seguido por todos los otros. Éstos se quedaron en lo alto de la meseta presenciando a distancia la maniobra, y él empezó a descender con sigilo por el terraplén de la barranca.

Allá abajo estaba la blanca figura paseándose calmosamente ante el mismo huerto de ciruelos y aguacates de costumbre, y sin que aparentemente se hubiera dado cuenta de que la espiaban y bajaban a agredirla. Tarquino temblaba furiosamente acometido por un terror incontrolable; pero no estaba seguro de que el furor que le invadía no tuviera también algo que ver en esa excitación. Tal vez temblaba de ambas cosas. E iba firmemente resuelto a acabar a machetazos con aquella pesadilla.

Hacía una hermosa luna y esa noche estaba clara.

Pudo, no obstante, llegar sin ser visto hasta la misma orilla del riachuelo. Mas, al brincar éste, resbaló en un canto rodado y el ruido que hizo lo descubrió, advirtiendo del peligro al fantasma, que al punto se recogió un poco los faldones y emprendió carrera tratando de internarse otra vez en la espesura del arbolado.

No los separaban más que unos quince pasos. Y alentado por la fuga de su enemigo, Tarquino se lanzó en su persecución con el machete enarbolado, ante la expectativa de los vecinos que, sobrecogidos, observaban desde arriba del pueblo su temeraria hazaña.

El fugitivo no parecía ser muy ligero corriendo, y los faldones le estorbaban visiblemente al enredarse en sus piernas. Su perseguidor le iba ganando terreno, y no hubiera tardado en darle alcance... Mas, para que la tarea le resultase mayormente sencilla, quiso la mala fortuna que el supuesto fantasma se enredase con sus trapos en unas matas o tropezara en unas raíces, yéndose de bruces al suelo, donde quedó a merced del enardecido Tarquino, cuya furia, hostigada por el miedo que aún no le abandonaba por completo, había adquirido proporciones inauditas...

Ya hemos dicho que aquella huerta de aguacates y ciruelos en donde estaba a punto de suceder una horrible tragedia, pertenecía a la vieja Críspula, la madre de Tarquino.

Ésta vivía sola en un jacal que quedaba en la otra cara del cerro, y era una anciana adusta, malencarada, a quien tenían por misteriosa y avarienta en Popotitlán.

En realidad, lo que llamaban avaricia no pasaba de ser una

lucha denodada contra la más espantosa miseria. Porque no quería que se enterasen de ésta ni los demás ni Tarquino, se preocupaba muy poco de frecuentar a los vecinos del pueblo, quienes al verla tan arisca tampoco se interesaban en pormenorizar sobre el motivo real de esa hurañez.

Rara vez aparecía en la ranchería como no fuese para comprar algo en el tendajón de don Ezequiel o para tratar la venta de los frutos de su huerta de ciruelos y aguacates cuando llegaba un comprador de la ciudad. Esa cosecha de fruta constituía su única riqueza, notoriamente insuficiente para costear con ella los gastos de todo el año por insignificantes que fueran éstos. Y solía vérsela en las laderas del cerro, recogiendo nopalitos tiernos, pitayas y nanches para completar su sustento, o bajando por agua al arroyo.

A su hijo no lo visitaba. Rechazó al nieto cuando él fue a rogarle que se lo atendiera, pues no le alcanzaba para hacerlo su miseria y prefería no delatar ante Tarquino sus agobiantes escaseces, ya que conocía lo raquítico de sus recursos y no podía consentir que los mermara proporcionándole ayuda. La pobreza, por extremosa que fuera, le dolía menos sufriéndola sola. Y, después de todo, una pobre vieja como ella no tenía por qué esperar ninguna holgura de la vida.

El hijo no había sabido interpretar correctamente esa actitud, y, creyéndola egoísta, acabó por no presentarse más que muy a la larga de visita en la apartada choza de la anciana.

Apenas si se enteró Críspula de que tenía nueva mujer.

Andaba entonces muy preocupada porque algún cosechero furtivo del pueblo, tal vez grupos de chiquillos, aprovechaba la oscuridad de la noche para bajar y robarse los frutos de su huerta que aún no empezaban a madurar en los árboles. Recoger tan prematuramente la cosecha hubiera sido tanto como depreciarla, malogrando la mitad de su valor. Y de denunciar el hurto al delegado de la autoridad, que la creía obsesionada por la avaricia, no le hubiera hecho caso.

Pensando cómo remediar esta calamidad, un día se le ocurrió disfrazarse de fantasma. Y se puso la enagua parda y sus dos fondos blancos, de modo que levantando el de arriba y sosteniéndolo bien alto con la ayuda de dos palos puntiagudos, semejaba un espectro de estatura que doblaba la suya. Para darle más carácter a la aparición identificándola con la Llorona de la conocida leyenda, lanzaba aquellos tétricos gritos.

Puesto en práctica ese método, obtuvo un magnífico resultado ahuyentando a los ladrones.

Ella no se enteró de lo que con su treta estaba perjudicando a Tarquino. Carecía de confidentes que la informaran. Cuando surgió él tomándola por Sara, tampoco pudo comprender claramente su problema. Pero desalentada por el susto, durante un mes desistió de las apariciones. Mas, como notase que sus aguacates volvían a ser robados, tuvo que retornar a las andadas; bien que con el propósito de retirarse de esa actividad ya que levantase su próxima cosecha.

Demasiado tarde notó que la espiaban y de nuevo quiso correr y ocultarse entre la maleza. Pero tuvo la desgracia de que sus ropas se enredaran haciéndola caer de bruces. E iba a gritar pidiendo paz, cuando un espantoso golpe le abrió en brecha la cabeza.

Tarquino desahogó sobre su indefensa víctima todo el furor nervioso que el temor y las desazones pasadas habían acumulado en su pecho. Siguió descargando machetazos hasta quedar agotado por el esfuerzo. Ya el cuerpo de la mujer estaba rígido y sus trapos blancos tintos en sangre, cuando soltó el arma y se limpió con la manga de la camisa el sudor frío que la exaltación había condensado en su frente. Jadeando aún, se inclinó después para descubrir el rostro ensangrentado de la que yacía en el suelo. Y al reconocer a su madre se desplomó, como fulminado, sobre unas piedras.

LAS CIÉNAGAS

Cuando tú no das cuartel, no esperes te den ayuda.

LA NOCHE es cálida y oscura. No hay en ella más luz que la que se criba por esos agujeritos brillantes que son las estrellas. El paisaje se ha quedado solo, quieto, vacío. Desde los páramos de Atenco, donde pasta el ganado bravo en praderas de un zacate pajizo, a las orillas bordadas de colomos y girasoles de las ciénagas de Lerma, el concierto monocorde de las ranas se oye más inexpresivo que el propio silencio. Y no ladran perros ni braman las locomotoras de los trenes de vía angosta que van y vienen de Acámbaro. Aparte de que se apagaron los radios y vitrolas y hace ya tiempo que cerró sus puertas la última cantina.

Resulta difícil distinguir en la oscuridad a este hombre vestido de manta que se halla tendido boca abajo sobre el reborde de la cuneta, entre el asfalto de la carretera y el agua estancada de la laguna.

Pero más difícil aún es comprender lo que hace ahí.

No está muy distante de él la última choza del poblado de Lerma, que, como casi todas las aledañas, es una pequeña construcción de adobes con dos agujeros por puertas y cuyo frente da a la pista pavimentada en tanto que a su parte posterior sólo la separa un corto patiecillo del canalizo que bordea la ciénaga. Se adivina en la noche como una sombra más oscura que las demás, recortando sus ángulos romos sobre la incierta luminosidad del firmamento.

Por su actitud pudiera creerse que este hombre, cautelosamente echado sobre el ribazo de la cuneta, es un pescador que ha fondeado sus nasas para atrapar las carpas que se crían en las acequias y que está esperando ilusionado el producto de su obra. O bien, que aguarda la aparición de alguna nutria para agredirla con el cuchillo cuya empuñadura oprime nerviosamente una de sus manos... Pero no es así. Él otea hacia algo que no está en el agua, sino en aquella casucha de adobes, que es por cierto la suya.

El hombre se llama Pánfilo. Y trenza y vende petates de rama de tule de los que formando un rollo reposan algunos a su lado.

Hará una media hora que salió de su casa con rumbo a Toluca, en donde acostumbra vender la labor de la semana. Dejó a Nacha, su mujer, dormida sobre la estera que les sirve de cama y avanzó aparentando la despreocupación de otras veces por la carretera. Pero aún no había adelantado un kilómetro, cuando retrocedió cautelosamente hasta situarse a unos sesenta pasos de su hogar y quedar tendido allí, con la atención de todos sus sentidos en lo que pudiera suceder en torno a la choza.

No le va a ser necesario permanecer mucho tiempo en esa posición.

Momentos después, a espaldas de la casa choclea algo en el agua que le hace levantar un poco la cabeza, en un esfuerzo por precisar lo que sucede. Y cuando se cerciora de que no es una mera ilusión suya, se estremece, mitad angustiado mitad colérico, distiende los músculos de su cuerpo y los dedos de la mano derecha se le crispan impacientes sobre el mango del cuchillo. Si le pudiéramos ver la cara notaríamos que es un joven cetrino, rechoncho, con cuatro vellos de barba y el pelo grueso y apelmazado característico del indio; que sus rasgos se han puesto tensos y su mandíbula tiembla, en tanto que hay un brillo siniestro entre sus párpados gruesos y semicerrados.

Instantes más tarde aparece un bulto largo y oscuro que se desliza silenciosamente sobre el agua de la ciénaga, siguiendo el canalillo lateral de ésta. El suave choclear de la pagaya que lo impulsa se va haciendo cada vez más perceptible y acaba por oírse sobre él un rumor de cuchicheos. Se ha desprendido de las sombras que proyecta la choza y se viene acercando al lugar donde Pánfilo permanece, obligando a éste a cruzar a gatas hasta el otro lado la carretera para no ser visto.

Desde allí, Pánfilo se dirige furtivamente hacia su casa, agazapándose en la depresión de la cuneta opuesta mientras camina.

Cuando arriba a ella, empuja y abre la puerta de raja de pino que no tiene más tranca que una silla de tule recostada. Y penetra en su interior.

Adentro está más oscura la noche. Pero Pánfilo conoce muy bien todos los rincones, y no le es difícil llegarse a tientas hasta el petate matrimonial, buscando con una mano en él el cuerpo dormido de su mujer.

Nacha no está allí. Es, sin duda, uno de los dos bultos que cuchichean mientras se alejan en esa canoa de su vecino Sixto que va resbalando sobre el canal orillero de las ciénagas.

Nacha, su Nacha, es, como él, una indita de cara redonda y tez color piñón en la que brillan unas grandes pupilas negras, misteriosas. Se casaron once meses antes porque se querían. Las primeras semanas parecieron ser felices. Después..., después, Pánfilo no supo a ciencia cierta lo que pudo haber sucedido; pero empezó a notarla extrañamente fría y esquiva con él.

Como no entendía mucho de mujeres, pensó que acaso todas fueran así. O que quizás aquella no hubiera resultado todo lo ardiente que él esperaba. El caso es que se pasaban las semanas sin que consintiera que él se le acercase, y que si alguna vez se atrevió a pedirle explicaciones encontró siempre una respuesta evasiva y una dureza de gesto irreplicable.

La semana anterior Pánfilo había salido para Toluca también después de la medianoche. Pero como se le olvidara en casa un costal que iba a necesitar, decidió volver por él. Y su sorpresa fue grande cuando vio que la mujer, a quien unos momentos antes dejase dormida allí, había desaparecido. Salió al corralito de la parte posterior, a uno de cuyos lados separaba del de la casa de Sixto una cerca baja de piedra, y la llamó dos veces:

—¡Nacha!... ¡Nacha!...

Como no obtuviese respuesta, fue a buscarla a casa de una hermana de ella, distante no más de unos cien pasos, pensando que tal vez se hubiera ido a dormir con ésta. Y después de comprobar que no estaba, regresó preocupado a su domicilio, encontrándose con que Nacha se hallaba acostada de nuevo en la estera del rincón.

—¿Pos ónde andabas? —le había preguntado.

—Ajuerita nomás —repuso de mal modo y gruñendo porque no la dejaba dormir.

—Pos si te grité...

—Te oyí... Pero me dije: ¿Pa qué le contesto si oritita voy?

Pánfilo partió entonces para Toluca con sus petates. Mas una preocupación había prendido en su ánimo y no lo abandonó en todo el camino. Insistente, acudía a su memoria algo que su hermano le había dicho cuando pensaba en casarse: "Esa Nacha estuvo tres años de sirvienta en la capital, y sabe qué mañas traería de allá..." Eso le había dicho.

Llegó al mercado de la ciudad dándole vueltas a esta consideración en su cabeza. Antes de ir a ganar el rincón donde solía tenderse y que le disputaban un frutero y un vendedor de escobetas, tuvo tiempo para tomarse una taza de café con aguardiente que expendía una mujer acuclillada en la banqueta. Después ocupó el lugar de siempre, donde desató y extendió su mercancía. Y en tanto que empezaban a llegar los primeros marchantes, permaneció abstraído, sin que cediera su mortificación por el extraño proceder de Nacha.

Como las malas ideas le mordían en el cerebro hasta obligarlo a arder, no atendió a los clientes con el empeño acostumbrado. Y poco antes del mediodía, después de realizar los petates sobrantes a cualquier precio en una tlapalería que siempre le tomaba los rezagos, emprendió el regreso a Lerma madurando un plan para salir de dudas.

Durante toda la semana aquella había espiado, sin darlo a entender, los movimientos de su esposa. Y ellos le incitaron a sospechar de sus relaciones con Sixto, lo que en ese momento confirmaba.

—¡La endina!... —mascula rabioso al tener por definitivo que Nacha le engaña.

Su honor, su dinidá de macho se sienten heridos y se sublevan. Exigen una reparación. Y la mano le tiembla sobre el mango de madera labrada del cuchillo.

No hay canoas por allí. Ni siquiera un tronco para navegar. Pero, ¡poco importan las canoas!... Él conoce por lo menos esta primera parte de las ciénagas tan bien como su propia casa. Sabe que hasta el otro lado de las dos puntillas sembradas de milpa no son hondas ni pantanosas. Las reses suelen pastar en ellas el llantén de agua y los lirios que emergen a su superficie, y el propio Pánfilo las recorre a pierna desnuda cuando ha de cortar el tule que, puesto a secar y macerado, le sirve para trenzar las esteras.

Se recoge, pues, las perneras del calzón. Y hollando los berros y las amplias hojas acorazonadas de los colomos que brotan en el ribazo, penetra en el agua y comienza a caminar chapoteando en ella.

Si el agua está fría, él no lo siente. Tampoco le producen dolor, ni siquiera molestia, los ramascos endurecidos, los troncos y los pedruscos que hay en el fondo o la tripilla y la chara flotantes que le arañan al enredarse en sus pantorrillas desnudas como pugnando por detenerle. Ahora lleva algo mucho más doloroso que todo ello lacerándole el alma. Su corazón parece estar apretado como en un puño, y esa opresión va formándole un helado vacío dentro del pecho.

No es necesario que siga el canal de la acequia como lo hizo la chalupa. Puede atajar atravesando por lugares donde el fondo es bajo o existen relieves cuyo lomo llega a sobresalir de la superficie del agua. Conoce la dirección que sigue el canalizo y no le importa haber perdido de vista la canoa en las tinieblas de la noche y tras la espesura del tular. Ha dejado descansar el cuchillo en su cintura, bajo el ceñidor, y sólo de vez en cuando, en el afán de cerciorarse de que está con él, su mano sube y lo acaricia.

Calcula que los fugitivos han de ir con su culpa al milpal del lado opuesto o a los tulares que lo preceden en lo seco de la orilla. Pero esta vez su pretensión de ocultarse no eliminará el peligro, porque Pánfilo se encuentra resuelto a perseguirlos hasta el fin del mundo si es preciso, para cobrarse en sangre de los dos la ofensa.

No tarda en escuchar de nuevo el chapoteo de la boga, y sosiega la marcha haciendo el menor ruido posible al caminar. No obstante, un asustado joyuyo se remonta en torpe vuelo de entre unas matas de llantén del agua. Pero eso no tiene por qué inquietarlos ni los alarma. Y si la embarcación no logra verse por la oscuridad y la maleza, tampoco él puede ser visto, siendo que para guiarse le basta con el ruido que produce el remo.

Sixto es pescador de carpa. Pero además suele cortar y vender en el establo de don Próspero pastura fresca de la que se da en la laguna y en sus ribazos, así como ramas de tule a los que fabrican muebles típicos en Lerma. Estas últimas las tiende a secar al sol y las hace manojos en una isleta que hay en el otro cuerpo de la ciénaga, cuerpo comunicado por el canalizo que ahora siguen y que se extiende más allá de los maizales hasta casi el pie de unas colinas. Y para todo ello posee una de esas canoas tan diminutas que, observándolas varadas 'en la orilla, apenas se puede concebir que sean capaces de soportar a bordo el peso y el volumen de un ser humano.

Mas esta noche lleva dos. Y parece que van lejos.

Sin embargo, a Pánfilo le anima la certidumbre de que deben saltar a tierra en algún lado, pues la lancha es demasiado pequeña para albergar hasta la culminación su falta. Y es esa la ocasión que él necesita para no errar el golpe en su venganza.

Han atravesado ya el brazo de agua entre los dos salientes sembrados de milpa, y siguen de frente por el otro cuerpo de la ciénaga, al parecer en dirección al islote.

El celoso no conoce esta parte de la laguna tanto como la otra. Allí no enraíza bien el tule en la delgada capa de cieno que reposa sobre la arena floja del fondo, y no la frecuenta en los menesteres de su oficio. Ha oído decir que en ciertas épocas del año existen trechos pantanosos. Mas, en su actual estado anímico, estos inconvenientes se le antojan de muy poca monta para hacerle titubear en su propósito. Y muchísimo menos cuando al irles ganando terreno, ha podido escuchar la voz de Nacha que le dice a su acompañante:

—¡Ta retialejos, Sixto!...

Esa exclamación le ha hecho al marido el efecto de una pedrada en la frente. Vacila sobre sus pies y siente que un nudo de angustia le oprime la garganta, mientras en el interior del tórax algo le pesa como un yunque. La boca se le ha secado y su diestra busca nerviosamente el puñal y lo libera impaciente de su funda.

En esa parte de la ciénaga la vegetación, aunque más alta, es menos espesa.

Pánfilo puede rezagarse un poco, porque ahora sabe con certeza que la isleta es el destino de los fugitivos.

Implacable en pos de ellos, atraviesa un claro entre la maleza cuando advierte, de pronto, que el piso falla bajo sus pies y que está sobre un fondo movedizo que entorpece la pisada. Se ha hundido súbitamente en el agua hasta más arriba de la ingle y sus piernas se debaten aprisionadas entre la arena cenagosa. Nota en la oscuridad que el agua en torno se está volviendo turbia y espesa y se agita a su alrededor como empeñada en tragárselo.

En vano intenta hacer pie firme en el fondo del charco. No hay apoyo alguno en él. Si realizando un esfuerzo poderoso consigue desprender ligeramente una extremidad, es a costa de que la otra se suma más de lo que estaba, quedando todo él mayormente incapacitado y prisionero. Forcejea también con el mismo resultado cuando intenta dar unos pasos hacia atrás. Mientras más se revuelve, más se hunde en ese fondo de arena fangosa y movediza que ha interceptado su camino. Y en apenas unos instantes, el agua ha ido subiendo en torno a él hasta rebasarle la cintura y alcanzarle el pecho.

Comprende ya que su situación es grave.

Y fugazmente recuerda la fama de peligroso que tiene este lugar, donde hay noticias de que en diferentes ocasiones se perdieron reses.

Pánfilo sabe que ha caído en un pantano. Y en vano también chapotea en el agua sucia que lo envuelve pretendiendo mantenerse a flote. Las piernas se le cansan sin que logre desprenderse. Se halla demudado por una nueva y cada vez mayor angustia; y sus ojos, muy abiertos, miran obstinadamente al cielo en un clamor mudo de justicia, o buscando con la ansiedad de la muerte un asidero imposible.

Se hunde lenta pero irremisiblemente. Poco a poco, el agua le llega a los hombros. Sólo quedan afuera la cabeza y los brazos, que se agitan en el aire luchando con frenesí contra el jalón implacable.

Ni siquiera le importa ya que le oigan, que los del pecado sepan que los persigue para matarlos... ¡Necesita apremiantemente ayuda!... Y con la voz enronquecida por la desesperación y el pánico, les grita:

—¡Nacha!... ¡Nacha!... Nacha!...

Hace unos momentos que quienes van en la chalupa se han detenido temerosos. Había llegado hasta sus oídos el chapoteo frenético en el agua que viene de tras la espesura de un manchón de tules, y pensaban si sería una bandada de patos de los que suelen dormir allí, algún coyote que los agrede o una vaca que cruza la laguna, cuando perciben aquellas voces desgarradas en las que Nacha no puede menos de reconocer a su marido. Y un estremecimiento de pánico los embriaga.

¿Qué hace Pánfilo en Lerma?... ¡¿Qué busca en la laguna?!... El temor y la ansiedad que encierran estas preguntas la llevan a suplicar:

—¡Regrésate pa la casa, Sixto!... ¡Es Pánfilo!... 'ámonos pa la casa!...

Sixto no tiene el menor deseo de contrariarla. También a él le ha cegado súbitamente la obsesión de su delito, y no es capaz de reaccionar oportuna y humanamente ante la suprema imploración de ayuda que vibra en aquellas voces. Hace virar violentamente la chalupa y pone el vigor de toda su musculatura en la tosca pagaya conque la impulsa hacia el pueblo por el mismo pasaje por donde vinieran.

Mientras ellos se alejan, las voces se van apagando.

Y en la negrura de la noche, rota tan sólo por el tímido guiñar de los luceros, la tragedia de Pánfilo se resuelve en una sola mano agarrotada con frenesí sobre la empuñadura del cuchillo, que hiende el aire como queriendo tajar su propia angustia y que emerge aún, clamando inútilmente auxilio, del agua cenagosa del pantano y se va hundiendo paulatinamente en ella.

MAL DEL PINTO

La peor solución en un conflicto suele ser
la huida.

LA VEREDA por donde descendían se hallaba bordeada de grandes
encinos entre cuyas ramas brincaban las conguitas y las chacha-
lacas. El sol bordaba destellos entre el ramaje, y el piso iba volviéndose más seco a cada vuelta del camino. En tanto que el aire,
antes diáfano y perfumado por el olor a resinas, se tornaba grueso
y húmedo, denunciando la influencia de la costa. Las enhiestas
coníferas de la sierra se habían quedado mirándolos bajar desde
lo alto, y un poco más abajo el vanaro y la parota salpicaban las
perspectivas.

Al mediodía hicieron una pausa sobre el lomo de un altozano
y bajo la fronda rojiza de unos cuajiotes.

Era la octava vez que se detenían desde que cinco días antes
salieron de Huajuapan. Pero ya estaban próximos a su destino.

Allá abajo, en la distancia, la flora se aparragaba y parecía mucho más magra que la que dejaron atrás. La yacua, el huaxín y
aun el chayote mostrábanse pardos, desnudos y vencidos por la
prolongada sequía, y sólo los mangos y naranjos de los huertos
y algún tecamasúchil y mezquite dispersos por los potreros polvo-
rientos conservaban un triste verdor. En el término de ese plano
inclinado que dominaba la vista, el caserío de Tlacuachintepec se
recogía al amparo de la ladera de un cerro calcinada por los
soles.

Mientras las mujeres de los arreadores preparaban la comida,
Chema, el mozo que los capitaneaba, se tendió en el suelo boca
arriba. Y cubriéndose la cara con su sombrero de palapa, dejó
que sus pensamientos borbotearan.

Aún le venían zumbando en los oídos las palabras que poco antes de partir le dijo don Odilón, el *siñor* amo. Le había llevado
aparte en el vasto corralón de su casa de Huajuapan y, con su
acostumbrada afabilidad patriarcal, le amonestó:

—Ya supe que piensas casarte en la costa con una mujer de
por allá... Yo no te quito la idea; pero ya sabes cómo son esas
costeñas... Más mejor fuera que te llevases una muchacha de

por aquí, una mixteca como tú. Son más fieles, más sufridas y no te tienen en menos por ser mixteco.

Huelga decir que no aceptó el consejo.

Tenía tres años de querer a Maura, la costeña, y contra eso los razonamientos valen muy poco. Veíala cada primavera en Tlacuachintepec, a donde bajaban para reconcentrar la chivada de la engorda y emprender su pastoría. La primera de esas temporadas sólo llegaron a tratarse como simples amigos. Pero él no pudo olvidar el hermoso color café de sus pupilas en todo el tiempo que duró el pastoreo ni aun después de que entregaron en Huajuapan el ganado gordo para la matanza. Cuando al año siguiente regresó, iba horriblemente temeroso de que se hubiera casado con otro. No fue así; y pudo hacerle el obsequio de dos pequeños cabritos gemelos que retuvo con ese fin de su porción en el reparto de las crías y que había adornado cariñosamente con sendos cascabeles sostenidos por listones de artisela. Halagado por la ilusión que puso ella al recibirlos, le parecieron más bellos aún sus ojos, más gallardo su busto altivo y más amplias y móviles sus caderas que en la ocasión anterior. Y se propuso manifestarle sus sentimientos.

No le iba a ser fácil. Cada vez que se resolvía a hacerlo, se tropezaba con una frialdad aparente, hija de esa indolencia peculiar de los costeños, como se tropieza el mar en las rocas. Y en ella se estrellaron y rompieron muchas veces sus propósitos antes de que un día, al cabo de innumerables atenciones y rodeos, pudiera ofrecerle matrimonio.

Maura pareció sorprendida. Estuvo cavilándolo unos momentos para luego echarse a reír.

—Mira, mihteco: tú me caeh bien... Pero ¿cuánto ganah? —le preguntó enseguida, aspirando las "eses" como lo hacen todos los suyos.

Él no era entonces más que un simple arreador en la pastoría que capitaneaba Baudelio. Ganaba una ración de maíz y treinta centavos al día durante los siete meses que duraba la engorda. El resto del año se lo pasaba en Mixquixtlahuaca con sus padres, ayudándoles a hacer trencilla de palma y a labrar sus terrenos.

Así que se lo dijo, ella volvió a reír.

—¿Te hah fijao lo que quiereh, mihteco?... Que me vaya contigo y me alimente de puritito maih to lo que dure el pahtoreo... ¡No pue her, mihteco!

Sólo llegó a consolarle cierto dejo de tristeza que se advertía distante en el fondo de esa franca negativa.

Aquel año marchó de nuevo solo al pastoreo. Fueron meses de una sorda amargura. Y cuando llegaron a Huajuapan para entregar el rebaño gordo a los matarifes del amo, con el canto del último verso del Alabado que precedía y le daba solemnidad a la culminación feliz de la dilatada faena, pensó en marcharse de la Mixteca, hacia algún lugar más evolucionado donde le fuera posible mejorar su situación económica.

En estos cálculos le sorprendería don Odilón cuando vino a participarle que había resuelto ampliar sus operaciones a la comarca de Camotinchán, mandando empleadores que le comprasen chivada allí, y que puesto que se proponía destinar a Baudelio para que capitanease la nueva cuadrilla que pastorearía lo de esa zona, se hallaba vacante para el próximo año la plaza de capitán de arreadores en la majada de Tlacuachintepec.

Chema obtuvo ese puesto. Y esa temporada bajaba con categoría de tal, devengando una ración de maíz y diez reales por jornada.

Esperanzado en que con ello fuera suficiente para satisfacer las exigencias de la costeña, iba resuelto a hablarle otra vez de matrimonio. Y los consejos de don Odilón, aunque le impresionaron, no podían afectar esa decisión bien madurada.

En Tlacuachintepec permanecían un mes solamente; mientras recogían e iban concentrando hasta formar un buen rebaño, las cabras que los empleadores del amo contrataban durante el invierno dándoles anticipos de dinero a los rancheros que tenían hatos de ese ganado. Para fines de mayo habían reunido cerca de cinco mil cabezas de caprinos flacos, y salían con ellas camino de la Mixteca al iniciarse las lluvias. Los deslucidos animales engordarían de camino con los pastos que el temporal lluvioso propiciaba en la montaña. Y a ese fin se iban deteniendo en los lugares de la sierra donde encontraban hierba abundante, procurando arribar a Huajuapan con los chivos gordos hacia fines de octubre, tiempo en el cual empezaba la matanza.

Esta vez Maura aceptó las proposiciones de Chema y se casaron.

Apenas terminada la fiesta de la boda hubieron de partir a la pastoría. Aparte de Chema, que era el responsable máximo del ganado, integraban la cuadrilla otros cuatro arreadores y un mozo que se encargaba de abastecer de maíz y las otras pocas cosas indispensables al conjunto cuando acampaban lejos de lugar poblado y no podían proveerse fácilmente de ello. Los arreadores que eran casados, llevaban consigo a sus familias. Procuraban estacionarse en lugares donde hubiera cuevas que les sirvieran de abrigo y manantiales de agua potable. Y cada uno de ellos tenía su china o capote de raja de hoja de palma para sortear los aguaceros, una escopeta de dos cañones y la ayuda de siete perros cuidadosamente amaestrados para que velaran por la seguridad y cohesión del rebaño.

Los veinticinco años del mixteco encontraron en aquella esposa una mujer solícita y ardiente como unas ascuas. Y su devoción por ella creció, como crecen los arbustos de la costa con las torrenciales lluvias del estío. Les había sido fácil comprenderse y todo indicaba que un cariño limpio y profundo y una descendencia pródiga sellarían con su eslabón de buena forja las cadenas de aquel vínculo.

En poco tiempo pasaron por las cercanías de Putla, ya en los aproches de la serranía, donde había magníficos pastos y podían considerarse a salvo de las lluvias violentas y los arroyos crecidos que caracterizaban a los distritos costeños. Y decidieron detenerse un mes allí.

Cierta mañana, Maura y Chema se hallaban sentados al pie de unos higuerones y ella le acariciaba displicentemente la cabeza a su marido, cuando descubrió en el cuello de él una mancha extraña que rompía con un lampo rosáceo y escamoso la continuidad de su lustrosa piel morena.

—¡Ay, tú! —exclamó—. Parehe mal del pinto.

El marido hizo poco caso en un principio. Se resistía a admitir que pudiera él contraer esa enfermedad repugnante, la cual abundaba en toda la vertiente serrana de la costa pero solía ser muy escasa en los distritos de la parte elevada del altiplano de donde Chema procedía... Mas, al transcurrir de los días, la mancha se iba extendiendo y destacaba con mayor notoriedad sobre su cutis broncíneo, obligándole ya a temer que una maldición siniestra se cerniese sobre su vida.

Los orígenes de ese mal todos pretendían saberlos. Unos lo atribuían a una infección de la sangre; otros al agua; y los más a la picadura de un insecto. Lo que nadie conocía era el remedio. Y había comarcas de la tierra caliente donde llegaba a estar tan difundido que parecían más normales los pintos que los de pigmentación sana. Pese a lo cual, eran comarcas donde dominaba la amargura y prevalecía la violencia; donde la vida, en fin, se tenía en escasa estima.

Chema no tardó en caer en esa exaltación de ánimo que propician la impotencia contra la adversidad y el asco de sí mismo. Su carácter se iba volviendo agrio, irritable y malhumorado sin casi advertirlo.

En vano trataba Maura de atajarle con friegas de manteca y jugos de plantas aquel manchón que se extendía con una rapidez maldita por su cuello y por su hombro, y que no tardaría mucho en alcanzar la cara del infeliz y en encanecer como en mechones sarnosos el pelo de su cabeza. Todos los remedios resultaban inútiles. Y Chema acabó por repudiarlos, fastidiado de la esterilidad de sus aplicaciones que parecían favorecer la vitalidad del agente de la enfermedad en vez de aplacarlo.

Esperaba el momento en que descubriría en su mujer un movimiento instintivo de aversión, de repugnancia. Y se sorprendía de verla más solícita con él que nunca, como si comprendiera todo lo necesitado que estaba de ánimo y consuelo. Apenas podía admitir que el cariño y el deseo fueran más fuertes que el asco físico que sus manchas inspirarían necesariamente a cualquier persona sana... Pero si no lo creía, allí estaba Maura, la costeña, la interesada, para demostrárselo hora tras hora con su conducta.

¡Qué hubiera pensado y dicho don Odilón de ver cómo lo confortaba con sus caricias, sin miedo a contraer la enfermedad con el contacto, cuando Chema se dejaba abatir por la desesperación y la amargura!...

Mas, con el tiempo, el avance implacable de las manchas indujo a Chema a pensar que su mujer procedía así sólo por un rasgo piadoso y venciendo estoicamente la inevitable repugnancia. Sintió que le inspiraba lástima, y ello le hizo mucho mal. Se llamó egoísta y se propuso huirle para no seguir exponiéndola al peligro y al asco de su persona.

Corría fama de que la enfermedad no se contagiaba. Pero, aun así, le resultaba insufrible que ella se obstinara en seguir tratándolo de esa manera, como si nada fatal hubiera surgido entre ambos.

El abismo que se estaba abriendo entre sus vidas, era demasiado hondo para agravarlo más todavía con torpes explicaciones. Y no quiso decirle nada. Pero procuró alejarse el mayor tiempo posible del lado de Maura, pasándose con cualquier pretexto los días enteros ausente de la majada o campamento donde estaba la cuadrilla, tendido en la selva bajo un árbol y mirando con un rencor latente ese inmenso cielo azul, cruzado por nubarrones blancos procedentes de la costa, y que, si no se desplomaban sobre ella, iban a disolverse en lampos de espesa niebla contra la montaña. Regresaba de noche al campamento, confiando en que la oscuridad disimulara los progresos de su mal, y le molestaba que Maura acudiese diligente y casi gozosa a servirle y a echarse junto a él para buscar, como cuando estaba sano, el contacto de su cuerpo y sus caricias. Saciados los primeros impulsos, la repudiaba.

Ella no comprendía tal situación. Su lógica ignoraba aquellas cosas de conciencia en las que se refugiaba la amargura que lo invadía a él y se mostraba exasperada por su esquivez. Era su mujer. Y como su mujer debía comportarse no importa el estado que guardase la salud de su marido. Su voluntad de ignorarla, había bastado para que la barrera del asco físico no apareciera entre ambos. Y sentía lamentable que Chema no la ayudase; que pareciera obstinado en hacerla surgir.

Pero él creía ver en cada gesto, en cada movimiento de ella el esfuerzo por vencer la repulsión. Y eso le irritaba.

En la misma medida que la mancha crecían la exaltación y la amargura en su carácter. Iba volviéndose irascible y brutal a medida que el tiempo transcurría. Y ese malhumor culminó en casi frenética locura al saber que Maura estaba embarazada.

En los comienzos de noviembre llegaron a Huajuapan.

El rebaño estaba gordo, flamante. Puesto que les tocaba primero el turno a otras pastorías, hubieron de acampar en las afueras, en espera del suyo para entregar las cabras a la matanza.

Don Odilón encontró desconocido al nuevo capitán de arreadores de la majada de Tlacuachintepec. No parecía el mismo Chema que siete meses antes saliera de Huajuapan. El vitiligo había trascendido el cuello y le invadía trechos de la cara en la mandíbula y bajo la oreja, volviéndole la epidermis rosácea y escamosa. Y junto con el color había cambiado en él el carácter que antes fue afable y reposado y ahora se reflejaba sombrío y atormentado en cada uno de sus gestos. Cuando intentó hablar sobre ello, ni siquiera quiso responderle. Le había perdido hasta ese respeto servil con que le llamaba *siñor* amo.

Con la gran actividad de la matanza Huajuapan se vestía de fiesta. Era una fiesta macabra, en la que los matarifes, que ganaban muy buen dinero, organizaban bacanales donde lo dilapidaban. Ellos eran los protagonistas de la romería. Tradicionalmente venían de un pueblo cercano y trabajaban a destajo, ayudados en la labor de copinar, lavar, vaciar y destazar a los chivos por sus mujeres e hijos, vestidos con unos andrajos que la sangre empapaba y armados de filosos cuchillos con los cuales ejecutaban su función de degollar mientras recorrían las largas filas de rumiantes dispuestos para el sacrificio. Tenían a honor su espantosa habilidad para cercenar la garganta de las cabras al primer envite. Y eran odiados por los arreadores de la pastoría, que se negaban a convivir con ellos en las dichas fiestas y apenas podían soportar el bárbaro exterminio del rebaño, con el que después de convivir durante siete meses, estaban sentimentalmente identificados en cierta medida.

Éstos se consolaban por su cuenta cantando el Alabado y se iban a emborrachar formando grupos aparte, cuando a los balidos agónicos de los rumiantes empezaban a llorar sus mujeres. Pero la suya era una borrachera triste, que no conseguía disipar sino darle exaltación al horror de haber presenciado la espantosa degollina.

En un gran corral, sobre la margen del río, la sangre de los dóciles rumiantes impregnaba día tras día los suelos, y pilas de humeantes intestinos mareaban con el hedor caliente que trascendía a la atmósfera. La gente de los pueblos cercanos huroneaba comprando tripas, ubres, cabezas y otras partes de desecho del animal para condimentar con ellas algunos guisos típicos de la región. Y ellos, junto con los negociantes en cueros y los que venían a contratar el chito o cecina que iba secándose al sol en una serie interminable de tendederos, le daban animación a Huajuapan.

Aquel año, Chema fue el único de los hombres de las cuadrillas del pastoreo que no precisó curarse con aguardiente la pena de ver morir a su rebaño a manos de los matanceros. Y esto, porque era mucho mayor la lástima de sí mismo que lo embargaba y hería.

Una vez que hubo recibido de don Odilón los salarios y su parte en el hato de pequeños cabritos nacidos durante el pastoreo y que no servían para la matanza, llevóse a Maura, su mujer, hasta el mesón donde les daban albergue; y allí, junto a la pila del lavadero y haciendo un esfuerzo supremo por vencer el laconismo de su amargura, le explicó sus planes:

—No quiero que l'hijo que va a nacer mire mal a su tata porque está pinto. De mo que te vas a ir con tu familia a la costa y allí me esperas... Ai'stán los centavos que me dio l'amo, y llévate también los cabritos pa que te ayudes... Yo me voy p'al lado de Guerrero, porque dicen que allí hay quien le entiende a curar la jiricua; y nomás me alivie pasaré por ustedes.

Maura lo contemplaba sobrecogida. Sabía muy bien que no volvería jamás, porque su mal no tenía cura y porque lo que iba buscando era huir de sí mismo alejándose de cuantos le conocían.

Trató de objetar esa decisión. Pero él no quiso escucharla. Además, si había un atisbo de esperanza en aquello de buscar su cura en otras tierras, no quería destruírsela.

Chema le abrió la mano con fuerza para hacerle empuñar el dinero, y partió hacia las afueras del pueblo, caminando con prisa y sin volver la cara, como si temiera arrepentirse.

Ella permaneció sentada en la pileta del lavadero del mesón, con las lágrimas escurriéndole por las mejillas que empezaba a manchar el paño del embarazo. Así la sorprendió la noche, inmóvil y abstraída en su desolada pena. La nobleza de Chema, al pretender despojarlos a ella y a su hijo de la afrenta de un marido y un padre víctima de aquella enfermedad tenebrosa, así como la certidumbre de que su ausencia sería definitiva, volvía más sólido el afecto que había llegado a profesarle. Y más que el dolor de retornar sola a su casa de Tlacuachintepec, empezaba a mortificarla un remordimiento por su cobardía, que no le permitió seguirle a donde quiera que él fuese...

La mujer de Arcadio, el arreador, la llevó a cenar con ellos esa noche y afectuosamente la cubrió con una cobija cuando se dispuso a dormir sobre el petate. También estuvo explicándole, tratando de confortarla. Sin quitarle nada a la buena condición de Chema, ella, una mujer joven y sana, y el hijo o hija que llevaba en las entrañas, no tenían por qué uncirse con él al carro de esa fatalidad que sorprendió al marido, como éste lo comprendiera. Si Maura había logrado hasta entonces vencer la barrera del asco físico, el día menos pensado podía surgir entre ellos. Y entonces la aversión quizás alcanzara proporciones inimaginables haciendo mucho más triste el inevitable rompimiento. Chema no hubiera quedado en el recuerdo de ella como el hombre comprensivo y generoso que entonces quedaba, sino como la gran pesadilla de su vida...

Maura se dejó convencer y consiguió dormir brevemente.

Su primer pensamiento al despuntar del otro día fue para el

hombre que nunca más volvería a cruzarse en su camino; que era el padre de la criatura que meses después le iba a nacer y que crecería sin enterarse de que era hija de un pinto, el cual debía andar ya por quién sabe qué caminos, como un animal herido, sin rumbo y sin esperanza real, hundido en la soledad, en la tristeza y en el desamparo, peor que lo que estaba destinada a seguir viviendo ella.

Iba vistiéndose cuando notó algo extraño en uno de sus senos. Y tuvo que salir a vérselo, buscando la luz, hasta la puerta.

Era una pequeña mancha rosácea que comenzaba a extenderse sobre su carne morena...

LAS VÍBORAS

No importa tanto el quién fue, como lo que hizo.

Es DOMINGO. Un ardiente sol de media mañana incendia las riberas del Papaloapan. Bajo sus dardos, el pueblo de El Hule bosteza y suda en una pereza cuya densidad se apoya sobre los cráneos y oprime las sienes.

Reclinado en el mostrador de la cantina, Amonario trata en vano de embotar su enorme pena con tragos y más tragos de aguardiente, un aguardiente tan áspero como esos rayos del sol que hieren los techos de palma-guano de las chozas. El cantinero, un español obeso y tonsurado por la calvicie, lo mira con una expresión compasiva, casi angustiada, que sólo parece desahogarse cada vez que a instancias del cliente ha de volver a llenarle el vaso. Y más tarda el cantinero en servir el alcohol que en vaciarse éste en el ávido gañote de Amonario. Pero el licor resbala por su garganta y va a caer hirviente en sus entrañas sin hacer caso de su pena o disputarle a ésta su lugar en el corazón y en el pensamiento del infeliz.

En un rincón juegan al billar, calladamente, otros trabajadores del platanar. Y bajo el dintel de la puerta de entrada se abrazan dos borrachos haciéndose mutuas protestas de amistad.

Amonario no ve más que el vaso, ora lleno ora vacío; y en el vaso, se le aparece, modelada por los escultores optimistas del recuerdo, la imagen morena, rizosa y jovial de Adoración, su mujer.

Lleva allí más de una hora cuando entran y se le acercan Chuy y Margarito.

—Oye, Nayo —le pregunta el último—: ¿No era una sorda la víbora que mató a tu mujer?

—Era una hija de su puta madre —mascula él, borboteando el rencor.

El otro, Chuy, chasquea la lengua haciendo un gesto de impaciencia. Y se dirige al interpelante:

—Te digo que era una rabogüeso... ¡Yo no estaba a más de cinco metros de Dora cuando la mordió!...

131

—Sí, pue... Pero la rabogüeso no se para sobre la cola como aquella.

El desacuerdo no tarda en degenerar en agria disputa. Y Amonario tiene que intervenir en ella mal de su grado.

Desde que trabaja en el platanar no ha tenido un encuentro con víbora semejante a aquella que lo dejó viudo. Más de una vez, mientras se dedicaba a raspar el suelo con la tarpala o a exterminar los hijastros de los macollos del plátano que no debían estorbar el crecimiento de los dos o tres retoños elegidos, se encontró con coralillos que se alejaban prestas dejando un temblor de ramascos a su paso y se iban a esconder entre el soyate; con pacientes ilamacoas infladas por alguna rata a medio digerir, que por inofensivas ni le temían ni le asustaban; o bien, con alguna chirrionera malhumorada que brincaba a su alrededor azotándole con la cola, cuyos chicotazos hubo de eludir haciendo uso del machete... Pero jamás había tenido la oportunidad de ver una tan grande, tan agresiva y tan venenosa como aquélla.

Ha pasado media hora sin que puedan entenderse los que disputan, cuando se añaden al grupo otros dos que no vienen sino a hacer más complicado el problema; pues uno de ellos se pronuncia por la idea de que la tal serpiente no pudo haber sido más que una de esas que llaman palmeras.

Amonario empieza a fastidiarse de la discusión. Lleva ya muchos vasos de aguardiente y se siente embotado por la embriaguez. Ahora su pena es una sensación confusa, que a veces quiere traducirse en un chispazo de espuria alegría. Siente ganas de gritar, de gritar mucho, para darle paso a la emoción que se le revuelve dentro del cerebro y baja a buscar una salida como golpeando las paredes de su pecho y de su espalda. Por de pronto, ya le empieza a *caer muy gordo* el gallego dueño de la cantina que desde atrás del mostrador lo sigue mirando de hito en hito con una persistencia desesperante.

Contiene el arrebato para enjugarse el sudor que mana de su frente bajo el sombrero de palma, con un pañuelo colorado de yerbas; y al exprimir éste comprueba que chorrea de tan húmedo que se halla.

La discusión ha llegado casi al clímax cuando acierta a arrimarse por allí Isidro, otro de los peones del platanar, testigo de la tragedia y compadre de Amonario.

—Pa mí que era una cuatronarices —opina. Y añade: —Casualmente, yo le tapé la cueva con piedras porque quiero sacarle la

grasa, que dicen que es buena pa las reumas que padece mi tío...
De modo que si la quieren ver, pue...

Le interrumpe Chuy:

—Tómate un trago, pue.

—Ándate con cuidao —le advierte otro de los circunstantes que no está dispuesto a perder el hilo de la discusión—... Dicen que cuando salen se ponen retenojadas.

Amonario ha escuchado lo que dijo Isidro. Y en medio de su embriaguez, va tomando cuerpo en su voluntad un propósito bien definido. Por más que ello tenga mucho de pueril, siempre resultará un desahogo a su gran pena el hecho de tomarse por propia mano venganza en el animal. Ello aliviaría su espíritu atormentado, y puede servir de escape al sentimiento de violencia que desde hace rato lo domina y está irritándose en el fondo de su ánimo.

Y se resuelve.

Se hace llenar dos veces más el vaso. Y cuando acaba con su contenido, procede a alejarse paso a paso de los otros, que de tan embebidos en la discusión no se enteran de ello.

En las puertas del establecimiento los rayos del sol son tan intensos que, al tropezar con ellos, siente la impresión de que le han dado un latigazo en plena cara y lo asalta un mareo que lo hace vacilar sobre sus pies y lo hubiera derribado de no encontrar apoyo en las paredes.

Por unos instantes experimenta la necesidad de refugiarse nuevamente en la sombra bienhechora del interior de la cantina. Pero el impulso violento que lo gobierna no tarda en sobreponerse a aquel titubeo; y se lanza a la calle.

Ésta se halla sola, polvosa, radiante de luz. Con todo y ser domingo, el pueblo de El Hule se encuentra tan triste como de ordinario. El calor mantiene a los vecinos ocultos en sus casas, y hasta los perros parecen poseídos por una pereza infinita y se arrastran por las banquetas buscando una sombra. Sólo unos chiquillos desafían la inclemencia de los rayos solares bañándose a la orilla del río tan desnudos como vinieron al mundo.

Amonario está decididamente borracho. Las banquetas de la calle le son insuficientes y tiene que bajarse al arroyo. Lleva unas ganas enormes de gritar, para ver si con ello se desprende de la angustia que le oprime la garganta igual que un nudo corredizo. Pero son muchas las caras que lo ven a través de las puertas abiertas de las chozas y desde las hamacas tendidas de esquina a esquina de los cuartos; y no quiere inspirar lástimas.

133

Llega a su domicilio, también de palma-guano, que está en las orillas del pueblo, y la tristeza se le agudiza arañándole el pecho al encontrarla vacía. Ello fortalece su resolución. Y desprendiendo su machete del saliente interior de un tronco que sirve de cornisa, sale con él, tambaleándose, a darle la batalla al reptil homicida.

Desde allá lejos viene corriendo a su alcance su pequeño hijo, Poncho. Tiene apenas cinco años y es el único vástago que quedó de su matrimonio con la muerta. Está muy triste el infeliz desde que le falta la madre, y cada vez que se encuentra con Amonario se prende y se refugia entre sus rodillas preguntándole lloroso, implorante:

—Tata, ¿on tá mi mama?

Pero esta vez no lo deja acercarse. Lo conmina desde lejos, tartamudeando, masticando las palabras porque siente esponjosa la lengua, a que regrese con los demás muchachos a seguir jugando. Y luego emprende su camino por toda la ribera del Papaloapan dando traspiés.

Las arenas de las playas fulguran al reflejo de la luz solar sobre sus partículas de sílice, y la vibración del intenso calor se eleva, flotante en la atmósfera, desde el fango húmedo de las orillas. Entre la espesa fronda del platanar silba una brisa tímida. Y una nube de pericos revolotea y alborota sobre sus ramas.

Un cielo intensamente azul pugna por reflejarse en las aguas lentas, henchidas aún por las crecientes estivales del río.

Los tramos en que el piso es de aluvión hacen más difícil todavía la caminata del ebrio. Y en los de arena, va señalando con la punta del machete, que arrastra por el suelo, el trazo tortuoso de su camino.

El aguardiente parece hervirle dentro del estómago; y las burbujas de su ebullición se suben hasta el cerebro, enturbiándole la vista. Pero ni esa sensación ni el cansancio que lo hace flaquear sobre las piernas, consiguen dominar el impulso de violencia que lo lleva en pos de aquel sauce solitario, que se vislumbra ya a lo lejos sobre el alto ribazo de la margen, y bajo el cual ocurrió cuatro días antes la tragedia.

Poncho consiguió sobreponerse al temor que le inspiraron las conminaciones de su padre, y lo sigue desde unos cien pasos atrás, llorando de rabia por no poder alcanzarle.

A medida que Amonario se va acercando al sauce, muerde más vivamente en su corazón el doloroso recuerdo de lo sucedido.

Hacía entonces el mismo sol calcinante y era casi a la misma hora. El jadeo fatigoso de los hombres que trabajaban en el platanar dominaba el crepitar de las ramas desgajadas por los machetazos y el golpeteo de la estiba de las pencas en las canoas o lanchones atracados a la ribera del río. Él no estaba ni en el corte ni en la estiba. Formaba parte de la cadena humana por cuyas manos iban pasando, desde el borde de las plantaciones a la embarcación de turno, los racimos recién cortados y listos para la exportación. Les escurría el sudor desde la cabeza a los pies, nublándoles la vista y empapándoles la camiseta de punto y el pantalón de dril que, junto con el pañuelo rojo y el sombrero de palma, constituían toda su indumentaria. Aumentaba la dureza de la labor el hecho de que el contratista sólo recibiese las pencas de más de medio zontle de plátano *roatán* con tres cuartos de madurez, lo que significaba un promedio de treinta y cinco kilos de peso por racimo. Adoración fue la primera de cuantas mujeres traían la comida a sus padres, maridos o hijos en presentarse esa mañana. Y él la vio llegar con la misma triple ilusión conque la observaba siempre: porque su llegada significaba la inminencia de la hora de descanso que para comer les daba el capataz; porque en su tanate traía el totopoxtle, la pepesca y la chilpaya que habían de saciar las impaciencias de su estómago; y, finalmente, porque la explotación de sus derechos de marido durante poco más de medio lustro no había podido satisfacer aún la codicia que le inspirasen sus carnes morenas y redondas, de oscilantes y provocativos movimientos. Hizo una chanza al pasar junto a él y fue a sentarse, para esperarle, bajo la fronda del sauce, que distaría unos treinta pasos de la cadena de peones. Y apenas empezaba a extraer del tanate la comida, cuando se la vio dar un salto, retroceder un poco gritando horrorizada y cubriéndose los ojos con sus brazos cruzados ante el rostro y desplomarse enseguida con la mordedura mortal de una víbora enorme, que levantaba desafiante la cabeza buscando junto a su víctima un nuevo enemigo a quien agredir. Los hombres habían palidecido de horror. Y como, por innecesarios para el menester que entonces desempeñaban, habían dejado sus machetes junto a los lanchones, tuvieron que recurrir a los racimos de plátanos, arrancando manos de los mismos y bombardeando con ellas al reptil. Hasta que la víbora, atarantada al recibir en plena cabeza el golpe de uno de los proyectiles, fue a introducirse en el agujero que le servía de madriguera y del cual va Amonario a libertarla esta mañana.

135

Bien se da él cuenta de que la embriaguez entorpece sus músculos y le nubla la vista. Pero no por ello experimenta el temor más mínimo. Tiene una necesidad casi física de matar al animal, y ello le da la certeza de que no corre riesgo alguno al hacerlo. Si el machete, por corto y pesado, es arma insuficiente para un enemigo tan ágil como el que trata de enfrentar, de su propio dolor sacará la astucia y la agilidad que le permitan darle fin. Y, sobre todo, ¿qué miedo puede tenerle un hombre a una serpiente que acaba de matar en su presencia a la mujer que quería?...

Llega al sauce sin oír las voces de Poncho, que cien pasos atrás desatina porque no quiere esperarle.

Ahora sí puede Amonario lanzar un grito. Se detiene con las piernas abiertas e, hinchando el pecho, lo deja ir. Sus guturaciones se arrastran sobre la corriente del río y van a perderse entre la arboleda del otro lado del cauce, desde donde se lo devuelve el eco desfigurado por la distancia. Es un grito de júbilo y tristeza, de dolor y de desafío al mismo tiempo; y con él parece que lo despojan de una parte de esa angustia que desde cuatro días antes le agobia.

Después, se encamina derecho a la piedra que obstruye el orificio que da acceso a la madriguera del reptil y, sin tomarse un segundo de respiro ni limpiarse siquiera el sudor, con el huarache que ciñe su pie desnudo remueve el obstáculo.

Apenas lo ha hecho ligeramente a un lado, cuando la víbora salta afuera tan de improviso que por poco pierde Amonario el escaso dominio de sí mismo que su deplorable estado de ofuscación le permite.

El reptil tiene un color gris sucio con una decoración triangular de tono rojizo, y su cuerpo escamoso una longitud de poco menos de dos metros. Su cabeza lleva muy proyectados los arcos ciliares. Y demuestra un vigor extraordinario en sus saltos.

Amonario se recupera a tiempo. Y poseído de un ímpetu sublime, esgrime en alto el filoso machete y se pone a tirar golpes a la víbora. La cual, correspondiendo a la actitud beligerante de su enemigo, los evade con agilidad sin eludir el duelo y trata, a su vez, de alcanzar en el cuerpo de Amonario un lugar propicio donde morder.

Por fin ha descansado de su angustia el borracho. Un entusiasmo delirante lo vuelve ágil como no lo fue jamás. Y desafía de palabra y de hecho a la serpiente, ofreciéndole, provocativo, una pierna medio desnuda para que muerda, pero retirándola con presteza cuando ella trata de alcanzarla. El ofidio silba de una manera siniestra y sus ojillos casi ocultos chispean de furor al verse burlado. Los gritos jubilosos del hombre parecen irritarlo. Pero la saña con que se arroja sobre él es un esfuerzo vano, pues Amonario ha sacado de no se sabe dónde una ligereza felina, y lo esquiva una y otra vez golpeándole con la parte plana del machete, sin prisa para matarlo y gozándose del peligro... Hasta que se siente cansado, y de un furioso machetazo de filo parte en dos al aturdido animal, que pierde el ímpetu de su parte anterior, aunque continúa vivo y defendiéndose. Pero ya es fácil víctima del hombre, el cual, aporreándolo contra el suelo con el dorso del machete, lo ataranta y puede hacerle después, a su gusto, papilla la hórrida cabeza.

Apenas está terminando esta faena cuando, de no sabe dónde, brota ante él amenazante una segunda víbora, acaso algo menor que la anterior, pero tan agresiva como ella.

Amonario comprende rápidamente. Estos reptiles nunca andan solos, pues viven en parejas. El nuevo es, sin duda alguna, el compañero del que yace muerto, y al oír los silbidos de aquél acude en su socorro. Pero el hombre no se deja dominar ni por el temor ni por el cansancio. Repuesto de la primera sorpresa, se incorpora violentamente y reanuda la batalla. La víbora le ha saltado encima alcanzando a morder los faldones de su camisa, pero sin que, por fortuna, llegue a la carne. Ello duplica la cólera de Amonario y su afán de acabar cuanto antes con el nuevo enemigo, que no es superior en potencia y agilidad al que acaba de vencer...

Bañado en sudor, vacilante sobre sus piernas, con el sombrero de palma que le ha servido de rodela en una mano y el machete lleno de piltrafas grasientas en la otra, igual que un gladiador que acaba de triunfar en gesta olímpica, lanza otro grito estentóreo, esta vez de nítida victoria, cuyas modulaciones se le quedan fatigosamente enredadas en la garganta. Y dando una vuelta en redondo, exclama lleno de arrogancia:

—¿Qué no hay más jijas de...?

Pero se interrumpe al escuchar a sus espaldas un quejido agónico.

Tendido en el césped inmediatamente detrás de él, boca arriba y escurriéndole una espuma agitada por los estertores de la muerte, está Poncho, su hijo, que durante la doble pelea logró llegar hasta él sin que lo advirtiese, y que tiene prendida sobre la garganta la cabeza de la víbora, decapitada por el machete de su padre cuando se lanzaba a morder al niño.

Y mal que les pese a Chuy y a los demás que siguen disputando en la cantina, Márgaro tiene razón; porque las víboras que dejaron sin mujer y sin hijo al compadre Amonario eran víboras sordas.

LA VENGANZA DE CÁNDIDO

He aquí un mundo donde la bondad yace
tímida, abrumada de vergüenza.

Salió de su ranchería de Los Juales a punto de la media tarde. Hacía un calor de infierno. Trepado en el borrico, extrajo del bolsillo de su camisa de percal un trocito de papel de estraza húmedo por el sudor, y se puso a leer trabajosamente lo que en él llevaba escrito. Era la lista de los encargos:

hunas ilachas para la chueca
zeis cafespirinas
hunos calsones de drilito para mi tio Zevastián
hocho cilos de sal jorda
hunas pildoritas para la toz
etc. etc.

Cándido repasó detenidamente todo aquello y estuvo cavilando sobre si le faltaba algo que anotar en el renegrido y blandengue papel. Buceó en el mismo bolsillo en busca de un trozo de lápiz, que se perdía entre sus dedos de tan diminuto, y no sin antes humedecerlo veinte veces en los labios, extendió el papel sobre el cuello del asno y, de tan mala manera, se dispuso a añadir unos renglones.

Un cordón de montañas azulosas servía de fondo a su silueta. El pico de El Estacado rascaba con su cresta granítica la aglomeración de nubes color gris sucio que denunciaban, junto con la fuerza quemante de los rayos solares, la proximidad de una tormenta.

Su ranchito se iba quedando sumergido en los faldeos de la colina que la vereda coronaba.

Ruperto, el borrico, no manifestaba mucha prisa. Se detenía a cada momento reflexionando al parecer sobre si sería o no sería mejor volverse. Por una parte le tentaba la ración de maíz que acostumbraban servirle en el mesón del pueblo al término de su recorrido; por la otra le llamaban la libertad y la molicie de los potreros del rancho, donde su amo le permitía descansar por espacio de dos días. Él no hubiera podido comprender por qué era tan inexcusable que fueran al pueblo. Pero aceptaba sin discutir la solución que Cándido le encontraba al dilema, conminándole a proseguir su camino con dos gritos categóricos:

—¡Shit! ¡Ándile!

Cada vez que escuchaba esta admonición, a la que nunca faltaban como acompañamiento dos enérgicos talonazos en los ijares, *Ruperto* erguía ligeramente las orejas y volviéndolas a abatir aceleraba el paso. ¡Pero no había para qué matarse corriendo! Ni él ni su amo tenían una noción clara del valor del tiempo. Y, ¿para qué tanta prisa en alejarse de la ranchería si cuarenta y ocho horas después iban a estar en ella de regreso?...

Así que terminó de apuntar los encargos pendientes, Cándido guardó lápiz y papel y extrajo de la bolsa de su pantalón un pañuelo colorado, hecho nudo y tieso de mugre, en el cual llevaba envuelto el dinero. Desatándolo, se puso a contar los billetes y pesos que en él había; y ello lo abstrajo más aún. Sólo le sacaba del ensimismamiento la necesidad ocasional de hostigar a *Ruperto* con el consabido:

—¡Shit! ¡Ándile!

De pronto reparó en las nubes.

Dedujo que esa tarde existía una buena razón para ganar tiempo. Pues, de llover mucho en los desfiladeros de la sierra, no iba a tardar en crecer desmesuradamente el arroyo de Las Guámaras, interrumpiendo más adelante el camino. Y le era preciso hostigar al burro para que cruzasen el vado antes de que ello aconteciera.

No iban a fallar sus cálculos. Muy luego empezó a tronar, sin que las nubes cubrieran aún el sol que se estaba hundiendo tras de los lomeríos del poniente en un ocaso teñido de arreboles... Pero *Ruperto* era incapaz de comprender las buenas razones de la urgencia de su amo. Y ni los golpes en los ijares, ni las conminaciones imperiosas, ni siquiera los varetazos que le propinaba con una rama desprendida al pasar, conseguían sacarle de su habitual parsimonia.

Cándido tuvo que contemplar cómo la tormenta iba invadiendo el cielo, y cómo los rayos se sucedían con una continuidad atropellada, mientras hostigaba sin resultado a su jumento.

Iba en eso cuando escuchó a sus espaldas pasos de caballerías.

Pero sólo hasta que pudo oír el trote muy cercano se ocupó de voltear a verlas, descubriendo que quienes lo seguían eran una

140

mujer y un hombre, jinetes en dos caballos de buena pinta. Nada más acertó a establecer que se trataba del hijo de don Pancho, el hacendado del pueblo, y de su mujer, casados con gran pompa unas semanas antes.

El marido, un mozo robusto, mofletudo y de bigote fanfarrón vestía de charro. Ella era una figurita delicada y hermosa que montaba bastante mal a caballo y la cual había venido de la ciudad para casarse con aquel hombre. La tormenta, estropeándoles el paseo, los obligaba a retornar con premura en busca de su domicilio.

Cándido no tenía nada especial contra ellos. Mas, siendo un mozo adusto, malencarado y nada servil, se resistió a ser el primero en saludar cuando lo alcanzaron. No quería exponerse a que lo dejaran desdeñosamente con la palabra en la boca; y juzgó preferible esperar hasta que ellos dieran las buenas tardes... Pero los hijos del hacendado, impuestos a las zalemas, reverencias y salmodias de la peonada, tampoco lo hicieron. Y el encuentro transcurrió en silencio.

Acaso disgustado por ello, o únicamente con la intención de distraer a la esposa de los temores que debía inspirarle la vecindad y el furor de la tormenta, ya que lo habían sobrepasado el marido le gritó al del pollino:

—¡Para qué se apura, amigo!... Con un burro como ése, bien puede brincar el arroyo.

La ironía causó profundo disgusto al aludido. Ofender a su borrico era tanto o más que insultarlo a él. Y gruñó, malhumorado:

—¡Es lo madre!...

Para no quedarse con la poco comedida réplica, el otro se sintió obligado a insistir mientras se alejaban:

—Puede que lleguen primero si usté se baja y él se le sube, amigo.

Cándido optó por rezagarse para no escuchar nuevas insolencias. Y, mientras lo hacía, masculló un improperio que ya no pudo llegar hasta los oídos del charro.

Se le perdía de vista la pareja cuando empezaron a caer los primeros goterones.

Cándido desplegó un costal que llevaba en los tientos y se puso a doblarlo en forma de caperuza para cubrirse con él cabeza y espalda.

La nublazón amenazaba volver oscura como tiro de mina la ya

inminente noche. Pero a nuestro hombre eso no le preocupaba. El asno se sabía tan bien el camino que no precisaba de luz alguna para seguirlo. Lo único inquietante era la avenida del arroyo, que no podía hacerse esperar.

Ya había cerrado la oscuridad cuando llegó a sus márgenes. Y Cándido no conseguía verse en ella ni las puntas de sus pies colgantes. La lluvia continuaba cayendo torrencial. Le había empapado el costal, el pantalón y la camisa. Tuvo que esperar el resplandor de un relámpago para examinar fugazmente el cauce, donde el arroyo se iba convirtiendo en torrente y empezaba a rugir sobre el canto rodado del lecho. Y calculando que aún estaba a tiempo de cruzarlo, taconeó enérgicamente sobre los ijares del borrico para obligarlo a entrar.

La corriente llevaba mucha fuerza. De modo que, temeroso de que el asno no pudiera resistir su ímpetu, antes de llegar a su mitad se apeó para ayudarle. Y de esa manera, él con el agua hasta la ingle y *Ruperto* con ella mojándole la panza, la atravesaron.

Una vez que estuvieron a salvo en la otra orilla, Cándido se detuvo a liar un cigarro de hoja. A duras penas consiguió encenderlo con eslabón, yesca y pedernal que, como el tabaco, llevaba en una bolsita de cuero.

Ahora la huella ascendía curvándose por la ladera de una eminencia de vertientes pronunciadas y pedregosas, donde, en lo más alto, sorteaba, al borde de un despeñadero de treinta o cuarenta metros de profundidad por cuyo fondo corría el arroyo, el único trecho de peligro. La vereda no tenía protección de ninguna especie contra el precipicio. Y para que resultara mayor su fragosidad en una noche oscura y lluviosa como aquella, su piso era de arcilla apretada y resbaladiza.

Con todo, a Cándido, atenido al instinto y la experiencia del jumento, no le preocupaba el voladero. La bestia sabía cómo y dónde hacer firme la pisada. Y su amo ni siquiera se afligió cuando, a punto de alcanzar el trecho donde el precipicio era más impresionante, la luminosidad de los rayos decreció, aminorando la ayuda que le prestaba.

Iba rebasando la parte más difícil en el momento en que creyó escuchar hacia el fondo del barranco algo que no pudo menos de estremecerle de pies a cabeza.

¡Hubiérase dicho que se quejaban!

Detuvo a *Ruperto* y aguardó a que la voz se repitiese, no tardando en escucharla de nuevo. Era, en efecto, un quejido humano que procedía de lo hondo del despeñadero. Y tuvo que apearse.

Pero hasta que le fue dado escuchar por tercera vez el lamento decidió asomarse al borde y gritar hacia abajo:

—¡Ey!

La voz, delgada y ansiosa, no tardaría en responderle implorando:

—¡Ayúdeme, por caridad!

—¿Pos qué pasa con usté?... ¿Qué anda haciendo ai? —inquirió menos curioso que desconcertado.

Oyó la misma imploración. Y por lo atiplado de la voz dedujo que se trataba de una mujer, acentuándose con ello su desconcierto.

—Bueno, pues; ai le voy —vociferó.

Luego de atar a una piedra el extremo del cabestro del asno, trató de descolgarse por el voladero palpando en las tinieblas en busca de puntos de apoyo. Pero le resultaba harto difícil. La vertiente era empinada y resbalosa por aquel lado, y hubo de avanzar un trecho más de camino antes de que descubriera un acceso utilizable. Se trataba de un talud de inclinación más suave, por el cual pudo deslizarse a gatas y con sumas precauciones hasta el fondo de la cañada.

Una vez allí, remontó el curso del arroyo hasta el lugar en donde seguían escuchándose los gemidos.

Agobiado por la imposibilidad de penetrar con la mirada en la negrura de la noche, una sorda exasperación se iba apoderando de Cándido. Y tuvo que detenerse cuando sus piernas tropezaron con algo en lo que advirtió la consistencia fofa de la carne y que, mediante el tacto, pudo identificar como un caballo muerto.

Sin duda el infeliz jinete no había rodado tanto como su montura, pues la voz quejumbrosa se escuchaba un tanto más arriba.

El mozo de Los Juales buscó un paso propicio para escalar hasta allá. Y poco más adelante tropezaba con otro cuerpo tendido inerte en el suelo y en el cual reconoció, sobresaltado, a una persona. Estaba rígida y fría. Y por lo pesada parecía tratarse de un hombre robusto. Lo tomó por las axilas y, volviéndolo boca arriba, se puso a zarandearlo sin que diera señales de vivir. Entonces se acercó al rostro para comprobar si alentaba, hasta que quedó convencido de que había muerto e iba adquiriendo la rigidez típica de los cadáveres. Una mancha pegajosa, de sangre, en la cabeza parecía delatar que tenía el cráneo roto.

El muchacho se mantuvo unos minutos aturdido. Cierto pánico importuno pugnaba por paralizar sus movimientos. Y empezó a dominarlo la necesidad de que alguien compartiera su excitación.

—Aquí hay un difunto —le gritó a quien se quejaba más arriba.

—¡Por favor, ayúdeme! —insistió llorosa la voz de mujer.

Ahora estaba seguro de la condición femenina de la que imploraba. Y ello le hizo reaccionar con cierto brío... Abandonando el cadáver, trepó por unos peñascales y, al cabo de algunas peripecias, pudo inclinarse a su lado.

Era, en efecto, un cálido aliento de mujer el que sentía sobre su cara.

—¿Qué le pasa, pues? —preguntó en un tono airado, de falso reproche.

—Tengo una pierna destrozada... Nos rodamos por el voladero...

Cándido recordó que llevaba el eslabón, el pedernal y la yesca protegidos en su bolsita de cuero y se propuso encender. Pero la tensión nerviosa tanto como la humedad de esos utensilios le dificultaba el propósito. Y cuando consiguió al fin que una chispita prendiera en la yesca, todo se redujo a una brasa diminuta que nada podía contra la densa oscuridad de la noche. Por más que la arrimaba al rostro de la mujer, únicamente una fina y blanca nariz lograba verle.

—¿Quién es el muertito? —indagó impaciente.

Al oír lo de muertito ella se puso a gimotear.

—¿Qué no es el de la hacienda? —perseveró tozudamente Cándido.

Entre hipos, sollozos y quejas afirmó la desventurada.

—Luego, ¿usté es su siñora?

—¡Por piedad, sáqueme de aquí! —dijo implorante, cansada de aquel interrogatorio inoportuno.

Cándido se puso a cavilar lo que en semejantes circunstancias podía hacer él en su ayuda. Una mujer con una pierna destrozada a media vertiente de un desfiladero, un hombre y dos caballos muertos más abajo y él, solo en el paraje, sin un fósforo para poderse iluminar en la negrura tétrica de la noche lluviosa, no constituían, por cierto, una ecuación que le fuera fácil resolver.

Irse al pueblo en busca de ayuda y dejar a la mujer abandonada allí con sus dolores por un mínimo de seis horas, se le antojaba demasiado cruel. El tormento de sus heridas la aniquilaría. Si es que no bastaba para hacerlo el sentimiento de terror, legítimo en una frágil dama que había de esperar sola en aquel estado, con tal oscuridad y bajo una lluvia torrencial que muy bien podía provocar en el despeñadero derrumbes que la sepultasen en lodo y peñascos... De suerte que optó por levantarla.

No pesaba excesivamente. Apenas llegaría a los sesenta kilos; y esta no era carga que resultase sobrehumana para un mozo de veintiséis años y buena musculatura como Cándido... Sobre que la ilusión por el contacto con sus contornos finos y de sus carnes perfumadas y elásticas le movía a olvidar las molestias del peso.

—Ai s'aguanta onde le duela..., y se me agarra bien —le dijo mientras se la echaba a cuestas.

La oscuridad, lo resbaladizo de la pendiente y los gritos desgarradores de la mujer lastimada complicaron la maniobra hasta volverla desesperadamente ardua. Pero, al fin, llevándola sobre su espalda y aferrándose con pies y manos a cada saliente, Cándido empezó a gatear descendiendo. Poco antes de alcanzar el fondo del barranco una de las piedras se zafó, y ambos rodaron un corto trecho. Él no llegó a lastimarse; pero la mujer, horriblemente adolorida, perdió el conocimiento.

La agitación de un latido que estremecía su pecho y le subía jadeante a la garganta tranquilizó a Cándido cuando empezaba a temer que estuviera muerta.

Y entonces pudo descubrir que, desmayada, se había vuelto más manejable.

La tomó en brazos y haciendo un rodeo por la orilla del curso del torrente, inició la subida al camino siguiendo el flanco menos abrupto. Caminaba con extrema precaución para no rodar de nuevo. Y tuvo que descansar dos veces antes de alcanzar lo alto... Mas, al fin, se encontró sobre la vereda y pudo tenderla cuidadosamente en el césped de sus orillas mientras iba en busca de *Ruperto,* que lo recibió con un fraternal rebuzno.

La tormenta se había aplacado. Pero la lluvia seguía cayendo torrencial sobre los montes.

Pasado un rato debió salir la luna por encima de las cumbres de la sierra, ya que un resplandor que venía de tras la cortina gris de las nubes aclaró algo la noche. No era una claridad extraordinaria. Pero, al menos, Cándido lograba ver ahora las cosas que tenía más cercanas, aunque sólo fuera como bultos, y distinguía más o menos confusos los contornos de aquella mujer.

Gracias a ello pudo examinarle la pierna, que encontró quebrada dos veces, e ir al asno, despojarlo de la soga del cabestro y con ella y dos ramas que cortó de unos arbustos, entablillar muy rústicamente la extremidad maltrecha.

Terminada esa operación se puso a acariciar las sienes de la mujer tratando de reanimarla.

Y, de pronto, aquellas caricias despertaron en su pecho un ansia dormida... Más que prisa, empezaba ahora a sentir temor de que volviese en sí del desmayo. Iba notándose enervado por una extraña emoción sentimental que, poco a poco, le cedía el paso a cierta timorata ansiedad de la carne. Por su mente empezaba a desfilar, agresivo como una daga, el recuerdo de todos los insomnios originados en sus atormentadas inquietudes de célibe. Aunque desvanecida, tenía allí de carne y hueso y a su entera merced a la hembra de sus fantasías de caminante por veredas solitarias... Pero se trataba de algo que, con hallarse tan cerca y tan a su antojo, le infundía un respeto extraño y sobrecogido; algo muy distinto de todo lo imaginado y a lo cual nunca hubiera podido considerar con la misma desaprensión que le inspiraron aquellos dos fantasmas femeninos que, en el mesón del pueblo y en el potrero del viejo *Canelas,* habían constituido los únicos desahogos de una prepotencia sexual de veintiséis robustos años y servían aún de pretexto a la ilusión de nuevas aventuras.

La noche iba aclarando paulatinamente y hasta la lluvia comenzaba a decrecer. Si bien algo revueltas aún, podía distinguir ya las facciones de la mujer. Y su atención se iba volviendo y quedando fija, atraída por una fuerza insuperable, en los labios húmedos, rojos y carnosos como el corazón de una pitaya que, contraídos por un gesto de dolor y agitados por un gemido intermitente, irradiaban una tentación imperiosa...

Emergió de ese deslumbramiento cuando pudo notar que la dama volvía en sí. Entonces se retiró asustado, con la celeridad y el sobresalto de quien tiene la conciencia de hallarse a punto de perpetrar un crimen. Y sólo hasta que la mujer reanudó sus lamentos, vino a recobrar los ánimos precisos para volver a su lado y ponerse a acariciarle de nuevo y con la yema del dedo cordial las sienes febriles.

Agradecida y confortada por ese gesto compasivo, ella quiso saber:

—¿En dónde estamos?

—Arribita, n'el camino —repuso Cándido con un desbordado

afán de reanimarla—. Ya va clariando la nochi y sería bueno que se subiera al burro pa llevármela hasta el pueblo.

La mujer se palpó la pierna entablillada, reposó unos momentos acumulando energías y dijo que se encontraba dispuesta.

Con grandes trabajos consiguió Cándido subirla a los lomos del jumento. Y una vez que pudo considerar que estaba cómoda y bien sujeta sobre ellos, se propuso hacer que el pollino iniciara la marcha.

Pero el asno no parecía estar dispuesto a soportar otro jinete que su amo, y se negó rotundamente a dar un solo paso. La indignación de Cándido fue subiendo de punto hasta traspasar todos los límites. Molía al animal a varetazos y puntapiés sin obtener ningún provecho. Y como ella continuara quejándose lastimeramente, no tuvo, en definitiva, más remedio que apearla de la obstinada bestia y acostarla de nuevo cerca de la orilla del camino.

No había otro recurso. Y, abandonándola allí, montó en el jumento para correr hasta el pueblo en busca de ayuda.

No habría logrado explicar bien el escrúpulo que le impulsaba a tomarse esas molestias, a imponerse esos esfuerzos. Pero es el caso que aporreó horriblemente al pobre animal para obligarle a salir de su pachorra y conseguir que trotara por la vereda llena de charcos. *Ruperto* no podía entender tantos apremios ni aquel trato brutal, al que no estaba acostumbrado; y acabó por detenerse negándose tercamente a caminar. Entonces Cándido se vio acometido por una especie de arrebato de locura. Apeándose, fue en busca de una estaca bastante gruesa y se puso a darle con ella en el lomo hasta dejarlo tullido. Antes aún de que la desdichada bestia se derrumbara moribunda, él la abandonó para salir corriendo sobre sus pies, sin un momento de respiro y afligido por el propósito de llegar cuanto antes al caserío.

Aun así, tardó dos horas.

Y como al entrar por entre los primeros jacales, apiñados en torno a unas cuantas casas de ladrillo y al caserón de piedra de la hacienda, una jauría de perros enfurecidos le saliera al encuentro, se vio obligado a gritar la razón que lo llevaba... Los celadores del amo lo oyeron; de suerte que ya estaban en el portón esperándole cuando al fin pudo llegar hasta ellos. Y, dejándose caer en el suelo derrumbado por el cansancio, con voz trémula y entrecortada por los jadeos, los puso al tanto de lo que acontecía en el barranco y de la urgencia de que fueran a prestar ayuda.

Pasaron verano y otoño. Y un día de fines de invierno Cándido se hallaba en el pueblo surtiendo en el tendajón de don Catarino la lista de los encargos de su ranchería, cuando se le acercó un chiquillo de los que servían como mandaderos en la hacienda.

—Oiga, amigo: le manda decir la siñora Esperancita que vaiga a verla.

Cándido contrajo el ceño, mientras preguntaba con un tono de voz hostil, casi amenazante:

—¿Quién me busca?

—La de la hacienda, la cojita, la que ayudates en el voladero de Las Guámaras —intervino solícito, el tendajonero—. Tuvo un chamaco el domingo.

—¡Ah! —exclamó nuestro hombre mostrándose olímpicamente desdeñoso—. Ya le he dichu que no tengo asunto allí; y que si me ocupa, venga ella.

Aunque don Cata aseguraba que la señora le estaba muy agradecida y acaso quisiera hacerle un buen regalo, tal vez otro burro, Cándido no se dejó convencer.

Ya en dos ocasiones anteriores le había mandado llamar sin que quisiera presentarse. Le fastidiaba caer en una actitud que pudiera delatarlo servil, y se sentía francamente arrepentido y avergonzado de aquel afán por socorrerla que lo trastornó y condujo al increíble crimen de matar a palos a su fiel *Ruperto*. Si en su lugar hubiera sido una india miserable y fea, una mujer de su condición, habría continuado sin apuros su camino para sólo dar parte del accidente a su llegada al pueblo... Ahora que, bien pensado, tampoco podía atribuir exclusivamente a un instinto servil su atrabancada conducta; pues estaba seguro de que por el marido de ella jamás hubiera hecho otro tanto. Aquellas caricias en las sienes y la contemplación de los tentadores labios debieron trastornarlo.

Pero el hecho era que entonces se encontraba sin burro y sin labios, y que, para mayor abyección, había pagado con generosos esfuerzos y sacrificios la ofensa que aquella mujer y su esposo le infirieron haciendo necias ironías de él y del pollino poco antes de su denodado gesto humanitario.

¡Cómo iba a acudir a sus requerimientos!

El chico de la hacienda volvió al rato, cuando Cándido se disponía a salir con el fardo de los encargos a cuestas para su ranchería de Los Juales.

—Que manda ecir la siñora Esperancita —explicó—, que ella

quere que al chamaco le pongan su nombre, amigo. Que si no quere ir, pos que le mande razón de cómo se llama, porque mañana se lo bautizan.

—¿El nombre de quién? —preguntó Cándido desconcertado.

—El suyo, pues... La siñora Esperancita quería que usté juera el padrino.

—¿Le va a poner mi nombre al hijo de ella?

—Sí, pues... ¿No le digo?

Cándido lo caviló breves instantes. A sus labios asomaba una sonrisa sardónica.

—Ta bueno —accedió—. Dile, pues, que me llamo Ruperto.

Y mientras el muchacho emprendía carrera y se perdía de vista, él emitió una brutal carcajada, antes de gritarle al comerciante, que lo había escuchado todo boquiabierto desde las puertas de su *changarro*:

—Pa que otra vez se rían de mi burro...

Y partió rumbo a su ranchería, gozándose íntimamente de su ingenio.

De camino extrajo del bolsillo la lista de los encargos poniéndose a repasarlos para ver si se le había olvidado adquirir alguno. Luego hizo cálculos con muchas dificultades y se puso a contar el dinero sobrante, apartando las ganancias de lo correspondiente a su clientela. Después se confortó pensando que tenía ya lo necesario para comprarse otro borrico... Y, al cabo de dos horas de marcha, saboreando aún el dulzor amable de esta consideración, se tendió sobre el césped a la orilla del sendero para dormir un poco y soñar con una noche de tormenta y una mujer blanca de labios húmedos y encendidos, herida y sola con él en el fondo de un barranco.

LOS MÚSICOS DE IXPALINO

A veces no vence a la solidaridad ni el amago de la muerte.

IXPALINO es un pueblo sinaloense que se apeñusca en el flanco
de una colina montuosa sobre un meandro del temperamental
río de San Ignacio. Su edificación y ritmo de vida son tan pobres
como los de cualquier otra localidad rural de la parte sur del
estado. Sus vecinos viven casi exclusivamente del cultivo de unas
milpas en la ribera y se arruinan cada vez que se prolongan demasiado las secas o, por llover con exceso, se desborda el río e
inunda los maizales.

En la vereda de lo alto de la colina, por la otra parte del pueblo, aparecieron aquella tarde a caballo cinco de los músicos de
la tambora del lugar, trayendo el cadáver del sexto amortajado
sobre el lomo de la que fuera su bestia.

Nepomuceno, el que entre ellos la hacía de director y que, de
paso, tocaba el bombardino, se restregaba los ojos para disimular
unas lágrimas que acudían tercas a ellos dejando en predicamento
la entereza de su hombría. Su mujer y sus hijas, a las que ya les
había llegado la noticia, salieron al camino a recibirlos y a llorar
por el muerto. Otras vecinas las seguían, y formaron con ellas tras
el cadáver una procesión de dolientes que descendió en calvario
por el sendero bajo el cielo enrojecido del atardecer.

Los otros músicos se iban quedando apesadumbrados en sus domicilios.

Cada uno de ellos traía su cobija doblada y atada a los tientos
de su caballería y el instrumento en que llevaba a cabo su ejecutoria colgando a un lado de los faldones de la montura. Banda
de música rural, sin ningún conocimiento de música escrita, pues
tocaban de oído, sin uniforme y sin distintivos o atributos proto-
colarios de ningún género, sus integrantes tampoco eran exclusivamente músicos; poseían en Ixpalino algunas labores que, cuando no tenían borchinche en qué tocar, ayudaban a cultivar a sus
familias.

Los seis congeniaban bien y eran solidarios y unidos, pues debían afrontar parejo y sin que nadie se *cuarteara* las frecuentes

150

contingencias del oficio. Y los cinco que regresaban vivos experimentaban tanto dolor por la pérdida de Higinio, el muerto, como el que afectaba a Nepomuceno, su padre, para quien el difunto había sido en vida la mejor ilusión de una vejez muy trabajada.

Fueron a Elota contratados para tocar en una fiesta que una familia de pequeños terratenientes de aquel lugar ofrecía a una hija casada tres años antes y establecida con su marido en una localidad del vecino estado de Sonora, y la cual, habiéndose disgustado con su cónyuge, viniera a refugiarse con todo y prole a casa de sus mayores.

La *tambora* salió de Ixpalino la tarde del día anterior montada en sus seis jamelgos y llegó a Elota, bien ajena a lo que iba a suceder, antes del mediodía.

Después de presentarse en la casa de la fiesta y recibir instrucciones de que se congregaran allí pasada la comida, se dispersaron en parejas por el pueblo. Nepomuceno, con su muchacho Higinio que tocaba el clarinete, fue a visitar a unos parientes lejanos con los que llevaban estrecha amistad tanto debido a la frecuencia con que visitaban Elota como al hecho de que Higinio parecía estar interesado en una de las muchachas de la familia.

Se les invitó a comer. Y después del almuerzo, el padre se sentó a platicar un rato con la gente mayor, en tanto que el hijo conseguía, pretextando tener sed, que la Nati se apartara con él hasta junto al cántaro del agua, donde se entretuvieron discutiendo futesas y disputándose entre bromas la media cáscara de calabazo seco que servía de canjilón.

Nadie sabe qué tanto tendrían que decirse... Pero allí los sorprendió todavía dos horas después, charlando y riendo, la llamada a tamborazos que para reunir el conjunto hacían los otros maistros desde la casa de la fiesta; y aún no habían terminado.

La fiesta fue muy animada; de una alegría comedida y cordial en un principio y brusca y grosera cuando las mezclas de tequila y habanero empezaron a surtir sus efectos en los calenturientos meollos de los invitados. Se cenó mal. Pero se bailó y bebió, en cambio, a reventar. Se cantaron canciones vernáculas de amor y despecho. Y se hicieron habilidades como la de quebrar en la euforia, deliberadamente y sin compasión, botellas, vasos y platos.

Ya avanzada la noche se retiraron las muchachas y quedaron de dueños absolutos del terreno los hombres, con lo que el convivio se transformó en disputa de rijosos y empezó a tomar caracteres de matiz apocalíptico. Se invitó, primero cordial y generosamente y después como cosa de capricho y terquedad, a los músicos a que se empujaran unos tragos. Y aunque ninguno de los seis acostumbraba beber más que hasta un límite en el que quedaran intactas su conciencia del deber y sus facultades musicales, temieron comprometerse desairando la necedad de los obsequiosos y tomaron hasta un poco más allá del límite convencional previsto.

En las altas horas de la madrugada el dueño de la casa les pagó los honorarios. Y ya se disponían a retirarse a descansar, cuando uno de los circunstantes, vecino de Estación La Cruz y a quien todos conocían por *El Güero,* tuvo la ocurrencia de prolongar por su cuenta la fiesta en la calle, con cuyo fin les pidió a los músicos que los siguieran a él y a sus amigos en un recorrido a pie por el pueblo.

Los de la tambora hubieran preferido dormir algo para volver de mañana a Ixpalino, pues tenían el compromiso de tocar al día siguiente en una boda de Coyotitán y, además, la mujer de Lino, el del pistón, se hallaba enferma y éste impaciente por verla. Pero tocar era su oficio. Y accedieron.

Allá fueron por las callejas de Elota, precedidos a unos diez pasos por los cinco borrachos que, abrazados en cadena, se caían y se levantaban, ululaban y cantaban locos de aguardientoso contento, y tocando complacientes las piezas que *El Güero* solicitaba. Los perros del lugar ladraban a su paso, y las vacas que rumiaban echadas a media calle se levantaban prudentes, aunque parsimoniosas, para dejarles paso.

El Güero había tenido en Elota un amor que vivía a espaldas de la iglesia. Llegaron ante su casa y, después de matar a balazos un perro impertinente, los cinco beodos se sentaron al borde de la banqueta alta de ladrillo y los músicos se colocaron a media calle para tocar.

En un principio las cosas marchaban bien. Pero de pronto, a *El Güero* se le antojó que habían de tocar aquello de:

> *Es imposible vivir contigo;*
> *por lo que veo ya no me tienes voluntá.*
> *Ahora es tiempo de que nos séparemos*
> *y que ya nunca nos vuélvamos a amar...*

Y como Nepomuceno le explicase que no conocían esa pieza, se puso hecho un energúmeno, preguntando si pagaba porque le tocasen lo que él quería o lo que les daba su gana. Los músicos trataron de conciliar, como lo hacían siempre que se presentaban casos como aquél. Pero el de La Cruz estaba muy irritado y necio y se excedió tanto en los insultos que los puso de mal talante, acrecentando los deseos que ya tenían de mocharle a la parranda y volverse al pueblo.

Tuvieron, no obstante, que aguantarse tocando otras dos horas, hasta que el ya mal dispuesto borracho decidió que era bastante serenata allí y dio la orden de seguir ruta hasta la casa de la elegida de uno de sus amigos.

Como ya empezaba a clarear el firmamento hacia el oriente, contrariando la opinión del viejo Nepomuceno que creía más prudente darles gusto a los borrachos mientras se presentaba mejor ocasión de cobrar y abandonarlos, Higinio se mostró decidido a no consecuentar más. Y se encaró con ellos para exponerles que los dejaban y se volvían a Ixpalino porque tenían compromiso de tocar en una fiesta de boda la tarde de ese mismo día y no podían faltar a él.

Esto acabó de desbordar la latente irritación de *El Güero,* el cual le preguntó airado:

—Entonces, ¿qué?... ¿Mi dinero no vale?

—Sí. Pero nosotros tenemos ese compromiso y no podemos fallar.

—¡A mí sus compromisos me vienen guangos!... Yo pago porque me toquen lo mismo que les pagan allá. Y punto.

—Sí, pues... Pero tenemos que cumplir.

—¿Mi dinero no vale, pues?

—¡Oh!... Usté no quiere entender.

—Lo que estoy viendo es que ustedes valen una pura y dos con sal... Pero van a seguir tocando hasta que a mí me salga que toquen.

—Mire: ya no quiero alegar —concluyó Higinio—. Páguenos lo que nos debe, y ai búsquese otros que le toquen.

—¡Ah, que la...! Les pago, sombrilla... Al cabo que mi dinero vale una chingada, ¿no?

—¿No nos paga?

—No pago —resolvió engrifándose—... Y ai búiganle por onde cabrones gusten...

—Ai verá si entonces le hablamos a la escolta del cuartel.

—La escolta y ustedes me hacen los mandados... ¡Pinches músicos jijos de la chingada!

Los otros de la banda decidieron intervenir. Pero el borracho estaba fuera de sí y acariciaba con las manos las cachas de su pistola. Sus cuatro amigos trataron de sosegarlo:

—Págales, *Güero*; y que se vayan mucho a la chingada con sus chiras de instrumentos.

Pareció dejarse convencer. Con gesto torvo y la mirada de lado, extrajo del bolsillo del pantalón y contó torpemente el dinero. Haciendo un rollo con los billetes de banco, los arrojó al suelo, volviendo a desatarse en improperios.

Resignado y deseoso de acabar con aquel asunto, Higinio se agachó para tomar el papel moneda. Pero *El Güero* adelantó un pie y lo puso sobre los billetes impidiéndoselo. Y tornó a insultarlos:

—¡Músicos ojetes, muertos de hambre!... ¡Hijos de la chingada!...

El hijo de Nepomuceno no se pudo contener más. Se le fue encima dándole un aventón hacia atrás que estuvo a punto de derribarle al tropezar contra el alto embanquetado. Y volvió a inclinarse para recoger el dinero, reunirse con sus compañeros y partir... Pero el fogonazo de dos disparos consecutivos le hizo caer al suelo herido de muerte en el tórax.

Nepomuceno se avalanzó a sostener a su hijo, mientras los otros músicos se quedaban mascando su rabia y sin atreverse a agredir al asesino, que encañonándolos con el arma se retiraba protegido por ella hasta la vuelta de la esquina y se daba después a huir.

Higinio se murió.

La Nati estuvo todo el día llorando junto a la olla del agua. Y *El Güero* desapareció de la comarca sin que la poco diligente Justicia pudiera dar con él.

Cuando el síndico municipal lo autorizó, se llevaron el cadáver del mozo a Ixpalino. Y allí fue velado y llorado por muchas comadres cuyos gritos plañideros retumbaron toda la noche sobre la cuenca del río.

A Nepomuceno le entró la tiricia y estuvo mucho tiempo sin volver a tocar.

La tambora había quedado manca y acéfala, y sólo cuando el hambre ejerció su terrible poder persuasivo sobre el padre sin hijo, él decidió volver a lustrar el bombardino y reorganizar la banda buscándole a Higinio un sustituto en un muchacho de Conitaca que tocaba medianamente el clarinete.

Volvieron a andar en fiestas, bodas y parrandas, siguiendo a los borrachos andariegos que la empezaban en Coyotitán o en Dimas y no se la cortaban hasta ir a rendir en San Ignacio y, a veces, hasta en el mismo puerto. Aprendieron piezas nuevas y sortearon con fortuna otros incidentes.

Y una tarde, casi dos años después, de vuelta de San Javier, adonde habían ido a recalar con unos parranderos que la empezaron en Camino Real de Piaxtla, los músicos se encontraron de improviso con *El Güero* de infausta memoria, quien acompañado por un desconocido, ambos a caballo iba de San Ignacio a uno de los minerales de la sierra de Durango, donde el primero se había refugiado huyendo de la autoridad y vivía tranquilamente.

Como el encuentro fue al doblar un recodo, cuando los unos y los otros se identificaron estaban frente a frente y muy inmediatos.

A Nepomuceno le brincó con violencia el corazón dentro del pecho. Y, en un impulso aturdido, se arrojó de su caballería para agarrar de las riendas a la del asesino de su hijo... Pero éste, apercibido a tiempo de la maniobra, hizo girar y cabriolear a su caballo, que lo atropelló derribándolo al suelo y pisoteándolo brutalmente. Al mismo tiempo, sacaba la pistola previniéndose contra el resto de los músicos, que se le venían encima.

Ciegos por la cólera, los cinco hombres se habían precipitado sobre él sin parar mientes en el arma. Pero antes de que llegaran a derribarle, dos de ellos estaban en el piso heridos de muerte. Y el acompañante de *El Güero,* sorprendido y desconcertado en un principio, disparaba por la espalda contra los otros.

Tres de ellos no tardaron en morir tendidos en el camino. A los restantes los recogieron unos carboneros que se los llevaron a San Ignacio para que les curasen las heridas.

Cuatro meses después se reorganizó la tambora.

El viejo Nepomuceno había quedado muy descompuesto, con una serie de molestias y alifafes que eran secuela de los golpes recibidos en el pecho con las patas del caballo, y no pudo o no quiso seguir en ella. Lino era ya su director; y había contratado cuatro músicos nuevos.

—Ya saben, muchachos —les dijo la primera vez que los reunió—: Vamos a tocar a los minerales de Durango porque allí vive un fulano que tiene una deuda con la banda, y tenemos que cobrársela.

Y días más tarde cruzaban el río iluminado por una espléndida luna de febrero, camino de los fundos mineros de la Sierra Madre.

EL TONTO DE PUEBLO VIEJO

El rencor no muere nunca; ni en el tarado.

EL ASPECTO de Pueblo Viejo no desdice su nombre. El camino que une las principales poblaciones de la costa lo olvidó algunas leguas allá, hacia la Sierra Madre Occidental, con sus pobres callejas empedradas, su humilde y mustia plazoleta hundida al fondo del repecho donde, prepotente, se yergue la sólida iglesia colonial, sus tejados patinosos y la polilla secular de sus comercios, que huelen a queso rancio y a vaqueta mal curtida.

Lo frecuenta algún arriero hosco, que baja con sus asnos de la serranía para realizar madera o loza de barro, comprar algunas cosas indispensables y emprender el regreso enseguida. Llegan también buhoneros o varilleros con quincalla, de esos que van de rancho en rancho, compradores de ganado para abasto y alguno que otro buscador de minas trashumante. Pero todos ellos permanecen allí el menor tiempo posible, como si los arredrara la mortecina soledad del caserío.

Pueblo Viejo conserva, sin embargo, extendida fama de haber sido tierra de hombres valerosos. Dio guerrilleros notables a todas las guerras y no pocos asaltantes en los tiempos en que el tráfico de *conductas* con barras de metal preciado de los minerales de la comarca hacía ese oficio costeable.

A la sazón, todos esos ímpetus se traducen en pendencias personales que constituyen la única nota sensacional que da tema de conversación a los amodorrados vecinos. Día y noche, las vitrolas gastadas de sus cantinas dejan escapar las notas de cancioncitas fanfarronas, como aquella que parece especialmente compuesta para Pueblo Viejo y que va:

> *Yo tengo por orgullo ser ranchero*
> *y me juego la vida con valor;*
> *yo nunca conocí lo que es el miedo*
> *y ya me anda por darme un trompezón...*

Y son coreadas por gritos aguardentosos que quieren ser a modo de clarín de desafío de otros tantos gallos humanos dispuestos para el combate.

156

Esto no obstante, en la última semana un tonto del lugar llamado Albino, le partió de una puñalada el corazón nada menos que a aquel que se tenía por el más maldito entre todos los matones de la comarca; a *El Chicampiano,* un ex-salteador y ex-revolucionario inexplicablemente indultado desde tiempo atrás por el Gobierno y con algunas decenas de cruces en el camposanto dando fe de su gloriosa ejecutoria.

Albino dijo que lo había matado porque al pasar *El Chicampiano* había llorado una mujer. Pero a través de las averiguaciones practicadas por la justicia se puso en claro el motivo fundamental del crimen. Y, por considerársele justificación suficiente, se desistió de procesar al tonto o de encerrarlo en un manicomio.

Existía entre ellos un rencor ya viejo.

En marzo de 1929 varios generales se sublevaron en Sonora y entraron en Sinaloa arrollando a las tropas de la Federación que no se plegaban a su causa y se oponían a su avance. Una nueva guerra civil, la de los Renovadores, ensangrentaba el país.

Albino era entonces un mozo sano y alegre que cortejaba a Lucero, la mayor de las hijas solteras de don Camilo, el sordo dueño de la pensión de la esquina del baldío a quien recientemente matasen los soldados federales de una escolta que se lo encontró al anochecer de regreso de sus labores y le disparó por no detenerse ni responder al "¿quién vive?", porque a causa de su sordera no lo oyó. Albino la quería como se quiere a los veintidós años. Y cada atardecer los sorprendía sentados en dos sillas a la puerta de la casa de huéspedes, pero tan repegados que casi les sobraba una.

Varios días después de la muerte de don Camilo corrió por el pueblo el rumor de que las fuerzas sublevadas habían sido repelidas en los límites septentrionales de Nayarit y que retrocedían en desorden y perseguidas de cerca por la tropa federal. Se decía también que *El Chicampiano,* temido salteador de la comarca que se había unido con sus hombres a las fuerzas rebeldes con el fin de alcanzar, cuando éstas triunfasen, el indulto y algunas canonjías, andaba cerca de Pueblo Viejo, y que sabiéndolo desguarnecido, era muy probable que decidiese entrar en él.

Y la noticia no resultó infundada.

Al caer el sol, precedidos de una nutrida balacera que traía un presagio aciago, entraron en la localidad alrededor de unos sesenta hombres de a caballo, desmontando junto al cobertizo del mercado, a esa hora desierto. Los cabecillas que los capitaneaban, después de haber estado refrescándose en una cantina y recorrido las casas de algunos rancheros y comerciantes pudientes exigiendo una contribución en efectivo a la causa, se dirigieron a la casa de huéspedes de la viuda de don Camilo para que les diesen de comer.

La señora Elodia, que no ignoraba los gustos y procedimientos del cabecilla, por ser éste nativo de allí, tuvo la precaución de encerrar precipitadamente en el último cuarto del corredor a sus tres hijas, único tesoro susceptible de despertar la codicia de los visitantes que en aquella casa había. Y Albino, que como de costumbre estaba de visita con la mayor, se quedó a la puerta un tanto inquieto.

Los recién llegados cruzaron la sala raspando el piso de ladrillo con las rodajas de sus espuelas, y se asomaron al corredor interior donde sobre una mesa de pino servían las comidas. Los precedía *El Chicampiano*, hombre menudo, ágil y prieto, que llevaba siempre dos pesadas carrilleras de parque cruzadas sobre el tórax, así como dos pistolones con cachas de nácar asomando sobre las caderas. Y viendo en la cocina, a uno de los extremos del corredor, a la señora Elodia y a una sirvienta, les gritó imperioso:

—A ver, pues, señora: ¿qué no nos enyerbará si le pedimos de comer?

—¡Válgame, pues!... —repuso aquella queriendo congraciárselo—... Pero si yo soy de los mesmos... No hace dos semanas que esos mentados federales me mataron al marido.

—¡No la...! ¿Mataron a don Camilo?

—Allá para la milpa.

—¿Y on tán sus hijas? —preguntó el bandolero buscando con la mirada.

—Las mandé para El Puerto —mintió doña Elodia con un temblor en la voz.

El Chicampiano apenas dejó ver cierta contrariedad. Pero pareció resignado. No era extraño que doña Elodia enviase a lugar seguro a sus muchachas, pues todas las madres que podían hacerlo procedían en tiempos de *bola* de esa previsora manera.

—Prepárenos, pues, almuerzo pa los seis —exigió el forajido—. Ai nomás de lo que tenga... Pero que sea abundantito, porque cargamos hambre de días... A mí me hace unos blanquillos rancheros.

Ellos se sentaron a la mesa y la viuda se retiró nada tranquila a trajinar en la cocina.

Comieron con mucho apetito, como si estuvieran desahogando su natural ferocidad en las viandas. Y cuando terminaban, uno de los centinelas que se quedaran vigilando en las afueras de Pueblo Viejo, llegó con el parte de que habían divisado un fuerte destacamento de tropas federales que se aproximaba.

Se apresuraron, pues, a concluir, y *El Chicampiano* fue el último en levantarse, como correspondía a su temeridad proverbial. Ya de pie, después de haber desmenuzado y envuelto un trozo de queso en dos tortillas, se le antojó tomar un vaso de agua. Y hubo de acudir la señora Elodia con la hueja a servírselo. Mientras esto hacía ella, el bandolero extrajo del bolsillo cinco pesos de plata y, arrojándolos sobre la mesa, preguntó si era bastante como paga. ¡Ya lo creo que lo era!... Sobre que la dueña del establecimiento no se preocupaba tanto por cobrarles como porque se fueran de allí cuanto antes.

Pero estaba escrito que no habían de hacerlo sin cometer una tropelía.

Quiso la mala suerte que al levantar *El Chicampiano* la cara para empinarse el vaso de agua, viese entreabierta la antes cerrada puerta del cuarto al otro extremo del corredor y asomando por la rendija dos caras curiosas que llamaron de inmediato su atención. Dejó el vaso y les gritó a sus compañeros:

—Espérense, muchachos, que aquí hay pichones.

Los otros se volvieron.

Con las manos en las cachas de sus pistolas y seguido por ellos, *El Chicampiano* se dirigió al cuarto en cuestión. Y de una patada abrió las puertas, sorprendiendo a las tres muchachas que se retiraban hacia los rincones como queriendo incrustarse en las paredes.

El bandolero las miró a las tres de arriba abajo con ojos codiciosos.

—Me late que vamos a llevar compañía —musitó.

La señora Elodia se arrastraba hasta él suplicante. Pero *El Chicampiano* la aventó contra la pared de un empellón sin despegar la vista del grupo de muchachas. Todas estaban bien. Quizás una demasiado joven. Pero a ésta se adelantaba ya a solicitarla uno de sus lugartenientes, de edad madura y profusos bigotes grasientos, asegurando que tiernitas y brinconas como aquélla le gustaban a él. Su jefe autorizó la propiedad y se quedó para sí con Lucero, la mayor, dirigiéndose a sus otros cuatro acompañantes a ver cuál de ellos cargaba con la mediana:

159

—Yo me llevo a esa güilita; y que diga que tuvo suerte —resolvió uno alto, grueso y colorado al que llamaban Chencho.

Cada cual arrastró la suya jalándola brutalmente del brazo. Y *El Chicampiano* se quedó solo con Lucero, la mayor, que refugiada en un rincón temblaba y se revolvía como disponiéndose a morder. Se acercó a ella y la invitó a seguirle. Mas, como se negara, le pasó un brazo sobre el hombro y, oprimiéndola, la sacó también a rastras, tornando a aventar de un puntapié a la señora Elodia, que se había vuelto a prender, suplicante, de las perneras de su pantalón.

Junto al quicio de la puerta de salida frente a la cual esperaban los compañeros y los caballos de *El Chicampiano,* temblaba de impotencia y rabia Albino, el novio de Lucero. Y al pasar la muchacha por su lado, hizo un tremendo esfuerzo por escaparse del abrazo del salteador sin conseguirlo. En el arrebato y mientras luchaba por impedir que la subieran al caballo, cometió la imprudencia de gritar desesperadamente:

—¡No los dejes que me lleven, Albino!

Éste sintió que el corazón le golpeaba violentamente dentro del pecho y que la sangre que le subía a la cabeza cegaba sus ojos. Echó mano a un cuchillo que llevaba en la cintura, y se arrojó con él desenvainado sobre *El Chicampiano...* Pero todavía no alcanzaba a herirle cuando uno de los lugartenientes de éste descargaba un terrible golpe con la culata de la carabina sobre su cabeza, haciéndolo rodar sin sentido por la banqueta hasta caer de ella al suelo del baldío. Tendido allí, aún se volvió hacia él *El Chicampiano,* y sacando una de sus pistolas le descerrajó un tiro que penetró en la caja del cuerpo del infeliz...

Momentos después, la gavilla abandonaba el pueblo entre el escándalo de los disparos al aire, los alaridos de las muchachas raptadas, el pataleo de los caballos y los ladridos de todos los perros del lugar.

Albino sanó al cabo de largas curaciones. Pero quedó mal del cuerpo e inhábil de la cabeza para todo el resto de su vida. Y el que antes fuera un muchacho robusto, gallardo y serio pasó a ser el idiota dócil y burlado del lugar, que corretea con sus piernas lacias, su andar torcido, sus brazos colgantes y su boca siempre abierta a los muchachos que le tiran de la camisa, entre el chillerío de éstos y la represión cauta y sonriente de los adultos. Alguien le enseñó a pedir "prestado" un cinco, a cantar en las cantinas para complacer a los borrachos, a perseguir a las mozas y a santiguarse cada vez que divisaba las torres de la iglesia, que en lo alto del repecho semejaba a una clueca cuya aterida pollada fuese el caserío.

Generalmente le daban de comer en casa de la viuda de don Camilo. Y era la propia doña Elodia quien lo curaba cada vez que sus males presentaban síntomas de un recrudecimiento.

Las tres hijas de ésta volvieron a Pueblo Viejo. La menor se fugó después con un hombre que se la llevó de querida a una ranchería cercana. La flaquita, la mediana, se fue para la ciudad y malas lenguas aseguraban que allí se había tirado a la disipación. Lucero se quedó a súplicas muy insistentes de su madre, para atenderla y ayudarla; y era la única muchacha a quien, a pesar de su idiotez, respetaba Albino, absteniéndose de hablarle por no se sabe qué sentimiento intuitivo.

Sólo que algunas veces se le iban los ojos y se quedaba horas y horas contemplándola con una especie de ternura o de embeleso. En otras ocasiones, cuando algún hombre se acercaba a ella, entraba en arrebatos de furor pretendiendo protegerla de imaginarios peligros... Y le resultaba manifiestamente preferible que, al atenderle, lo hiciera la señora Elodia, pues había notado que cuando Lucero lo hacía le miraba y rompía a llorar. Y esto le molestaba muy vivamente, hasta sacarle de quicio.

A *El Chicampiano* no sólo lo indultó el Gobierno en pago de su rendición con la hueste que comandaba, sino que toleraban que anduviese armado y demostró ser impune cuando en pendencias de cantina hizo algunas otras muertes que añadir a las numerosas que llevaba ya en la conciencia. Y cuando después de cuatro años de vivir en un estado lejano, creyendo olvidados allí todos sus pendientes, volvió a Pueblo Viejo, no tardó en imponerse como el rival más temible de la comarca entre todos los que con él dragoneaban por los aguajes.

Cierta tarde, pasó a caballo por el baldío. Y Albino, que estaba en la banqueta de la casa de huéspedes, acertó a ver cómo a Lucero se le rodaban dos lágrimas antes de que tuviera tiempo de huir y refugiarse en la sala.

Desde entonces anduvo intranquilo y sombrío.

Un día consiguió un puñal, que ocultó entre sus ropas, y con cautela que contradecía su irresponsabilidad habitual, esperó durante unas semanas la ocasión propicia. Al fin, una noche de luna nueva, oscura como el socavón de una mina, vio salir de su casa solo y a pie al ex-bandolero, y lo siguió discretamente en las sombras, hasta que al doblar una cerca se detuvo para encender un cigarro. Entonces se acercó a él con gran sigilo y, reconcentrando todas las energías de que era capaz su endeble organismo en el brazo armado del puñal, le descargó por la espalda y sobre el corazón un formidable golpe.

Después se desmayó a consecuencia del enorme esfuerzo realizado. Y los primeros en descubrir la tragedia hallaron tendidos en el suelo, casi juntos, al valiente y al idiota.

EL CASO DE LA DIFUNTA AZUL

> No expongas al bien que amas por obtenerlo.

Llegó al pueblo con el título de doctor en medicina obtenido en la universidad del estado, y abrió en él su consultorio. No prometía su arrumbada localidad nativa ofrecerle un campo propicio para llegar a ser un facultativo de nota. Pero su señor padre, que con tanta ilusión y sacrificio costeara sus estudios, había acariciado siempre la esperanza de lograr que sus coterráneos se sintiesen más seguros defendidos contra las enfermedades por un médico titulado. Y aunque en busca de más amplios horizontes él hubiera preferido establecerse y ejercer en la ciudad, no se atrevió a contrariarle.

Por otra parte, las grandes urbes sólo son generosas con los serviles, los intrigantes o los excepcionalmente dotados. Y él, un alumno mediocre, no se sentía ni dispuesto ni capaz de andar asumiendo poses o de valerse de prestigios ajenos.

No había tenido aún un solo paciente cuando, encontrándose a las puertas del consultorio envuelto en su bata blanca como si fuera a ejecutar una complicada operación quirúrgica, vio llegar a don Onésimo, el presidente municipal del pueblo. Le dijo que deseaba le pidiese prestado a su progenitor el alazán tostado y se trasladara a la ranchería de El Tezno, distante poco más de una hora a caballo, a fin de certificar si era natural una muerte de la que le habían pasado aviso. Explicó que no le hubiera inferido esa molestia a no ser porque un varillero procedente de la costa que acababa de pasar por aquella ranchería venía sobrecogido de asombro por haber visto tendida a la difunta y tan azul de pies a cabeza como jamás le tocó ver vivo ni muerto a un ser humano. Don Onésimo temía que esa muerte se debiera a alguna peste desconocida que amenazara a la comarca y deseaba estar prevenido para solicitar ayuda a tiempo.

Como era allí el único galeno, automáticamente había adquirido la responsabilidad de médico legal o forense; y estaba obligado a ayudar a la autoridad con sus conocimientos aunque no figurase

163

en el mezquino erario del Ayuntamiento ningún género de paga por el servicio.

Pero le explicó que la cianosis o color azul del paciente suele presentarse en algunas enfermedades del aparato respiratorio, en las que la asfixia hace que la sangre se ponga azulosa por falta de oxígeno, y que no veía en ese dato ningún género de síntomas que sugiriesen el peligro de una epidemia. El presidente municipal le explicó que el varillero aseguraba que la difunta tenía ya varias horas de muerta cuando la vio y que estaba tan azul como un mar en los trópicos o un firmamento despejado. Y esto inquietó un poco al facultativo, porque las sombras amoratadas de los cianóticos suelen desaparecer dominadas por la típica lividez cadavérica. Y, aunque temeroso aún de que fueran exageraciones del informante, como no tenía nada que hacer y le tentaba un paseíto a caballo, aceptó la encomienda y partió para El Tezno.

Ésta era una ranchería de sólo tres jacales de varejones en los que vivían otras tantas familias emparentadas entre sí. Y llegó a ella poco después del mediodía, con un sol que le tatemaba el sombrero de palma y que hacía correr arroyos de sudor por sus espaldas y cuello. En el maletín de acordeón llevaba un botiquín de primeros auxilios. Y desde que empezó a divisar el jacalerío, salió a acosarle una jauría de perros flacos, sin que sus ladridos le impidieran oír los plañidos de los dolientes que lloraban a la muerta.

Bajo una enramada estaban dos hombres, comentando un tanto preocupados su aparición. Y por entre una nube de chiquillos semidesnudos de todos tamaños se dirigió hacia ellos.

Cuando se apeó del caballo identificándose como médico comisionado por el presidente municipal de la cabecera para certificar la muerte de una mujer de que le habían avisado, notó extrañado que le observaban con acritud y recelo. Uno de ellos le dijo que ya habían cumplido con la Ley avisándole al munícipe la defunción, y que se disponían a sepultar en unos momentos a la difunta, la cual había sido entenada en su casa, pues era huérfana de una hermana de su mujer. Y a pregunta suya le informó que había fallecido de "un redepente".

Pidió que de todos modos le dejaran verla, ya que había hecho el viaje y que necesitaba comprobar que no tenía huellas de violencia para extender el parte de defunción por algún mal cardiaco que dejaría limpio y definitivamente cerrado aquel asunto. Pero mientras el otro le miraba con alarma, su interlocutor, dejando

164

inferir que, doctor o no, era demasiado joven para que pretendiese darle a él lecciones sobre lo que son los difuntos, repuso ácidamente que tenía ya bastantes horas de muerta y que no quedaba nada que hacer con ella sino enterrarla.

Sintió el aletazo de una sospecha, e insistió en que para satisfacer las instrucciones del presidente municipal era preciso que la examinara, aunque nada había en ello que debiera preocuparles. Y antes de esperar el consentimiento, se dirigió al jacal donde lloraban las mujeres.

Éstas eran sólo tres y rodeaban a la difunta tendida en el suelo sobre un petate y cubierta desde los tobillos al cuello con una sábana. Sollozaban, enjugándose las lágrimas con sus rebozos, y al notar la presencia del joven médico se alarmaron. Una de ellas salió al encuentro de los dos hombres que lo habían seguido, y los interrogaba muy excitada de ademanes y gestos, aunque en voz baja. Las otras retrocedieron hasta los rincones, cesando en los lamentos y el llanto y mirándole sobrecogidas.

La muerta parecía de corta edad. Y, como lo había referido el varillero, estaba asombrosamente azul por los pies y la cabeza que no alcanzaba a tapar el lienzo. El mismo pelo se le había puesto de ese color, y participaban igualmente de él las encías y los dientes descubiertos por una contracción agónica del labio superior.

Por el retorcimiento y el gesto se diría que esa muchacha había muerto de congestión o de asfixia, lo cual hubiera podido explicar aquella cianosis si no fuera tan intensa y generalizada y ella llevase varias horas difunta. El joven doctor se inclinó para tentarle la sien con el dedo, a fin de cerciorarse de que no había sido pintada con tierra de ese color en atención a algún ritual supersticioso; pero en la yema no quedó ninguna mancha. Entonces decidió levantarle uno de los párpados, que manos piadosas habían cerrado, para examinarle la pupila. Y su sorpresa subió de punto al descubrir que tanto ésta como la esclerótica, el cristalino, las venas y las membranas de la órbita del ojo estaban tan teñidos de azul como las encías. Se dirigió a una de las mujeres que lo miraban con cara de susto, preguntándole:

—¿Cómo murió?

Ella parecía no atreverse a contestarle. El hombre con el que hablase en el exterior estaba en el hueco de la puerta, y se anticipó a reiterar:

—Ya le dije que de un redepente... De estar parada, azotó.

—¿Y desde antes de morir estaba de ese color?

—Sí —dijo lacónico.

—¿No tuvo otros síntomas?... Dolores, calenturas...

—No —insistió reiterativo—. Azotó de un redepente.

El joven galeno estaba casi seguro de que le mentía. Todos ellos parecían temerosos y muy poco dispuestos a dar una información de provecho. Tomó un extremo de la sábana y la levantó un tanto, para ver si descubría en el cuerpo algún indicio que le orientase... Pero el hombre, manifiestamente indispuesto ya y como si considerara indecoroso que un mozalbete como él, con el pretexto de la auscultación se recreara en la desnudez de la chica, avanzó en el interior para arrebatarle el lienzo y volver a cubrirla, en un ademán que contenía una amenaza tácita. Rezongó:

—¿Pa qué la encuera?... Los muertos se han de respetar...; y ella era señorita.

—Quería examinarla bien —dijo temeroso, aunque procurando mostrarse sereno.

No insistió. Le había bastado aquella ojeada para convencerse de que no existían heridas o huellas de violencia y que estaba toda ella tan azul como en lo visible, si bien le pareció un poco anormal cierta hinchazón en el vientre. A no haber dicho el padre adoptivo que era "señorita" la hubiera juzgado embarazada.

Dedujo que en la extraña conducta de aquella gente había algo inequívocamente sospechoso y decidió que se imponía la autopsia de ley; pero se abstuvo de decirlo. Salió. Y acosado por los perros y seguido siempre por el hombre hostil, que tomó al paso un machete colgado de la enramada, se acercó a extraer su libreta de las cantinas del caballo para hacer unos apuntes. Sentía al hombre muy cerca, a sus espaldas, con el ánimo de agredirle. Y, temeroso, se encaramó de un brinco sobre el alazán tostado, haciendo valor para advertirle desde arriba de él:

—Vale más que no la sepulten hasta que el presidente municipal lo autorice.

Y azotando a la bestia, se alejó por el camino por donde llegara, dejándole indeciso y contemplándole con rencor entre los ladridos del perrerío.

Empezaba a sentirse tranquilo cuando, al doblar un recodo de la vereda, le sorprendió una aparición desconcertante. En sentido contrario, al hombro el zapapico y la pala con los que debieron cavar la sepultura, venían dos jóvenes desnudos de cintura arriba y casi tan azules por todo lo visible, incluso el calzón de manta, como la muchacha muerta.

El médico pensó que estaba enfrentándose a una raza desconocida sobre la tierra o a la epidemia extraña que don Onésimo temía. Pero luego, cavilando que el azul del calzón desestimaba ese supuesto, se detuvo para interrogarlos:

—¿Cómo estuvo que se pusieron de ese color tan azul?

Sin contestar, uno de ellos se adelantó receloso hacia el jacalerío. El otro, aturdido, confesó:

—Trabajando en el obraje.

—¿También trabajaba allí la muchacha que murió?

Esta pregunta le sobresaltó visiblemente. Aunque titubeante, se disponía a decir algo cuando le interrumpieron unas voces del hombre hostil que desde allá los apremiaba:

—Apúrenle. Ya es hora de sepultarla.

Volvió al pueblo para rendir un informe a don Onésimo de todo lo acontecido. Éste le preguntó qué sugería. Y le dijo que maliciaba que estaban ocultando algo y que, siendo así, lo conducente era traer a la difunta para practicarle la autopsia.

El comandante de policía y su único gendarme fueron por ella. E hicieron que se la trajesen a hombros en una tarima los dos muchachos azules que se disponían a enterrarla.

Al autopsiarla, el joven médico descubrió que la hinchazón en el vientre no procedía de un embarazo, sino de que había tragado mucha agua, un agua azul que debió teñirla y ahogarla. Después, a lo largo de los interrogatorios a que fueron sometidos ambos muchachos, se aclaró todo el asunto.

El "obraje" al que se había referido uno de ellos lo constituían unas viejas y rudimentarias instalaciones para extraer añil que tenían en su terreno, cerca del arroyo, y que constaban de dos pilas de material que se llenaban mediante una acequia. La primera medía metro y medio de honda y era más pequeña. Allí se amontonaba la vara del vegetal tintóreo, dejándola sumergida en agua hasta que soltaba su tinte; la segunda, más honda, rebasaba los dos metros y medio; y a ella se pasaban los caldos de la anterior para batirlos y dejar que el polvo azul se asentara con el fin de extraer el agua limpia y recoger el sedimento, un fango azulino que se llevaba a cuestas en sacas pringosas para extenderlo y secarlo en un corral donde había unos entablados. El "obraje" había estado abandonado desde principios de siglo, en que el añil vegetal no pudo ya competir con las tintas químicas importadas. Pero éstas subieron mucho de precio por la segunda Guerra Mundial, que impidió importarlas de Alemania, y un fabricante de rebozos del Bajío apareció por allí incitando a los hombres de la ranchería a que volviesen a cultivar la vara de añil y a explotar su tinta, por la que él prometió pagarles un precio muy elevado.

Los dos muchachos se dedicaban a esta actividad con magro provecho; y su manejo de los caldos y fangos tintóreos los había teñido de aquella fantasmagórica manera.

Eran primos hermanos. Y uno de ellos, Jesús, hijo del matrimonio que tenía adoptada a la muchacha huérfana. Como el otro, Bardomiano, estaba rendidamente enamorado de ésta sin que la joven, a la que horrorizaba ese color azul del que siempre andaba teñido, se aviniese a corresponderle y a cumplimentar sus ardientes deseos de desposarla, en el compañerismo casi fraternal que los unía Jesús no pudo soportar el desconsuelo de su primo. Apiadado de su desventura, se consideró obligado a ayudarle a vencer esa resistencia de la chica que tanto lo afligía. Y por hacerle perder el instintivo horror al azul decidieron teñirla de ese mismo tono cromático. Asistido por la confianza que inspiraban el parentesco y el hecho de ser ella entenada en la casa de sus padres, a Jesús no le fue difícil llevarla con engaños al obraje, donde aprovechando el primer descuido, entre los dos la arrojaron a la pila honda del batido, resueltos a tenerla sumergida en ella media mañana hasta que el color penetrase bien por toda su anatomía y quedara tan azul como lo estaban ambos.

La joven no alcanzaba pie. Y a fin de que lograra mantenerse a flote le proporcionaron dos vejigas de puerco infladas mientras los dos primos iban a traer otras brazadas de vara de añil al plantío... Pero en sus vanos esfuerzos por escapar de la pila, cuyos bordes no lograba alcanzar por hallarse demasiado altos sobre la superficie del agua, la muchacha arañó involuntariamente los flotadores, los cuales se desinflaron dejándola desamparada. Y como los dos jóvenes, que desde lejos oyeron sus gritos, no acudieran con presteza a socorrerla, se hundió en el caldo de añil ahogándose sin remedio alguno.

Puesto que en la ranchería eran todos familiares entre sí y el conocimiento de esa fatal imprudencia por las autoridades podía poner en peligro de ser castigados a Jesús y a Bardomiano, se decidió ocultar lo sucedido.

Pero el varillero y el médico lo echaron todo a perder. Y detenidos el enamorado y su cómplice, fueron procesados por asesinato involuntario... aunque más bien debieron serlo por brutalidad y estupidez congénitas.

LOS CABALLOS DE AZOYÚ

La condición de bestia no siempre depende
del número de patas.

El pueblo costeño de Azoyú, que se tiende al pie del cerro de
Las Maldiciones con sus pocas casucas de material y sus jacales
techados de palma, parecía haberse enfiestado para recibir triunfalmente a don Silviano. Éste, jinete en un gallardo potro andaluz, entraba brincando las trancas de los potreros a su calle principal, y los vecinos habían saltado de sus camastros y hamacas
para asomar las caras a las puertas de sus albergues, donde permanecían con la boca abierta admirando la apostura y el brío del
espléndido animal. Si algún perro intentaba cometer la irreverencia de ladrarle, cien miradas iracundas y otras tantas voces amenazadoras lo obligaban a huir avergonzado, con la cola entre las
patas.

Los chiquillos, que habían salido a recibirlo en la ciénaga de
Sapo Colorado, danzaban detrás de la bestia, tragando muy satisfechos el polvo que levantaban sus cascos y procurando instintivamente seguir los mismos compases del arrogante paso del corcel.

¡En todo el estado de Guerrero no había semental tan fino!

A los ancianos, cuyo más grande orgullo era el de pasar por
entendidos en asuntos de caballos, se les caía la baba al contemplarlo. Y cada cual aventuraba un comentario en el que vibraba
efusiva la alabanza:

—¡Qué bestia tan más fina!

—¡Toavía es tierno el animal!

—¡Fino de remos, ¿eh?!

Don Silviano, su jinete y propietario, agradecía más esta admiración que si fuese él quien la despertara.

¡No en vano le había costado sus buenos miles de pesos el potro!... Aparte de lo que gastó en su viaje a la capital adonde
tuvo que ir a buscarlo. En esa compra derrochó la mayor parte
de la utilidad que le dejase aquel año una excelente cosecha de
chile; pero no se arrepentía de haberlo hecho así. Un profundo
orgullo le bullía dentro del pecho, afluyéndole a la faz en una
sonrisa bonachona. ¡Valía la pena un caballo como aquel!...

Y en verdad que desde muchos años antes no se había visto ni en Azoyú ni en sus cercanías, ni acaso en todos los distritos ganaderos del estado, caballería de tal rango.

Antes de la Revolución, en vida del padre de don Silviano, la yeguada de su casa fue uno de los más justificados orgullos de la comarca. Sólo otra familia podía competir en Azoyú con ese prestigio: la del viejo Baltasar Rayón, cuyos encierros, en donde pastaban el rico pará de los bajos sus manadas de ganado caballar, estaban, por cierto, contiguos a los de don Silviano. Por la posesión de las mejores yeguadas de por allí existía de hecho una antigua rivalidad entre ambas familias; y la envidia los había llevado a criar las mismas razas. De tal manera, al estallar la Revolución tenían dos espléndidas manadas de caballos andaluces. Durante la larga guerra civil, partidas de sublevados que pasaban fueron destrozando por igual esas caballadas al llevarse los mejores ejemplares. Y cuando los padres de los ganaderos de ahora murieron, don Silviano heredó del suyo tan sólo tres viejas yeguas de buena casta y otra yegua como esas los hijos de Baltasar Rayón, la cual fue sorteada entre los tres hermanos y se le quedó a Sebastián Rayón. Sin un semental de su misma categoría, estas herencias parecían destinadas a resultar muy poco trascendentales. Y la rivalidad entre las familias estuvo a punto de desaparecer. A don Silviano llegó a morírsele uno de sus animales antes de que tuviera esperanzas de conseguir un garañón que perpetuase la raza. Y todo estaba indicando que el prestigio de Azoyú como tierra de excelente ganado caballar se vendría por los suelos, cuando consiguió hacer un buen negocio y pudo resolverse a adquirir con su producto aquel hermoso animal.

Era por eso que todo el pueblo compartía su orgullo...

Todo el pueblo menos los hermanos Rayón, las puertas de cuyas casas permanecieron hostilmente cerradas al paso del envanecido jinete.

A ellos les quedaba aún la *Toronja*, una yegua de más alzada y acaso de mejor sangre andaluza que la *Almendrilla* y la *Jarana* de don Silviano, y la cual, empadrada con aquel estupendo garañón hubiera podido dar potrillos tan gallardos como el padre, o acaso de mayor excelencia. Pero no ignoraban que el dueño del semental no había de prestarles jamás al mismo con ese fin; que sólo lo traía para su yeguada; y que le serviría únicamente para satisfacer la vanidad de poseer lo mejor, despertando la envidia de todos sus convecinos, y muy especialmente la de ellos.

Toda la chiquillería del pueblo y muchas de las personas mayores acompañaron a don Silviano hasta su encierro de Las Parotas, en donde había de soltar el potro con su yeguada. Y no pocos se quedaron allí durante horas, contemplando desde afuera de las alambradas de la cerca al arrogante cuadrúpedo, afortunado sultán de aquel serrallo.

Antes de volverse al pueblo, don Silviano reunió a los mozos de la cuadrilla o guardería del encierro y les echó un detonante sermón:

—Ai les encargo ese animal... Me le limpian todos los meses de abrojos las crines y la cola; me le dan cinco cuartillos de maíz cada mañana...; y que nadie lo tiente, pues, como no lo ordene yo.

Un día de semanas después Sebastián Rayón se encontró con que su vieja yegua andaluza, la *Toronja,* andaba buscando potro. Y no pudo resistir la peligrosa tentación de burlar el egoísmo de su vecino y rival.

La apartó del semental chinampo de la manada llevándosela al corral de su casa. Y cuando consideró que estaba en punto, al amparo de las sombras de una oscura medianoche salió con ella para los bajos donde estaban los encierros de don Silviano, acariciando voluptuosamente la ilusión de lograr un potranquillo que opacara la gallardía y el prestigio del garañón de éste. Llegó al potrero eludiendo la parte alta, donde estaban las chozas de la cuadrilla y se dispuso a penetrar en él por el lado opuesto, por donde salía el río de Santa Catarina que partía por el medio la propiedad, de más de dos leguas en su parte más angosta.

El encierro de Las Parotas estaba cercado con alambrada de púas a todo su alrededor. Pero sobre la corriente del río, las estacas quedaban volando, suspendidas por las líneas del alambre estirado desde ambas orillas. Y con sólo meterse al agua y levantar un poco la cerca se podía pasar por debajo sin mucha dificultad.

Así lo hizo Sebastián. Y él y su yegua no tardaron en verse en el interior del potrero.

Cuando un poco más arriba topó con la manada en la que hacía cabeza el semental andaluz de don Silviano, soltó a la *Toronja.* Y mientras ésta retozaba con el garañón, él se fue a sentar bajo una parota ilusionado con lo que su añagaza prometía.

Allí estuvo fumando hasta poco antes del amanecer, hora en

171

que recogió a la yegua y, volviendo a salir por donde entrase, la llevó a encerrar en los corrales de su casa.

Aquella mañana se encontraba tranquilo y gozoso del éxito de la operación cuando en los umbrales de su domicilio apareció don Silviano.

—Ya 'upe, home, que anoche metiste tu yegua en mis encierros —le dijo mirándolo torvamente—. Quedas advertío que no vuelva a 'uceder.

Y se fue sacudiendo el corpachón y acariciando significativamente con el hueco de la palma de su diestra la cacha de la pistola.

Sebastián Rayón maldijo del *argüendero* que le fue con el chisme. Y hubiera dado por bueno el mal rato que aquella visita le hizo pasar con tal de obtener el potrillo de casta con que había soñado... Mas, para su desgracia, la yegua no quedó cargada, pues volvió a dar señales de celo a la siguiente luna.

No podía desistir entonces, cuando había corrido una vez con tan buena fortuna los riesgos que su propósito encerraba. Además, la noche nublada le permitía hacerlo con mayores precauciones en esta ocasión... Y bajó de nuevo al encierro de Las Parotas para repetir lo que semanas antes había efectuado.

Quiso la fatalidad que lo viese un sobrino de don Silviano que andaba por allí cazando garrobos, y que percatado de lo que estaba haciendo corriese al pueblo para dar aviso a su tío. Éste se levantó y vistió en el acto y, tomando su carabina, se apostó para esperar el regreso de Sebastián Rayón a una de las orillas del camino. Estuvo asechando hasta que, ya cercano el amanecer, apareció con la yegua del cabestro y con rumbo a los macheros de su casa. Y le fue fácil cazarlo a distancia, oculto tras el tronco de una higuera, disparándole por la espalda como a un perro.

No contento con ello, hizo fuego también contra la *Toronja*; que herida y espantada huyó galopando y fue a perderse entre el malezal del cerro cercano.

Sebastián Rayón pudo arrastrarse unos cuantos metros antes de exhalar el último aliento sobre las hojas del tabacal de don Prudencio, en donde a la media mañana de ese mismo día había de encontrarle uno de los peones de éste.

Su mujer y sus tres hijos recibieron la noticia con la desazón imaginable. Conocían las andanzas en que andaba metido, y su ausencia hasta esas horas los tenía poseídos de temores que, por lo menos, atenuaron un poco el choque de la brutal novedad.

El cortejo que seguía a los cinco hermanos que recogieron el cadáver en el tabacal y se lo trajeron a Azoyú sobre sus hombros, vio abiertas a su paso todas las puertas de la población... Todas menos las de don Silviano, que permanecieron rencorosa y hostilmente cerradas.

La mayoría del vecindario acudió al velorio.

Mientras don Chucho, el carpintero, improvisaba un cajón con pretensiones de ataúd para darle sepultura, tendieron el cuerpo sobre el petate que mullía un camastro, cubriéndolo con una sábana. Y tuvo principio el duelo.

En acatamiento a las costumbres del lugar, los familiares del difunto encargaron una damajuana de alcohol de setenta grados, que ayudado con unas tazas de café había de servir de alivio a la presunta pena de toda la concurrencia. Las mujeres se sentaron en sillas y cajones en torno al cadáver y las comadritas se pusieron a enumerar afanosamente los méritos del muertito, quizás con el propósito de procurarles algún consuelo a la viuda y a las dos hermanas de él, que lloraban presas de histérica desesperación y lanzando unos gritos estridentes y desgarradores cuyos ecos colgaban un hálito lúgubre sobre las casas y callejones del pueblo. Por su parte, los varones que acudieron a dar el pésame investidos del más riguroso y solemne de los recatos y la más amable de las cortesías, integraban en el zaguán y las puertas grupos que se iban animando y descomponiendo con la relación de los detalles del suceso entre sorbo y sorbo al fuertemente alcoholizado café.

—Andaba pa los bajos... Por onde'stá el encierro de don Silviano, pues.

—Di'en que bía llevado su yegua al 'emental del viejo, pues.

—Que se perdió la *Toronja*...

—¿Y qué harán, pues, los Rayón?

—'Epa Dios...

Durante toda la tarde y en las primeras horas de la noche los hermanos Rayón no hicieron otra cosa que ingerir embriagantes. De modo que, cuando ya vecina la madrugada, las visitas se fueron retirando y dejaron a solas a los familiares con el difunto, la borrachera los había llevado a formar un sórdido grupo a las puertas de la casa, donde entonaban con voz rasposa canciones de venganza y desafío que iban a confundirse en una amarga dualidad con las quejas estallantes y lúgubres que, a intervalos, proferían todavía la viuda y sus dos cuñadas.

Hasta que se sintieron bien solos en la noche se tomaron una pausa. Y poniéndose de acuerdo con una mirada, penetraron de uno en uno, con paso vacilante, hasta el corral posterior de la casa del difunto, donde junto a la canoa vacía que sirviese de pesebre a la *Toronja*, se juramentaron comprometiéndose a vengar la muerte del hermano y la pérdida de la yegua.

Uno de ellos, el menor, salió otra vez a la calle con ánimo rijoso. Y pasando frente a la casa de don Silviano, hostilmente cerrada y oscura, se puso a tararear, repitiendo y subrayando con un retintín amenazador las estrofas finales:

> *La mulita que ensillaba*
> *me salió reparadora.*
> *Y aluego la tracalié*
> *por otra más pateadora.*

> *¡Ay qué trabajos me dio*
> *pa 'berle echado la silla!*
> *Pero no se me escapó*
> *esa mulita tordilla.*

Transcurridos unos días, en el encierro de Las Parotas comenzaron a morirse las yeguas.

Primero se creyó que era una peste desconocida allí. Pero luego corrió la voz de que las estaban envenenando con estricnina. Y, finalmente, vino a confirmarse que la yerba se la habían puesto en la sal que, con el fin de quitarles la dentera de los pastos ácidos, les dejaban sobre unas losas distribuidas por el potrero.

Cuando quisieron ponerle remedio, había muerto ya la *Almendrilla,* así como otras yeguas menos valiosas, y estaba muy enfermo el semental, que con el tiempo y pese a los muchos cuidados terminó por morir también. La otra vieja yegua andaluza, la *Jarana,* estaba criando aún un potrillo del semental anterior. Y con ello se esfumaban todas las esperanzas de obtener esa perpetuación de la raza que por unos meses se había creído resuelta en casa de don Silviano y en el pueblo.

A nadie se le escapó que la cuestión del envenenamiento era obra de los hermanos Rayón. Y se dio por descontado que antes de muchos días iban a ocurrir en Azoyú nuevos asesinatos.

Así fue en efecto.

Al cabo de un año, los odios recrudecidos habían añadido a la muerte de Sebastián Rayón la de su hermano Benjamín, y por la parte contraria, la de Librado García, sobrino de don Silviano, todos ellos cazados también a distancia y por la espalda.

Crisóforo, un fabricante de espuelas de la localidad que retornaba de vender un lote de su mercancía en Iguala, trajo una tarde la noticia de que, cruzando los bajos de El Bejucal, había visto vagar con un potrillo a una yegua vieja que, por todas las apariencias, era la *Toronja* del difunto Sebastián Rayón que tenía muchos meses de perdida y se creía muerta. Crisóforo se deshizo en elogios de la cría, asegurando que era macho y de una apostura que recordaba al semental envenenado de don Silviano.

Éste y los hermanos Rayón se enteraron casi simultáneamente de la novedad. Y salieron al mismo tiempo en busca de los animales, ilusionados por una ambición común: obtener el potrillo.

Don Silviano llevaba tres familiares por acompañantes y los cuatro hermanos a dos cuñados, todos ellos bien montados y armados de pistola y carabina, El hecho de que el potranquillo fuera hijo de la yegua de los unos y del semental de los otros ponía en litigio su propiedad. Y ambos se consideraban con derecho sobre él; cosa que contribuía a hacer más intransigente la aversión y la rivalidad exacerbadas por los asesinatos de aquellos meses. Los familiares se quedaron llorando, bajo la certidumbre de que iba a ocurrir una gran tragedia. Pero no pudieron evitar que unos y otros partiesen.

Ambos grupos se perdieron entre el monte de yacua, ceiba y paloflor rumbo a los cerros de hirsuta uña-de-gato de El Bejucal. Y fue el de don Silviano el primero en dar con la yegua y su potrillo, que, como el artífice Crisóforo dijese, era un representante digno de la raza de sus progenitores. Lo lazaron por el cuello y sin hacer caso de la madre, trataron de arrearlo para Azoyú... Mas los relinchos de la yegua atrajeron al grupo de los Rayón, que no andaba lejos. Y las dos familias se encontraron cara a cara en un claro de El Bejucal, perfilándose inevitable la tragedia.

Como primera providencia, Quirino Rayón le echó al potrillo un pial; y quedó de esa manera imposibilitado para caminar. Luego dio comienzo la disputa:

—¿Ónde van con esos animales?... La yegua y el potrillo 'on nuestros.

—La yegua no le alegamos... Pero el potro es hijo del 'emental que me mataron y, por lo mismo, muy mío, pues.

—Que yo 'epa —argumentó un Rayón—, los hijos 'on de l'hembra.

Este potrillo es mío, pues... Y si no por las buenas, ¡a como dé lugar!...

Los dos que sostenían las reatas a cuyo extremo estaba lazado del pescuezo y de una pata trasera el potro, las habían sujetado ya al cabezal del fuste de las sillas vaqueras. Y salieron a relucir las pistolas, más útiles a esa distancia que las carabinas.

Sonó el primer disparo. Y no tardaron en seguirle otros más.

Sin dejar de hacer fuego, los dos grupos rivales retrocedieron instintivamente, llevados por el afán de protegerse tras de los árboles del borde del escampado... Y el potrillo quedó debatiéndose entre la tirantez de dos reatas que jalaban de él furiosamente y en direcciones opuestas.

La *Toronja* parecía haberse dado cuenta de la peligrosa situación en que se hallaba su cría. Pero relinchaba en vano. Pues el odio que enfebrecía a los dos grupos humanos no permitía que se ocupasen de otra cosa que de matar. El animalito acabó cayendo patas arriba, columpiándose trágicamente sostenido por la tensión de ambos cordeles que le descoyuntaban de las patas y tendían a asfixiarle a medida que el nudo corredizo se cerraba bajo sus quijadas...

La batalla duró unos pocos minutos. Y cuando al fin huyó el único superviviente del grupo de don Silviano, yacían tendidos en el campo tres hombres muertos y otros tantos malheridos, así como un potranquillo estrangulado y descuartizado sobre la hierba.

De entonces acá, no han vuelto a verse más caballos finos por el rumbo de Azoyú. Ni vale la pena, a decir verdad, que alguna otra vez los haya.

EL ESPANTO BLANCO DE LAGUNA BERMEJA

Más poderosa que la ciencia del hombre y
el poder de los dioses es la esperanza.

Apenas comienza a reponerse de los rayos deprimentes de un in-
misericorde sol, cuando el intrincado breñal de la costa se ve sorprendido por el violento anochecer del trópico. Sólo queda un
desgarrón bermejo en el cielo, al otro lado de los esbeltos y abigarrados palmares por donde el mar se ha tragado al astro en un
crepúsculo sangriento. El aire se enrarece abriéndole paso al rumor del océano, que con sus notas roncas le hace segunda al canto
metálico de las chicharras y al ladino de los grillos. A la vez que
una brisa timorata comienza a tejer los discretos compases de una
sinfonía de roces entre las hojas revestidas de quitina del palmar.

Por la vereda blanquecina y arenosa, arañada por los espinos, el
nopal y la palmera enana, que abre el rumbo de la costa ardiente
a la tibia curiosidad del altiplano, aparece renqueando un hombre; un despojo humano más en busca del macabro balneario de
la Laguna Bermeja.

Ésta se halla a uno de los lados del sendero, callada y quieta
entre su nimbo verde de malezas, latiéndole como un corazón el
canto monorrítmico de las ranas. Forma un charco extenso, hundido en la depresión de unas lomas a escasa distancia del litoral.
Sus aguas, intensamente teñidas por la arcilla ferrosa del paredón
que limita y corta dos de los costados de su lecho, son rojizas y
opacas, y despiden una hediondez de muerto que sube por entre
los efluvios cenagosos del manglar a través de la negra chimenea
de la noche hacia el palpitar de los cielos estrellados.

Es sólo una esperanza grotesca de sobrevivir lo que arrastra a
este despojo de hombre hasta su orilla.

Busca un claro bajo una palma enana y arroja al suelo su "maleta", un envoltorio de manta en forma de almohadón donde trans-
porta su escasa ropa. Se despoja del sombrero astroso y desflecado
de palma con expresión de cansancio y lo cuelga de las ramas de
un arbusto. Enjúgase el sudor de la frente con el puño de la manga de su camisa, y escupe. Luego, desprende la costalilla del itacate
cuyo cordón lleva terciado como bandolera, y la baja a reposar,

177

pringosa y blanda, en el piso. Y es él, finalmente, quien se derrumba, ayudando a una pierna casi inútil para caer de bruces sobre la maleta que hace las funciones de almohada y dando al cielo con desdén su lacerada espalda.

Un jadeo que no se podría precisar si es de cansancio, de amargura u originado por las fosas demasiado abiertas de una nariz que se deforma, convulsiona su torso, cubierto a trechos por la camisa desgarrada y sucia.

El perro rubio y famélico que lo acompaña se echa también, haciéndose rollo a su costado. Pero luego levanta las orejas y escucha alerta y con extrañeza el ronco rumor del mar.

Todos los ruidos nocturnos van adquiriendo un ritmo monótono que arrulla... o deprime.

Este hombre con trazas de mendigo tendido sobre el claro a orillas de la Laguna Bermeja se llamó en un tiempo Sotero Mancera. Y hace sólo unos años que en San Juan Cacomixtlán, su pueblo de origen, lo conocieron por mozo sano, trabajador, apuesto y de buen carácter, aunque sin lustre ni hacienda.

Se preparaba a casarse cuando le salieron a flor de piel unas escoriaciones y comenzaron a hinchársele los dedos de las extremidades... Y desde entonces su vida se convirtió en un calvario lento y maldito con su pasión y su cruz, pero que no llegó siquiera a merecer el premio sarcástico de una corona de espinas.

Las escoriaciones se fueron convirtiendo en una especie de bubones secos y escamosos que pugnaban por hacerle reventar la piel y le abrían lamparones en el cabello y las cejas, tumbándole mechones de pelo muerto.

Alguien diagnosticó que debían ser pasmos o mataduras de equino contraídos al zambullirse en el pozo de Los Tepehuajes, junto al vado del arroyo donde llevaban a abrevar y a bañar a los caballos y burros de la comunidad agraria. Y le recetaron jugos de limón..., friegas con savia lechosa de la que se obtiene al exprimir el tallo de las chicalotas... y, finalmente, baños en el arroyo chico que traía el agua encianurada por los desechos de la mina.

Pero, indiferente a aquellos remedios, su mal persistía, progresaba y se impuso.

Cuando se le despoblaron totalmente las cejas, se le abombó el hueso frontal, se le hundió el puente de la nariz y empezaron a atrofiársele, como mutilados, los dedos de pies y manos, sus ami-

178

gos y su novia le huyeron. Y a sus oídos, cuyas orejas se deformaban también, llegó por primera vez la palabra "lazarino" en un comentario descuidado.

Sotero huyó espantado del pueblo y fue en busca de la ayuda que en una localidad mayor pudiera darle la ciencia de un médico titulado. Éste lo examinó infiriéndole punzadas que no le despertaban dolor alguno, como si su carne estuviera muerta, y con expresión pesimista le extrajo sangre para mandarla analizar a la ciudad mientras le recomendaba que en tanto que era sometido a tratamiento se internase en un lazareto de ésta.

Él lo recapacitó. Y temeroso de ser forzado a ello, no volvió a presentarse con el médico.

No le aquejaban sufrimientos físicos. Y aunque la deformación y la atrofia continuaban implacables, no quería perder una libertad que podía permitirle ensayar otros remedios.

Una noche hizo su maleta con todo lo indispensable y le prendió fuego a lo demás y a su choza de palapa, resuelto a lanzarse por los caminos en busca de consejo y esperanza. A los vecinos que acudieron para ayudarle a apagar el incendio, les dijo:

—Yo mismo lo prendí... Déjinlo que arda.

Y seguido por su perro, desapareció para siempre de San Juan.

Como peregrino que ni Dios recompensa ni los perros ajenos respetan, continuó por senderos extraviados una vida que sólo alimentaba el horror. Anduvo y anduvo sin consideración de sí mismo y sin encontrarle un cauce al torrente callado de su injusta vergüenza. El único amigo que le tendía su mano, era la generosa indiferencia de la naturaleza. Las pitayas, las tunas, las guásimas, las parotas, las zarzamoras, los piñones y los ahuilotes del monte hicieron más por él que la limosna eventual de algunos compasivos.

Y una vez que encontró cierto sosiego, se acordó de la Virgen de Talpa, a cuyos pies había llevado su humilde devoción cuando era niño y ante quien debiera ir ahora a implorar misericordia. Con sólo quererlo, Ella podía hacerle el gran favor de restaurar su salud. Y, puesto que era tan buena, ¿cómo había de negarse a ayudarlo?...

Se desnudó el torso para ofrecerle la penitencia de un gran dolor colgándose del cuello, a modo de escapulario, dos pencas de nopal bravío, de modo que una reposara sobre el pecho y la otra sobre la espalda lacerándole con sus ahuates hirientes. Mas, por la naturaleza misma de su enfermedad, sus carnes muertas se mostraron insensibles al suplicio y éste dejó de ser suficiente penitencia. Él necesitaba brindarle a la Virgen un tormento digno de su milagrosa grandeza; y dejando aquellas pencas de nopal inocuas, se ató fuertemente sobre la espalda con una áspera reata de pita, un peñasco de más de veinte kilos de peso lleno de aristas filosas.

Llevándolo a cuestas noche y día, emprendió el largo camino del santuario.

Tardaría más de un mes en andar a pie los ciento cincuenta kilómetros que al tomar esta determinación lo separaban de la población de Talpa. Pero un mes de tortura le pareció muy poco para merecer el favor que esperaba de ese esfuerzo.

Cuando llegó a su destino tenía ya un dedo de menos en su mano izquierda y una horrenda serie de cardenales y llagas pestilentes bajo la piedra y la reata, sobre su pecho y su espalda. Pero la Virgen comprendería su sacrificio y premiaría sin duda la devoción conque se lo brindaba.

El último tramo, desde el alto de la Cruz de Romero al fondo del valle donde levantaba sus airosas torres el santuario, lo anduvo de rodillas. Era una legua de pendiente áspera, pedregosa y empinada por la que iban con similar esfuerzo algunos otros penitentes tan necesitados como él de ayuda y a quienes los devotos que marchaban a pie tendían sus cobijas en el piso para atenuar en algo sus lesiones. Pero a él lo miraban consternados; y reconociendo su enfermedad, el temor al contagio les impedía sacrificar en ese menester sus frazadas.

Tras una mañana de horrores, con las rodillas, los pies y aun la boca sangrantes por los muchos resbalones y caídas, llegó al atrio de la basílica, donde se desplomó extenuado. Sólo hasta el amanecer del día siguiente recobró un atisbo de energía y lo empleó en arrastrarse hasta el pórtico del templo para ir a caer de hinojos y con toda su esperanza puesta en el prodigio que de la Santa anhelaba.

Bajo la mirada misericordiosa de la pequeña imagen, la fe lo mantuvo consciente por varias horas. No se restablecieron la salud y el vigor que había ido a buscar; pero cuando volvió a derrumbarse desmayado, obtuvo de unas manos valientes y piadosas la asistencia para sacarlo de allí, un reparo en el pueblo para su estómago hambriento y unas abluciones que lavaron y curaron sus heridas. Después trajeron un sacerdote que le indujo a despojarse del peñasco y a esperar con fe y paciencia la misericordia divina.

Tirado en el portal, aguardó una semana mientras se secaba lo purulento de sus heridas y la atrofia de su nariz y sus dedos progresaba.

Entonces se dio cuenta de que alguien que quería alejarlo de allí había ido a recomendarles a las autoridades civiles de la población que lo enviasen al lazareto de Guadalajara. Y, sacando fuerzas de su flaqueza, esa misma noche se cubrió las lesiones con ramas frescas de fresno y huyó de la localidad con la devoción y la esperanza perdidas.

Refugiado en la sierra, el aroma a trementina de sus bosques de coníferas y la brisa fría de las cumbres, si no detuvieron la progresión de su mal, por lo menos pasmaron sus llagas... O acaso fue la lengua del perro fiel que se las lamía.

Por un tiempo más arrastró su condición de mendigo errante, en espera inútil del milagro prometido, y poniendo vanamente en práctica los remedios que le dictaban la ignorancia y la superchería populares. Comió hasta hartarse carne de víbora; durmió en cama de ramas de ruda; se frotó el cuerpo con orines de zorrillo... Todo en vano.

Y un día, cuando ya parecía haber perdido hasta la última esperanza, coincidió de camino con un ancianito del rancho de La Pila que llevaba una remonta, y el cual le habló con mucha fe de la Laguna Bermeja.

Allá iban a bañarse personas que padecían enfermedades como la suya y él conocía dos por lo menos que debían su curación a esas visitas. La laguna quedaba lejos; próxima a la costa. Pero el tratamiento era barato y sencillo, pues bastaba con meterse al agua hasta el cuello y permanecer en quietud tolerando que las abundantes sanguijuelas chuparan hasta la última gota de sangre podrida, para que el cuerpo la repusiese después con sangre nueva y sana.

Sotero no tenía nada que perder. Y arriesgó otra esperanza.

Emprendió el camino a través de serranías y barrancas. Pero, durante el trayecto, pudo notar que la pierna izquierda se le estaba secando y le arrastraba. Y temió que no llegaría.

Aquí está, sin embargo, arrastrando penosamente aún su muerte en vida.

Y ahora le angustia que sea de noche y tenga que esperar unas horas más al alba, porque teme perder la pierna antes de ensayar la cura.

Vuelto de rostro al cielo, ve salir a la luna.

Un coyote hambriento echa a rodar sobre los lomeríos un ¡auuuuuuh! lúgubre y frío como puñalada. Y a su conjuro, óyese en el palmar un aleteo de guacamayas y en los márgenes de la laguna otro grito angustiado, que lo mismo puede ser de un ave que de una fiera enferma o de un ánima en pena. Acaso es el espíritu de la soledad que reina en la Laguna Bermeja; porque esas garzas y ánades que suelen infestar los pantanos no vienen a posarse en ella por no manchar de rojo su plumaje, y las bestias sedientas evitan en lo posible beber sus aguas, ya que las feroces sanguijuelas pueden, a juicio de los rancheros, empedernirles el hígado.

A medida que la noche avanza el rumor del mar va haciéndose más distinto. Y es como un rezo que elevara el oleaje al azotar la playa.

Pero el hombre que espera, no logra dormir. La noche se le vuelve lenta y pesada como una penitencia. Diríase que la clepsidra del tiempo se ha congestionado y que gotea con un esfuerzo salvaje las horas. Sotero se revuelca y sacude, frotándose a cada momento la pierna entumida y lacia, temeroso de perderla. Porque no espera que si los anélidos de la laguna consiguen hacer el milagro de salvarlo, tengan la potestad de regenerar sus articulaciones perdidas.

La brisa marca, sacudiendo el ramaje de un sauce inmediato, los segundos de esta noche interminable. Y el hombre podría contarlos tanto como puede contar las estrellas.

Parecen haber pasado siglos antes de que Sotero note que el rumor del mar languidece y se aplaca con la calma chicha de la madrugada; y que pasan muchos años más hasta que el firmamento empieza a clarear un poco derramando un alborozo de bienvenidas por la selva. Las guacamayas vuelan gritando del palmar al platanal y en un bosquecillo de yacua murmura la tórtola el cálido mimo de sus gorjeos. Bandadas alharaquientas de pericos cruzan la laguna hiriendo con el histerismo de sus chillidos la atmósfera.

Entonces, Sotero se incorpora tratando de penetrar con la vista en la penumbra. Recoge del suelo el itacate y de él extrae, hechas pasta de tan tiernas y magulladas, unas pitayas silvestres, masticándolas con un gesto de asco que, al fruncir los rasgos comidos por los furiosos lebreles de la lepra, vuelve su faz más monstruosa.

Cojeando, se acerca a la orilla de la laguna.

No hay playa ni bajos en ese lado. El manglar se interna en el agua formando una red sarmentosa con sus raíces aflorantes y empuja hacia el centro los bancos de jacinto, cuyo verdor parece burlarse de la tonalidad turbia del agua. Ésta se halla tibia, espesa y rojiza. En ella avanza por la derecha un manchón de sauces anfibios disputándoles su lugar a los mangles, y más allá se interpone y triunfa la espesura joyante del carrizal.

El enfermo no sabe nadar. Y como la orilla es profunda y ha de permanecer sumergido hasta los hombros, halla la solución a su empresa atándose el ceñidor del pantalón al pecho y prendiéndole con la cuerda de ixtle del morral del itacate a la rama retorcida de un mangle que se proyecta rozando horizontalmente la superficie del agua.

Se desnuda. Y procediendo conforme a lo previsto, se descuelga aferrado a la rama para detenerse de ella si lo pretendiera devorar un fondo cenagoso, sin esperar siquiera a que alumbre bien el día.

Las aguas bermejas lo reciben complacidas. Y su suerte es tal, que alcanza fondo precisamente a la altura necesaria para mantener de fuera la barba y la cabeza.

Apenas repuesto de la primera sensación de frío, se estremece bajo el impacto de otra que, por más que la tuviera prevista, le sorprende. Algo viscoso bulle en torno a él y lo asalta plantando ventosas sutiles por toda la extensión de su cuerpo desnudo. Son sin duda las hambrientas sanguijuelas que comienzan su tarea. Y deben sumar millares, porque la sensación es tal como si se disputaran un lugarcito libre en su estructura corporal. Están enseguida en las piernas, en los brazos, en el torso... y dondequiera.

Sotero no siente dolor. Pero reza.

¡Que chupen, que chupen cuanto deseen!... ¡Que extraigan esa sangre maldita que envenena su organismo!... ¡Que se la acaben de una vez por todas para que pueda afluir y sustituirla otra sangre nueva y sana!...

Y va invadiéndole una flojedad mórbida, casi enervante.

Está muy débil ya y se siente desfallecer cuando comprende que esa generosa donación de linfa ha, por fuerza, de tener un límite.

Y entonces piensa en salir de la laguna.

Pero su voluntad y su vigor son presas del enervamiento. Y un sopor y un desaliento sin angustias le vuelve toda perspectiva de esfuerzo odiosa. Quizás ya no quede vida bastante en su lacio organismo para liberar el pie y la pierna útiles del cieno que los aprisiona. Y menos aún para suspenderse e impulsarse asido de la rama del mangle hasta salir a la orilla.

Un bondadoso bienestar, no obstante, asiste a su desfallecimiento. Entró al agua para dejar su sangre impura. Y con la sangre, los voraces anélidos se están llevando, piadosamente, lo magro que le quedaba de vida.

El perro que lo acompaña debe haber comprendido la tragedia, porque aúlla lastimero desde el ribazo. Mas, al ver cómo su amo va perdiendo el color; cómo esas facciones tumefactas de su monstruosa cara, que él reverenciaba todavía, se están volviendo terriblemente pálidas, retrocede asustado. Y cuando al fin a Sotero se le quiebra la cerviz, los ojos se le desmayan en una inmovilidad dispersa y vidriosa y su aliento cesa, huye aterrorizado gimiendo por la vereda.

Y es que el hombre que vino a buscar una salud imposible, semeja ya un espanto terriblemente blanco, que después de vagar toda la noche por la selva, al tratar de ir a recogerse en el fondo de este vaso lacustre donde moran los espíritus de la fatalidad y la tristeza, se enredó en las plantas y ha quedado mostrando, a la incierta claridad del amanecer, la pavorosa lividez de una cabeza muerta que destaca en contraste sobre el bermellón opaco de las aguas.

HUMORÍSTICOS

LAS CHINCHES

¡ Hasta dónde te conduciría el encono si no
llegase en tu ayuda la suerte!

Nunca se le quitó lo receloso ni soportó una caricia sin tratar de
retribuirla con un tarascazo. No hubiera servido, ciertamente, para
protagonista de una de esas cándidas películas de Walt Disney,
donde hasta de las hienas y los pumas trasciende comprensión, nobleza y mansedumbre.

Era fino de miembros, trasijado de vientre y agudo de colmillos.
Y tenía un extraño don para volverse invisible entre los trastos
que salpicaban los ochenta metros cuadrados del corral de mi
casa. Sólo atisbando por las rendijas de la puerta se conseguía
verlo merodear alguna vez husmeando con nostalgia la libertad
del otro lado de las tapias u olisqueando la vasija de la *Sacha*,
mi apacible perra gran-danés de color barcino, que pese a sus
acendrados instintos maternales no logró congeniar con el intruso.
Por lo común, éste vivía oculto entre un montón de vigas estibadas
en el lavadero, asomando por una rendija las chispitas fúlgidas
de sus ojos expectantes y la punta de alguna de sus orejas, en una
actitud esquiva de "no quiero nada con ustedes".

Lo había comprado al regreso de un viaje a León. Transbordé
del tren de Juárez al Ferrocarril Central en Irapuato pasada la
medianoche, y al amanecernos en Yurécuaro me lo ofreció en un
mísero tostón un campesino que lo remolcaba por el andén jalando de un mecate.

Todavía estaba yo un poco convaleciente de la ictericia. Y había despertado después de bregar con una pesadilla inspirada en
el asunto de las chinches, por cuya causa llegué a tomarle aversión
a la casa que alquilaba en la calle República, frente a los naran-
jitos, desde que llegué a Guadalajara.

Entonces estaba a punto de regresar a ella; y trasponer sus
puertas se me había convertido en un suplicio. Las chinches de
gallina, que se consideraban con mejores derechos que yo para
habitarla no obstante no pagar renta, formaban manchas palpitantes en todos sus rincones. Y no bien oían girar mi llave en la

cerradura cuando se armaban de toda su ferocidad para salir a mi encuentro y rechazarme hasta la calle.

Lupe, la sirvienta, empleaba como sistema para proteger su cocina un rimero de ocotes encendidos en el batiente. Y yo tenía que impregnar de un formol que mareaba el piso del zaguán y del cuarto destinado a oficina para aislarme en ésta. Pero en el patio, en el comedor y sobre todo en la recámara, las chinches eran dueñas de la situación y brotaban por todas partes incitándome a huir en busca de otro alojamiento.

Me habían recomendado mucho hacer hogueras con ramas de la santamaría. Y más de una vez las encendí en el patio. Pero eran chinches voladoras, que en cuanto se sentían sofocadas por el humo pestilente de esas fogatas huían hacia las casas contiguas, donde no tardaban en elevarse otras columnas de humo blanco y fétido que las traían de regreso, sin obligarlas a refugiarse con mis vecinos del lado oriente, de cuyo gallinero procedían.

Allí vivía una mujer joven amancebada con un diputado local. Y ambos debían tener la piel tan gruesa como un buey, pues no parecía inmutarles la presencia de los repugnantes heterópteros. No bien pude establecer con toda claridad que la plaga procedía de la huerta que tenían haciendo ancón a espalda de mi casa, en cuyo fondo se oían cacarear sus gallinas, cuando resolví ir a visitar a mi vecina.

Le expliqué que las chinches escalaban mi azotea por la pared de adobe desnudo, seguramente hartas de sangre de gallinácea y deseosas de variar de menú chupándose la mía, si es que un viento favorable no las ayudaba a llegar volando; y que había probado atajarlas sin ningún resultado, con barreras de azufre quemado, de polvo de raíz de pelitre, de semillas molidas de estafisagria y de sulfato de nicotina, por lo que iba a solicitar su colaboración para librarme de esa pesadilla.

La mujer, que me había recibido desde el principio con cierta hostilidad y aprensión, presumo que por temor a despertar celos en su diputado, se volvió más hostil al escucharme. Dedujo que yo era uno de esos tipos hiperestésicos que se pasan el tiempo inventando líos contra el vecino. Y puesto que mi exposición implicaba la idea de que era desaseada en su gallinero, se negó a escuchar más razones y me dio con la puerta en la nariz.

En vista de ello, acudí a la oficina del Departamento de Salubridad para presentar una queja. Allí me pidieron que lo hiciera por escrito y con diez copias. No les gustó la redacción y tuve que rehacer dos veces el oficio. Por fin, no hallándole pero que objetar, le dieron curso. Pero tuve que insistir en ese trámite cinco veces antes de que enviaran un inspector que, con ademanes de "yo me las sé todas" y un tanto compadecido de mi simpleza, llegó diciendo que iba a propósito de mi escrito.

Lo invité con amabilidad y cortesía a pasar, disculpándome de no subir con él a la azotea por lo muy ocupado que me hallaba. Y entró a realizar la investigación, exclamando, con el tono tolerante de un loquero que se dispone a restablecer el orden en un manicomio, al trasponer la puerta:

—A ver, pues, on tán esas chinches.

Éstas debieron oírle o percibir el olor a sangre nueva. Pues, siguiendo su táctica militar (estábamos en plena segunda Guerra Mundial y parecía lógico que también ellas se sintieran belicosas), se formaron al punto en escuadrones triangulares y, como a redoble de tambor, rataplán, rataplán, rataplán, salieron al encuentro de aquel fisgón con credencial que llegaba procurándolas.

Él iba tan desdeñoso del problema, que no se percató de cuándo lo tomaron por asalto. Pero apenas llevaba ascendida la mitad de la escalera hacia la azotea, cuando ya las chinches habían conseguido remontar sus zapatos y calcetines y estaban haciendo las primeras incursiones hematófagas por la carne de sus pantorrillas.

Entonces le atacó un súbito y grotesco baile de San Vito y, maldiciendo, empezó a sacudírselas a dos manos. De modo que desistió de continuar la pesquisa y se vino en vergonzosa fuga hasta la calle. Desde la banqueta, a través de la ventana enrejada, me confesó que, en efecto, el problema era de magnitud desconcertante y cabía ampliamente mi queja.

Su informe en Salubridad produjo, al parecer, un oficio conminatorio dirigido a mi vecina. Oficio que ésta entregó a su diputado, el cual, después de hacer de él el peor de los usos, me lo arrojó en estado inmundo por la ventana de mi oficina... Y las gallinas y sus chinches siguieron derrochando felicidad a mi costa.

Fue entonces cuando sufrí el derrame de bilis que me puso amarillo como corteza de tezcalame, y que conseguí superar gracias a las atenciones de un médico cuya primera recomendación fue la de que procurase estar el menor tiempo posible en mi casa.

Esto no era tan fácil, puesto que tenía allí mi negocio. Y una vez aliviado, volví al ataque en Salubridad redactando extensos y pedantes oficios en los cuales hacía hincapié en el peligro de las fiebres recurrentes, del kala-a-zar, del tifus exantemático y de la peste bubónica, calamidades en las que suelen fungir como transmisoras las chinches.

Una vez que llegué a sospechar que esos documentadísimos escritos no eran leídos con la atención que merecían, me metí a entomólogo coleccionando y clasificando entre las chinches que me atormentaban cuatro variedades distintas. Había la que llaman común o doméstica; otra casi transparente y tan minúscula que apenas se podía ver sin microscopio; un punto negro como cabeza de alfiler y con aspecto de gorupo; y, finalmente, la más feroz de todas, de color amarillo oscuro con un collarcito café y unas pequeñas alas que le permitían volar con la habilidad de un zopilote. Encerré toda esa fauna en un frasquito vacío de sal de uvas y acompañada por un oficio donde ponía énfasis en la similitud de uno de los ejemplares con la *vinchuca gigas,* transmisora de la terrible enfermedad de Chagas y me extendía en consideraciones sobre que la bondad de nuestro clima favorecía también el desarrollo de las plagas, la puse sobre la mesa del médico-jefe de Salubridad.

Éste explotó impaciente por tanto acoso y me dijo en tono agrio:

—En ese frasco faltan otras dos chinches: el diputado de su vecina contra cuyos agarres nada puedo yo; y usted, que me está resultando muy latoso... ¿Por qué diablos no se cambia mejor de domicilio?

Convine en que el funcionario tenía razón. Y aunque a trueque de violar el contrato de arrendamiento, en lo que después de todo me asistía el justificante legal de que me habían alquilado una casa inhabitable, de lo cual tenía comprobantes en abundancia con las copias selladas de mis oficios al Departamento y las recetas del médico, me puse a buscar otra.

En tales gestiones me hallaba cuando tuve que hacer aquel viaje a León y al pasar de regreso por Yurécuaro me ofrecieron el coyotito.

Ya en antecedentes de mis sinsabores, se comprenderá fácilmente la simpatía con que estaba predispuesto a ver a un enemigo tan prestigiado de los gallineros. Incluso sentí rencor contra el hombre que en la penumbra del amanecer lo paseaba jaloneándole brutalmente hasta casi estrangularle con la cuerda, pues el animalito se negaba a seguirle y frenaba sobre el hormigón del andén con uñas y cuartos traseros. Y pensé que aunque evidentemente era un cachorro de unos cuatro meses, sus dientes ya estaban útiles para dar cuenta en una sola jornada de por lo menos dos docenas de gallinas.

Esto era cuanto yo necesitaba.

Y puesto que de los quince pasajeros que viajábamos en el vagón de primera era el único despierto, encontré fácil oportunidad de efectuar la compra sin que nadie se percatara de ello.

El vendedor me consiguió en treinta centavos más un costal harinero de manta. Y luego que introdujo la alimaña en él, ató su boca y me lo dio por la ventanilla.

Tomé apresuradamente el bulto, donde el coyote se revolvía exasperado, y lo coloqué bajo el asiento sin que nadie a bordo me viera. Allí se cansó de removerse, quedándose quieto. Pero el olor salvaje de su piel, y acaso de alguna porquería que sus temores le obligaron a hacer, se difundió por todo el carro.

Entonces resolví fingirme dormido, atribuyéndose el hedor por los pasajeros que iban despertando, a la falta de aseo en los excusados del compartimento.

De modo que, al aparecer el auditor, le llovieron las quejas.

Frunciendo a su vez la nariz en repulsa del ominoso aroma, éste fue a examinar el cuarto de servicios. Y salió de él triunfal, asegurando que todo estaba en orden allí y que sin duda la peste provenía de algún zorrillo que el tren había apachurrado y cuyos fétidos despojos debían ir pegosteados en los ejes de las ruedas o en la parte exterior del piso del vagón.

Como esto constituía un imponderable contra el que no había nada que hacer, mis compañeros de viaje se sometieron resignados.

Continué fingiéndome dormido hasta que bajaron todos en Guadalajara... Entonces le di por la ventanilla a un cargador mi maleta y el costal con el coyote y descendí sin problemas al andén.

Proyectaba dejar que la alimaña pasase hambres por cuatro días consecutivos para soltarla después de noche y subrepticiamente en la huerta de mi vecina con la seguridad de que estando famélica daría buena cuenta de su gallinero... Pero mis planes se vinieron abajo, pues me esperaba la noticia de que otra de las casas solicitadas en renta estaba ya a mi disposición y sólo esperaban mi arribo para efectuar el cambio.

Como esta nueva casa tenía corral, en él solté junto con mi perra danesa al frustrado asesino de gallináceas. No podía echarle a vagar por la ciudad; y su desamparo a tan tierna edad inspiraba lástima. Le di de comer con la esperanza de domesticarlo.

Mas era malévolo. Y en vez de conformarse con el contenido de su cazoleta, lo dejaba en reserva y, aprovechándose de los descuidos de la perra cuando buceaba con la cabeza embutida en la sanguaza, solía hacer pasadas rapidísimas y arrebatarle a ésta los huesos y trozos de deleitosa carne que había sacado del barreño, dejándolos fuera para postre en tanto que daba cuenta de lo menos suculento.

Fue aquella alevosía lo que unas semanas después le costó la vida.

Pues la *Sacha,* que sacó inesperadamente la cabeza de la vasija para arrojar en un resoplido el caldo que llenaba los orificios de su nariz, pudo sorprenderle *in fraganti,* en el momento en que se disponía a hurtarle un buen trozo de bofe. Llegaron al mismo tiempo al bocado y se pusieron a disputárselo jalando de él en sentido contrario... Hasta que, olvidada de la devoción maternal que parecía irle cobrando, la perra se enfureció y, tomándolo del pescuezo, se lo trituró de un solo mordisco.

Las exequias fueron discretas. El duelo sobrio. El ataúd modesto; aquel mismo costal en que llegara. Pero puede ufanarse de haber tenido por carroza fúnebre un camión basurero nuevecito, con su pintura amarilla intacta y puesto en servicio ese mismo día por el H. Ayuntamiento.

192

EL SECRETO DEL PALOBOBO

> Esa floreciente y extendida industria de la
> superstición.

AL PIE del altozano que se levanta a medio potrero de Eduviges
Losada, existe un palobobo en perenne floración blanca que destaca con una vitalidad inexplicable en medio tan árido como
aquél.

Este tal Eduviges es un pícaro redomado y bien conocido. Nadie que no sea muy audaz o muy cándido se atrevería en el rancho o en sus cercanías a depositar confianza alguna en sus palabras. Y menos aún Juan *El Huevo,* a quien no hacía mucho que
Eduviges le vendiera, por finos y de una afamada cría de Mascota, dos pollastrones chinampos que Juan pastoreó y llevó a pelear a las partidas de Ameca para que, al primer par de patadas,
alzaran la golilla y cantasen gallina.

Debido a ello, la noche en que tuvo lugar aquel extraño suceso, *El Huevo* resolvió que, aun cuando con ello contrariara la
opinión del espanto, no le ofrecería a Eduviges la mitad en el negocio.

Había tenido que ir al monte para rastrear a sus bueyes, pues
los necesitaba en la preparación de unos terrenos que se proponía sembrar. Y retornaba al rancho arreándolos a eso de la media
noche cuando, al pasar por la cantera vieja, divisó una sombra
blanca que se movía a medio reliz y que aparentemente le llamaba.

La yunta se le adelantó despavorida. Y Juan se quedó de una
pieza, con la boca abierta, los pelos erizados, perdido el color y
las piernas temblando mientras se apoyaba en la vara de nogal
con la que arreaba a los animales, para no perder por completo
el equilibrio y dar con su humanidad en el suelo.

Transcurridos unos momentos, la aparición le preguntó con un
habla titubeante y cavernosa:

—¿No me recuerdas, *Huevo?*

Haciendo un esfuerzo sobrehumano, el aludido consiguió sobreponerse lo necesario para preguntar a su vez, con una voz tan
temblona que no parecía fuera la suya:

—En nombre de Dios te conjuro pa que me digas si eres alma de este mundo o andas penando.

—Lo jui —le contestaron—... Pero va pa dos años que estoy muerto... ¿No te alcuerdas de aquel viejo, don Utimio, del rancho de Las Papayas, que murió de matado en la troje de don Baltasar?

—Sí me recuerdo. Jue el que mató de un puñete Moisés Tolano por cuestión de unas borregas.

—Pos con él mero tás hablando.

Juan *El Huevo* tragó saliva, cada vez mayormente impresionado. Y aunque iban ya más de dos años desde la muerte de aquel hombre y él no lo había tratado de mucha intimidad, parecióle reconocer ciertas inflexiones de su voz en la del espanto.

—¿Qué cosa trais conmigo? —preguntó tambaleante.

—Nomás hacerte rico. Porque has de saber que me morí con un pendiente y ando buscando uno que me dé una manita pa salir de él.

Esto despertó en Juan un poderoso sentimiento de codicia que se volvió preponderante sobre sus otras emociones. Él sabía, como tiene que saberlo cualquier pueblerino de no importa qué rumbo del país, que el ánima de un hombre que muere dejando dinero oculto no encuentra descanso en tanto que no consigue que algún ser vivo descubra ese dinero, lo saque y disfrute de él; y que hará todo lo posible por participar su secreto a quienes puedan darle esa ayuda. De modo que se apresuró a preguntar:

—¿Dejates entierro?

—Lo dejé —confirmaron—. Y ya va pa tres vecis que hago lumbrada sin que naiden la mire y se acomida a escarbar onde está, porque en este pueblo todos son muy durmilones... Anda, escarba por la noche al pie del palobobo del potrero de don Eduvigis, y antes que des con l'agua jallarás el dinero. Escarba pa lo hondo... Pero pa que Eduvigis no vaiga a querer ganártelo, porque está en sus terrenos, tanteo que es mejor que le envites a ir a medias.

Dicho lo cual, la sombra blanca subió por el frontal de la cantera desbarrancando unos peñascos y fue a perderse al otro lado de la cima, dejando a Juan transfigurado por el miedo, la emoción y... la dicha.

El favorecido por tan prometedora revelación anduvo al día siguiente consiguiendo, con toda clase de pretextos, las herramientas necesarias. Y cuando cerró la noche y supuso dormidos a sus vecinos, brincó la cerca de aquel potrero armado de pala y zapapico y fue hasta el palobobo de referencia, a cuyo pie se puso a escarbar con fervoroso denuedo.

Escarbó durante cinco horas, presa de inaudito frenesí y abriendo un respetable foso hacia lo hondo, tal como la aparición le indicara. Al calcular la cercanía de la aurora, tejió un entramado de varas para cubrir la boca del pozo, tapólo con tapines que disimularan su presencia y se puso a esparcir la tierra que había extraído.

Todo el día anduvo impaciente y desasosegado. Y no bien volvió a caer la noche cuando se fue otra vez al potrero para continuar la excavación con ímpetus redoblados.

Durante casi una semana trabajó noche tras noche infatigablemente. Y ya tenía la perforación alrededor de cinco metros de profundidad, habiéndola apuntalado y colocado en ella para subir y bajar una viga con muescas, cuando pudo notar que el fondo se encharcaba por la aparición de una corriente o depósito subterráneo de agua.

Tenía que ser así, pues existe fama de que el palobobo prospera y florece siempre en suelos donde el agua se halla cerca de la superficie.

Pero como la aparición le había dicho que daría con el tesoro antes de toparse con el líquido, Juan *El Huevo* empezó a sentirse desconcertado... Y a la noche siguiente pasó por la cantera a ver si don Utimio podía darle algún consejo u orientación antes de seguir en su fatigoso trabajo.

Sin embargo, y por más que estuvo casi dos horas invocando la presencia del fantasma, éste no acudió a sus requerimientos. Tuvo que resolverse a ir de nuevo al foso, llevando una lámpara para escrutar bien en sus paredes buscando algún indicio que le llevase hasta el dinero enterrado.

Estaba levantando los tapines que cubrían el envarado y la excavación cuando le sorprendió Eduviges llegándole por la espalda.

—¡Mira, pues, quién era la tuza! —oyó su voz—... ¿Qué trais tú, *Huevo*, con semejante escarbadera en mi terreno?... ¡En cuanti si nomás me mato hoy en ese joyo que llevas hecho!...

Juan se mostró desazonado y contrito. Realmente, él andaba escarbando en terreno que no le pertenecía. Recordando lo que le recomendase don Utimio, se puso a cavilar que quizás no había podido dar con el tesoro a causa de su negativa a obedecerle en cuanto a compartirlo con Eduviges. No acertaba a justipreciar qué malditos méritos pudiera tener un tramposo como éste para merecer favores del espanto. Pero, puesto que evidentemente era dueño del terreno, se sometió, encarándose con su interlocutor para decirle en voz baja pero con la mayor de las vehemencias:

—¡Nomás no haga argüende y por Dios Santísimo que semos ricos!... Toy escarbando al pie de su palobobo porque se me apareció la otra nochi aquel don Utimio de Las Papayas y me dio razón de un dinero que bía dejado enterrado ai... Usté nomás se calla, y ai vamos a medias... ¿Quihúbo?

Apenas necesitó meditarlo Eduviges. Repuso enseguida y con desdén:

—Yo no creo en tus abusiones, *Huevo.*

—No jueron abusiones —protestó éste—. Por mi santa madre que lo vide y platiqué con él... Usté, nomás, déjime escarbar solo, y ai vamos mita y mita.

Pero por más que Juan terqueaba, Eduviges no quería admitir la autenticidad de la aparición. Y cansado de discutir, se impacientó y se le fue decirle a su interlocutor:

—Ya escarbates bastante, tarugo... ¿No llegates ya a l'agua?

—Pero a la mejor está en los paderones.

—¡Que ha de estar, buey!... Te alvirtieron bien clarito que te lo toparías antes de dar con l'agua.

Arrebatado por su enloquecido afán *El Huevo* se disponía a insistir. Pero una consideración alarmada le detuvo. Volviéndose receloso y sombrío interpeló a su confidente:

—¿Y usté cómo supo que me dijo eso?

Sorprendido en la indiscreción, Eduviges se turbó durante unos instantes. Luego quiso salir del paso improvisando un embuste:

—Me lo acabas de decir tú mesmo—. Y por no darle tiempo a madurar la desconfianza, exigió frenético: —Y hora lárgate ya de mi potrero y no me tientis más la concencia... Y que no sepa que güelves a escondidas, porque ¡por Diosito que te echo la Defensa!...

Juan *El Huevo* se retiró indispuesto y preocupado, reflexionando que él no le había dicho a Eduviges lo del agua como pretendía y que la voz de don Utimio tenía un timbre parecido a la de Eduviges. Bien pudo ser éste el de la aparición. Pero, ¿con qué objeto?; pues para simple broma resultaba muy pesada.

Resuelto a aclararlo, a la mañana siguiente fue a entrevistarlo a su domicilio.

Lo primero que descubrió junto a su puerta fue la banda, los engranes y los canjilones de una rústica noria de burrito, listos al parecer para ser instalados. Y en cuanto Eduviges apareció se puso a interpelarle:

—Ya miro que va a poner noria.

—En ésas ando —le contestó tan fresco el otro—. Tenía un burro de balde; y ya que tú, con tus visiones de tarugo, me abrites el pozo, pos que sirva de algo, ¿no te parece?

La Defensa Social tuvo que llevarse a Juan. Pues, de no hacerlo, aún estaría a las puertas de la casa de su vecino ofendiendo a toda su progenitura.

EL RELOJ

En la vida ninguna generalización funciona.

Mi compadre Ponciano Bayón es hombre rudo, poco expresivo en su afecto y hasta me temo que un tanto mezquino. Por eso me sorprendió vivamente cuando, a su regreso de la capital, me regaló aquel reloj con apariencia de fino.

Yo sé que él me estima. Pero su decisión de traerme aquel obsequio era demasiado abrupta. Y no podía concebir que esa estimación fuera tan alta como para merecerle un regalo que debió costarle algunos cientos de pesos; pues la joya era chapeada de oro, de prestigiada marca y excelente máquina y hasta de un modelo bastante reciente. A él mismo jamás le había conocido otro reloj que el que heredó de su tatita, raspado, viejo y panzudo y de valor harto inferior.

Había ido a visitarlo el mismo día de su regreso al pueblo. Y ufano de haber conocido antes que él la metrópoli, le dije:

—¿Quihúbo, compadre? ¿Salieron o no atinados los consejos que le di?

Me miró unos instantes con una especie de encono. Y luego introdujo la mano en un bolsillo y ofreciéndome con una sonrisilla maliciosa aquella alhaja, repuso:

—Seguro, compadre. Y nomás para que vea que los estimo, le regalo ese reloj.

Al principio pensé que bromeaba... Mas, cuando comprendí que estaba seriamente resuelto, tomé la prenda y me puse a examinarla sin disimular mi sorpresa.

Me habían dicho que él y mi comadre Caritina retornaron tan pronto al pueblo precisamente porque la chamba que le consiguió a Ponciano en la capital el hijo del difunto Buenaventura Soria al salir diputado por nuestro distrito, no les daba para comer. ¿Cómo podía explicarse entonces tanta esplendidez?...

Esto de que no iban a durar mucho tiempo por allá teníalo yo muy bien previsto. Aunque herido y humillado por una mala suerte crónica, mi compadre se conservaba excesivamente digno y orgulloso para que pudiera prosperar en esos sucios menesteres de la política, donde la aptitud fundamental es la desvergüenza y el servilismo. Sin embargo, no se contaba esta advertencia, que hubiera podido lastimarle, entre los consejos que yo le di a su partida. Y mal podría atribuirle a tal acierto el generoso obsequio que me traía.

Examinando bien el reloj, vine a reparar en que ya tenía algo de uso, y hasta unas iniciales grabadas que no eran ni las mías ni las de mi compadre. Con lo cual llegué a despreocuparme y a justificar su rumbosidad pensando que de seguro lo había adquirido de ocasión en la Lagunilla o en algún montepío, o se quedó con él como garantía de algún préstamo no rescatado de unos cuantos pesos.

No obstante, tiempo después él insistió en que pagaba con esa prenda el justo valor de mis consejos, asegurando que a uno de ellos le debía su adquisición.

Lo que yo le aconsejé al marchar, más bien por presumirle de mis conocimientos de la vida en la ciudad que por una sincera preocupación por su bienandanza en ella, fue que le advirtiese a mi comadre Caritina que evitara subirse a un libre con dos choferes cuando fuera sola; pues, aunque a decir verdad tiene muy poco que apetecer desde que le salió la nube en el ojo derecho y la dejaron tan flaca las tercianas, bien pudiera ser que se les antojara y le hicieran pasar un mal rato. Le encomendé también que si se metían entre la muchedumbre que llena el Zócalo la noche del Grito procuraran llevar sus zapatos más viejos, ya que probablemente los dejarían allí por los atropellones. Y finalmente le hice notar que cuando se tropezase con alguien en la calle tuviera buen cuidado de tentarse los bolsillos para ver si en el restregón no le habían volado el reloj o la cartera, pues los rateros en la capital trabajaban muy fino.

Después supe que era precisamente este último consejo el causante de aquel regalo.

Resulta que a los pocos días de llegados a la capital, mi compadre tuvo que asistir a una reunión para la que le citase el diputado, su protector, a eso de las diez de la noche. Se vistió con premura, ya que le había atrasado la cena, y se precipitó a la calle envuelto en su gabardina, pues estaba lloviendo. Él vivía en la colonia San Rafael, cerca de la Tlaxpana, y, además de encharcada, la calle estaba sola y oscura. Avanzando a buen paso, al llegar a la primera esquina se tropezó bruscamente con un individuo que iba también de prisa por la calle transversal; y con el golpe del inesperado encuentro hasta resbalaron ambos de la banqueta al charco del arroyo. Se disculparon mutuamente de la torpeza. Pero aún se dieron otros dos involuntarios aventones antes de decidir qué lado tomaría cada cual para seguir su camino.

Mi compadre atravesó la calle riéndose del incidente, no obstante que sentía que el agua le había llegado a los calcetines... Mas, al abordar la banqueta de enfrente recordó de súbito los consejos que yo le diese; y se detuvo para registrarse apuradamente los bolsillos.

La cartera permanecía en su lugar, pero faltaba el reloj que ordinariamente guarda en el bolsillito de la pretina.

Repito que mi compadre es hombre atrabancado, vivo de genio y de pocas pulgas. Y al sentirse no sólo herido en sus intereses, sino, además, en su amor propio, la sangre y la indignación se le subieron al rostro. No lo reflexionó poco ni mucho. Sin reparar siquiera en que iba desarmado, profiriendo maldiciones y gesticulando como él acostumbra en estos casos, se lanzó en persecución del individuo con quien tropezase, y que, aunque iba de prisa, estaba todavía a su alcance.

El sujeto, al verse perseguido, aceleró el paso. Mas no lo suficiente para que mi compadre, que aún está joven, ágil y muy nervudo, dejara de atraparlo cuadra y media más allá.

Para entonces ya se había desatado toda la violencia de su carácter. Y, asaltando al desconocido, lo tomó de un hombro y volviéndole de un jalón de frente empezó a golpearlo con el puño una y otra vez en la cara, sin darle punto de respiro y exigiéndole mientras lo hacía:

—¡Eche el reloj si no quiere que le rompa todo el hocico!... ¡Venga ese reloj, hijo de la tostada!...

El otro, que no debía ser hombre de mucho coraje ni de constitución física suficiente para oponerse a las iras del energúmeno de mi compadre, viendo que la calle estaba sola y oscura y aturdido por el chaparrón de golpes y maldiciones de Ponciano, resolvió que no le quedaba más remedio que acceder a las demandas de su agresor para eludir la golpiza. Y metió, como pudo, la mano en el bolsillo, sacando de él el reloj y entregándoselo.

Muy ufano de su éxito, mi compadre se lo guardó sin siquiera observarlo, mientras todavía le daba un puntapié en las posaderas a su contrincante y ofendía por última vez con palabras injuriosas a la madre del señor.

Volvió a su casa dos horas después, una vez que terminó la

junta. Y mientras se desvestía para acostarse, intentó presumirle a mi comadre Caritina de lo despierto y expedito que era platicándole lo sucedido.

Ella lo escuchó respetuosa, aunque adormilada entre las sábanas. Y cuando dio fin al relato, exclamó con cierto tono de reproche:

—¡Pero Ponciano!; si tu reloj lo dejaste sobre el buró al cambiarte de traje...

Y es así, por razones de conciencia que no le permiten avenirse con la posesión de prenda tan mal habida o porque prefiere que si alguien ha de cosechar las trompadas que quedó debiendo sea yo quien tenga ese honor, como ha venido a parar a mis manos un hermoso reloj que no me atrevo a usar, vender, rifar ni llevar a un montepío.

LA CORRIDA DE TOROS

> La realidad es siempre más rica que el artificio.

AQUELLOS que tienen la fortuna de vivir en una gran ciudad, donde se puede disfrutar de amenos y variados espectáculos, no se imaginan lo que para nosotros, los pueblerinos, representan estas fiestas del Santo Patrón que se celebran una vez al año y cuyas diversiones profanas culminan casi siempre en la indispensable corrida de toros, organizada con toda la solemnidad y el boato que permite lo raquítico del medio y que suele dejar materia para entusiastas comentarios durante por lo menos los cinco siguientes meses.

Infortunadamente iban ya tres años que con la crisis y la emigración de braceros, los fondos recaudados no alcanzaban a traer a nuestro pueblo el día de San Juan toros y toreros. Y ello había puesto de un humor endemoniado los ánimos. Por esto fue tan bien acogida la disposición de Torcuato Béjar, a quien hicieron presidente del Comité Organizador, cuando dijo que lo primero es siempre lo primero, y que este año no faltaría la corrida aunque tuviera que prescindirse de la iluminación y de la cohetería.

Estábamos muy ilusionados con la esperanza de poder disfrutar de un espectáculo serio y vistoso y dispuestos a vibrar bajo la delirante emoción que la llamada fiesta brava suscita, presenciando verónicas, chicuelinas y naturales de pecho pergeñados con ese arte sublime que los diestros de tronío suelen imprimirles. De modo que hubiéramos empeñado con gusto los pantalones para sufragar los tres pesos del boleto.

La plaza fue improvisada a mitad del amplio despeje en torno al cual se apiña el caserío; y desde que la estaban construyendo tuvimos la impresión de que lucía algo insegura y tembleque. Dirigió su edificación Quirino el carpintero, que le metió trancas, tablones, palos, ramascos, cajas, horcones y cuanto le prestaron y encontró a mano, forrando su parte baja exterior, para evitar que los muchachos se colaran sin pagar, con ramascos de esa palma brava bien provista de aguijones.

Los tendidos eran rústicos y muy poco confortables, y la gente estaba allí como gallinas en percha. Las mismas reinas de los festejos, tan apropiadamente vestidas de manolas y escoltadas por sus gallardos chambelanes que se habían mandado lavar y remendar las camisolas, ocupaban el palco de honor, debajo del tendido del Juez de Plaza, visiblemente incómodas porque tenían que atender, más que a la corrida, a cuidar del pudor de sus intimidades, amenazado por la expectación de algunos procaces aguafiestas que espiaban desde abajo y a través de los inevitables claros del piso sin tomar en cuenta que ese otro espectáculo no iba incluido en el costo del boleto.

Como Quirino no encontró ramascos de mejor condición para tejer las barreras, usó también en éstas brazos cortados de las palmas datileras de don Baltasar, confiado en que el toro se cuidaría muy bien de empujar contra ellas por miedo a sus feroces aguijones, que son como verdaderos verduguillos. Tampoco los burladeros eran perfectos, pues había sustituido los tradicionales por unos laberintos de palos empotrados en el suelo entre los cuales, si no ocultarse, el torero podía ponerse a jugar al escondite con las iras del astado.

Pero todo ello lo hubiéramos dado por bueno en aras de nuestra apasionada afición a la fiesta, si al menos fueran los matadores esos diestros de moda en las grandes capitales tauromáquicas que el programa rezaba y no unos pobres aficionados hambrientos de cuya dedicación al arte de Cúchares apenas sus familiares debían tener noticias. Tampoco los toros iban a resultar de San Mateo como se había dicho, ni de San Caralampio siquiera. Se trataba de humildes bovinos de abasto, toros y novillos de la tierra de los que compraba Ventura Palomeque para surtir el rastro de El Puerto, y que proporcionaba a la empresa sobre la base bastante económica de que, de los diez y seis disponibles, se escogieran para la lidia los seis que resultaran más aptos, pagándole cien pesos por cada uno de los elegidos, siendo que para carne no pasaban de valer entonces treinta, y devolviéndole los demás.

Hay ocasiones en que los hechiceros de rancho realizan prodigios que dejarían suspensos a los santos más acreditados de la ciudad. Y nos consoló tal esperanza.

El primer acaecer negativo se dio un poco antes de empezar la corrida, cuando se colaron por entre los ramascos que forraban el coso diez perros que se disputaban los favores de una libidinosa perra y se pusieron a dar su espectáculo a mitad del redondel, escandalizando a las damas de la concurrencia. El griterío de los varones se volvió de órdago estimulando a los galanes más retrasados de la grey perruna a que no se quedaran sin su parte en el festín erótico. Y las señoritas que ocupaban los tendidos, así como las pudorosas reinas y sus damas de corte, hubieron de taparse los ojos para no presenciar esa desvergonzada exhibición.

Por otra parte, la gran mayoría del público de pantalón estaba excedida de copas, y esto de la borrachera contribuyó en buena medida a descomponer la armonía de todas las cosas.

Todavía no llegaban ni el juez de plaza ni los toreros ni se escuchaba toque de clarín que pudiera confundirlo, cuando Macario, el encargado de los toriles, que tenía diez días celebrando vísperas prendido de la botella de mezcal, soltó de sus pistolas el primer toro. El público de mi pueblo es tan villamelón que no pareció darse cuenta de que era a destiempo; y recibió la inesperada presencia del animal con un alarido de emoción. Era un cornúpeto viejísimo, de un pelaje barcino-atigrado, jolín a medias, despeado de una de sus manos y con una cornamenta tan aparatosa y retorcida que se antojaba postiza. Dio unos bufidos a mitad de la arena, y no encontrando enemigo de mayor cuantía a quien embestir, arremetió contra los impúdicos perros bramando con un acento lúgubre que resultaba más imponente que su torpe agresividad. Los cánidos olvidaron temporalmente la rivalidad celosa que los enemistaba y se confabularon contra él en montón. De modo que, acosado y sin encontrar por dónde evadirse, se dio a correr de un lado a otro derribando, como si fueran palos de boliche, las estacas de los burladeros, circunstancia en la que, a pesar de la general borrachera, vimos todos la mano providente de Dios.

Cuando amainó la tormenta de denuestos que este lamentable hecho desatara contra el carpintero asesino, el público tornadizo empezó a sentir piedad por el pobre toro y a indignarse con los ensañados y montoneros perros. Y don Nacho, que yo creo que ni para dormir se apea la "38" del cuadril, se constituyó en intérprete y portaestandarte de ese sentir popular desenfundándola y emprendiéndola a balazos con los alevosos canes. Estaba sumamente ebrio y le falló su proverbial puntería, atinándole un plomazo en una pata trasera al pobre burel, que quedó así dos veces renco, y otro en la boquilla de su trombón, que estaba afinando, a Aristeo el de la banda. Y probablemente más de un espectador hubiera ido a dar al hospital o a la morgue si manos providenciales no le hacen volver el arma a su lugar y sosiegan su cólera.

El caso es que con los estampidos huyó la disipada perra y

tras ella todo el perrerío. Y el cornalón, que había recobrado su tranquilidad, notando que nadie se le enfrentaba, formuló un mohín desdeñoso con la cabeza rubricado por dos sacudidas de su pedazo de cola y se acercó a comer las hojas de palma de la barrera con un apetito que delataba su triste condición de famélico. Orejeaba de cuando en cuando. Pero creo que la expectación del público lo tenía muy sin cuidado. Y allí hubiera permanecido en paz y gracia de Dios toda la tarde, a no venir a inquietarle el desfile de la cuadrilla, que por fin había terminado de enjaretarse los ajustados calzones y chaquetillas del terno de luces alquilado y venía resuelta a darle comienzo a la fiesta.

Al mismo tiempo tomaba asiento en la tribuna el juez de plaza, quien ordenó dejaran en libertad al toro herido, al cual, por más cómodo, se echó a la calle pensando que todo el vecindario estaba en la plaza, pero sin tomar en cuenta que allí se iba a comer alevosamente las mazorcas que mi tío Natividad tenía asoleando sobre un tapexco a las puertas de su casa.

Los matadores y su comparsa desfilaron con sus capas terciadas y un paso cachondón escoltados por los dos jamelgos de la pica cuyos envarados jinetes brincaban sobre la silla cordobesa con un batiboleo de estribos, lanzas y acolchonados al desairado trote. Y todo parecía ir entrando por los caminos del orden y la compostura.

Pero pronto nos dimos cuenta de que no habían terminado allí las dificultades. Al músico del cornetín le habían metido a la cárcel horas antes acusado de ebrio y escandaloso, y hubo que buscarle un sustituto en los toques para los cambios en la persona de Ricardo, el mayoral, que era muy competente para dar silbidos, lo cual rebajaba deplorablemente la calidad del espectáculo. Como quiera que sea, de este modo se autorizó la salida del primer toro.

Pero ya hemos dicho que el encargado de los toriles traía una borrachera de pronóstico reservado. Y en lugar de uno, dejó salir dos toros: un prieto bragado de blanco y otro blanco bragado de prieto, lo que hace suponer que debió confundirlos con el derecho y el revés de uno solo.

En vista de esta duplicidad, los matadores huyeron. Y cualquiera que conociese de toros les hubiera dado la razón. Mas, pronto se vio que su precaución era excesiva, ya que los bovinos resultaron de tan pobre e insensata condición que, en lugar de confabularse contra los peones, se pusieron a dirimir una vieja rivalidad a topes y a vencidas, pujando y empujando el uno contra el otro en mitad del ruedo como si se figurasen que habían sido contratados y traídos en calidad de gladiadores de un circo precristiano.

Tiquio, que la hacía de monosabio, se sintió más osado que los diestros importados, y echándose al ruedo se puso a jalar de la cola del toro blanco bragado de negro, seguramente con la intención de llevárselo arrastrando hasta el toril. Pero recibió del astado una patada tan terrible en la boca del estómago que fue a él a quien tuvieron que recogerlo y llevárselo a la enfermería retorciéndose y quejándose como si tuviera cólico de alumbramiento.

A estas alturas, el justamente indignado público se traía un desorden tan terrible, que hubiera sido preciso buscar con lámpara entre él esa respetabilidad que le atribuyen los cronistas almibarados, y resultaría pálido y hasta desvaído comparar aquello con una cena de negros.

Fue entonces cuando Bastián, el único gendarme del pueblo, creyó llegada la hora de intervenir para restablecer el orden en los tendidos. Y por lograr una perspectiva mejor, saltó al redondel sin mayor cuidado de toros y toreros, poniéndose allí a gesticular y a soplar con frenesí en su silbato en demanda perentoria de compostura y armonía.

Apenas había recibido como respuesta los primeros botellazos, cuando el toro prieto consiguió dominar al blanco empujándolo en una barrida que dio con él sobre el malaventurado cuico, quien salió disparado y de bruces contra los aguijones de la palma de la barrera en los cuales iba a quedar aparatosamente prendido, con los cuartos traseros insolentemente expuestos a una embestida de los toros, los cuales habían desistido ya de su disputa y andaban buscando en qué entretenerse.

Por suerte, el toro blanco, que se acercó a olfatear las desafiantes posaderas de aquel extraño tancredo, no debió salir muy complacido del olor que despedían, pues se retiró un tanto antes de iniciar la embestida. Con ello dio tiempo para que Silvestre interviniera con una tranca que desprendió de la puerta de toriles y mediante la cual le asestó al pobre bovino tan formidable golpe en el hocico, que éste desistió y se retiró sangrando por la nariz y los belfos y bailando en reversa una especie de bugui-bugui.

Apenas estaban desprendiendo al gendarme de entre las púas en que quedase atrapado, cuando el arbitrario encargado de toriles, que había confundido los silbatazos apremiantes de Bastián con silbidos de Ricardo, creyó oportuno quitar la otra tranca de la puerta y dejar salir de un jalón a los trece bichos que quedaban dentro. Los cuales entraron atropellándose y levantando una polvareda tan espesa que por unos momentos se perdió de vista el redondel.

Cuando la atmósfera se clarificó un poquito y pudo restablecerse un atisbo de armonía, surgió tímida la esperanza de que aún pudiera salvarse la diversión.

Apremiados por el público, los toreros apechugaron con la ingrata tarea de arrimarse a la manada para decidir cuáles entre los toros eran aptos para la lidia, volviéndolos a los toriles y dejando en libertad a los que no eran útiles. Pero todas sus citaciones fueron en vano. La agresividad de los pobres rumiantes no pasaba de su predisposición a tirar patadas y los vivos colores de los capotes que les metían por los ojos los tenían muy sin cuidado.

Con ello, los diestros resolvieron desistir, alegando que no habiendo toros que embistiesen no existía ninguna posibilidad de seguir toreando.

Un griterío ensordecedor estremecía la plaza.

Y para remate de males, en ese momento surgió la peor de las discordias. Ventura Palomeque, el ganadero, se puso a vociferar que los que no servían eran los toreros. El juez de plaza contestó desde el tendido de enfrente que si se figuraba que iba a sacarle los cien pesos estipulados por aquellos bueyes cansados deliraba y debía irse a bañar. Y atenido a esta sentencia de la autoridad, el empresario intervino con su granito de sal en la discordia, llamando vaquetón al de las reses. Los alegatos tomaron entonces un cariz tan grosero, que la concurrencia femenina hubo de taparse los oídos.

Finalmente, el empresario bajó al ruedo para demostrar en carne propia que los toros eran completamente inofensivos. Y tras él bajaron el juez, el presidente municipal, don Williams, el gringo de la mina El Rosario que no se tenía en pie de borracho, otra vez Bastián, el cuico, don Nacho con su "38" en la mano y veinte o treinta hombres más entre metiches y lambiscones. Y puestos ya a bajar, bajó también Ventura, sus dos hijos y tres de los vaqueros que le acompañaban.

Estábamos viendo muy claro perfilarse la tragedia, pues casi todos ellos iban armados y la discusión se había vuelto muy acalorada, agria y ofensiva, cuando Rigoberto, *El Tejón,* arrojó un puñado de buscapiés encendidos en mitad de la atónita manada de cornúpetos, los que al sentir las explosiones entre sus patas pegaron una estampía tan terrible que no les dejaron a los rijosos tiempo para ponerse a salvo y los atropellaron y patearon haciendo con ellos una ensalada.

La emoción en los tendidos se volvió tan formidable, que la presión ambiental creada por aquella fiebre tauromáquica pareció reventar algo en ellos. Y todo el tinglado se vino abajo, desplomándose los palos, las trancas, los tablones y la concurrencia y dejando el paso libre a los quince asustados rumiantes, que se largaron al monte perseguidos por todos los perros de la población, mientras los entusiastas pero frustrados espectadores yacíamos hechos tortilla entre los palitroques, restañándonos los rasguños y sobándonos los coscorrones.

¡Y aún hubo a mis espaldas un mentecato villamelón que lo celebró con grandes risas y asegurando que ni habiéndolo hecho de propósito hubiera podido resultar más divertido ese desastre!...

EL PAYO DE LA CANASTA

Dicen que ríe mejor el que ríe al último.

Era el convoy una gran culebra de hierro con las entrañas incendiadas que se arrastraba enloquecida por la noche en calma de la llanura. En pos dejaba la visión huidiza de los fanales verde y rojo del cabús y un alarido persistente y angustioso que se desparramaba por el pajonal hasta apagarse en los horizontes.

En el interior del vagón de segunda clase, donde se apilaba una muchedumbre amodorrada y maloliente, un garrotero asomó a la puerta del vestíbulo y gritó el nombre de la estación inmediata con una voz que atiplaba y volvía ininteligible el falsete. Nadie entre los pasajeros consiguió entenderle. Pero un agente viajero de edad madura, bigotes retorcidos y cabeza envuelta en una frazada de lana de colores, viendo el unánime gesto de estupor que había acogido el anuncio, quiso dárselas de enterado y de gracioso, y repitió con voz más ronca y audible el nombre de la estación mencionada, complementándolo con una advertencia chusca que estuvo mucho tiempo en boga en algunas estaciones de esa ruta donde abundaban los rateros:

—Celaya... ¡Y águilas con sus equipajes!...

Los que iban cómodos rieron complacientes, aunque era muy manida la ocurrencia. Los que no iban tanto se conformaron con sonreír.

La humanidad apretujada en el pasillo por falta de asientos suficientes se revolvió mientras las ruedas chirriaban al frenar sobre la vía. Y algunos se dispusieron a descender, en tanto que los otros se apercibían para ganar un asiento de los que pudieran dejar vacíos.

Mas, antes aún de detenerse por completo los furgones, una avalancha de nuevos pasajeros abordó atropelladamente el carro e hizo cuña con la corriente de los que pugnaban por descender, resolviéndose la situación en empujones, magulladas, pisotones y dicterios que regocijaron al bienhumorado viajante de la frazada, sentado con cierto confort junto a una de las ventanillas. Incluso los que iban ocupando los asientos que daban al pasillo congestionado, tuvieron que soportar codazos y coscorrones en tanto la apretura, que tendía a desbordarse, conseguía algún desahogo.

Feliz en su privilegiada situación, o más filósofo que los demás, el jovial señor de los bigotes tomó el incidente buscándole el lado jocoso, y riéndose de aquel forcejeo, empezó a hacer chistes manidos a su costa.

—¡Abran cancha!... Viene uno y caben más... Hay lugar para... dos.

Revuelto entre el gentío, empujándolo y casi nadando sobre él, se abría dificultosamente paso cierto rústico de aspecto atolondrado, pero con unos ojuelos maliciosos de tejón, que traía una vieja y voluminosa canasta de carrizo, cubierta con un paño, flotando en la altura sobre aquel mar de cabezas humanas. Haciéndola avanzar sostenida en el aire con los brazos levantados, atropellaba y pisoteaba a unos y a otros, sin dejar de recitar un meloso y persistente "Con permisito", que era acogido con protestas e improperios de las víctimas y con risas burlonas de los espectadores a salvo en sus asientos.

El hombre del bigote y la cobija, para festinar el incidente, intervino socarrón en favor del payaso, pidiendo a gritos a los parados del pasillo que se hicieran a un lado y le abrieran paso al "señor". Y tal vez agradecido por esa falsa solicitud, el sujeto vino a detenerse en el pasillo, casi montado de vientre sobre el respaldo del asiento que daba a él, a la altura de la ventanilla que usufructuaba el dicharachero viajante de comercio de la cabeza envuelta.

Allí se revolvió haciendo espacio y clamando por la estabilidad de su diabólica canasta, siempre sostenida en vilo y en lo alto con sus brazos en posición incomodísima. Advertía siniestro, con ese peculiar sonsonete plañidero de la gente del Bajío, que lo que en ella traía eran cajetas y suplicaba que no se la fueran a derribar, porque se le derramarían... Y esto puso con mayor pendiente a quienes la veían columpiarse amenazadoramente sobre sus cabezas y estimuló la oficiosidad del socarrón, quien exigía en tono justiciero y como si ello fuera humanamente posible, que le hicieran campo al rústico o no se quejaran de verse rebozados en su pegosteante mercancía.

La gran cesta oscilaba de aquí para allá, provocando en la apretura gritos ahogados y desplazamientos despavoridos, pero misteriosamente sostenida en equilibrio por una extraña habilidad de malabarista del que parecía su estúpido dueño.

Hasta que el temor a que el desastre se consumara y a quedar embarrados de su pegajoso contenido, operó el milagro de que le cediesen espacio suficiente para descender y apoyar el estorboso bártulo sobre el respaldo del asiento contiguo al del dicharachero, a cuyo ocupante iba a costarle unos cuantos coscorrones la maniobra.

A su lado pero a salvo, el de los bigotes intervino apaciguándolo, siempre disculpando al payo con sorna y reprendiendo a quienes en la apretura no le permitían proceder con desenvoltura.

Hasta que pareció que todo tendía a sosegarse.

Pero entonces se le ocurrió al importuno del canastón comprar un juguete de los que desde el andén y por las ventanillas ofrecía a los pasajeros un vendedor ambulante. Y aunque su postura no permitía el menor movimiento en ese sentido sin riesgo de la fementida canasta y amenazaba atropellar a quienes iban sentados, algunos de los cuales empezaban a protestar, el de los bigotes, considerándolo una buena oportunidad para continuar la fiesta riéndose de aquel mochuelo, intervino en favor de la justicia de su pretensión, reconviniendo a los otros y haciéndose él, como ejemplo, a un lado, para facilitarle el trato.

—Preste a ver sus tiliches —le pidió el payo al juguetero, estirando las vocales como lo acostumbra todo rústico del interior del país.

El de abajo no pareció muy complacido con el epíteto desdeñoso que de antemano le adjudicaban a su mercancía. Lo miró amoscado y ripostó intemperante y soez:

—¡Ura, ura! ¿Cuáles tiliches?... Esos los cargo n'otro lado.

—¡Ya! ¡No se me chivee!... ¿Pos a poco sus monos son de borcelana?... A ver: preste aquel del carrito.

El señor del bigote tuvo que alcanzárselo por la ventanilla.

Era un juguete de confección doméstica, rudimentario, mal pintarrajeado con anilina corriente y recortado en una madera fofa y blanca. El presunto comprador lo observó apenas y lo devolvió con un gesto de repulsa:

—No me cuadra ni para dado... A ver: preste el del boxiador.

El de abajo capeó al vuelo la figura devuelta y la examinó rezongando:

—¡No me los manije tanto!... ¿Qué no ve que me los percude?

—Percudido lo traiba... De menos dos años ofertándolo en todos los trenes...

A través del diligente bigotón que celebraba cada frase de la incipiente y pintoresca disputa y daba alternativamente y con sorna la razón al uno y al otro, recibió el siguiente juguete.

Representaba a dos boxeadores que movían los brazos mediante un ingenioso cuanto rudimentario mecanismo operado con unas hebras de hilaza.

El presunto comprador, que sólo disponía de una mano por tener la otra ocupada en sostener la canasta, lo hizo funcionar con torpeza, provocando un tronido de matraca en las articulaciones del codo de los muñecos que alarmó al que lo vendía. En medio del regocijo de cuantos estaban atentos a la escena, protestaba acaloradamente, temeroso de que se lo desbaratara.

—¡No sea tosco, pues!... Ai me va a pagar mi juguete si lo descompone.

—¡Pos, ¿qué?!... ¿Tan facilito se quebran?

—¡Ura, ura!... No son de fierro, pues.

El señor de los bigotes le arrebató el juguete al payo, reprochándole afectuosamente y con un guiño cómplice su tosquedad. Y tratándolo con mayor rudeza todavía, se lo restituyó al indignado dueño.

—Están de a tiro gachos sus juguetes —dijo el de la canasta—. Capaz de que se me asuste el escuintle.

El señor de la ventanilla se sintió obligado a participar en la selección, sin otro propósito que el de complicar más aquel sainete. Los demás pasajeros celebraban cada frase que vendedor y comprador intercambiaban siempre con su habladito plañidero y en un tono de desdén y mutuo enojo. El de arriba se mostraba muy exigente, pues devolvió tres juguetes. Pero el del andén debía hallarse muy necesitado de vender siquiera uno, ya que no se resignaba a abandonar un trato que se presentaba tan difícil.

En ello dio un silbatazo la locomotora y una voz en el andén advirtió a los pasajeros que andaban abajo de que debían subirse.

—¿En cuánto, pues, me deja ese de los diablos? —perseveró el de la enorme cesta, devolviendo el enésimo juguete y señalando otro del racimo que colgaba del brazo del vendedor.

—En un veinte —dijo pasándoselo—. Pero pa pronto, que se va el tren.

—Ta rompido... Mira —exclamó, devolviéndoselo.

—¡Ura, ura!... Usté mero lo rotó... Y ora me lo paga—... Pero advirtiendo al recibirlo que sólo tenía un hilo enredado, lo compuso y se lo volvió a dar: —No está rompido... Échime, pues, mi veinte.

—¡Ah, que la...! Doy un diez por él.

El viajante de comercio se había metido a conciliador. Reconvenía amablemente pero con burla al traficante en juguetes:

—¡Sea razonable, amigo!... Es un buen precio...

Pero el aludido se dirigía al comprador sin hacerle caso:

—¡No majee!... Eche, pues, un quince.

El regateo prosiguió hasta que todo en la estación estuvo listo para que el tren reanudara la marcha. Al sobrevenir el primer jalón, el mercachifle apremió, angustiado:

—Eche, pues, el diez... ¡Que ya arrancó el tren!

—Ora... ¡Qué urgencia! —rezongó el otro deslizando con estudiada parsimonia el juguete en la canasta. Y haciéndose un sacacorchos, con la única mano libre trató de extraer de un bolsillo del otro lado del pantalón trabajosamente el dinero.

El de abajo lo apremiaba con gesticulaciones y gritos alarmados, mientras seguía caminando la marcha incipiente del ferrocarril... Hasta que al fin el comprador consiguió sacar una moneda de cincuenta centavos, y se la dio al señor de los bigotes para que se la entregara, en tanto que a su vez exigía apremiante:

—Luego luego, mi vuelto.

El juguetero arrebató la moneda y pareció que deliberadamente se quedaba rezagado con el falaz pretexto de calar la bondad de su ley de plata mordiéndola y sonándola contra el piso.

La velocidad del tren iba aumentando y el de arriba pareció comprender la jugada. Se puso a vociferar reclamando su cambio y haciendo desesperados ademanes ante el creciente regocijo de cuantos iban a bordo.

De pronto reaccionó como si comprendiera que no podía perder un segundo más si no deseaba verse vilmente estafado. Y tras un instante de aparente desconcierto, alzó la canasta y la puso sobre los muslos del señor de los bigotes, que entre bromas y veras se hallaba ocupado en estigmatizar al abusivo vendedor por su marrullería, encomendándole:

—Ai le incargo mis cajetas, siñor—. Y volviéndose hacia el pasillo, que ya se disponía a despejar en lo posible un movimiento solidario de quienes lo obstruían, exclamó con tono humilde y suplicante: —Con permisito... ¡Que se quieren clavar mi vuelto!... Con permisito...

Mas, a punto de salir disparado, alcanzó al vuelo y con pasmosa habilidad el estuche de una flamante máquina de escribir portátil que el jovial señor de los bigotes y la cabeza envuelta tenía

213

sobre el portabultos, y de tres zancadas pudo salir con ella por la puerta del vagón al vestíbulo, desde donde saltó a tierra por la escalerilla y se perdió corriendo por el laberinto de vías, sin aflojar la Remington de la mano ni dejar de recitar, ya maquinalmente, su humilde y melosa letanía:

—Con permisito... ¡Que se quieren clavar mi vuelto!... Con permisito.

El tren cobraba ya toda su velocidad. Mas, aunque no hubiera sido así, el señor de los bigotes se había dado cuenta de la sustracción de su máquina demasiado tarde para lanzarse a perseguirle. Además, estaba tan embarazado con la voluminosa canasta sobre los muslos, que una reacción más oportuna hubiera sido también inútil.

Ahora deseaba arrojar por la ventanilla aquel impedimento maldito. Pero era demasiado grande para que cupiera por ella y no había un espacio libre donde colocarlo.

Las luces de la estación se iban perdiendo de vista en la distancia, y comprendió que todo cuanto pudiera hacer no conduciría sino a agigantar lo desairado de su situación. De modo que se limitó a mascullar un exabrupto y a lanzarles miradas rencorosas a quienes atropellados en el pasillo no se apresuraron a detenerle.

La serpiente luminosa y detonante del convoy corría de nuevo, lanzando alaridos, por los llanos de Celaya y Apaseo cuando, dominando su furor y sobreponiéndose a la humillación, el hombre de los bigotes decidió retirar el pedazo de lienzo que cubría la fementida cesta, tal vez para endulzarse la amargura de aquel mal rato con un dedazo de su empalagoso contenido. Pero en el interior sólo pudo encontrar el juguete y unos ladrillos que arrojó por la ventana.

Entonces pareció descubrir un buen desahogo para su reprimida cólera. E, incorporándose, presionó contra el hueco de ésta la endeble canasta vacía hasta desbaratarla por completo y arrojar al exterior sus trizaduras, que el aire de la velocidad tomó en sus jugueteos dispersándolas.

Cosa de una hora más, al extremo del vagón reapareció la cabeza del garrotero que gritaba:

—Irapuato.

—...y águilas con sus equipajes —completó una voz que esta vez no era la del jovial señor embozado en la frazada, abatido por la frustración y disimulando sus rubores en un rincón del asiento, junto a la ventanilla.

LA SANGRE DULCE DE ALIPIO

> Será casualidad, pero a veces aciertan los
> videntes.

Alipio había nacido y se conservó robusto, sanguíneo y saludable los primeros treinta años de su vida. Pero desde que enviudó de la señora Tiburcia fue cayendo en un estado de pobreza física que inspiraba lástima. Paralelamente, dio en acometerle una depresión anímica y una falta de voluntad para todo género de empresas, que algunos, poco dados a la indulgencia, atribuían a pereza o zanganería.

Él seguraba sentirse mórbidamente desplomado y molido de cuerpo y de ánimos. Y la lividez que invadía su semblante, así como aquel progresivo adelgazamiento que iba convirtiéndole en un varejón sin hojas ni savia, no autorizaban, ciertamente, a ponerlo en duda.

Se había resistido tesoneramente a ir a la ciudad para consultar a un médico. Pero recurría a cuanto yerbero y curandero hacía fama en la región, y no había bálsamo, pócima o ungüento maravilloso de los que ofrecían los merolicos en los mercados y en las esquinas como infalibles para curar cualquier género de males, que él no adquiriese y probase ávidamente, aunque sin resultados positivos.

No faltó quien opinara que la tiricia de la viudez, con la falta de una mujer hacendosa que le cocinara a su gusto los bocados, era la causante de aquel precario estado de salud, recomendándole conseguirse otra esposa. Pero Alipio no se sentía con fuerzas bastantes para emprender esa nueva travesía por los arduos páramos del matrimonio, ni confiaba en que su virilidad, tan decaída, pudiese quedar a la altura de las circunstancias en el tálamo.

Otros, más ecuánimes, sostenían que su padecimiento no podía venir más que de parásitos intestinales, y le recomendaban infusiones de ruda y jugo de piña y chile piquín en abundancia. Y no faltó tampoco quien aventurase que se trataba de una tuberculosis recalcitrante, ni quienes pretendiesen que minaba su vigor una anemia perniciosa.

215

Los más, sin embargo, arribaron enseguida a la conclusión de que Alipio estaba *enhechizado*; y él acabó por admitirlo cándidamente, aunque no podía entender quién y por qué se ocupaba de hacerle tanto mal.

Considerando, pues, que un padecimiento de esa naturaleza podía ser más fácilmente detectado por un profesional de la adivinanza que por médicos, herbolarios o curanderos, fue a visitar a cierta competente pitonisa que durante las fiestas del pueblo instalaba su consultorio en una carpa de manta y cobraba cincuenta hermosos pesos por la consulta.

La mujer tenía un cierto aire de harpía, y despachaba en un cuchitril oscuro, improvisado con trapos negros salpicados de lunares a guisa de cortinajes. Pero le daba categoría y solemnidad a su ritual con un haraposo atavío de gitana. Y lo recibió severamente aposentada ante un velador decimonónico cubierto con un paño negro y sobre el cual estaba una bola de cristal, en la que la luz apantallada de un foco rojizo ponía tintes siniestros en el reflejo de su rostro y del rostro del cliente en turno.

Haciendo ostentación de un cauteloso escepticismo, Alipio le anticipó que lo único que deseaba saber era la clase de mal que le aquejaba, y que estaba espiritualmente preparado para recibir sin alterarse cualquier noticia sobre el mismo, no importa lo funesta que ella fuera.

La vidente se concentró. Y despejando con un ondulante pase de manos las brumas que reflejaba la esfera de cristal hasta llegar al misterio que Alipio deseaba conocer, lo tradujo en sólo ocho lacónicas palabras:

—Tienes dulce la sangre; muy dulce; casi garapiñada.

El cliente creyó entender que ese diagnóstico se refería a diabetes aguda. Y le pidió que explicara más su enigmática sentencia.

Pero ella parecía haber caído en una especie de trance después del esfuerzo adivinatorio, y absorta en la bola de cristal se limitó a repetir lo que había dicho... Hasta que, como Alipio se mostrara demasiado insistente en la exigencia, pareció herida en su dignidad; y se incorporó señalándole con la mirada conminante y el brazo extendido la cortinilla que servía de puerta.

Alipio dedujo que debía interpretar que cualquier otra explicación resultaba obvia. Y salió, dirigiéndose a recabar con los enterados informes sobre la sintomatología de la diabetes.

Aunque él no padecía dolores de cabeza, ni flaccidez en las mejillas, ni trastornos visuales, la debilidad que de vez en cuando le hacía tambalearse, bien podía ofrecer un ápice de coincidencia con los desmayos característicos de aquel mal. Y luego de consultar un viejo recetario del hogar sobre el tratamiento que esa enfermedad exigía, se dispuso a observar la rigurosa dieta que él recomendaba, retirando de su mesa carnes, harinas, huevos, frutas y dulces... Pero después de dos meses de hallarse sometido a tan torturante ayuno comprobó que, lejos de experimentar alivio, se estaba poniendo más flaco y desmorecido todavía.

Compadecidos su compadre Gerásimo y unos amigos y sospechando que acaso tuviera mucho que ver en sus males la tiricia, la noche de San Silvestre se propusieron llevarlo con ellos para que participase del contento y la borrachera con que se disponían a recibir el advenimiento del nuevo año.

Alipio accedió de mala gana a acompañarlos ante la evidente buena voluntad que los movía. Pero habiendo leído en el recetario que el alcohol era veneno para los enfermos de diabetes, se negó a tomar ni un solo trago. En cambio y por condescender, aceptó la sugerencia de llevar su pistola para celebrar con eufóricos disparos al aire la primera campanada de las doce, con la que exhalaría su último suspiro el año viejo.

La tal pistola tenía veinticuatro años de dormir bajo su almohada, y era una de aquellas formidables "44" en las que el gatillo había de prepararse con la otra mano y que los colonizadores del Oeste norteamericano legaron a nuestra subdesarrollada revolución.

Fajándosela a la pretina y sacando a duras penas ánimos de su flaqueza, Alipio fue a reunirse con sus amigos en la plazuela.

Los sorprendió revueltos entre el gentío aquella primera campanada de las doce en el reloj del templo. Y después de vaciar toda la carga de su "38" contra las inofensivas estrellas, Gerásimo se empeñó en que su compadre hiciese por lo menos un primer disparo.

Éste no se sentía animoso ni mucho menos eufórico para tomar parte en tales manifestaciones de júbilo. Pero no quiso aparecer remolón y extrajo el arma de la cintura para tomarle la puntería a Aldebarán, el lucero comparsa de las Pléyades, y dejarle ir una bala con la bien fundada esperanza de que no llegara hasta él.

La detonación salió con el estruendo de un cañonazo, y la reculada hizo tambalear al enclenque Alipio.

Gerásimo se disponía a corear el disparo con un jubiloso alarido, cuando se contuvo al percatarse de que algo viscoso le había salpicado la cara. Y, desconcertado, preguntó qué habría sido ello.

Pronto cayeron en la cuenta de que no era el único embijado por aquel espeso líquido, ya que por lo menos tres de los que tenía inmediatos se sobaban también el rostro y se examinaban la ropa... Hasta que uno de ellos mostró las manos exclamando aterrorizado:

—¡Es sangre!... ¡Sangre de cristiano!...

Y en efecto, era sangre lo que habían recibido en copiosas salpicaduras.

Alipio estaba desconcertado. Y los demás empezaron a examinarse miembros, tórax y cara en busca de la fuente de donde manara aquella linfa significativa. El compadre, olvidando que en todo caso había sido él el instigador de la atrocidad, rezongó sin poderse contener:

—¡Grandísimo tarugo!... ¡Ya mataste a un cristiano!...

Pero la víctima no aparecía. La quejumbre de un herido no se escuchaba por ningún lado ni se desplomaba difunto alguno entre los circunstantes.

No cabía duda de que era sangre lo de las salpicaduras, pues todas las manos estaban embarradas de ella. Mas la víctima de la trágica torpeza de Alipio no acababa de manifestarse. Y éste, aunque afligido, estaba seguro de haber levantado el brazo apuntando al firmamento, de modo que, a menos que hubiera matado en un tiro de fortuna a algún mochuelo que cruzaba volando en la noche, la única explicación posible era que la bala asesina hubiera salido por la culata.

Llevado por esta conclusión, se puso a examinar el arma. La culata estaba en orden, y no había en toda su estructura más fisuras o boquetes por donde el proyectil hubiera podido escapar que el agujero del cañón... Mas, he ahí que al examinar éste, vino a descubrir que por él manaba sangre, entre la cual aparecían tambaleantes, aturdidas sin duda por el estruendo de la detonación, algunas de las chinches sobrevivientes de las que debió hallarse repleto.

Le fue penoso que la noticia corriera de boca en boca. Pero, al menos, aquel vergonzoso suceso le orientó sobre la naturaleza y el origen de sus males. Y después de fumigar concienzudamente la habitación y sus muebles, empezó a recuperarse del malestar y el agotamiento y a ponerse otra vez robusto, sanguíneo y saludable como en sus tiempos de gloria... Bien lo había dicho la vidente: Alipio tenía dulce la sangre, demasiado dulce..., al menos para el gusto distorsionado de esos viles heterópteros.

EL "GALLO"

Mira lo que vas a hacer antes de hacerlo.

Es cosa que da bastante que pensar lo poco comprensiva que resulta la mujer cuando se trata de perdonarle al hombre un error que la lastima.

Generalmente, y por más enamorada de él que se sienta, la mujer sólo le disculpa al sujeto de su devoción uno de esos deslices si el hecho de no perdonárselo le llega a ser francamente incosteable, es decir, manifiestamente lesivo a sus intereses materiales inmediatos. Ellas debían comprender que un hombre trasnochado y pasado de copas puede muy bien hacer involuntariamente algo que les resulte en daño, aun teniendo la más ferviente intención de halagarlas. Y que en un caso tal, es parcialmente irresponsable de sus actos y merecedor de su disculpa.

Véase lo que me pasó con una novia jovencita y alegrona que tuve hace ya bastantes años en la levítica ciudad de León de los Aldamas.

Pertenecía ella a una familia beata un tanto anticuada, la cual vivía en el celo acostumbrado allí con respecto a las relaciones sociales y amorosas de la muchacha. Y siendo yo forastero, de ideas eclécticas y de costumbres no muy ordenadas, me había resultado imposible atender su recomendación de que consiguiera la intervención del señor arzobispo de la diócesis, o por lo menos la del párroco de la iglesia de aquel barrio para ser debidamente presentado a los padres en su casa. Por ello, nuestras relaciones eran bastante inconsistentes y en cierto modo furtivas.

Ni siquiera estábamos apalabrados, y la historia de nuestro noviazgo se resumía en unas cuantas miraditas tiernas, en dos acompañamientos fugaces y en cuatro frases sin compromiso cruzadas en la esquina de su casa.

Pero de todas maneras era ya mi novia, como lo confirmaba el hecho de que ella se empezara a inquietar por mi presencia y la rareza de que a mí empezara a gustarme más de lo normal pasear por la banqueta de frente a su domicilio, maguer lo poco atractiva que me resultaba la perspectiva de un encuentro con su

219

padre, viejo ranchero empistolado de costumbres rancias, o con sus hermanos, dos laboriosos pero intolerantes tablajeros a los que podía ocurrírseles colgar trozos de mi pobre humanidad en los macabros garfios de su carnicería.

Estaba muy lejos de poder considerarme un buen partido. Pero, siendo ciudadano libre, uno se siente fácilmente acreedor al inefable derecho de probar fortuna.

La culpa de mi prematuro error y consiguiente fracaso la tuvo Leonardo. Vivíamos en la misma pensión, éramos buenos amigos y habíamos tomado unas copitas de más en el *Panteón Taurino* del *Chato* en compañía de otros dos camaradas, cuando nos dimos cuenta de que eran ya más de las dos de la mañana, optando por salir a refrescar un poco el cuete antes de retirarnos a dormir.

Sin embargo, la noche estaba tan preciosa, que la idea de malograrla en la cama repelía. Y como era preciso hacer algo que justificase nuestra permanencia en la calle, a él se le ocurrió llevar un "gallo".

David, Germán y yo acogimos con calor la idea.

Y dándonos apoyo mutuo los cuatro, nos pusimos en marcha por las desquiciadas calles de la ciudad hasta el abominable *dancing* de *El Tecolote,* y de allí a la casa de Margarita y luego a la cenaduría de *El Molino Rojo* en busca de una orquesta, mariache o grupo de cancioneros que nos asistiesen para llevar a efecto aquella genial ocurrencia.

Pero en ningún lugar pudimos hallar filarmónicos disponibles.

Éramos cuatro hombres en la prepotencia de la vida y con el ánimo inflamado por la ingestión de respetables dosis de alcohol, y no nos íbamos a desmoronar por tan banal contratiempo. De modo que otra vez fue Leonardo, que era el más bebido pero el menos mareado, quien hizo gala de sus pródigos recursos mentales dando con una solución.

—¡Ya está! —exclamó triunfal—. Justo se fue por una temporada a Torreón y me dejó las llaves de su domicilio... Allí hay un gramófono de cuerda y de bocina que podemos usar.

Si el instrumento no parecía muy adecuado, en cambio nuestra disposición era de lo mejor. Y aceptamos sin titubeos.

David se fue por una camionetita destartalada que comprase en cien pesos días antes. Leonardo por la vitrola a casa de su amigo ausente. Y Germán y yo a sacar el permiso en la Presidencia Municipal. A eso de las tres y media de la madrugada estábamos reunidos de nuevo, con todo el instrumental listo y precisamente ante la casa de mi pretendida, que era la más cercana entre las damas a quienes planeábamos agasajar.

Sobre el techo de la camioneta, para que la altura ayudase dándole un mayor volumen a las notas, colocamos el gramófono con su aparatosa bocina de latón, y junto a él un montón de discos.

No había más que unos cuantos focos encendidos y dispersos por la población, y la noche nos envolvía por completo en su semioscuridad y en la plácida inmensidad de su silencio. Cada tropezón que en las maniobras del concierto dábamos, repercutía con un eco que se iba rodando a lo largo de las calles oscuras y muertas.

David, que paradójicamente era el de más estatura, le dio cuerda al artefacto con la manivela. Yo le quité la traba al plato giratorio y levanté el brazo vibrador tomando un disco que Leonardo me ofrecía, y que antes de poner en su lugar brindé peripatético con un suspiro y un beso a la bien amada. Lo ensarté, y luego que adquirió la velocidad requerida, a tientas en la oscuridad conseguí poner en su lugar la aguja, bajándome del estribo del vehículo a tiempo que comenzaba el ruido...

Digo que ruido, porque hizo uno bastante desagradable y por demás insospechado. Pues en vez de las notas cadenciosas de algún vals, lo que salió por la trepidante y herrumbrosa bocina fue una voz gangosa que contaba en inglés:

—Uan, tu, zri, for, fay, six, seven, eit, nain, ten —y luego de una pausa, tradujo—: Esto quiere decir uno, dos, tres, cuatro, cinco, seis, siete, ocho, nueve y diez. Ahora conmigo: uan, uno; tu, dos; zri, tres...

—¡Quítalo!... ¡Quítalo! —le grité a David—... Son lecciones de inglés.

Él se apresuró a obedecerme. Pero el eco de aquella maldita voz cavernosa seguía retumbando, obstinado en permanecer por todas las calles de la barriada.

A la luz de un fósforo tratamos de encontrar un disco de música entre el montón. Y Leonardo, con una excelente voluntad, pero acaso con no toda la buena fe que yo reclamaba, me ofreció otro diciendo que era la Cuarta Sinfonía de no sé quién, pero que resultó ser la cuarta lección de aquel mismo idioma, pues empezó con un "Jaguaryú" tan desentonado, que más que saludo parecía imploración de auxilio.

Lo retiré sin darle la oportunidad de emitir más graznidos. Y, convencido de que las cosas estaban saliendo mal, quise desistir... Pero siempre he sido flaco de voluntad cuando ando bebido y ellos se empeñaron en hacer otras experiencias, en las cuales probamos catorce discos con idénticos deplorables resultados...

Tal vez hubiéramos seguido probando, a no abrirse la puerta del domicilio de mi bien amada, apareciendo en ella, pistola en mano y hecho en basilisco, mi presunto suegro... Con lo cual salimos disparados, huyendo por toda la interminable calle Independencia, que esta vez nos pareció corta, hasta la estación del ferrocarril. En tanto, el viejo y los carniceros, dueños absolutos del terreno, le daban vía libre a su abominable genio volcando la camioneta y destrozando a puntapiés el gramófono y los discos.

Reconocí mi error. Y por tres días estuve, a la hora del anochecer, esperando en la esquina a que saliera la muchacha para darle mis disculpas.

Pero nunca más salió, la ingrata.

AL FILO DE UNA METAMORFOSIS

> Hasta escarbando en un bruto se le encuentra
> lo sentimental.

Con cajas destempladas saqué de mi consultorio a Crescenciano cuando fue a pedirme aquel disparate. Ni el tono de humildad, de casi reverencia, con que lo hizo, atenuó la indignación que iba a tomarme por asalto al oír lo que pretendía. Hícele ver que mi profesión era la de médico y que su propuesta me ofendía y me invitaba a que insultase a su mamá.

Después, ya más sereno, comprendí que era ésa la peor oportunidad para hablarle en aquellos términos. Y procuré atenuarlo manifestándome abatido y palmoteándole afectuosamente la espalda en implicación de que disculpase mi arrebato. Él pareció entender que me había molestado, inclinó la cabeza y se fue compungido.

Llorar con la mayor efusión era, después de todo, su propósito. Y no sentí remordimiento por haber contribuido, con mi actitud colérica, a que lo lograra.

El verdadero culpable de que las cosas llegaran a esos extremos había sido don Filogonio, el atrabiliario ranchero de La Piedrera. La gente se había dado cuenta de que cada vez que se emborrachaba venía a buscarme para que lo acompañara en su gusto y recitase aquel obituario que tan impresionado lo dejó; y ahí estaban las consecuencias.

Resolví que ni aunque trajera su "45" en la mano y amartillada volvería a complacerle; y que le haría ver que no soy juglar de nadie; que si aquella noche procedí como lo hice, fue al calor de las copas y sin una conciencia clara de mis actos.

El asunto empezó algún tiempo antes. Tenía sólo dos meses de haber abierto mi consultorio en el pueblo cuando se presentó Sabás, uno de sus mozos, avisándome que me necesitaban de urgencia en el rancho de La Piedrera. Estaba muy enfermo uno de los muchachos del patrón y, para escoger el instrumental y las medicinas que llevaría, le interrogué sobre las características del mal que le aquejaba. Por lo que torpemente me explicó, deduje que eran fiebres maláricas. Eché en mi maletín quinina, atebrina y otros medicamentos apropiados y me dispuse a seguirle.

Antes de que partiese, don Ricardo, mi huésped, me llevó aparte para hacerme una juiciosa advertencia:

—Sabe, médico: ese don Filogonio es un individuo difícil..., muy difícil... Quién sabe cómo le vaya con él.

Pero a mí no me asustaban entonces los toros bravos. Estaba recién salido de la universidad y aún me sentía el gallito que había demostrado ser en ella. Monté, sin hacerle caso, en uno de los dos buenos caballos que Sabás traía, y me dispuse a seguir a éste.

Don Filogonio, un ranchero corpulento, cenceño de color y cuya mirada torva correspondía muy bien a su insolente actitud, que recordaba a los perdonavidas de película truculenta, nos estaba esperando en el último escaño de la escalera del corredor de su casa.

Preocupado y sombrío, la palma de su diestra reposaba sobre la inseparable "45", fajada por fuera de la camisa a la altura del riñón izquierdo. Se dirigió en tono amenazador a Sabás, reprochándole:

—¡Le alverti que se apurara, pendejo!... Ai se la jalla si por su dilación se me muere el muchacho.

El mozo soportó el reproche y la amenaza silencioso y sumiso. Yo me desconcerté, porque si hubo alguna tardanza se debió a mi escasa diligencia y me sentía indirectamente aludido. Pero el hombre me pareció demasiado fuera de sí para aclararlo entonces.

Él detuvo mi caballo por la jáquima mientras me apeaba, y ya que estuve en el suelo, me dijo, atemperando apenas su mal talante:

—Ai dentro está el muchacho, dotor. Al curandero de La Sonaja lo corrí hace dos horas, luego de ponerle una cueriza porque no le veía trazas de que me aliviara a m'hijo con sus yerbas... Ahora lo pongo en sus manos.

Después supe que no sólo le había propinado al curandero unos fuetazos, sino que le disparó a los pies toda la carga de su pistola; y por más que les bailó a las balas para sacárseles, recibió un rozón en un tobillo. También me informaron que don Filogonio no era un simple fanfarrón, pues debía ya como ocho muertes.

Mientras trasponíamos el umbral me advirtió, severamente:

—Platican que usté estudió mucho y que es muy fiera pa curar a un cristiano. Más vale, porque mi muchacho es el grandecito y, después de mi mamacita Eufrasia, el consentido en la casa. Quiero que me lo alivie... Su boca pone el precio; pero no me lo vaya a dejar morir porque a la mejor se me sube el coraje y se van juntos. —Y palmoteaba ominosamente las cachas nacaradas de su "45".

Me detuve y le advertí que, siendo así, me volvía por donde llegase. Que llamara a otro médico, pues en la facultad en donde yo estudiara no nos enseñaban a garantizar la inmortalidad de los pacientes, sino a hacer todo lo posible por salvarlos con los limitados recursos de la ciencia. Pero él, señor de horca y cuchillo en su cacicazgo tanto o más que un señor feudal del Medioevo, apresándome de un antebrazo con su manaza grasienta, estalló:

—¡Eso nomás faltaba!; que se volviera y me dejara encampanado... Usté vino a curármelo, y me lo va a aliviar, porque si el muchacho se muere vamos a tener dos difuntitos.

Con todo y ser dolorosa la presión de su mano, la presencia de la "45" me resultó más convincente. Comprendí que había caído en poder de un estúpido matón, y pensé que don Ricardo me había defraudado expresándose de él en términos excesivamente benignos. Ahora estaba en sus terrenos y poco era lo que podía hacer; pero quizá algún día llegáramos a encontrarnos en otras circunstancias...

Sacudiéndome la mano sebosa que me atenazaba, penetré en el cuarto. Allí estaba el jovencito enfermo, tendido en un camastro y rodeado de las mujeres de la familia. Demacrado y en un gran delirio febril, su respiración era fatigosa y muy agitada. Aunque casi no resultaba necesario para formular mi diagnóstico, lo ausculté, confirmando mis temores de que no había tal fiebre malárica, sino una auténtica pulmonía doble y con todo el cariz de convertirse en fulminante.

Me volví hacia el fierabrás de su padre, que me observaba ansioso, y se lo hice ver así, asegurándole que sólo un milagro lo salvaría y que no podía hacerme cargo de él en vista de la gravedad del paciente y de sus insensatas amenazas. Don Filogonio lo caviló unos momentos, y tornándose imperioso y sombrío, replicó:

—Pos póngase ya a hacerme ese milagro... Por dinero no se priocupe; su boca pone el precio... Pero quiero sano y salvo a mi muchacho.

Estuve unos instantes sobrecogido, sin saber qué resolución tomar. De hacerme cargo del enfermo asumía una responsabilidad muy poco prometedora, que de ningún modo se merecía un padre tan energúmeno, el cual no era nada remoto que nos hiciera salir a ambos con los pies por delante, como amenazaba. Por otra parte, no había entonces medicamentos eficaces contra una pulmonía doble... A menos, se me vino de súbito a la memoria, que aquella tal penicilina que mi hermano, el boticario, me había enviado días antes de la ciudad como la divina maravilla contra las infecciones gonocóccicas fuera efectiva contra ésta. Mas, por desgracia, no se me había ocurrido traerla conmigo. El paquete había quedado sobre el aparador de mi casa, y el tiempo era demasiado apremiante. Sólo su recia constitución y las defensas de la edad mantenían vivo al muchacho. Pero no cabía suponer que resistiera mucho tiempo.

Se lo dije así a don Filogonio:

—No traigo medicina para ese mal; no las hay... En estos días me mandaron una nueva que recomiendan; pero se quedó en mi casa y, además, no he tenido oportunidad de calarla y no sé si realmente es efectiva... De cualquier manera, no creo que haya tiempo de ir por ella. De modo que ahí le dejo a su muchacho. No puedo atendérselo.

El hombrazo se encrespó por unos instantes como si quisiera lanzarse sobre mí y estrangularme. Luego cambió de actitud, y exclamó resueltamente:

—¡Cómo canijos no vamos a tener tiempo! —Y haciéndome a un lado con un brusco caderazo en el que me rozó la pistola, salió al exterior gritando—: Sabás... Sabás... Ya estás de vuelta en el pueblo.

Por fortuna, el mozo no había desensillado los caballos. Don Filogonio le ordenó partir en el retinto, que era el más veloz, llevando en pelo y de remuda al ruano, por si en la carrera reventaba al otro. Debía estar de regreso con el paquete de medicinas, si es que estimaba en algo su pellejo, antes de una hora.

Todo ello sonaba a solemne disparate, pues en el puro viaje de venida habíamos tardado más de una hora, y cabalgamos aprisa. Pero me sometí. Y mientras Sabás regresaba, traté de mantener vivo al muchacho con tés, compresas y otros remedios caseros.

Asombrosamente, el mozo retornó a tiempo. Y asombrosamente también, la doble dosis de aquella penicilina que le inyecté, hizo buen efecto, provocando una reacción que horas después tenía al joven en un franco plan de alivio.

Don Filogonio me pagó con bastante esplendidez. Y aquel milagro de haber curado una pulmonía doble, casi mortal de necesidad antes de los nuevos antibióticos, me dio fama y prestigio en la comarca.

Pero trajo una consecuencia insospechada. Pues, dos meses después, don Ricardo entró en mi pieza para avisarme de que Sabás estaba otra vez en mi busca. Me sobresalté, preguntándome si el muchacho habría recaído. Pero mi huésped había interrogado ya al mozo, y disipó esa duda explicándome que quien entonces estaba enferma era doña Eufrasia, la progenitora de don Filogonio.

Yo había visto a la ancianita durante la curación del muchacho. Casi centenaria, parecía un retorcido sarmiento que sólo podía caminar ayudada y que se dormía platicando. Bastaría un simple catarro para acabar con ella. Estaba en el último grado de la caquexia y esperando sólo un soplido para echarse de cabeza en la sepultura.

Sentí que se me ponía la carne de gallina recordando que don Filogonio me había dicho que era su consentida en la casa por encima de todos los demás, hasta del muchacho. Y preparé apuradamente una coartada para eludir el servicio. Le dije a don Ricardo que le mintiese a Sabás que me hallaba ausente, atendiendo a otro enfermo, pero que en cuanto volviera iría a matacaballo a La Piedrera.

El mozo quiso esperarme con las caballerías; pero don Ricardo le convenció de que yo podía usar su bestia, y de que no era prudente que tuviese a don Filogonio con la incertidumbre, porque a lo mejor prefería, en vez de esperarme, buscar la ayuda de otro facultativo. Y se fue.

Me escondí para que no fuera a conocerse mi añagaza... Pero apenas resultó necesario; pues dos horas después llegaba de La Piedrera la noticia de que la anciana, doña Eufrasia, había fallecido. Entonces aparejé el caballo y partí veloz, haciendo el papelón de que acudía a toda prisa aunque con fatal retraso.

Me les mostré más fatigado en la carrera de lo que iba en realidad, acezando y enjugándome el sudor con aparato; y cuando vi tendida a la ancianita, me desplomé de ánimos como víctima de amarga pesadumbre. Don Filogonio, que me había seguido al interior haciendo pucheros, agradeció mi consternación con un estrecho abrazo. Me dijo que la escasa resistencia de su mamacita no había dado tiempo para hacerle ninguna lucha, pues expiró cuando apenas había partido Sabás en mi busca.

Las mujeres estaban preparándolo todo para el velorio, y a instancias muy reiteradas de don Filogonio, que decía necesitar el consuelo de mi compañía, me quedé para participar en él.

Pronto empezó a circular el café, con un bravo piquete de alcohol de "96" grados. El afligido huérfano era el más empeñado en ahogar su pena en bebida, y considerándome también muy poseído por la congoja se mostraba tan pegajoso e insistente conmigo que no pude evitar que se me pasaran las copas. Y llegó un momento en que verdaderamente me creí apenadísimo por aquel deceso.

A eso de los comienzos de la madrugada, todos los circunstantes nos hallábamos en plena euforia alcohólica. Era una euforia lacrimosa, en la que cada quien se esforzaba por infundirle ánimo a otro de los dolientes. Y no sé cómo, en uno de esos momentos, me tomó por asalto la ocurrencia de recitar unos pasajes del "Brindis del bohemio", aquellos que hacen exaltación del cariño a la madre. Todo el auditorio se quedó suspenso escuchándome con arrobo. Nunca había sido un buen declamador; pero esa vez me ayudaba lo oportuno del tema, con la ancianita tendida y la jeremiaca pena del hijo; y el éxito rayó en la apoteosis.

Mientras recitaba aquello de:

> ...*Brindo por la mujer; pero por una;*
> *por la que me dedicó sus embelesos*
> *y me envolvió en sus besos;*
> *por la mujer que me meció en la cuna*
> *y me enseñó de niño*
> *lo que vale el cariño*
> *exquisito, profundo y verdadero...*

los pucheros inflamaban el rostro de don Filogonio, poniéndole a punto de estallar. Y cuando llegué a la estrofa:

> ...*Dejad que llore por mi madre ausente,*
> *por la ancianita quizás ya bendecida*
> *que con sus senos me ofrendó la vida...*

vino a mi encuentro conmovido hasta el tuétano. Y abrazándome con una energía que estuvo a punto de descoyuntarme, reclinó la cara sobre mi hombro y soltó caudaloso el manantial del llanto mojándome toda la espalda.

Me tuvieron recitándoles esos versos hasta después del amanecer, en que el sueño nos fue rindiendo de uno en uno.

Desperté antes que los demás y regresé al pueblo con el estómago hecho trizas. Por la tarde apareció don Filogonio en mi consultorio para que nos *la curásemos* en la cantina. Y allí la empalmamos, haciéndome él un tartajoso panegírico de las múltiples virtudes de su viejecita y efusivas protestas de lo mucho que estimaba que compartiese su pena.

Horas después estábamos otra vez borrachos. Y, acosado por él, recitando yo aquellos pasajes sensibleros del brindis susodicho ante la más sincera emoción de todos los congregados.

Todavía me visitó don Filogonio otras dos veces para que repitiéramos la hazaña, asegurándome que sólo esos versos le consolaban de su desolación de huérfano reciente. Según me confesó, en una de aquellas ocasiones había amanecido de tan pésimo talante, que para entonarse en su congoja había tenido que propinarle a su esposa, a la madre de sus hijos, una tremenda reatiza por parecerle que la "méndiga vieja" no compartía con la indicada efusión la pena que por su orfandad le agobiaba a él.

Mi fama de recitador de grandes vuelos iba adquiriendo en el distrito un auge que superaba a la que de médico milagroso me dio la primera cura de una pulmonía doble.

Lo supe cuando se presentó Crescenciano con la noticia de que su señora madre había fallecido a causa de un pálpito que no fueron quiénes para curarle ni un yerbero ni una componedora cuyos servicios contrató, y para invitarme al velorio con el fin de que les recitara aquellos versos tan preciosos.

Comprendí que estaba deslizándome por el precipicio en cuyo fondo se encuentran el descrédito y el ridículo. Y reaccioné iracundo, insultándole groseramente y haciéndole saber que mi profesión no era la de juglar ni iba a servirles de oficiosa plañidera para que le diesen pábulo a su abominable sensiblería.

Ustedes dirán si tuve o no razón.

ATENTADO TERRORISTA

Las bromas no siempre son tan inocuas como
a primera vista parecen.

Jamás antes se había conocido en el pueblo un atentado terrorista. Y aquél le resultó desconcertante al vecindario, por más que
algunos informados sabían bien que esos actos estaban de moda.

El estallido tuvo lugar a las tres y dos minutos de la tarde. Así
quedó señalado en el viejo reloj de la torre de la iglesia, que se
detuvo averiado por la onda explosiva. Los edificios del rumbo se
estremecieron. Y el hórrido estampido fue audible en casi todo el
caserío.

Se localizó el epifoco en el corral de don Petronio, precisamente
contiguo al templo mayor, cuyos muros de recia mampostería re-
sistieron sin la más leve cuarteadura. En cambio, algunos vidrios
se hicieron añicos y unas imágenes de chilte que figuraban entre
los ex-votos, quedaron torcidas del cuello como si padecieran tor-
tícolis. Los retratos en las paredes de las casas se inclinaron. Y
en el suelo del corral se abrió un boquete que, si no llegaba a
sima, daba fe de la fuerza impresionante de la explosión. Los dos
tejavanes que había allí se derrumbaron y los marcos de algunas
ventanas aparecieron botados, fuera de quicio, y desmoronada una
parte del montante de la azotea.

Hubo cinco víctimas: don Petronio y su mozo seriamente heridos; el hijo del primero y otro chiquillo de la vecindad que co-
rreteaban en torno al brocal del pozo de agua y sacaron raspones
de alguna consideración; y el asno, que acababa de llegar en esos
momentos y resultó horriblemente despedazado.

No habían transcurrido dos minutos cuando en la cercanía del
lugar empezó a congregarse un grupo de aturdidos vecinos que
aumentaba por momentos. Cuando consiguieron recuperarse de la
sorpresa y surgieron los primeros comentarios, se convino en que
don Petronio no tenía enemigos que lo quisieran tan mal como
para armar contra él ese atentado. Y alguien sugirió que tal vez
la bomba había sido colocada en ese lugar por algún hereje recalcitrante, con la sacrílega mira de causarle daños a la iglesia. Semejante sospecha adquirió auge inflamada por algunos apasionados

en la política, que se la atribuyeron a masones y bolcheviques y trataron de crear indignación contra ellos.

Ya era casi una muchedumbre la que se había congregado allí y estaba muy excitada por aquella suposición, cuando llegó el presidente municipal con la servilleta colgándole del escote, pues la noticia le había sorprendido mientras almorzaba.

Era masón reconocido y, consecuentemente, sospechoso en potencia. De modo que todos temieron que se estuviera "haciendo pato" cuando preguntó ansiosamente lo que sucedía. Y sólo uno le informó, receloso y lacónico:

—Una bomba.

Por suerte, llegó el juez en ese momento, y él y el presidente penetraron al corral de don Petronio para dar fe de destrozos y lesionados.

El grupo de la calle seguía creciendo. Y los rencorosos murmullos contra los enemigos de la Iglesia, también.

Pero, casi al mismo tiempo que el agente del ministerio público, otro sospechoso en potencia, se incorporó a él Rufino, el hijo del sacristán que vivía a sólo dos puertas del lugar del siniestro. Y éste consiguió hacerse oír comentando que en el caso parecía haber algo misterioso o sobrenatural, pues le había tocado presenciar cómo unos momentos antes de la explosión, el burro victimado llegaba a todo correr y rebuznando desaforada y lúgubremente, como si presintiese lo que estaba a punto de suceder y quisiera advertir a don Petronio, su dueño, y a los demás del peligro que corrían.

Por sus antecedentes de beato, Rufino no era persona predispuesta a desviar la atención de aquella sospecha tenebrosa que había venido tomando auge; y el énfasis que ponía en el relato desconcertó a algunos de sus oyentes. Por su parte, el agente del ministerio público desestimó desdeñosamente la importancia de aquel dato, y se fue en pos del juez y del presidente a levantar el acta de lo sucedido.

El informe de Rufino no hubiera tenido una mayor trascendencia de no llegar poco después al mitote Eusebio, el tendajonero de la orilla del pueblo, con la novedad de que también él había visto pasar al asno presa de un extraordinario desatino, roznando quejumbroso, y le pareció que echando lumbre y humo como si llegara perseguido o poseído por el propio Lucifer. Y no lo hubiera confirmado la beata Caritina asegurando en tono sombrío que el burro estuvo a punto de atropellarla cuando se dirigía al templo, y que pudo en efecto percibir un olor a azufre quemado, como si al animal lo persiguiera algo que no era cosa de este mundo.

Todo eso le dio otro giro a la sospecha, empezando a temerse que la mano del propio Satán había tenido que ver en aquel desaguisado. Y alguien fue con el cuento a avisar al presidente municipal, quien volvió y escuchó burla burlando esas declaraciones, y aconsejó a la gente que disolvieran el grupo y volviesen a sus casas en espera de los resultados de una investigación racional y exhaustiva que se proponía hacer. Temía que el hecho fuera obra de algún enemigo político suyo, el cual estuviera tratando de desestabilizar su administración; y pediría la ayuda de un investigador muy experimentado de la capital del estado.

El grupo se resistía a dispersarse y continuaba conjeturando acaloradamente, cuando, por si fuera poco, llegó Arcadio, el de la llantera que queda sobre el camino a la entrada del pueblo, preguntando ingenuamente qué le sucedía a aquel jumento que él había visto pasar galopando como alma que lleva el diablo y arrojando por la cola un chisperío.

Ya no cabía conceder que cuatro informantes estuvieran obnubilados o mintiesen sobre una visión tan coincidente. Eso no podía darse en una irrealidad. Y un escalofrío de miedo supersticioso recorrió el espinazo de la mayor parte de los congregados, que intuían la efectiva participación de lo sobrenatural en el caso.

Quedaba sólo la duda de si el asno estaba poseído del demonio o huía de él en un noble afán de prevenir al pueblo contra la catástrofe que ese posesor o perseguidor le preparaba. Pero como sólo piltrafas habían quedado del pollino y no existía ninguna posibilidad de exorcizarle para disipar esa duda, fue tomando preponderancia lo último por más lisonjero y consolador.

En eso, y para rematarlo, procedente de una huerta que cultivaba un poco lejos del pueblo, llegó Bardomiano. Y elevó hasta el clímax la consternación al asegurar que, mientras se acercaba por la carretera, le había sobrepasado el tal jumento echando lumbre por bajo la cola y roznando lastimeramente mientras, al parecer, huía de un *pickup* con la defensa, un faro y una salpicadera de los anteriores averiados, y el cual desistió de la persecución y siguió camino al llegar a la orilla del pueblo.

Interrogado sobre quién tripulaba ese vehículo, defraudó a los que esperaban una descripción cabal del demonio, explicando que sólo había alcanzado a ver sobre la portezuela unas siglas que componían un D.O.P., identificadas por alguno de los presentes como las iniciales del Departamento de Obras Públicas, atareado en abrirle una desviación a la carretera kilómetros más adelante de la población. Y como no se consiguieran otras pistas, la pesquisa quedó atorada.

La novedad del asno perseguido por Satanás y fulminado por éste cuando pretendía advertir al pueblo del peligro que lo amenazaba, corrió como lumbre en pólvora entre el vecindario y se convirtió pronto en leyenda. Hasta el propio presidente municipal empezó a sentirse contagiado por la consternación que despertaba ese cariz fantasmagórico del atentado terrorista en el corral de don Petronio. Y cuando, por salvar las apariencias, mandó preguntar en el campamento del D.O.P. si tenían alguna novedad que comunicarle y de allá le contestaron que ninguna, optó por dejar enteramente en manos del investigador de la ciudad el esclarecimiento de tan conturbador problema.

A éste, el investigador, le pareció que la única pista a seguir era la de la camioneta mencionada por Bardomiano. Y preguntó por teléfono a las oficinas en la ciudad del Departamento de Obras Públicas si tenían en reparación algún vehículo accidentado. De allí le informaron que el *pickup* del ingeniero Agraz, que llevaba dinamita para las obras en proceso, había sufrido un percance poco antes de llegar a ese pueblo, aunque quienes la tripulaban tuvieron la formidable suerte de que los explosivos no llegaran a estallar al estrellarse contra una cerca.

Interrogado dicho ingeniero, no se pudo obtener de él explicación aclaratoria alguna. Pero, al "apretarle las clavijas" en un duro interrogatorio al mozo que lo acompañaba y que era menos influyente y por consecuencia más vulnerable a los expeditos sistemas de la Ley, éste reconoció que se habían estrellado por causa de un pollino que se les atravesó en la pista al salir de una curva, y que, repuestos del susto, pues temieron volar por los aires debido a lo peligroso del cargamento, el ingeniero se apeó iracundo para apedrear al jumento, que soportó fruncido pero sin huir la pedriza. Comprobado que el vehículo funcionaba a pesar de las averías, intentaron seguir camino. Pero como el asno permanecía sesteando en la carretera y les cerraba todavía tozudamente el paso, el ingeniero volvió a encolerizarse y, deseando tomar venganza con una broma macabra, le introdujo bajo la cola un cartucho de dinamita con su correspondiente fulminante y una larga mecha cuyo extremo encendió con un fósforo. No supo prever que al sentirse sofocado por el incómodo tapón y medroso por el chisporroteo de la mecha, en lugar de disparar para el cerro inmediato, el burro saldría despavorido en busca del amparo del corral en el pueblo.

Temiendo, demasiado tarde, que al seguir ese rumbo iba a originar un considerable estropicio, intentaron alcanzarle e interceptarle. Mas la camioneta había quedado *cuachirrenga* con el golpe, y tuvieron que abandonar el propósito sin darle alcance cuando, ya próximos al caserío, calcularon que la lumbre de la mecha iba llegando a la carga y había mucho riesgo en acercársele. De modo que prosiguieron su camino hacia las obras, no sin mortificación por lo que trajera tamaña imprudencia.

Lo que la imprudencia trajo, la Justicia y nosotros lo sabemos ya. Quien no acaba de admitir que las cosas pasaran de ese modo es el vecindario. Él continúa obstinado en considerar patrañas esas conclusiones del presidente municipal y su investigador, un par de estólidos herejes que quieren arrebatarles el legendario prodigio de ese burro heroico que huía con frenesí de Luzbel en el noble afán de prevenir al pueblo de la catástrofe con que éste le amenazaba. Quizás hasta se ponga de acuerdo un día para pedir que se beatifique a tan benemérito jumento.

MUCIO "EL ZOPILOTE"

¿Por qué los muertos no han de entender a
los vivos?

Si ALGUIEN llegara a este pueblo preguntando por Mucio González, aquel a quien escogiese el preguntón para interrogarle se
quedaría con la boca abierta y la mente divagando. Ni siquiera
en el Correo, en la Presidencia Municipal o en la vecindad donde
habita hubieran podido informarle. Y sin embargo, este Mucio es
uno de los personajes más conocidos y populares de la localidad;
aunque por el apodo de *El Zopilote*.

Hasta sus pequeños hijos, cuando la maestra trataba de identificar la familia a la que pertenecían, se veían obligados a emplear el
afrentoso mote, aunque un poco atenuado en su insultante implicación por la contracción *El Zopi* que usaba y les había enseñado
doña Rogaciana, su mamá, cuando todavía vivían amancebados
y tenía momentos en que se sentía tolerante o cariñosa con él.

El remoquete no le viene de su color prieto cambujo como ca-
bría suponer. Tampoco se lo debe al lamparón de tiña que en un
tiempo lució ostentoso en plena despeinada coronilla y que unos
guasones le curaron derramando en él una botella de raicilla cuando dormía la borrachera tendido en el suelo. Ni es que alguna
vez haya ensayado prácticas de aviador, suelte plumas o tenga gan-
chuda la nariz. Lo único que a esa repugnante ave de la carroña
lo semeja es su afición a la carne muerta que, desde que hace
muchos años se volvió dipsómano perdido, lo lleva todas las tardes
en busca de una casa donde velen un muerto y se introduce de
rondón en ella para compartir la pena de los familiares y, por
supuesto, los tragos de embriagante con que intentan mitigarla.

Siendo semejante táctica ampliamente conocida en la población,
esas visitas funerales no son, por lo común, bien vistas, por más
que él se esfuerce en aparecer sinceramente consternado y llore
a lágrima viva la pérdida del difunto en turno como la más profesional de las plañideras retribuidas. En más de una ocasión, vién-
dolo llegar tan dispuesto para la pena y tan ávido de bebida, le
han dado con la puerta de la casa donde tiene lugar el velatorio

en pleno órgano nasal. Mas, pese a los muchos años que lleva practicando esa tétrica farsa, jamás lo habían tratado con la brutal crudeza conque lo hicieron los deudos de don Victoriano al tener él noticias del deceso de éste y acudir diligente a compartir con ellos la aflicción... y la bebida.

Ya el propio don Victoriano se había expresado en vida en términos vituperantes de aquel ebrio descarado e incorregible que no respetaba el dolor ajeno. Y así que sus cinco hijos lo vieron llegar al duelo relamiéndose, aunque no tuvieron tiempo de impedir que se colase en la sala donde estaba tendido el difunto, cuando intentó darle el pésame al mayor de ellos se le amontonaron preguntándole ácidamente qué cosa se le había perdido allí y expulsándolo de su acongojado hogar poco menos que a empujones y puntapiés en el trasero.

Defraudado por esa descortés acogida en sus mejores esperanzas de curarse la cruda del día anterior poniéndose una borrachera de media semana, *El Zopi* se vio frustrado y humillado a mitad de la calle. Y por ella echó a andar sin rumbo y sin esperanza, tambaleante no tanto por la desazón como por la demoledora jaqueca.

Pero esa noche el luto parecía haber tendido sus negras alas sobre la población. Pues apenas había andado dos cuadras cuando se dio de manos a boca con las acogedoras puertas de otro hogar en doliente velatorio. El muerto al que velaban allí, forastero y miembro de una familia llegada poco antes en seguimiento de uno de sus integrantes que acababa de hacerse cargo de un puesto directivo en el cercano ingenio azucarero, no era conocido de Mucio ni sus familiares tenían noticias aún de las mañas de éste. Pero ni esa circunstancia ni el desplome anímico en que lo tenía su muy reciente fracaso iban a conseguir que él desperdiciara una ocasión que parecía dispuesta por el clemente cielo para aliviarle la cruda.

Se coló de rondón por el zaguán hasta el recibidor donde tenían tendido al difunto, y apenas identificó en éste a un caballero de edad provecta cuando, abriéndose paso entre los enlutados y compungidos dolientes, fue a arrojarse sobre el ataúd llorando a lágrima viva entre consternadas exclamaciones de: "¿Quién lo había de decir que ya estaba todito muerto mi patroncito?... ¡Por qué tuvo que irse él, que era tan reata!... ¡Cómo no me llevaron mejor a mí si tanto les urgía tener un muertito!... ¡Ay, patroncito, usté era lo que yo más quería y respetaba en esta vida ingrata!... ¡¡Lléveme con usté!!...'' Y continuaba por ahí en una declamatoria exposición de su ánimo desolado que iba llenando de confusión y desconcierto a los deudos del difunto, los cuales se miraban unos a otros preguntándose dónde podría haber conocido aquel bienaventurado al hombre por el que tan caudalosamente lloraba y tan acongojado se veía y cuáles pudieron haber sido los lazos que crearon entre ellos un afecto tan entrañable.

Al fin llegaron a la conclusión de que el intruso debía ser, ya que reiteradamente le llamaba "patroncito" al muerto, alguno de los fieles operarios que trabajaron para éste en sus lejanas incursiones en la industria. Y estaba claro por la aflicción de Mucio que debió tratarse de un operario de especial estimación, que le quedó profundamente reconocido por sólo Dios sabe qué bondades y deferencias.

Como la congoja de *El Zopilote* en lugar de ceder se acentuaba y amenazaba caer en el más desenfrenado de los patetismos, una de las mujeres de la casa trajo una botella de buen coñac y un vaso para confortarle y aplacar aquella pena sirviéndole unos tragos. Era lo que él esperaba y no se hizo rogar, por cierto. Se empinó tres vasitos al hilo, relamiéndose pero sin dejar de llorar a mares y de manifestarles que no soportaba la idea de que su venerado "patroncito" se hubiese marchado para siempre.

Siguiendo esa habilidosa táctica y sin dar tiempo a que le exigieran mayores explicaciones, se llevó al estómago la mayor parte de la botella del bravo licor; con lo que a la postre se derrumbó por sus efectos quedándose dormido. A los dolientes les produjo alivio ver arremansado el río de lágrimas y penas que le embargaba, y arrastrando el sillón sobre el que se derrumbase lo llevaron al rincón donde menos estorbaba.

Cuando a la mañana siguiente despertó Mucio, fue para encontrarse con la novedad de que ya se habían llevado el muerto al panteón. Y esto pareció sacarle de sus casillas. Se puso a lamentar con reavivada congoja que no se le hubiese dado la oportunidad de acompañar hasta su última morada a su "patroncito", mostrándose tan abatido por esa frustración, que los familiares que quedaban en la casa, en parte conmovidos por aquel afecto y en parte deseosos de deshacerse ya de tan jeremíaco intruso, decidieron pedir un taxi para que en él tratara de alcanzar a los del acompañamiento y cumpliese sus deseos de despedirle al borde mismo de la sepultura y de regar con sus lágrimas la fosa donde descansarían sus amados restos.

237

Mientras el vehículo llegaba a recogerle, Mucio *El Zopi* pidió un trago más para ahogar su reverdecida pena. Y le trajeron otra botella de coñac que él arrebató y se llevó consigo al subir al coche de sitio. El chofer, que lo conocía como insolvente, cobró el transporte a los deudos del muerto y partió con él para el cementerio, a cuyas puertas llegaron cuando la comitiva funeral se disponía a trasponerlas con el ataúd en hombros.

También llegaba en esos momentos el cortejo funeral de don Victoriano. Y los que acompañaban a uno y a otro difunto estuvieron a punto de revolverse.

Pero aunque Mucio no se hallaba muy lúcido, acertó a situarse entre los suyos, que iban los primeros. Y cuando detenidos al borde de la abierta sepultura vio venir por los caminillos del camposanto a los cinco hermanos que lo habían expulsado del velorio a puntapiés sosteniendo en hombros el ataúd de su padre, se subió sobre una lápida contigua para echarse ostentosamente un trago con la botella de magnífico licor enarbolada en la diestra, mientras con su mano izquierda señalaba el féretro de sus favorecedores y relamiéndose y a gritos se ufanaba:

—Miren, méndigos: ¡Éste sí es muerto, no tiznaderas como el suyo!

DRAMÁTICOS

EL TROPEL DE LA VIDA

De lejos, todo lo que relumbra es oro.

En los comienzos de la octava década del siglo pasado el Ceboruco llevaba tres centurias inactivo. Obstruidas las bocas de las erupciones antiguas, estables las solfataras y mudos sus respiraderos, sólo un sudario de nieve le hacía falta para tenerlo por definitivamente muerto.

De menos volumen que en la actualidad, la conformación de su macizo montañoso se veía, sin embargo, muy semejante.

Separábale de los esconzos cordilleranos donde se inician los costillajes de la Sierra Madre, como hendida por el tajo del hacha de algún cíclope, la garganta de Coapan y Tequepexpan. Su elevado cono principal descendía en flancos de rápido declive desde los labios de la cumbre hundida. Y en los faldeos lo distendía y ondulaba esa misma sucesión de vértebras titánicas que simula hoy el relieve de un cordón de promontorios menores, originados por pequeñas bocas secundarias y extraperiféricas.

El fondo del inmenso circo que en remotas edades fue cráter de la erupción primera del volcán, lucía desde lo alto de sus crestas bordaneras mayormente hondo y plano que ahora. Advertíanse más amplios los estamentos de su dédalo de cañadas por la menor abundancia de murallones de piedra que lo recorriesen y seccionaran. Pero, igual que en los flancos, en el suelo terso de sus plazoletas, fincado con el relleno de arena y cenizas volcánicas y con los detritus orgánicos que aportaron las vegetaciones destruidas por los sucesivos cataclismos, pastizales y arboledas encontraban acomodo. Y florecían, enmarcando de salpicaduras multicolores los hacinamientos de lava negra.

La boca de cada erupción se había ido reduciendo de perímetro en relación con las precedentes. Y ostentaba una tendencia constante a desplazarse hacia el borde occidental del gran anfiteatro primitivo.

Nada permitía sospechar la inminencia de un nuevo periodo de actividad hasta que se tuvo el primer anuncio de él en un ciclo de estremecimientos telúricos que sacudió la comarca.

Al cabo de dos años de convulsiones sísmicas la lava consiguió abrirse camino a través de la atrofia de los conductos subterráneos. Y un primer borbollón de magmas incandescentes alcanzó y rasgó la costra de la cumbre para asomar en triunfo su rojiza cabellera.

Plutón no era ya el mismo juvenil titán de las visitas anteriores. Llegaba extenuado por el duro y luengo esfuerzo y una decrepitud ostensible minaba sus energías. Se conformó con abrir una mezquina brecha en el borde poniente de las bocas anteriores. Y aún en el paroxismo de sus aspavientos, la montaña pareció quedarle desproporcionadamente grande. El fétido y blanco aliento de su transpiración, que jadeaba por cada grieta, y el hirsuto y bermejo greñerío que encrespaba el ebullir de sus lavas, resultaron unas pobres pinceladas gayas sobre la imponente y sobria grandeza de aquella orografía.

No obstante, poco a poco la cima se pudo ver coronada de humos. Y los desechos del rugiente infierno que llevaba en sus entrañas, rebosaron, empezando a escurrir por cauces que se distendían humeantes al alcanzar el bajo olán de las laderas.

El calor de esos derrames ígneos calcinó la vegetación de que se vestían el interior y las vertientes, ahuyentando de ellos la vida.

De suerte que, cuando el dios del Erebo, exhausto por los excesos de su regodeo terrenal, volvió a sumergirse en sus dominios de las entrañas del planeta, una lúgubre quietud quedó flotando sobre la desolada cordillera.

Sin embargo, y por más que en el fondo de su hoyanco caliginoso la hacienda de Tetitlán hubiera temblado sobrecogida por el curso amenazador de las lavas, los valles circundantes sobrevivieron al cataclismo. Y parecían más fértiles que nunca.

En el rico bajío de Xala las milpas que cultivaba el hombre crecieron majestuosas, estimuladas por los residuos orgánicos que de las vertientes del volcán acarrearon las lluvias y nutridas por las sales potásicas que, al dispersar la ceniza, regaron sobre él los vientos del oeste. Las haciendas de Tetitlán y San Pedro Lagunillas vieron henchirse sus trojes y presenciaron cómo el mar de cuernos de sus vacadas levantaba oleajes por los interminables potreros. Las huertas de Ahuacatlán pudieron lucir más bruñida la epidermis de sus espléndidas frutas. Las chimeneas de los trapiches de Ixtlán del Río, Mexpan y Santa Isabel, y la del real de Santa María del Oro, volvieron a escribir sobre el espacio azul la epopeya de su prosperidad con el trazo grosero de sus huma-

242

redas. Y hasta los heridos ranchos de Copales y El Marquesado, a punto de padecer un estrangulamiento mortal entre los brazos de piedra hirviente que descendían, tornaron a enjoyarse con el lujo de las pequeñas flores del herbazal y con el palio verde de sus tiernas arboledas de huanacaxtles, higueras, tepezalates, ceibas y palobobos resurrectos.

Después, esa feracidad de los valles pareció sentirse incómoda frente al calcinado erial de la montaña. Resuelta a disputarle su imperio a la desolación, se dispuso a expandirse hacia lo alto. Y en las faldas del cerro volcánico manchones de vello verde empezaron a cubrir el pubis de cada barranca.

Allí donde no había vuelto definitivamente ímproba a la epidermis de los flancos alguna de esas corrientes de magmas fluidas que, al solidificarse, estallaron en ampollas dando origen a unos yermos ríspidos, con aspecto de negra madrépora, la flora se estableció temeraria y fue ganando espacio.

Llevaba de descubierta salpicaduras de un áspero y cortante zacatón de montaña. Y atropellando su dispersa huella, a las lobelias, con sus rojos penachos de danzarines autóctonos, a la frágil y escurridiza conchilla, a la salvia hirsuta y olorosa y a los toscos y velludos heliotropos silvestres.

Era penoso el avance; y cada metro de ascenso representaba un jalón de epopeya.

Pero el sinuoso arrastrar de las raíces descubría siempre un elemento asimilable a la fortaleza de la planta en cada palmo que vencía. Y el calor retenido en el subsuelo entibiaba su violento tiritar de las horas de la helada, dándole vigor a su pujanza y desarrollo a su esqueleto cuando el agua de las lluvias estivales empapaba los terrenos anhelantes.

En pos de esos primeros temerarios se incorporaron a la procesión, plantando sombras oscuras en el argénteo gris que dejara la chamusquina, el retorcido y atormentado copal, el desnudo cuanto florido cacaloxóchitl, la fragante anona silvestre, el añil cimarrón, el arrepollado y carnoso congrán, el huichichili reptante, el espinoso y duro huizache y otros arbustos. Y, al amparo de ellos, no tardó en surgir un trasunto fantasmal de los bosques calcinados y enterrados, como si pretendiera empujarlos con el borde de sus raíces aflorantes y darles sombra mediante el lujo de su follaje, trémulo por la caricia de los vientos.

Fueron ya los árboles de montaña, donadores inconscientes del humus que facilita la vida de todo el reino; un roble enano rumoroso; el pino esbelto y aromático; los cedros tristes, de ramas desmayadas; los nudosos y tiernos oyameles en unánime crucifixión; el lustroso ciruelo silvestre de brazos desnudos y atormentados; y un ozote desgarbado y trespeleque.

La flora asumió variedad y cobró ímpetu. Una competencia estimulante la movía en el afán de vestirle un traje verde a la impúdica desnudez de la montaña.

La ascensión pareció volverse fácil... Hasta que, a medio flanco, la contuvo un yermo impresionante de arena calcinada.

Los vientos habían llevado mucho más lejos el polvo y las cenizas. Esta era una arena tosca y gruesa, que rayaba en granza. Honda en casi un metro, yacía inestable y sin una esencia vital que nutriese a las raíces de la flora. Repelía su asalto con dentelladas de mastín incómodo. Y ni la más audaz de las especies lograba penetrar en ella.

Los verdes escuadrones se aglomeraron confusos, consternados. Y los de voluntad más flaca inclinaron el desencanto de sus ramas hacia las perspectivas del lejano valle umbrío con añoranza. Lloraban lágrimas de resina y de rocío lamentando su impotencia, mientras los más recios y tozudos iban contorneando en vano la orla del casquete inhóspito en busca de un inexistente punto débil.

Esperaban la ayuda de los deslaves en las estaciones lluviosas cuando, conmovidos por su mudo plañir, acudieron a socorrerlos los robustos inquilinos del desierto, armados de su increíble capacidad para soportar el hambre, la sed y las penurias.

La biznaga se abrió paso lentamente por aquel yermo invencible. Y proclamó con el dispendio de su detonante flor blanca o escarlata, pendón de mil gestas de bravura, su establecimiento en él. Generosa en el éxito, ella les fue labrando un camino a sus estoicos parientes; el órgano, el nopal y las yucas.

A la sombra de los residuos fecundantes que éstos dejaron, germinó la vitalidad de los agaves silvestres, representados por la aguama y la lechuguilla. Y enriquecido el suelo con la incorporación de los despojos orgánicos de los unos y los otros, la senda volvió a quedar expedita para aquellos a los que detuvo su fragilidad a mitad de la ladera.

Poco a poco, dificultosamente, la verde y fragante procesión pudo reanudar su marcha hacia la altura. Y fue levantando el impúdico escote que le ciñese al volcán hasta tejerle en torno a la desnudez de la cúspide unas discretas hombreras.

Domeñaba con dolor de parto cada palmo de camino. Y se diría que, más que una ilusión, fuera una voluntad inapelable lo que la reclamaba desde la cima.

Sobre la cumbre, asomada al borde del abismo rocoso que defendía los accesos al cráter prehistórico, un medroso estupor la detuvo.

De nuevo pareció desfallecer y darse por vencida.

Mas no había de ser así. Ese ímpetu vital que reside en el minúsculo núcleo de cada célula se sobrepuso al temor. Y el avance se reanudó, desafiando ahora el descenso por el áspero precipicio.

Fueron las alamandias y las yedras, los hongos y los brezos, los primeros en aventurar sus raíces tentaculares buscando apoyo en las grietas de la piedra desnuda y porosa. Y así que ellos consiguieron afianzarse, imitaron su ejemplo otros intrépidos alpinistas de mayor tamaño: el epiléptico y palúdico tezcalame, el palodulce sarmentoso y el copal multicolor de lustrado tronco. De rellano en rellano descendieron después las humildes leguminosas silvestres. Y, dándole una mayor proclividad a los recursos de que se ingenia la vida, sobre ellos inclinó la lechuguilla la catapulta de su quiote tremolante, para lanzar al vacío de la codiciada depresión interna ese afán de reproducirse que late en el mudo cascabel de sus granos.

Abrumados por la envidia e impotentes para seguir el mismo camino, los demás permanecieron allí hasta que llegó a socorrerlos el viento cómplice de las tardes tempestuosas. Él tomó sus esporas y a las semillas dotadas de aditamentos de vuelo, así como a las que sin poseerlos eran lo necesariamente livianas, y levantándolas en sus torbellinos procedió a regarlas por las cálidas planicies del interior del cráter antiguo.

Más abajo de los nuevos sedimentos de cenizas y arenas volcánicas, fermentaban los residuos orgánicos de las vegetaciones aniquiladas. Y esa nueva flora que en las semillas hizo arribo, encontró en ellos los jugos vitales que su fácil germinación requería.

De tal manera, otra vez iba encontrando acomodo dentro de la gran muralla circular de piedra hervida, una flora renovada y vigorosa, protegida, como en el seno confortable de un invernadero, por el aliento tibio y húmedo de las emanaciones de vapor, y tendiéndole siempre una mano solidaria a los engendros que, en cada cavidad de la roca, hacía surgir el fecundo jugo seminal de los bosques bordaneros asomados con codicia y con temor a lo más alto.

Poco más de diez años habían sido suficientes para que la cordillera pudiese vestirse de nuevo...

Pero un silencio tétrico, originado por la ausencia del reino animal, seguía embalsamando el aire frío de la montaña.

Los primeros seres de vida móvil que volverían a poblarla arribaron tiempo después. Fueron los insectos.

Llegaron regodeándose en el follaje tierno de la joven vegetación, donde crecían y engordaban sus orugas. Y tras ellos, incitados por las abundantes trepanaciones que como refugio ofrecía el roquedal y por la ausencia de los gavilanes, sus enemigos, aparecieron los reptiles y los roedores.

Las aves, dueñas del espacio, preferían mantenerse ausentes de esos farallones pétreos, estremecidos por esporádicas convulsiones infernales, dedicando la polifonía de sus trinos a las enramadas umbrosas del valle lejano. Solo algún cacalote, en busca de grietas adecuadas para improvisar su nido, reflejaba en las planicies arenosas el tránsito apresurado de su sombra, dos veces enlutada, o huía dejando en su graznido, que el eco de las cañadas se ocupaba de reproducir, una cauda de helada tristeza.

Antes que los pájaros, arribaron los conejos y venados, constreñidos a la búsqueda de las soledades por la feroz persecución que del hombre sufrían. Y siguiéndolos, con aquel sereno afán que los convierte en sus benévolos verdugos, los coyotes, las onzas y los pumas.

Fue mucho después cuando escalaron la cumbre unas primeras manadas de cuadrúpedos domésticos: remontados equinos e indómitas vacadas de las haciendas del rumbo, portando en sus ancas laceradas la ignominia del *fierro* posesor, testimonio doble del egoísmo y la brutalidad humanos, pero eventualmente huraños, sin más ley ni gobierno ni cuidado que su albedrío, y obstinados en preservarlo a cualquier costo.

Venían ramoneando en las vertientes la flora empobrecida de las estaciones secas. Y se asomaban a contemplar con una palpitación de codicia en los ollares y un rictus de ilusión en la consustancial tristeza de sus ojos, las gargantas de la depresión interior, desde donde era señuelo irresistible la feracidad de los pastos inviolados.

Como un día a la flora, detúvolos ese precipicio de lava petrificada que alrededor de la boca volvía mortal todo intento de alcanzarlos. Y su titubeo se impregnó de clamores melancólicos.

Pero ni siquiera ellos, en su pasividad congénita, habían de reconocerle un valor definitivo a aquella sensación inicial de impotencia.

Los mantenían fascinados esas lejanas alfombras de pasto nuevo que se divisaban en el que fuera lecho de lagunetas estivales, así como los mantos de flores tiernas en las rinconadas del roquerío donde prestaba el aliento de su humedad y su calor el vapor expelido por los respiraderos, tanto como el engañoso cristal fúlgido de los charcos y almadías que se conservaban llenos hasta mucho después de la época de lluvias en cada depresión y oquedad de las laderas pétreas.

Gradualmente, los tonos lúgubres de sus bramidos se acentuaron. Y fueron llenando de quejumbre y de tristeza los ámbitos de las tardes frías y el piélago de las noches estrelladas.

Veíaseles recorrer una y otra vez el cresterío en círculo de la gran barrera basáltica, buscando en vano un acceso que los condujera al interior de aquella cercana arcadia. Y sus negras siluetas, al proyectarse en desfile sobre el cielo ensangrentado de los crepúsculos, le daban vida a un extraño carrusel tremante, matizado de una angustia desolada, y que iba coronando de fantasmas vivos la cumbre de la montaña.

El hambre que trajo una sequía cuyo rigor culminaba las penurias de los años precedentes, imprimióle a aquella decisión mayores alientos. Y fue volviendo temerarios a sus individuos.

Era tan pobre el pasto en los flancos de la montaña y en los valles exteriores, que las osamentas se les proyectaban bajo la piel como si quisieran perforarla. La anemia les abría las pezuñas a los más enclenques. Y esto y una fatiga general comenzaba a volver desairado el ritmo del desfile, no obstante que cada vez parecía tornarse más nutrido.

Hasta que un día el rigor del hambre se sobrepuso al miedo.

Algunos que aventuraban una pata en el vacío, se desprendían rodando por el voladero, para caer hechos pedazos por las aristas cortantes de la roca en las añoradas planicies.

Eso hizo acudir a los grajos y a los quebrantahuesos, resueltos a disputarles el fácil festín a los pumas.

Los charcos de carroña hedionda florecían en armazones de mondos esqueletos albos. Pero ello sólo parecía ser el obligado tributo a la ilusión, a la esperanza en la dicha. Y ni así se rendían los demás al desengaño.

Animal tras animal continuaron muriendo en la empresa sin ceder en su obstinación; y el exterminio pudo calcularse por rebaños... Pero un día, la tozudez se impuso y cobró sus frutos. Milagrosamente ileso gracias a unos matojos de timbirillo que amortiguaron los golpes del descenso por el despeñadero, cierto toro de pelaje cárdeno apareció paseando la renquez de su caída por los fragantes pastizales del fondo del cráter.

No pareció muy complacido del éxito.

Una vez que pudo verse solo en el dédalo de cañadas interiores y encarcelado a perpetuidad dentro del perímetro confortablemente amplio de aquel extenso circo de piedra, se invirtió con brusquedad el sentido de su angustia. Y aún antes de probar el regalo de los pastos vírgenes, reanudó su peregrinar y sus bramidos, cuyo acento desolado encontraba allí una distorsión singular por los efectos del eco que las oquedades y frontones de basalto retransmitían.

Debió ser un intrépido toro puntero, de los que encabezan y rigen las manadas. Pues no se encontraba a gusto sin su cohorte de sumisas hembras, y solamente así se explica que lograra sobrevivir al acecho y a la ferocidad del puma, señor de aquellos parajes.

Él iba a resultar pionero y determinante en la invasión que luego sobrevendría.

Su éxito acrecentaba la envidia y el valor de los perseverantes en lo alto, sin que pudiese amedrentarlos la advertencia implícita en aquel tono de quejumbre que de sus bramidos trascendía.

Nadie puede saber cuántas semanas o meses ambuló solitario por el interior del cráter, reclamando desde el pie de los altísimos crestones bordaneros la compañía del serrallo fiel con el remoto pregón de su tristeza... Lo cierto es que a la postre, aquel clamor fue escuchado por los dioses. Y una de las muchas hembras que se aventuraban en el mortal descenso, consiguió arribar al fondo con las costillas molidas, pero sin ninguna lesión vital en su organismo.

Era una gentil novilla dosañera, de núbil encornadura y pelambre color de rata. E iba a aliviar las amarguras de su cautiverio compartiendo con él la misión fundamental de reproducir la especie, a la vez que el manjar de los pastos generosos y el lujo de las flores efímeras, nacidas al calor y la humedad de los respiraderos en las cañadas internas.

Pero al constatar lo definitivo del encierro, los bramidos a partir de entonces se entonaron a dúo; si bien ya no parecían tan tenaces y tan matizados de pena.

Y al estímulo de su llamado otro alud de cadáveres rodó por el despeñadero, confirmando la evidencia de que la invasión estaba en marcha y que nada ni nadie la detendría.

Los éxitos casuales fueron un raquítico fruto de tanta mortandad. Mas parecían justificarla.

Otra vaca josca y vieja alcanzó las planicies con los cuernos rotos y una de sus manos inutilizada. Y no mucho después, vino a compartir el triunfo, último milagro de esa temporada, cierta becerrita overa, apenas capaz para soportar el destete de la madre, que pereciese en la aventura... Y ellas, con la novilla y el toro, constituyeron el pie de cría en la integración de la futura manada sin dueño y prisionera en el interior del gran circo de piedra, del que no conseguirían jamás liberarse y en el cual había muerto su efímero albedrío.

Comprendiéndolo, el toro desistió de proclamar su pena en largos bramidos.

Eran ya suficientes. Y hasta pudo descuidar las vigilias de su continuo desvelo contra el puma y cederle la oportunidad de llevarse y devorar a la incauta becerrita... Ayudábales la circunstancia de que el fácil hartazgo con los despojos de las reses que continuaban despeñándose, tuviera al carnicero indiferente a la cacería. Y su hato pudo sobrevivir y dormitar tranquilo casi en los umbrales de la madriguera del felino.

Pasado otro temporal lluvioso, el acicate del hambre volvió a servir de pretexto para el asalto de nuevas manadas, cuya codicia encontraba un señuelo irresistible en la presencia de los tres afortunados que a tan elevados riesgos se posesionaron de los ilusorios dones de la depresión volcánica.

Y otra vez la mortandad le abrió paso a un bajísimo porcentaje de éxitos que vinieron a reforzar el incipiente rebaño confinado en la hondura.

Fue, al principio, una lastimosa manada de inválidos. Al advenedizo que no le colgaban los cuernos, se le había hundido el espinazo, tenía quebrantadas tres costillas o arrastraba una pata... Pero esa reciedumbre de estirpe que les dio el difícil triunfo se iba a reflejar en el vigor de su descendencia. Y cuando ésta nació y al halago de los abundantes pastos la novillada alcanzó un gran desarrollo y una gran fortaleza, el hato se transformó, perdiendo el refugio su original fisonomía de hospital de lisiados.

Aquellos a los que agobiaban los quebrantos o doblegaba la edad se vieron pronto postergados. Y fue surgiendo como cariz distintivo de la manada el tono de general corpulencia, agilidad y rudeza que sólo se alcanza a merced de la selección natural impuesta por los rigores de una vida cruel, azarosa, desamparada y salvaje.

Sin embargo, la existencia de esa vacada latía con un ritmo extraño y desconsolador. La realidad la defraudó convirtiendo en polvo la codicia que inspirase la ilusión y de la cual nació el afán por poblar la hoya volcánica.

Aparte de que habían quedado irremediablemente presos dentro del gran anfiteatro que se contemplaba desde la cumbre, la mayor parte de las excelencias que imaginaron vislumbrar en él resultaron vanas, engañosas. El agua que se encharcase y se conservaba en las depresiones naturales de la roca contenía sedimentos de un repulsivo sabor sulfuroso que la volvían, si benéfica a la salud, muy desagradable al gusto. Aquellos macizos de tierno y exuberante pastizal que germinaban al amparo de las emanaciones de vapor por la humedad hirviente que sobre ellos goteaba, solían abrasar el paladar, la lengua y los belfos del que intentaba devorarlos. Durante los meses del estío las tormentas derramaban cataratas de lluvia cada tarde y cada noche, y la frecuencia e intensidad de las descargas eléctricas ponía en peligro de perecer fulminados a los que intentaban guarecerse bajo los escasos árboles.

En cambio, llegada al clímax la estación de secas, desaparecían las charcas y aun las fétidas alamadías. De suerte que, para calmar la sed, aquellas reses aprisionadas habían de devorar el agrio pedúnculo de las lechuguillas, labrándoles a las plantas en el entronque de la mutilación, merced a la lengua y con riesgo de sus feroces aguijones, un receptáculo donde se almacenaba el jugo del vegetal herido y el rocío de las madrugadas brumosas.

A veces el zumo fermentaba y sumía a los sedientos que se arriesgaban a beberlo en un delirio con ribetes de desatino, lo cual multiplicaba los trémolos de su bramar e iba empujándolos con un trotecillo tambaleante, grotesco, por las plácidas cañadas. En otras ocasiones la sed llegaba a volverse tan imperiosa que tenían que seguir el ejemplo de coyotes y venados, escarbando profundos pozos en la arena que meses atrás había estado húmeda, para enterrar el hocico en busca de una mísera sensación de frescura.

¡Esa era la engañosa arcadia que tantas vidas costase en la trágica barrera de piedra!

Pero la montaña había vuelto a lucir como lo que dejara de

ser cuando sobrevino el cataclismo. Y éste pasó a la historia como un acaecer sin importancia en la larga noche de los siglos, como un pedrusco que obstruyera la senda y al que inadvertidamente desplazara, al reanudar su marcha, el incontenible y atropellado renacer de la vida.

LOS DOS PESCADORES

> ¡Cuidado con la caridad!... Es el peor ene-
> migo de la dignidad humana.

A ESO de la media mañana, Juan arribó a la pequeña playa que
forma la corriente al salir por las compuertas del Puente Juárez
con el reflujo de cada marea, en el rincón de la bahía donde los
contingentes de agua del estero de El Infiernillo desembocan. Llevaba los aparejos de pescar en una maltrecha caja de zapatos y
unos cuantos camarones malolientes para cebar los anzuelos envueltos en un trozo de periódico.

Él no era pescador de oficio. Pero se hallaba sin trabajo; y en
tanto que conseguía un empleo que prometieron darle, acostumbraba acudir al rompeolas de la Playa Sur o a este otro sitio para
calar su aparejo. Con ello lograba aliviar un poco el esfuerzo
generoso del hermano con quien ocasionalmente vivía, llevándole
a su cuñada unas mojarras o pargos que reforzaran el menú de
su humilde mesa.

Sólo otro pescador se encontraba entonces en aquel lugar: un
anciano enjuto, de barbita larga y despoblada y cabello muy urgido de tijeras. Bastante desamparado de la fortuna a juzgar por
los desgarrones de su pantalón, por la harapienta camisa y por los
huaraches acabados y deformes, así como por el maltrecho sombrero de palma que tampoco conservaba ya trazas de tal, debía
necesitar con mayor apremio que Juan el alivio de aquella pesca...
Mas aún no conseguía extraer un solo pez al arribo de éste.

Notándolo así, el recién llegado se sintió pesimista. Y por unos
momentos lo mantuvo titubeante la intención de marcharse a
otro lugar. Pero no quiso hacerlo sin antes probar suerte. Y, mientras iba disponiendo sus anzuelos, le preguntó al vejete:

—¿Pican?

—Endenantitos me dieron un jalón... Pero no cain.

—¿Tiene mucho rato?

—Dende antes que saliera el sol —repuso.

Una vez que su cuerda estuvo lista, Juan arrojó al remanso la
plomada.

El agua borboteaba bajo el puente para salir y lanzarse formando remolinos hacia la bahía. Ésta mostraba el intenso azul acostumbrado. Dos pequeños guardacostas se mecían soñolientos, arrigerados en su fondeadero. Al otro lado del islote de Los Cocos transpiraba el manglar, aparragado sobre las playas a la sombra de unos palmares esbeltos, en cuyo hirsuto coperío maltratado por el azote de las collas emitía sus rumores la brisa. Más hacia la izquierda, las viejas herrumbres de la fundición abandonada de Urías y los talleres humeantes de la Casa Redonda se recostaban sobre un fondo verde de cerros apacibles. Y en el estuario, con la marea baja, iba brotando la calvicie parda, irisada por los reflejos del sílice, de los bancos de arena.

Notando que un estremecimiento convulsivo sacudía la tensión de su cuerda, Juan se puso a jalar de ella. Y una pequeña mojarra emergió coleando tras de los plomos.

—Están llegando —le dijo al anciano en tanto que destramaba el pez.

El aludido lo miró fugazmente, con una cierta expresión de amargura mal disimulada. Y se volvió enseguida hacia su piola dedicándole mayor atención.

Juan tornó a lanzar el aparejo.

Todavía no se apagaban en la orilla las ondas concéntricas que el chapuzón originó en el agua tranquila del remanso cuando picaron de nuevo. Y otra mojarrita afloró a la superficie, mostrando al sol los plateados destellos de su inútil rebeldía.

Al viejo le picaron también. Pero el goloso no llegó a prenderse. Extrajo su cuerda para examinar las carnadas, y aceptando que estaban bien puestas volvió a arrojarla al agua.

Unos minutos después Juan tenía ya cinco pececillos y él continuaba sin extraer siquiera uno.

—¿Con qué encarna? —le preguntó el afortunado.

—Con lisa.

—Póngale camarón a ver si le pican —resolvió, arrojándole uno de sus hediondos crustáceos mientras destramaba la sexta presa.

El anciano volvió a sacar el aparejo para sustituirle el cebo. Lo hizo con esmero, pausada y concienzudamente. Después, los plomos silbaron en el aire y luego de describir una dilatada parábola hundieron la cuerda en lo más hondo del remanso. Estaba ansioso y listo para jalar de ella en cuanto se prendiera el primer incauto.

Pero fue inútil.

Mientras a Juan se le prendía un pez cada dos minutos, él ni siquiera lograba estrenarse.

253

Así que el joven tuvo una docena, insinuó:

—Será que no sirve su cuerda.

—A la mejor —convino lacónico el fracasado.

Momentos después llegaba a la playa un pequeñuelo, prieto como el carbón, andrajoso y visiblemente desnutrido. E iba a prenderse de las perneras del pantalón del anciano pescador, explicándole con distraída expresión de fastidio y voz lamentosa:

—Le manda icir mi amá que le mande las que tenga pa ir haciendo la comida.

—No tengo ni una —repuso abatido y en voz muy baja el anciano.

El mocoso pareció extrañado. Retorciéndose entre las perneras del viejo se puso a mirar de soslayo, pero ávidamente, la copiosa sarta de mojarras que palpitaba sobre la arena. Y señalándola con sólo un giro de sus grandes ojos negros, inquirió del viejano:

—¿Luego... ésas?

—Son del joven —respondió el interpelado vibrándole en la voz un tono de impaciencia y reproche por la conducta impertinente del chico. Y exigió—: Regrésese pa la casa y dígale a su amá que cuando tenga, yo se las llevo.

Al pequeño pareció dominarle un rapto de desaliento. Quedó abrumado y pensativo, sin hacer caso de la exigencia del viejo, y dirigiéndole a Juan miradas rencorosas, preñadas de mortificante envidia. Luego hizo un rodeo en torno al viejo. Y restregándose en él como empeñado en fundirse en sus astrosas perneras, rezongó intransigente y a punto de estallar en gimoteos:

—¡Ya me anda de hambre!...

Perturbado por esa indiscreción el anciano se encendió de rubores. Dirigíale furiosas miradas al chico a tiempo que evadía la presión de su abrazo y le conminaba, a decir verdad no muy resuelto:

—Vuélvase pa la casa, le digo... ¡Ándile!

Después se rehízo y serenó, dedicándole a Juan una sonrisa rígida, amarga, con la cual parecía implorar su indulgencia para aquel impertinente.

El pequeño se negó a obedecerle. Fue a sentarse sobre la arena, tratando de juguetear con ésta, aun cuando de toda evidencia le distraía un afán irresistible de contemplar los pescadillos de la sarta y palparlos con el dedo.

También este mocoso llevaba un sombrerito informe y tan sucio que no hubiera podido establecerse la naturaleza de la fibra con que fue confeccionado. Asimismo vestía una camisita corta y desgarrada, de tela de Vichy, y unos calzones de manta con las sentaderas rotas.

Juan le observaba con disimulo y simpatía, pensando que seguramente era nieto del anciano.

Él seguía recogiendo peces. Eran ya docena y media las mojarritas de la sarta. Había escuchado la indiscreción del muchachuelo y podía advertir claramente la amargura con que contemplaba sus pescaditos. Iba considerando para sí que la envidia es, en el infortunado, un sentimiento demasiado legítimo para que se le pueda condenar por ella. Sentía lástima de la desigual e infeliz pareja humana que formaban el pequeño y su abuelo, y hubiera querido ponerle remedio a su ocasional desdicha dejándose llevar por un gesto piadoso a la generosidad... Pero la caridad ha de saberse administrar para que no resulte ultrajante. Y como había podido notar la esquiva dignidad del anciano, no se le ocurría un buen modo de ofrecerles, sin menoscabo de aquel orgullo, parte de su fácil cosecha.

Aún extrajo tres mojarras más sin que el vejete lograra la primera.

Y entonces le pidió el aparejo:

—A ver, preste su cuerda. ¿Por qué no le pican?... Deténgame la mía mientras yo la pruebe.

Inmediatamente se percató de que el anzuelo era demasiado grande para el tamaño de aquella clase de pesca... Pero le iluminaba una ocurrencia que podía complacer su impulso generoso y optó por ocultarlo.

Después de haber cebado bien el anzuelo, arrojó la plomada hasta el remanso, dejando que el viejo sostuviera y administrara su cuerda.

Éste no tardó en sentir el jalón de otra mojarra. Y la extrajo desenvuelto.

Un rato después ya tenía ocho; en tanto que Juan fingía pelear contra su ineficacia, exasperado porque no lograba enganchar una, y el muchachuelo brincaba sobre la arena celebrando, lleno de júbilo, los éxitos del abuelo.

Cuando consideró que sus favorecidos habían pescado bastante para que pudieran marcharse a cocinarlo y comérselo, Juan se declaró cansado de bregar con aquel aparejo inservible. Y se lo devolvió al anciano mostrando su decepción:

255

—Mire, amigo; si lo que quiere pescar son mojarritas de ese tamaño, vale más que se consiga un anzuelo más chico... Tome y preste acá el mío.

El anciano intercambió las cuerdas, admitiendo la observación afable y sonriente. No echó la suya al agua. La envolvió e hizo el ademán de recoger sus útiles para irse. Y como el pequeño intentara levantar y apoderarse de los pescaditos que coleaban agonizando sobre la playa, lo atajó impidiéndoselo, lacónico pero terminante:

—Métale esas mojarras al joven en su ensarta.

Perplejo, el niño fue elevando hacia él una lenta mirada implorante... El anciano tuvo que insistir:

—Apúrele a lo que le digo...; que nosotros vamos a buscar otro anzuelo.

Comprendiendo la inutilidad de toda protesta, el chamaco se disponía a obedecer cuando lo detuvo una resuelta intervención de Juan:

—No, amigo —trataba de discutir con el viejo—; ésas las sacó usté y son suyas.

El anciano lo miró de frente y con una fijeza en la que se confundían la arrogancia y el reproche mientras enrollaba su aparejo. Y antes de partir hacia el malecón escoltado por el compungido muchacho, adujo altanero y desdeñoso:

—¡No lo vaiga a juzgar a uno por lo que éste dijo de que traiba hambre!... Es que el condenado chavalo no tiene lleno... Esas mojarras las sacó su aparejo y son nomás suyas. Pero no se mortifique, que yo voy a buscar otro que sirva y horitita vuelvo.

Temeroso de lastimar aquel orgullo, Juan los dejó marchar sin argüir nuevas razones.

Se perdieron por el pradito en declive que escalaba el malecón, exhibiendo al sol calcinante de la mañana, junto con las carnes que los harapos desnudaban, el afán dispendioso de su altiva miseria.

Él permaneció en la playa sacando más mojarritas.

Cuando tuvo una nutrida sarta y pudo considerar, satisfecho, el halago que le significarían a su cuñada, recogió el aparejo y la pesca y se fue también por el pradito del flanco, hacia la carretera que corría en lo alto de ese malecón, con rumbo a la ciudad y separando la bahía del estero.

Un poco desazonado por el fracaso de sus intenciones pías, y cavilando sobre lo afrentosa que resulta la caridad cuando no se sabe administrarla, atravesó la pista con el fin de marchar por el ribazo de la cuneta del otro lado, que era más amplio. Y entonces pudo descubrir, encaramados sobre unas piedras que le servían de contrafuerte a aquella vertiente del muro y las cuales se proyectaban sobre un remanso del estero interior, al anciano y a su nieto de espaldas a él y absortos todavía en el inútil empeño de pescar unas mojarras.

Le abrumó comprender que habían huido hasta allí para escapar a la impertinencia de su compasión ultrajante, porque no tenían otro anzuelo ni dinero con qué adquirirlo.

E iba a seguir de largo sin darse por advertido... Mas, como el viejo presintiese su presencia y se volviera, no tuvo otro remedio que afrontarlos.

Quiso restarle importancia al encuentro, e inquirió mostrándose jovial y desaprensivo:

—¿Cómo va, amigo?

El vejete hizo sólo un gesto muy leve de molestia. Pero por encima de él se mantuvo afable, sonriéndole mientras explicaba:

—Creo que aquí las hay mayores... Ya empiezan a picar.

Juan se vio de pronto iluminado por otra ocurrencia que creyó genial. Y en vez de respetar la dignidad concluyente de aquel infortunio, se lanzó de nuevo en busca de un camino fácil para ponerle remedio.

Acercándose, le propuso al anciano:

—Yo voy al muelle a ver si pican los pargos... Nomás que pa eso necesito un anzuelo más grande. Ai verá si hacemos trato cambiando las cuerdas.

Atento a su aparejo, que mantenía calado en el remanso, el viejo estaba entonces de espaldas y tardó unos momentos en volverse y contestarle. Acaso tascaba el rencor por aquella insistencia cuyo afán compasivo percibía, aunque el otro pensara que estaba calculando las ventajas y desventajas de la transacción... Pues, al fin, lo miró de frente y, encogiéndose de hombros, repuso pausado, incisivo y altanero:

—¿A que no cree que su aparejo no me cuadra, joven?... Pero yo nomás estoy pescando por pasar el rato, y si quiere calar con los parguitos, le puedo empriestar el mío.

Después, con el fin de evitar que alguna indiscreta lágrima del nieto fuera a delatar la evidente hondura de su drama, posó una de sus manos sobre el sombrerito que cabalgaba en el rebelde greñerío del chiquillo, y presionó para mantenerle vuelto el rostro, como si no resultara tan elocuente en igual sentido la presencia de la espalda prieta y enjuta que mostraba su osamenta por entre los desgarrones de la pobre camisola de tela de Vichy con que pretendía cubrirse el inocente.

LA GUITARRA DE CAMILO

> Aquel que pretende sostener un error, yerra
> dos veces.

HACE largo tiempo que Camilo trae la conciencia atormentada por el incidente de aquel atardecer. Y la semana pasada vino a referirme su conflicto con una sinceridad que me pareció conmovedora.

Yo había meditado sobre las raíces más íntimas de su comportamiento en ese día. De modo que no pudo resultarme sorprendente lo que, al fin, me venía a confiar. Todo se ajustaba a lo que creí divisar en el fondo de su torpe conducta.

Por lo demás, y como esperaba él, su confesión me indujo a intervenir, tratando de disculparle ante aquellos a los que había ofendido con su rudeza. Pero no puedo vanagloriarme de que mis aptitudes persuasivas hayan alcanzado mucho éxito; pues éstos continúan sintiéndose resentidos y hostiles con él, a la vez que renuentes a cualquier idea de indulgencia.

En los primeros momentos yo compartía la indignación general en su contra. Pero luego me puse a cavilar sobre que el hombre no es un producto muy esmerado de la creación y tiene su voluntad plagada de flaquezas y batida por mil pasiones inconsecuentes. Camilo no era dueño de sí mismo cuando nos infirió la ofensa; y no sería posible cargarle toda la responsabilidad a su mala crianza sin caer en esa falta de ecuanimidad que olvida el hecho de que todo ser humano está sujeto a frecuentes yerros.

No obstante, la gente prefiere suponer y esperar que si, como yo les aseguro, se halla sinceramente arrepentido, acabará por ir personalmente a disculparse con todos y cada uno de los ofendidos. Y tal pretensión es, aparte de cruel, decididamente insensata. Mi amigo no lo hará aunque la hostilidad general lo obligue a emigrar del pueblo. A pesar de sus deslices, Camilo es hombre cabal; y a ningún macho legítimo le sentarían bien esas *rajadas*.

Al fin y al cabo, la responsabilidad fue de la guitarra.

Camilo había ido a comprarla en Guadalajara aprovechando los ochenta pesos que le quedaron de una buena cosecha y después de soñar durante muchos años con la ilusión de llegar a poseerla. Y la trajo de la ciudad con más amor y cuidados que si se tratase de una valiosísima joya de cristal de China o de porcelana de Sèvres.

Llegó con ella protegida bajo el brazo en el "vapor" de gasolina procedente de Chapala a cosa de las diez de la mañana.

Ese día yo había acudido al embarcadero de Tizapán el Bajo para entregar un cargamento de melones que llegaba a recoger en su lanchón velero o canoa de rancho cierto navegante de Ocotlán que conocen por *El Caballo*. Y me tocó presenciar el arribo de Camilo con su flamante instrumento musical.

No diré que éste fuera ninguna maravilla. Mas, a juzgar por la ufanía conque lo portaba él, cualquiera que no entendiese mucho de semejantes objetos lo hubiera pensado así. Parecía, de todos modos, bastante bueno. Y sin duda permanecía intacto de cuerpo y alma, a juzgar por la delicadeza con que lo trataba.

De todos modos, y aun hecha en el país, aquella guitarra no hubiera podido envidiarle mucho a las más finas de las importadas. Tal vez la habían confeccionado las hábiles manos de algún indio huare de Paracho; pero su eficiencia estaba garantizada por un sello en rojo, azul y dorado de cierta casa comercial del ramo muy acreditada en la ciudad, y los adornos y el barniz que contribuían a volver exquisita su apariencia aureolábanla de una distinción que movía a olvidar su origen rústico. La airosa y complicada greca pirograbada en torno al orificio circular que recogía las melodiosas vibraciones de su encordadura, le aportaba una solemnidad presuntuosa. Y el bruñido pulimento del cuello y de las clavijas incitaba a la mano a acariciarla. Cerca del agujero, sobre el lado superior de la caja de resonancia, unas gentiles incrustaciones de nácar y de carey le daban lujo. Y del fino esguince de todas sus líneas trascendía, asimismo, cierta distinción innegable.

Era, pues, una guitarra atractiva.

Y yo estaba seguro de que, a pesar de su legítima ilusión por tocar en ella algo, o acaso en virtud de la misma, Camilo había venido acariciándola durante todo el viaje sin atreverse a desflorarla con una primera melodía. Ufano como estaba de poseerla, es de creer que aspiraba a llevar a cabo su estreno en medio de los elevados rituales que aconsejaba la feliz culminación de un anhelo particularmente trascendental en su vida.

La importancia que le concedía al suceso me la dejó advertir al decirme, no bien se percató de mi presencia y mientras zarandeaba provocativamente ante mis ojos el entrañable instrumento tratando de hacérmelo notorio:

—Quedas envitado a una fiestecita que esta tarde doy en mi casa.

—¿Luego?... ¿Qué santo es? —le interrogué fingiéndome desconcertado.

—Compré esta guitarra y vamos a estrenarla.

—No faltaré —repuse—. Tú sabes que donde hay ponche y guitarra allí tengo mi cita.

Y él se fue satisfecho y casi urgido para el pueblo.

No diré, tampoco, que el instrumento aquel viniera a ser el definitivo complemento de sus elevadas facultades musicales para hacer de mi amigo Camilo un Chopin o un Mozart, o siquiera un *Niño de los Brillantes* redivivo en Tizapán el Alto. Nunca más lejos de mi fiel propósito engañar a nadie con mendacidades de tan deleznable estofa. Camilo sólo había sido hasta entonces un mal aprendiz de músico. Pero dado lo entrañable de su afición, parecía juicioso confiar en que, con la posesión de ese instrumento, sus facultades se desarrollarían y quizás concluyese dominando, con un lisonjero margen de maestría, un arte que de tal modo le fascinaba.

Antes de entonces, todos los pininos que en la materia se le conocieron podían resumirse en una mala ejecución de la marcha *Zacatecas* y en otra que tal vez pudiera conceptuarse de mediocre de dos cancioncitas populares: *La Panchita* y *Atotonilco*. Pero esto lo había aprendido sin maestro, a fuerza de machacar los compases en la vetusta guitarra que le prestaba Baltasar, el hermano de mi compadre Lencho Leizaola, y jamás tuvo la oportunidad de procurarse un perfeccionamiento.

Podía, pues, esperarse que, a partir de ese día, dueño ya del instrumento, las cosas iban a mejorar notablemente... Y puede ser que hasta llegara a ver realizada la ambición de convertirse, con su guitarra, en el principal elemento animador de cuanto bochinche se organizase en el pueblo.

El que a la sazón proyectaba para celebrar su valiosa adquisición debía tener comienzo a eso de las seis de la tarde.

Para entonces, Camilo no violaba aún la santa virginidad del instrumento. Andaba paseándolo de un barrio a otro, mostrándoselo ilusionado a todo el que advertía interesado en admirarlo. Pero sin tolerar que nadie se lo arrebatase para intentar en él una tonada; ni siquiera su amigo Baltasar, que tantas veces le prestara el suyo.

Le había adornado en el extremo superior con un ancho listón de seda tricolor. Y continuamente movía las clavijas, templaba la prima y la segunda o corría las abrazaderas buscando el tono, como si se dispusiera ya a intentar un primer compás. Pero al cabo desistía; tal como si un insospechado complejo masoquista lo hiciera gozarse en aquella atormentada demora.

Estaba resuelto a que no sonara en él la primera melodía antes de que todo se hallase solemnemente dispuesto para darle principio a la fiesta.

Y bien se puede decir que, como anfitrión, supo aparecer a la altura de su desmedido contento echando la casa por la ventana.

Si la adquisición de la guitarra le costó algunos meses de trabajo empeñoso y afortunado, para sufragar los desembolsos que ese convivio originaría tuvo que endeudarse con el tendero, el tablajero, el cantinero y el músico más connotado del lugar. Pero pudo sentirse satisfecho de que las cosas prometieran salir a la justa medida de la ilusión que las inspiraba y de la muy elevada categoría social de la concurrencia.

Se hallaban entre ésta personas de tanta prominencia en la localidad como don Plácido, el buen maestro retirado que, dada su afición a la oratoria, debía traer preparado ya el discurso con el cual haría, al calor de las primeras copas, la inevitable apología del instrumento. También había quedado comprometido a concurrir el señor cura don Bernardino, el cual bendeciría la guitarra y participaría del agasajo a condición de que se bebiese moderadamente y no se vociferasen indecencias. Era probable que acudiese también el secretario del Ayuntamiento, Pablo *Trinquetes*. Y nada remoto que llegara con su familia don Crispín, el rico de La Manzanilla con quien Camilo llevaba unos terrenos a medias... Y arrastradas por el ejemplo de tan notorias figuras, no se podía dudar que acudiesen asimismo muchas de las familias honestas y respetables de la población.

El propio festejante había andado de casa en casa, ganado por la impaciencia de exhibir su preciosa guitarra, con ésta bajo el brazo y haciendo personalmente las invitaciones.

Llamaba la atención deteniéndose en el umbral y dejando caer dos cristalinas notas musicales al templar las cuerdas del instrumento, como si se dispusiera por fin a acometer la trascendental melodía. Y al acudir el inquilino desistía, despojándose del sombrero para saludarlo con reverencia y aventurar el convite:

—Buenos días, oña Tomasita.

—Buenos días, Camilo. ¿De ónde sacaste esa guitarra tan chula?

—La compré, oña Tomasita... Y ahora la estrenamos... Venía precísimamente a envitarlos a ustedes a la fiestecita.

—¿Hoy mismo?

—Esta tarde a las seis. Los esperamos en su casa de ustedes. Y ya sabe que contamos con usté y con los suyos, y que nos ofenderían onde nos desairaran.

—A ver cómo le hago con un pendientito que tenía... De todos modos iremos. Muchas gracias.

—¡No vaigan a dejar de ir! —insistía casi suplicante.

Y una vez que quedaba satisfecho ante las reiteradas promesas de hacerlo, continuaba su camino en pos de la casa inmediata.

De cuando en cuando sentía la necesidad de explicarle a alguno por qué razón no se separaba ni un instante de su tesoro musical. Y entonces le confiaba:

—Le alzo pelo a dejarla en la casa. Nosotros no tenemos chamacos; pero ya ve cómo son de guerrosos los de los vecinos; y no sea la de malas que en un descuido de mi vieja la alcancen y me la maltraten.

La gente parecía comprender su estado anímico y era demasiado discreta para atreverse a aventurar una pregunta molesta o a intentar una ironía. Sólo un grupo de mozalbetes procaces que desde una de las bancas del jardín lo veía pasar sintió el deseo de importunarle con una burla inocua, poniéndose a silbar y a canturrear en voz queda una parodia de *Las mañanitas* aquellas:

Celebremos, señores, con gusto
este día de placer tan dichoso,
que Camilo s'incuentra gustoso
y tranquilo su fiel corazón...

Pero las personas mayores complacían muy serias y de buen grado el deseo de que admirasen la guitarra, deshaciéndose en vehementes ponderaciones y alabanzas sobre su indudable gallardía.

—Dejen, nomás, que la oigan tocar —saltaba vibrante la ilusión de su dueño—... Ya saben que los esperamos en su casa de ustedes para la fiestecita de esta tarde, onde la estrenaremos.

Y conmovida por la simpatía que aquella puerilidad inspiraba, la gente acababa consintiendo:

—Si es que no se nos arriegla ir a nosotros, ai les mandamos a las muchachas, que ya saben cómo son de alborotadas pa esas fiestas.

—Mándenlas sin pendiente. Allí es casa donde se sabe respetar, y se las cuidaremos como si jueran de la familia. Yo mesmo se las vengo a entriegar nomás se acabe el agasajo... Pero hagan la lucha por darse también ustedes una vueltecita.

Y así recorrió todo el pueblo, de puerta en puerta, siempre con el glorioso instrumento bajo el brazo, fervorosamente acariciado y lanzándole embelesadas aunque furtivas miradas.

Desde muy poco antes de las seis empezaron a llegar los invitados.

Ya Camilo y su mujer los esperaban con impaciencia y tenían casi listos el ponche y las fritangas con que habían de agasajarlos.

La casa, de una sola pieza como las de casi todos los campesinos del pueblo, para ser tan pobre resultaba confortablemente espaciosa. Tenía las paredes de adobe encalado y el techo de teja y bastante alto. Como no disponía de cielorraso, los morillos sin labrar y la camada de tule que lo sostenían se notaban renegridos y toscos; y el piso de tierra aplanada era irregular. Sin embargo, sus dimensiones se prestaban para que una considerable parte de la concurrencia cupiese bajo techo con relativa holgura. Y todo lo demás acabarían por hacerlo tolerable el baile, la música, los ponches, la convivialidad y la estupenda disposición de los anfitriones.

Parte del escaso mobiliario se había desalojado hasta el patio. Pero subsistía en un rincón, trepado sobre una caja jabonera, el viejo y raído arcón de tabla donde se guardaban las prendas más estimadas. Tras él se acurrucaba, hecho discreto rollo, el petate donde los esposos dormían, coronado por la oscura cobija, muy cuidadosamente doblada. Las únicas dos sillas de que disponían, fueron reforzadas por otras quince y por unos bancos que los vecinos prestaron, y formaban corro brindando reposo a la concurrencia. Persistían colgados de las paredes los dos vetustos retratos familiares con sus presuntuosos marcos horadados por el irreverente comején, así como la cabeza de un asno y una cornucopia en barro de Tlaquepaque. Sobre una pequeña repisa en la que descansaba una veladora de vasito, amén de un vaso de agua con una flor, se veía un cuadro del Sagrado Corazón, cuya imagen señoreaba la estancia y parecía observar a hurtadillas a cierta exuberante bañista con que, desde la pared de enfrente, anunciaba una bebida el cromo de un calendario.

Al otro lado de la puerta del fondo, bajo el amparo de un portalillo que daba a un exiguo corral interior, se podían ver el pretil de la cocina y la elemental mesa de pino que compendiaba lo que hubiera podido llamarse comedor.

Sobre el pretil yacía la olla del ponche de granada, una sartén con chicharrones y el balde donde se cocinara la birria. Y para facilitar el paso desde la estancia a este portal y viceversa, un suelto pedazo de viga hacía las veces de escalón, pues la elevación del piso era diferente.

Bajo aquel portalillo se habían de acomodar, asomados a la puerta, los dos guitarristas: Camilo con su flamante instrumento y Baltasar con el suyo, no tan nuevo pero muy capaz aún de hacerle segunda. También se acomodaría allí el arpista ciego, Pedrito, contratado para darle mayor lucimiento al festejo con las armonías de su arcaico instrumento musical.

Llevando siempre bajo el brazo la preciosa guitarra, Camilo se ocupaba de recibir en la puerta de la calle a quienes iban llegando. Y, con aquella su hospitalidad tan de la tierra, se esforzaba por encontrarles un campito.

—Pasen, pasen sin pendiente... Ya saben que están en su humilde casa.

—Con su permiso, don Camilo —decían ellos, amedrentados por una timidez insidiosa. Y ponderaban amables—: Deje que le felicitemos por la guitarra tan chula que compró.

—Sin cumplidos... Siéntense con confianza. Y ai perdonen a la vieja, que anda arrieglando los ponchis y las carnitas... Horitita se la traigo.

E iba hasta la cocina para traer a remolque a su mujer, que se secaba las manos en el delantal antes de estrechar las de los emperifollados visitantes y, de paso, se eximía:

—Me perdonarán un momento, oña Cholita... Ya saben que están como en su casa...

Y retornaba a sus manejos en el pretil de la cocina para reaparecer instantes después, en cuanto la presencia de otros recién llegados reclamaba la cortesía de su acogida.

Media hora más tarde la estancia se encontraba repleta.

No habían llegado aún ni el rico ni el cura, que seguramente vendrían a última hora para darse un poco de importancia. Entre la concurrencia preponderaban las mujeres. Muchachas jóvenes, vestidas de colores brillantes que contrastaban con la gentil humildad de las flores coquetamente engarzadas entre las crenchas del pelo negro y lavado. Muy perfumadas con esencias baratas y fuertes, llenaban de un aroma fatigoso el interior de la pieza. Y como todas ellas se habían calzado sus mejores zapatos para bailar decorosamente y no estaban acostumbradas a llevarlos puestos, se veían envaradas y un tanto incómodas. Habían aparecido en la puerta aturdidas y confusas, haciendo reverenciosas caravanas. Y con la vista hacia el suelo, mirando cohibidas a uno y otro lado, se fueron a sentar, conservando sus muslos muy juntos como si temieran ser violadas, y presas de impaciencia porque se empezaran a distribuir los ponches, los cuales habían de poner un alegre rubor en sus mejillas y aportarles el ánimo preciso para afrontar el exagerado engolamiento de la fiesta. Generalmente las acompañaba una mujer de edad, que muy imbuida de su delicado papel de guardiana de honras y más desenvuelta, sentábase junto a ellas y dirigía con gestos fugaces, ademanes sobreentendidos y mudas reconvenciones sus posturas y movimientos.

Los hombres en camisa y pantalón de dril y tocados con sombrero de palma, pero limpios y peinados a tono con el acontecimiento, acercábanse no menos tímidos, saludaban a Camilo intercambiando alguna broma discreta si les alcanzaba el ingenio para ello y volvían al exterior para permanecer charlando en grupo. O penetraban hasta el corral para no congestionar la estancia.

Baltasar había llegado, pero no entraba aún. Camilo se veía muy ocupado recibiendo a los que acudían y su amigo no deseaba humillarlo anticipándosele en la ejecución de la primera pieza. Por su parte, al cieguito Pedro no le alcanzaba ese tipo de prejuicios. Ignoraba el cariz exacto de las cosas; y no bien hubo encontrado acomodo en una silla de mecate de ixtle que le cedieron junto al quicio de la puerta interior, cuando templó el arpa y se dispuso a acometer con generosa espontaneidad un vals antañón que, maguer lo bien tocado, no consiguió alterar la compostura y circunspección de la todavía abstemia concurrencia. O todos esperaban con recatadas ansias el estímulo liberador de los ponches, o preferían reservarle a Camilo las primicias de su entusiasmo por la música, en honor a su candorosa ilusión y a los superiores méritos de su flamante guitarra.

Éste, el anfitrión, halagado por ese privilegio y con cierta contrariedad ante la precipitación del cieguito, comenzaba a impacientarse por la tardanza de su mujer, y de las otras que se habían acomedido a ayudarla en servir el agasajo. Y echaba frecuentes vueltas a la cocina para urgirlas.

Por fin, de regreso de una de ellas lo vimos aparecer en el hueco de la puerta interior manifiestamente feliz de que hubiese sonado la hora.

Traía en sus manos una decorada bandeja de latón llena de grandes vasos en cuyo cristal, no menos decorado, se traslucía el detonante color carmesí del bebistrajo. Pero su nula experiencia como camarero se evidenciaba en lo precario que resultaba su equilibrio. Y como a esto contribuía la incómoda persistencia bajo el axila de la fementida guitarra, que no estaba dispuesto a confiar a nadie, no tardó en empezar a tambalearse amenazadoramente.

Notándolo así, una de las mujeres que permanecían sentadas se incorporó y fue a su encuentro intentando arrebatarle la bandeja para brindarle ayuda. Mas no pudo llegar a tiempo.

Camilo abría la boca para decir algo en el momento en que iba a pisar aquel movedizo escalón que remediaba la diferencia de nivel en el suelo de ambos recintos, cuando el traicionero pedazo de viga que fungía de peldaño se escurrió bajo su pie y descompuso definitivamente su magra estabilidad. Nuestro hombre realizó un esfuerzo sobrehumano por recuperar el equilibrio y evitar la catástrofe. Mas fue inútil. Al cabo de dos grotescas zapatetas en el aire, vino a dar un aparatoso traspiés, a merced del cual y después de contorsionarse espectacularmente por unos momentos, cayó de bruces con toda su impedimenta en mitad de la estancia.

Sucedió ello en tan escasos segundos que nadie tuvo tiempo de concertarse y prestarle apoyo.

Los vasos del ponche se quebraron, y éste se derramó por toda la pieza salpicando a muchos de los invitados. La guitarra, que en su afán de resbalársele por la mala forma en que la llevaba asida, contribuyó considerablemente a la desdichada contingencia, le quedó debajo y se puso a crugir lastimeramente al hacerse trizas bajo el peso desarticulado de su pobre humanidad. Y, finalmente, la bandeja de colores salió girando sobre su canto con un impulso inverosímil, como giran las monedas, para permanecer por alguna rara ley de equilibrio en aquel baile sarcástico hasta dar la impresión de que hacía mofa de la pésima fortuna de Camilo.

El quejido que exhalaron las encordaduras del maltrecho instrumento no tenía un pelo de histérico.

Cuando su dueño se incorporó, toda la caja de resonancia quedaba hecha astillas sobre el piso y sólo traía en su mano el cuello de la guitarra, quebrado del extremo y con las cuerdas doradas bailando temblorosas en el aire y emitiendo los zumbidos de una vibración burlona.

Al caer derribado, el cabello de nuestro anfitrión se le había ido en gruesos mechones sobre los ojos. Y colijo que lo dejó allí deliberadamente, para ocultarnos la desesperada acritud de su gesto.

Durante algunos momentos permaneció de pie en el centro de la pieza, rodeado de un silencio que impresionaba. Después, se volvió poco a poco para contemplar los restos de su entrañable instrumento y sin articular palabra. Pareció escucharse como que en su interior se iba encrespando la marejada de una impetuosa cólera incontrolable. Al fin, debió colmarse de ésta. Y estalló. Fue levantando la mirada hasta la altura del rostro de quienes afligidos le rodeábamos, y formuló un ademán en semicírculo con el brazo que sostenía aquellos miserables despojos del instrumento hasta ponerle punto final señalándonos la puerta de la calle y exigiéndonos con ostensible apremio:

—¡Lárguense de aquí!... ¡¡Váyanse!!... ¿Qué jijos de la tal esperan?

Algunos tratamos de intervenir y confortarlo. Pero ese empeño pareció irritar más todavía su creciente ira. De modo que sacudiéndose furiosamente a los primeros que alcanzaron a tomarle de un brazo, volvió a gritar con voz enronquecida y en un tono que tenía aún algo de suplicante, pero mucho más de conminativo y un cien por ciento de inapelable:

—¡Lárguense, les digo!... ¡Pero prontito, y a la tiznada!...

Pese a lo difícil que resultaba soportar lo soez de aquella última frase, no debimos acatar tan pronto su deseo. Acaso con un poco de paciencia pudo habérsele calmado. Mas inspiraba temor lo iracundo de su expresión. Y, por otra parte, su actitud parecía delatar cierta angustiosa urgencia de quedarse a solas para darle pábulo a una inminente y quizás peor explosión colérica... Y en cuanto los primeros grupos de mujeres iniciaron la retirada, los demás los imitamos y fuimos saliendo sin urgencia, pero también sin demora de ninguna clase.

Ni la propia esposa de Camilo, que había acudido desde el portal interior al escuchar el estrépito, se atrevió a acercarse a él para sosegarlo. No hizo tampoco nada por detenernos o por atenuar nuestro sofoco. Sin duda estaba asustada esperando lo que inevitablemente iba a suceder en cuanto el encrespado despecho de su marido encontrara un cauce para desahogarse.

Camilo permaneció inmóvil, con los mechones sobre los ojos y a través de ellos la expresión sombría de su mirada fija en los despojos de la frágil guitarra regados por el suelo, hasta que el último de los invitados estuvo en la calle. Entonces, levantó un poco el rostro, miró fugazmente a su mujer e, izando en la mano el cuello desgajado de su efímero tesoro y la revuelta encordadura semidesprendida, lo estrelló contra el piso en un gesto de furia inaudita.

No obstante, aquel pedazo se negó a romperse. Brincó hasta la pared derribando la repisa que sostenía los vasitos con la flor y la veladora, como si indicase en el Sagrado Corazón al responsable de tan atroz desventura, y se mantuvo zumbando hasta un rato después de haber quedado inmóvil en el suelo.

Pasado este acontecimiento, Camilo tardó más de un mes en acercarse a mí con la confidencia de su pena por la ofensa que aquella tarde infirió a sus vecinos.

Como yo había tenido tiempo de reflexionar y comprender lo aturdido de su impulso, lo conforté, haciéndole la promesa de interceder ante los demás para que lo disculpasen... Pero ya dije que nadie ha querido entenderme; y la gente exige que, después de la inmensa pena que sufrió con la destrucción de su guitarra, Camilo afronte el bochorno de ir a darles explicaciones por su grosería.

Yo les he hecho ver a esos melindrosos que no creo que él les conceda tal satisfacción, pues sería como humillar otra vez su arrogancia con el insoportable vejamen de una actitud compungida. Y aplaudo de corazón la renuencia de mi amigo.

¡Que vayan al diablo con su resentimiento!... Cierto que se mostró descortés al mandarlos a la tiznada. Pero ahora ya lo dijo; y cuando un hombre cabal dice una cosa, no le queda más camino que el de sostenerla, tope en lo que tope.

EL COLGADO

¡No le hagas pelos, porque me tumba!...

Fue mi padre un alteño de la mejor cepa. Trabajador incansable de los cuatro ranchos que heredase, alto y desgarbado en su figura, solemne de juicio, huraño de carácter y parco en la conversación, se mostraba tan fiel a la amistad como fácil a la violencia cuando alguien hería sus sentimientos.

Tuvo en el pueblo la consideración de ricos y pobres. Pero su autoridad llegó a alcanzar relieves excepcionales en el seno de la familia, donde todo se empequeñecía con el contraste de su presencia.

El resplandor de aquella vigorosa personalidad suya oscurecía los brillos de la de mi madre, la cual era mujer de grandes virtudes. Hacendosa y discreta, toda trenzas y enaguas, para ella los dominios de Satanás comenzaban al otro lado del umbral de nuestra morada, y casi nunca asomaba la nariz por él. Diríase que en la firmeza y altanería de mi progenitor, a quien adoraba con honda reverencia, había encontrado el apoyo necesario para ir sorteando con ventura los riesgos mágicos que mantenían trémula su voluntad; y que le era preferible no arriesgar un paso afuera sin su compañía.

Siendo el primogénito, tuve que sentirme desde el uso de razón orgulloso de aquel padre. Llegué a tomarlo por modelo cuando trataba de consolidar esa personalidad austera, firme y cabal que le daba tono a su patriarcalismo y que fue la más cara de mis ambiciones.

El día de los comienzos del siglo en que vine al mundo, tuvo él dos motivos de satisfacción; mi nacimiento y el aviso de que un par de mozalbetes indómitos, a los que acusaban de ladrones de ganado y atribuían el hurto de una yunta desaparecida meses antes de nuestro rancho de Los Tules, estaban ahorcados y meciéndose con la brisa de la tarde, en las ramas de unos sabinos junto al arroyo, por obra y gracia de la infatigable actividad draconiana de don Baldomero, el que fue jefe de Acordada en la hacienda de La Trasquila.

Era ese verdugo muy buen amigo de mi progenitor. Y pasada

la fiesta del ajusticiamiento, éste se lo trajo a casa para celebrarlo.

Penetraron por el zaguán haciendo sonar las rodajas de sus espuelas y los estoperoles que blindaban la suela de sus botines de oreja en el piso empedrado de canto aluvial. Y allí los recibió la nueva de mi nacimiento.

Los rostros de ambos, mirándome con embeleso por la abertura del ropón, debieron llenar con su silueta borrosa mi cegata primera perspectiva. Y tal vez fue preferible que no los distinguiese claramente, pues me hubiera producido honda impresión de susto el semblante cetrino de don Baldomero, con sus largos bigotes puntiagudos que marcaban el cuarto para las tres, sus ojos saltones y aquel flequillo agresivo, en forma de alero, que la cortesía dejaba al descubierto en el remate de una frente angosta, despojándole del eterno sombrero alemán en fieltro color mamey cuya copa apiloncillada conformó caprichosamente el cráneo de su pequeña cabeza.

Tomaron unos tragos en honor al doble acontecimiento feliz. Y, despúes de resolver que ese intrépido jefe de Acordada apadrinaría mi bautizo, pasaron al corral para discutir de caballos.

Debo decir que tuve un padrino ameritado y rumboso. Me abrumaba con regalos. Y a pesar de que sus quehaceres de perseguidor implacable de insumisos iban creciendo año por año con los vientos de rebelión que asolaban al país, nunca desperdició la oportunidad de acudir a tomarse una copa con mi padre, a conocer el estado de mi salud y progreso y a dedicarme una discreta caricia cuando en los azares de su profesión pasaba cerca del pueblo.

La última vez que pude verlo vivo estaba yo cumpliendo los once años.

Mi padrino traía del cabestro un potranquillo muy lucido. Y, a tiempo que me daba unos amables papuchones, le dijo a mi progenitor:

—Va pa dos meses que mi yegua zaina, que a usté le agrada tanto, parió este animalito, compadre. Y como ya no dilata que mi ahijado amacice y me había de gustar verlo montado en un buen penco, se lo truje pa que lo crié pa él.

¡Quién hubiera dicho entonces que este don Baldomero, tan dueño de sí, iba a acabar de aquella triste manera!

El dictador, que llevaba muchos años firme en el poder, fue derrocado. Y puesto que mi padrino había hecho tantos enemigos en el ejercicio de su profesión, tuvo que andar algunos meses a salto de mata, terco en la esperanza de que las cosas volvieran a su estado anterior y obstinado en no salir de la comarca, como parecía aconsejarlo el más elemental sentido de la prudencia.

Saqueada varias veces La Trasquila, los que habían sido sus patrones tuvieron que huir. Y, uno por uno, todos sus amigos fueron perdiendo el control y las influencias de que antes disfrutaron y con las que hubieran podido ayudarle.

Del norte del país veíamos descender marejadas humanas que comandaban extraños generales, con polainas altas, sombrero tejano y, a veces, ostentosas coquetas colgando del lóbulo de sus orejas como si fueran chaborras de partido. Eran hombres de estatura tan elevada como la nuestra, pero más macizos. Y siempre con su fusil y unas cananas terciados a la espalda o sobre el pecho, chocaban en batallas estrepitosas con otros revolucionarios menudos y más prietitos que procedían del sur, arrasándolo todo a su paso como si fueran mangas de langosta. Carneaban las reses, llevábanse nuestros caballos y sometían a saqueo las trojes y los almiares. Y las mujeres tenían que vivir muy alerta para ocultar a tiempo a sus hijas guapas.

Los alteños fuimos espectadores un poco despectivos de esas batallas cuya dinámica nos era difícil comprender. A no ser los de La Trasquila, en este lado de nuestra región nunca existieron hacendados y peones como en el resto del país. Todos, más o menos, teníamos nuestros terrenitos. Y la pugna mortal que los enfrentaba había nacido de una rivalidad entre aquellas dos clases sociales tan extremosas; aunque luego que se impusieron los de abajo ya no quedaba más motivo de rivalidad que la ambición. Por otra parte, la fatiga que volviese atávica la necesidad de extraerle el sustento a una tierra tan dura y tan poco generosa como la de Los Altos, nos hacía sentir abúlicos frente a los impulsos emotivos que alimentaban la ya larga persistencia de la Revolución y demasiado absortos en nuestra lucha contra la pobreza del terreno para que experimentáramos el deseo de lanzarnos en busca de otros problemas. De modo que sólo nos preocupaba recibir el menor daño posible de las visitas de unos y otros.

Pero los muchos pendientes que el jefe de Acordada tenía con los intrusos, hicieron que acabara siendo su víctima.

Lo apresaron un día que llegaba solo, a campo traviesa y en dirección a mi pueblo.

Creo que lo traía la esperanza de encontrar refugio en casa de su buen amigo y compadre, mi progenitor. Mas, sorprendido por delación de uno de sus antiguos y numerosos rivales, lo detuvo una escolta antes de que llegara y le hizo caminar dos leguas para colgarle de la misma rama en la que él dejó exhibiendo los cadáveres de los mozos que ejecutara en la fecha precisa de mi nacimiento.

Cuando la noticia se difundió por el pueblo y lo supe, fui al sabinal del arroyo acompañado por otros muchachos de mi edad para verlo.

Su corpachón largo y desmadejado, de alteño genuino, colgaba escurrido y lacio hasta casi rozar con los pies las flores de la cincollagas que alfombraban el suelo. Parecía haber crecido con la muerte, como si le hubieran jalado de las piernas. Tenía la lengua gruesa, ennegrecida y de fuera y los ojos brotándole de las órbitas... Sólo aquellas agresivas guías horizontales de su bigote se conservaban en equilibrio, como esas astas de novillo cerrero que siempre son lo último en disgregarse de las calacas.

Mis tiernos catorce años se estremecieron con la contemplación macabra de un muerto por el que en vida había sentido cariño y admiración. Y me quedé anonadado ante él, sin encontrarle cauce a un sentimiento rebelde en el que palpitaban tempranos impulsos de violencia.

Media hora después llegaba mi padre a rescatarme de ese espectáculo.

Yo esperaba que su indignación explotase respaldando la mía. Y noté asombrado que se conducía con una extraña cautela, eludiendo hasta el hecho elemental de santiguarse frente al difunto y aun de dirigirle una mirada piadosa. Después pude confirmar que sólo había llegado en mi busca, a regañadientes, traído por el afecto de padre y tratando de sobreponerse a un pánico recóndito que, sin embargo, se le traslucía.

Tomándome con cierta brusquedad de una mano para obligarme a que lo siguiera, me amonestó:

—¿Qué vino a hacer aquí?... Ande. ¡Jálele para la casa!...

Sintiendo que las protestas se me agolpaban en la garganta, resistí el tirón y exclamé, al borde ya del histerismo:

—¿No mira, pues, quién está colgado ahí?... ¡Es mi padrino!

A unos cuantos metros se hallaba el oficial de la escolta, un fuereño chato, robusto y un tanto maduro, de facciones aplastadas. Y debió de oírme.

Fijando su mirada en mi padre, se nos acercó paso a paso, hasta interceptarnos el camino por donde a jalones me empezaban a llevar. Y, de súbito, interpeló a mi viejo con un acento calmado pero imperioso:

—¿Conoció al muerto?

Mi progenitor se detuvo titubeante, soltándome la mano. Vi que el pavor congelaba sus rasgos y que la tez se le iba poniendo lívida. Repuso, venciendo una obstrucción en la garganta:

—De vista.

Toda mi contenida exaltación se volvió en su contra al escucharlo. Lo contemplé con amargura y reproche, resistiéndome a admitir que él, tan íntegro, negara así al amigo y compadre fulminado por la desgracia. En aquel momento me parecía que estuviera desplomándose de su pedestal el elevado concepto que siempre tuve de su dignidad y su hombría. Y atribuyéndole una nueva y despreciable condición de cobarde, me sentí defraudado y presa del desaliento, en lo más hondo de una profunda amargura.

De seguro interpretaba él correctamente aquellos sentimientos míos; pues eludió, sobrecogido y confuso, el chispear de mis miradas conminativas.

El oficial estaba atento a la escena. E, insatisfecho, perseveró:

—¿No fueron compadres?

Volví a contemplar a mi padre con una tensa expresión de súplica. El anhelo porque correspondiese a la férvida opinión que de su entereza guardaba asumiendo una actitud arrogante, me había vuelto brutalmente incomprensivo. Y no logró aflojar mi adustez ni el hecho patético de que me mirase como pidiéndome clemencia... Desmoralizado, se desentendió de mí para responder a su interlocutor con la misma angustia que si se encontrara braceando entre el cieno de un pantano:

—Conocidos, nomás.

Me volví de lado con repugnancia, encastillándome en una coraza de desdén. Y exigí, altanero hasta la insolencia:

—¡Déjeme aquí!... ¡Quiero quedarme con mi padrino!

Empavorecido por aquella reiteración del vínculo ante el militar, sin la posibilidad de ablandarme con una explicación y temiendo comprometerse más si al hacerme violencia suscitaba un escándalo, él se mantuvo unos instantes perplejo.

Hasta que, con voz sombría, le preguntó el oficial:

—¿No es hijo suyo el muchacho?

Y comprendiendo que con admitirlo se declaraba compadre del ajusticiado y tal vez candidato a sufrir su misma suerte, después de implorarme perdón con otra fugaz mirada, me negó también.

Y se fue cerro arriba, rodeando al revolucionario que le interceptaba el sendero y dejándome abandonado a merced de mi inaudita necedad de adolescente.

El oficial lo vio perderse tras el doblez más alto del terreno sin que intentara detenerle.

Yo les volví la espalda a ambos con desprecio. Y sentado sobre un peñasco de la ladera me mantuve de cara al ahorcado, aunque sin verlo, pues un turbión de sentimientos contradictorios invadía mi espíritu ofuscándome la razón.

Hasta que, momentos después, el militar, que me observaba con una pensativa curiosidad que gradualmente iba convirtiéndose en inquina, avanzó unos pasos hacia mí, despojóse de su ferrado cinturón con parsimonia, dejó en el suelo sable, pistola y cartucheras y, cruzándome la cara de dos furiosos cintarazos, se puso a gritarme conminativo:

—¡Mocoso estúpido!... ¡Obedezca a su padre y váyase a su casa con él!...

Subí el repecho con el ánimo tan torturado por las confusiones, que ni siquiera sentía el dolor que aquellos inesperados azotes me dejaron en el rostro.

UN HOMBRE AL INFIERNO

No hay abismo que espante cuando se persigue el oro.

AL ENCUMBRAR un lomerío el mozo divisó por primera vez el resplandor que rompía la continuidad de la noche. Emergiendo del
horizonte brumoso como un amanecer confinado por la densidad
excesiva de la atmósfera, formaba un semicírculo de luz rojiza
que palpitaba con las explosiones apagadas por la lejanía.

Detuvo al caballo y quedó contemplando estremecido el fenómeno. Allí estaba el origen del apocalipsis desencadenado sobre
su lugar natal. Y ojalá llegara a tiempo de rescatar lo que le
había hecho acudir desde la ciudad donde estudiaba.

Según la prensa del día anterior, la amenaza que sobre el caserío venía pendiente ya había llegado a él, incendiándose las primeras construcciones. Si en vez de reclamar su presencia en la
población de La Piedad en aquella misteriosa carta, su tío Gorgonio le hubiese anticipado en ella cuál era la razón de sus apremios, no habría perdido un tiempo que ahora se le presentaba
tan precioso en ir antes allá. Pero toda esa cadena de misterios
con que su padre y su tío habían llevado aquel asunto, amenazaba
entonces con echar a perder cualquier esperanza.

Notó que los espumarajos del sudor en las tablas del cuello del
corcel ya no eran tan blancos, pues la ceniza y la fina y oscura
arena calcinada que descendían del cielo los iban ennegreciendo.
Tras la intensa lluvia de los días anteriores, la tierra bermeja
característica de aquellas partes de la sierra había perdido también
su color habitual, aunque se mantenía resbaladiza.

Desde allí pudo haber salido al camino. Mas lo detuvo en el
intento la presencia en éste de dos abigarrados hilos de vehículos
que traqueteaban en sentido encontrado, hallando, por la angos-
tura y pésimo estado de la brecha, grandes dificultades para ce-
derse el paso.

Era esa morbosa romería de los curiosos que acudían de todos
los rumbos del país y aun del extranjero a concentrarse en El
Campamento, donde algunos vecinos rezagados de su pueblo im-

276

provisados en guías, explotaban la catástrofe alquilando bestias para ir a contemplar desde más cerca el fenómeno.

Toda la demás gente de San Juan se había marchado ya a Conejos, donde el Gobierno estaba improvisando una nueva población para darles amparo y acomodo.

Allá se fueron, al parecer, sus hermanas y cuñados. Y Parangaricutiro quedó como un panteón sin muertos, con sus casas convertidas en monumentos funerarios que glosaran la inmaterialidad de los recuerdos mientras llegaba la destrucción a que estaban fatalmente condenadas.

Después de otra hora de marcha, al salir de un espeso bosque, el espectáculo del joven volcán activo se le ofreció esplendoroso y bello a pesar de las implicaciones cataclísmicas que encerraba. Entonces se contemplaba ya la mitad del cono trunco de esa pequeña montaña que su actividad iba levantando. Y el resplandor circular que envolvía como un aura sus oscuros contornos, tenía algo de sangrienta aurora boreal por sus franjas de lumbre y palpitantes reflejos rojizos. Con cada espasmódica explosión salían del cráter, disparadas hacia el cielo, chispas y bolas incandescentes que descendían después rebotando por los flancos de la elevación hasta confundirse con las ígneas oleadas del magma que rebosaban por la boca engrosando la montaña y formando correntadas fantasmagóricas cuyo vívido resplandor se resolvía, al descender y enfriarse, en nubes de blancos humos. Era como una embriaguez pirotécnica que rematase en la distancia el sordo gruñido de las explosiones.

Al mozo le costaba trabajo reconocer que toda aquella actividad ciclópea hubiera estado por mucho tiempo ignorada bajo el suelo de su pueblo, aquel San Juan Parangaricutiro tan tradicionalmente quieto y enjoyado de verdores por la floresta de la serranía inmediata y casi siempre arropado en húmedas neblinas que vestían de hongos lamosos los tejados y paredes de las casas. Y se esforzó en vano por divisar el familiar caserío, pues estaba a la entrada del hondo valle contiguo y se lo ocultaban los relieves del terreno.

En cambio, agitado e hirviente de humanidad como una verbena por los entrecortados haces de luz que proyectaban los faros de tantos vehículos ocupados en estacionarse o dar vuelta, se divisaba claramente El Campamento.

Ahora, arena y cenizas cubrían el suelo bajo una capa fúnebre que disimulaba los hoyancos y volvía azaroso el andar de su caballo. Y los árboles languidecían ya sin follaje, destacando unas fantasmales siluetas haraposas sobre el vislumbre bermellón del fondo.

Atemperando la marcha para permitir que su bestia encontrase piso seguro, el mozo rodeó El Campamento, cortando tangencialmente un hilo de desgarbados jinetes citadinos que los guías iban conduciendo hasta una loma inmediata, y fue descendiendo al valle en busca de la vereda que convergía a la entrada oriental del pueblo.

Divisaba ya los incendios en algunas casas de la parte más elevada de éste. Que, por lo demás, lucía oscuro y quieto, perdida la rigidez geométrica de sus aristas entre el cintilar de una atmósfera cargada de ceniza, arena y humos, y con las torres de su iglesia sobresaliendo en inútil gesto de desafío, sobre la roma humildad de los demás edificios.

A una cuadra de ese templo se levantaba la casa de su padre. Y quizás llegara a tiempo.

Pero al disponerse a penetrar en la población abandonada, un brazo de la corriente lávica que el escurrimiento de magmas del volcán seguía empujando en un avance lento, casi imperceptible, y que había encontrado fácil cauce en la barranquita que ceñía por ese lado a la localidad, le cerró el paso. La piedra hervida exterior de esta trinchera había perdido su incandescencia; pero el borbollón de humos que la envolvía dejaba constancia clara de que sus entrañas eran de fuego y volvían suicida cualquier intento de remontar ese paredón engañosamente apagado.

Comprendiéndolo, el mozo dirigió su caballo hasta la parte baja del pueblo, buscando en ese lado norte, que era el más alejado del volcán, un acceso practicable al interior del caserío.

Y encontró que el brazo de lava aquel apenas estaba rebasando el pueblo, de modo que rodeándolo, entre mareos por el hedor a azufre, a humos y a fuego, pudo verse ante una amplia entrada libre. Si bien notó, consternado, que también por la orilla occidental del núcleo urbano descendía otra corriente de lava, la cual tendía a unirse, más allá, con la primera, estrangulándolo así en un círculo de muerte.

Calculando por la lentitud del avance que habían de transcurrir por lo menos doce horas antes de que esa tenaza se cerrara, se dispuso a alcanzar por la abertura de unos cincuenta metros que separaba sus brazos, una de las calles pueblerinas.

Y desde allí pudo ver, sobrecogido, que hacia la parte alta, por el lado sur donde unos tres kilómetros distante surgía el volcán, la imponente barrera de lava que de él descendía, al tropezarse con los primeros obstáculos en esa entrada del pueblo se había bifurcado, y a pesar de que los dos brazos que tendían a rodearlo estaban monstruosamente hinchados, con la afluencia de nuevos contingentes de piedra hirviente, el alto frontón cuyas descubiertas entrañas ígneas delataban el tajo de la bifurcación, amenazaba desplomarse y arrasar por su parte central el caserío...

Pero, puesto que la casa de su padre quedaba relativamente lejos de esa orilla, no lo tuvo por suficiente motivo para entrar en titubeos. Antes excitó su apremio por darle culminación a la empresa. Y clavando las espuelas, sacó del cansancio y del susto del caballo los bríos precisos para hacerlo penetrar galopando por la calle desierta.

La enceguecedora lluvia de arena y ceniza, vaharadas de azufre quemado y un calor que amenazaba incendiar el vigamen de los edificios, torturaron al mozo durante la carrera y fueron enturbiándole la mente, que apenas conservó la lucidez precisa para conducir a la bestia hasta su destino, tres cuadras distante de la orilla.

Al desmantelar la casa familiar, se habían llevado las trancas del corral. Y pudo penetrar en éste sin apearse y sin apearse llegó hasta la orilla del pozo de agua que era su objetivo. Allí saltó a tierra, atando la rienda del despavorido equino al montante de hierro labrado de la noria. Y se asomó a la tenebrosa oscuridad de ésta con el resultado de que un mar de inconvenientes imprevistos emponzoñó sus esperanzas.

La luminosidad del volcán y de la lava incandescente, sólo penetraba un corto trecho por aquel brocal de un metro de diámetro. Y sus hermanas se habían llevado la soga y el balde. Para localizar en el ademe interior ese ladrillo más oscuro que los demás, del cual había dicho el tío Gorgonio que se hallaba a unos tres metros del fondo inundado, le iban a hacer falta una soga fuerte para descolgarse y algo que alumbrara más que unos cerillos.

Limpiándose el sudor sucio que le escurría por la frente y le nublaba la vista, volvió ésta hacia la casa. Y la vio desmantelada y vacía. Se habían llevado hasta las puertas y ventanas y mal podría encontrar allí lámpara y reata de qué valerse.

Recordó que el tiro del pozo tenía en su interior, sobre las paredes ademadas de ladrillo, unas leves muescas que, de día y con la soga atada a la cintura, se hubieran podido usar como escalones. Pero descender entonces y atenido tan sólo a ellas en tan mayúsculo desamparo, rayaba en lo temerario.

Sin embargo, eran su único recurso.

Y descalzándose las botas, se descolgó para probar hasta qué punto hacían firme la pisada.

Le fue preciso abrir mucho las piernas para alcanzar una muesca a cada lado. Pero como al apoyar todo el cuerpo las sintiera resistentes, comprobó que era factible, y tomó la resolución sin vacilar.

Diez metros de esfuerzos y de riesgos no parecían gran cosa cuando, además, el fresco interior de la oquedad aliviaba su sofoco y despejaba su mente.

Buscando a tientas con los pies los escalones siguientes y apoyando fuertemente en la pared las manos, emprendió el descenso mientras rumiaba un atisbo de rencor por la fatal desconfianza de su padre que lo puso en trance tan difícil... Bien es verdad que si lo llega a encontrar vivo cuando, tres meses antes, acudió al saber que agonizaba, tal vez le hubiera confiado su secreto desde entonces. Pero expiró sin participárselo siquiera a sus hermanas, temeroso de que los maridos de éstas se anticiparan a sacar el oro y lo dilapidasen. Él había ocultado allí esas treinta monedas viejas para con ellas comprarle al hijo el instrumental que necesitaría al terminar sus estudios de medicina. Y murió sin que lo supiese más que el tío Gorgonio, el cual vivía en La Piedad y no quiso decírselo al mozo hasta que se enteró de que los cuñados habían abandonado ya la casa y que ésta, como todas las del pueblo, se hallaba a punto de quedar sepultada bajo las corrientes de lava del volcán.

Ahora debía pagar él un elevado precio por todas esas imperdonables dilaciones.

Cuando iba en los quintos escalones acudió a atormentarle la consideración de la dificultad que encontraría para encender un fósforo llevando ambas manos tan ocupadas. Pero le impidió recrearlo un estrépito de cataclismo que se escuchó allá arriba y que podía sugerir que el farallón de piedra hirviente que se había venido hinchando a la entrada superior de la población, acaso reventó al fin, desplomándose sobre las casas que le obstruían el paso.

Oyó al caballo encabritarse, relinchando empavorecido y jalando de las riendas que lo ataban al montante hasta desprender éste de sus pivotes en el brocal de ladrillo y huir arrastrando ese hierro labrado que se trababa en cada obstáculo y se le enredaba entre las patas.

Arriba del brocal del pozo, un bloque de ladrillo y argamasa de ese destrozado pivote quedó columpiándose en el vacío sobre la cabeza del mozo.

Éste venció el miedo y pudo serenarse y olvidarlo para continuar descendiendo, abierto de piernas y brazos hasta casi descoyuntárselos y apoyado con frenesí sobre las muescas del ademe.

En el duodécimo peldaño se detuvo. Sentía el agua unos tres metros más abajo y era el momento de encender un fósforo y buscar ese ladrillo más oscuro que los demás.

Afirmando sólidamente los pies, pudo disponer de una mano, con la cual extrajo del bolsillo de su camisola una caja de cerillos y, sosteniéndola con los dientes, logró sacarle uno de ellos. Mas no le bastaba una mano para encenderlo. Y ante el riesgo mortal de utilizar también la otra que contribuía a mantener su precario equilibrio, buscó poner la caja de fósforos entre el pulgar y el índice de aquélla que apoyaba en la pared, para rascar sobre la lija la cabeza del cerillo con la que tenía libre. Malogró tres fósforos antes de que el cuarto diese y conservara una llamita que le permitió echar un vistazo a las paredes del foso.

Había sobrepasado al ladrillo más oscuro, que estaba algo más arriba de su cabeza. Debía recuperar dos escalones para alcanzarlo.

Y ello le costó tan grande esfuerzo, que tuvo la noción de cuánto más penoso iba a resultarle el ascenso.

Dominando un latido doloroso que provocaba en los tendones de sus corvas la tensión de sus miembros inferiores, consiguió afianzarse de nuevo y disponer de la diestra. Con ella extrajo de su cintura el cuchillo y procedió a escarbar y palanquear en torno al ladrillo oscuro, que cedió pronto, precipitándose en el agua de la sima.

El mozo guardó el cuchillo e introdujo su mano temblorosa en la oquedad, donde pudo asir un paquete cilíndrico, muy pesado para su volumen, que le llenó de emoción.

Tenía las entradas a las bolsas de su pantalón muy estiradas por la postura despernancada en que debía mantenerse; y no logró introducir por ellas las monedas envueltas en papel periódico. El bolsillo de su camisola era demasiado chico y en los esfuerzos de la subida hubieran podido caérsele. Prefirió mantener el paquete empuñado, mientras con sobrehumanas dificultades pretendía escalar la noria.

Tanto la oscuridad como la tensión y la rigidez que acalambraban sus piernas, estorbaban cada impulso para alcanzar la muesca inmediata hacia arriba. Y el paquete de las monedas de oro, impidiéndole abrir la mano derecha, le forzaba a ayudarse malamente apoyando ésta sobre los nudillos. Las plantas de los pies desnudos le ardían, tal vez sangrantes, y las manos se le llenaban de torturantes escoriaciones. Pero consiguió ascender trabajosamente un escalón y otro y otro... Al cuarto se le despostilló un ladrillo y estuvo a punto de caer al fondo. Logró evitarlo. Pero con el esfuerzo apretó tanto el paquete de las monedas, que el periódico que las envolvía se le desbarató y siete u ocho de ellas se le escaparon de la mano y fueron a dar al agua.

Preservó a duras penas las demás. Pero como las tenía tan mal asidas, desistió de intentar otra vez introducirlas en un bolsillo, prefiriendo no aflojar el puño hasta que alcanzase el brocal.

Estaba infinitamente cansado y tuvo que concederse un reposo, cambiando bruscamente de postura para apoyar ambos pies en un mismo lado mientras con brazos y espalda se sostenía en el opuesto. Por un momento sintió que se resbalaba, pese a que la fiera presión del codo se lo iba dejando en carne viva. Y en el afán de encontrar mejor apoyo, aflojó un instante el puño cerrado de la diestra de donde escaparon otras monedas.

Restablecido el equilibrio, le trajo algún aliento la presencia de la boca de la noria bastante cercana ya. Pero sentía pánico del momento en que debiera darse el impulso para recobrar la postura anterior, que era la única que le permitía seguir escalando.

Sólo logró decidirse una vez que la desesperanza lo revistió de un ánimo fatalista, casi suicida. Y, asombrosamente, lo consiguió en otro rápido giro, si bien perdiendo en la maniobra otras monedas de las empuñadas.

Pero el afán apremiante de alcanzar la salida ahogaba entonces los pesares de la pérdida. Debió abrir el puño para soltar las cuatro que conservaba en él y quedar más desembarazado de movimientos. Mas, aunque lo pensó, no llegó a hacerlo. Seguía apretándolo en torno a ellas rabiosamente, pensando que después de tantas angustias y vicisitudes estaba obligado a salvar algo.

Sólo cuando al cabo de inauditos padecimientos consiguió remontar otros dos escalones, se le ocurrió que entonces le sería más fácil, por las pocas monedas que le quedaban, introducirlas por la estirada abertura del bolsillo, pasándolas de una en una... Y eran tan torpes, dolorosos y convulsivos sus movimientos que, al írsele al agua las dos primeras, desistió por temor de perder también las restantes.

La entrepierna le dolía de tal manera, que estuvo a punto de abandonarse. Pero lo sobrepuso y alentó verse casi al alcance de la abertura del pozo.

Después de ganar un peldaño más, comprobó que estirando un brazo alcanzaba ya el borde exterior del brocal, mientras que la claridad del exterior que hasta allí llegaba le podía ayudar a procurarse apoyos.

Fue tal el esfuerzo para lograr el impulso que le permitiera dar otro paso hacia arriba, que el borde de la muesca se despostilló haciendo que un pie le fallara. Pero a costa de perder una moneda más logró afianzarse sobre el brocal, soltando sobre éste el único centenario que su diestra conservaba... Y se vio colgando de ambas manos, y buscando en la pared interior de la noria una aspereza donde apoyar sus pies.

Tuvo que elevarse casi a pulso hasta la última de las muescas. Pero pudo sacar ya la cabeza y el tórax sobre el brocal, si bien estuvo a punto de verse arrastrado por el bloque de ladrillo y argamasa que hacía columpio allí y que, golpeándole una de las piernas al pasar, se fue con estrépito hasta el fondo.

Al arrojarse de bruces sobre el brocal para ponerse a salvo, la ofuscación de sus dolores, del insufrible calor que afuera prevalecía y del cansancio, hicieron torpe la maniobra; y en ella empujó hacia atrás la única moneda que había depositado allí y que siguió a las demás hasta la profundidad del pozo.

Después de rodarse hasta caer desplomado en la tierra del exterior, alzó los ojos y pudo darse cuenta de que la lava avanzaba ya sobre la parte central del caserío, derramando por todo él un calor siniestro...

Y fue como en la inconsciencia de un sueño atormentado y proceloso que consiguió arrastrarse, con los pies y las manos desollados, los codos en carne viva y las piernas paralizadas por el entumecimiento, hasta salir de aquel círculo infernal y derrumbarse a reposar sobre el amoroso frescor del valle.

EL TESORO DE DON SÓSTENES

> Y a todo esto, ¿quién era aquel Sóstenes Bas-
> tidas?

En el camino de El Quelite, recogido en el ángulo interior que describe el río entre este pueblo y el de El Limón y tendido por una pequeña eminencia sembrada de ásperos peñascos, se hallaba un lugarejo de campesinos pobres conocido por La Mora. Algunas labores con maizal y calabazas y unas cuantas cabezas de ganado vacuno que pastaban libres por el monte, constituían toda la riqueza de aquel rincón, que había tomado su nombre de un corpulento y solitario árbol de los que en Sinaloa denominan moras, el cual se levantaba a mitad del plano un poco en declive donde se daban las mejores milpas.

Aquel amanecer, un rumor de plegarias y lamentos salía del jacalito de hojas de palma en donde habitaba con su familia Sóstenes Bastidas, quizás el más paupérrimo de los vecinos del lugar.

En el interior, tendido sobre un petate y cubierto con una cobija maltratada, se empezaba a poner cárdeno el cadáver del mayor de sus hijos. Levantando un poco la manta, se hubieran podido apreciar sus músculos exangües y la piel de su cara hundida en las cavidades óseas, delatando la anemia que lo llevara a la tumba.

Mientras su mujer rezaba y lloraba en un rincón, sorda a las piadosas frases de consuelo de unas vecinas, y sus otros dos hijos dormían las pesadillas de la infancia ajenos a la desgracia, Sóstenes permanecía de pie junto a la puerta, envuelto en otra frazada y con el sombrero de palma dando vueltas entre sus manos. Miraba alternativamente al niño muerto y a la yegua escuálida que, atada a la cerca del machero, se defendía a resoplidos y patadas de la agresión de unos perros. Y dos gotas tibias resbalaban indiscretas por sus mejillas cobrizas, manchadas por el paño.

No ignoraba que el muchacho se le había muerto por falta de una alimentación adecuada, de medicinas y de atención médica; por la miseria de su pobre hogar, en fin. Pero ante esas consideraciones él no tenía ningún derecho a reaccionar en un sentido antisocial, como con toda justicia lo hacían otros; pues la culpa no era de la sociedad, sino eminentemente suya, de Sóstenes. Y porque lo comprendía y lo aceptaba, estaba allí tan abrumado que sus vecinos habían tenido que asistirle obsequiándole unos tragos de mezcal y cerrando piadosamente los párpados del muchacho después de cubrir con aquel viejo poncho su cuerpecillo.

Sóstenes se hubiera sentido sacrílego haciendo aquel uso de la frazada. Por la misma razón de que esa mañana no se movía un ápice para espantar a los perros que hostigaban a su pobre penco, otrora orgullo de su miserable existencia junto con las cobijas, y entonces flaco, lleno de rasguños, garrapatas y mataduras, y, además, sombríamente odiado.

Porque los culpables de la prematura muerte de aquel hijo eran Sóstenes, su yegua y sus frazadas.

Un día ya lejano había llegado a La Mora con su mujer y sus hijos, sin otra riqueza que los andrajos puestos, porque una violenta avenida del río de Dimas, a cuyas orillas vivieron hasta entonces, les llevó choza, cosechas y reses. Parecíole fácil el desmonte de unos terrenos allí, y se estableció en el poblado.

Sóstenes elevó ese otro jacal. Y con herramientas y bestias que por un tanto por ciento muy considerable del valor de la cosecha le prestaba don Sebastián, el único ranchero medio acomodado del lugar, desmontó y taspanó unas labores, las roturó con el arado de madera y las sembraba de maíz y calabaza cada año. Con ello tenía algo propio que añadir a los míseros jornales que por alguna tarea le pagaba su protector y podía alimentar una esperanza de sobrevivir, ya que no de salir adelante.

Hasta siete hijos llegaron a nacerle al matrimonio en medio de la mayor miseria. Pero se le murieron cuatro de ellos, quién sabe de qué.

Estaba tan hecho de toda su vida a la pobreza, que nunca se había puesto a pensar en que la suerte pudiera serle propicia algún día. Vivía absolutamente convencido de que su destino estaba allí, y de que su fin no podía ser otro que una muerte miserable y silenciosa, muy comentada por los compadres y comadres de la ranchería, tendido sobre aquel petate desorillado y viendo filtrarse los rayos del sol ardiente por las rendijas que dejaba la palma de los techos y paredes de su hogar.

Claro que, como cualquier otro campesino de la región, había oído hablar de tesoros ocultos. ¿Cómo no, si la comarca era pródiga en entierros?... Hasta podía saberse de memoria el catecismo de las supersticiones del buen buscador de ellos. Y de haber visto brotar de noche y sin motivos aparentes una llamarada del suelo, difícilmente se hubiera podido sustraer a la tentación de escarbar allí para comprobar si eran, como atestiguaban que solía suceder gentes de sólida experiencia en esos trances, los gases emanados de algún metal precioso escondido que se inflamaban... Mas como la ambición de hallar un tesoro no había llegado a obsesionarle, nunca tuvo oportunidad de ver la prometedora llamarada.

Bien es verdad que, desde los años de la Colonia, la región estuvo por mucho tiempo infestada por gavillas de asaltantes que desvalijaban a las conductas de los minerales de la Sierra Madre, despojándolas de las barras de metal o del dinero que llevaban para las rayas de los trabajadores. Y como vivían a salto de mata, estos bandoleros solían enterrar su botín. A unos los sorprendía la partida y los mandaban a sitios de donde jamás volvían, a otros los fusilaban y muchos de ellos morían en las inevitables sarracinas sin que nadie supiese de lo que tenían escondido. Los arrieros de las minas de Tayoltita, Contraestaca, San Dimas, Plomosas, Guadalupe de los Reyes y otras más, tuvieron que seguir antiguamente, camino del puerto de Mazatlán, la ruta que pasaba por lo que hoy es La Mora; y el nombre de algunos de aquellos bandoleros, muchas veces generosos como el legendario Heraclio Bernal, era aún recordado en toda la comarca. No tenía, pues, por qué sorprender que en La Mora hubiese tesoros ocultos.

Sóstenes volvía una tarde de otoño de la milpa, envuelto en una frazada de algodón que en otro tiempo fue colorada, el sombrero astroso, grasiento y desflecado de palma en la cabeza, el pantalón de dril muy sucio y averiado y sus pobres huaraches ya casi sin suelas.

Al pasar junto a aquella mora solitaria que le diera nombre al poblado, lo detuvo el propósito de cazar una iguana trepada a sus ramas, y cuya carne podía constituir un apetitoso manjar para él y su familia. Al pie de la mora había, desde tiempo al parecer inmemorial, un peñasco grande recargado en el tronco del árbol y bastante hundido en el suelo. Sóstenes le tiró un pedrusco al saurio, acertándole en las crestas del lomo y derribándolo, pero sin que el golpe lo entonteciese bastante para que no tuviera tiempo de correr e introducirse por una ranura bajo el peñasco en cuestión. Casi segura la pieza, él no podía abandonar entonces la cacería. Y aunque el monolito no pesaba menos de unos trescientos kilos, se dispuso a removerlo hasta hacer salir al bicho.

Al cabo de reiterados forcejeos logró hacerlo a un lado. Mas advirtió con desaliento que en la movida había aprisionado a la iguana bajo la roca, despanzurrándola sobre otra piedra más pequeña que había enterrada bajo ella. Trató entonces de mover ésa para observar si quedaba algo aprovechable del animal, y notó con sorpresa que el fondo raspaba en algo como latón. Encarrilado entonces por el camino de una sospecha, volvió a forcejear con el peñasco de arriba para apartarlo más y desprender así desahogadamente el otro.

Cuando momentos después extraía éste de entre la tierra, descubría bajo él un bote comido por el orín, tapado y muy denso para su tamaño.

Lo sacó a su vez, temblándole en las manos la emoción. Y con la punta de su machete levantó dificultosamente la tapa, abriendo unos ojos terriblemente dilatados por la sorpresa al observar su contenido.

Con el bote cariñosamente envuelto en su frazada bajó a la choza, donde su mujer echaba el nixtamal para las tortillas y sus hijos lloraban de hambre prendidos de las enaguas de la torteadora. Sóstenes no saludó ni articuló palabra. Penetró en el jacal, introdujo el bote y la cobija bajo un cajón volteado que hacía las veces de silla y luego ahuyentó de por allí a los muchachos como si su quejumbre y sus gritos le molestaran.

—Anda tú por la leña —le dijo después a su mujer—; yo, quién sabe lo que tengo.

—¿Tás infermo? —inquirió ella en un simple movimiento de cortesía.

—Toy como cansado.

—Han de ser las calenturas... —dedujo la mujer, mientras dejaba el maíz, tomaba el machete y partía por la leña a la espesura vecina.

Después de cerciorarse bien de que estaba solo, Sóstenes colgó el petate cubriendo la puerta del jacal y, dentro de éste, se dedicó a escarbar con su cuchillo afanosamente el piso de tierra en el rincón donde solían dormir, hasta hacer un agujero lo suficiente capaz para enterrar el bote. Luego lo cubrió con la tierra, aplanó el suelo, tendió el petate allí y se acostó encima.

Estuvo sin apenas moverse de ese lugar durante nueve días, fingiéndose enfermo.

Al cabo de todo ese tiempo, un amigo y compadre del Limón que iba para Mazatlán, conociendo su enfermedad, aprovechó la parada del troque para visitarle. Y a petición de Sóstenes, que le dijo necesitaba ir también al puerto para consultar a un doctor, le prestó tres pesos.

Al día siguiente el supuesto enfermo se levantó y puso a su mujer al tanto de su enorme secreto, encomendándole la discreción más absoluta. Desenterraron entre los dos el bote y de él extrajeron treinta onzas de oro, confiándole Sóstenes a su mujer el cuidado del recipiente con el resto de su contenido mientras él iba a la ciudad a cambiar por dinero circulante las monedas extraídas.

Partió para el puerto en el primer camión que pasó por allí, con ellas atadas en un pañuelo y éste envuelto a su cintura por la parte interior del pantalón. Una vez en su destino, se apeó y anduvo un buen rato por las calles de la ciudad sin rumbo fijo. Después recaló a un mesón, en donde pidió un cuarto. Y encerrado en él extrajo del atado una onza, tornando a envolver y guardar las otras. Salió de nuevo a la calle, por la que transitó indeciso durante un tiempo. Y por fin, en una esquina detuvo a un transeúnte que le pareció gente informada, preguntándole mientras le mostraba la valiosa moneda:

—Oiga, amigo: ¿qué no me hace el favor de ecirme ónde, pues, me ferean ésta?

El aludido le tomó la onza de la mano.

—¡Ah, jijo!... ¡Una alazana! —exclamó. Y enseguida quiso saber—: ¿Tiene muchas de ésas, amigo?

—Nomás la que mira —mintió prudentemente Sóstenes—. Y ni es mía. Me la emprestó un compadre pa que se la cambeara en el puerto.

—Yo creo, pues, que ai en un banco como aquel, se la cambian —le dijo devolviéndosela y señalando una de esas instituciones en la inmediata esquina.

Sóstenes entró en el banco venciendo su timidez. Y enseñando la moneda preguntó en una ventanilla a cómo se la pagaban. Pero antes de aceptar el precio se fue a *tantiar* a todos los bancos de la ciudad. Cuando se convenció de que no le quedaba ninguno por visitar y que pagaban lo mismo, volvió al primero y desató sus treinta alazanas para convertirlas en pesos.

Le representaba serio conflicto sacar la cuenta de lo que por todas habían de darle; y para mayor seguridad le pidió al pagador que se las pagara de una en una. Aun así, todavía salió con la certidumbre de que lo habían engañado... Pero llevaba un montonal tan grande de billetes y pesos fuertes de plata que pronto lo echó al olvido.

La costumbre llevóle al mercado. Y allí se le antojó comprar unos aretes y unos cortecitos de etamina muy floreada para su *siñora,* así como unos percales y driles para que ésta les hiciera camisolas y calzones a los muchachos; cosas que regateó cuanto pudo, pero exhibiendo el dinero como prueba de que tenía de sobra con qué pagarlo, aunque no le gustaba que le vieran la cara de tarugo cobrándole más de la cuenta. Encargó el paquete en el puesto de papas que tenía un compadre y paisano, y se fue al mesón donde paraban los troques en busca de algún conocido.

Sólo estaban el chofer del camión en que llegase y dos amigos de poca intimidad de Las Higueras. Pero como sentía grandes deseos de mostrarle a alguien lo que era Sóstenes Bastidas cuando se disponía a ser obsequioso, invitólos a tomarse con él unas copitas de mezcal añejo del mejor que hubiera. Y así empezó la parranda.

La noche los sorprendió en la cantina. Y fue hasta en la madrugada que salieron de ella bien abrazados, en una extraña fraternidad los cuatro, cantando con voz aguardentosa y midiendo de cuneta a cuneta la calle, con una banda de música que no dejaba de tocar un solo momento en pos.

Cuando por tener que partir para San Ignacio, el chofer y los otros lo abandonaron luego de entonar el estómago en el mercado con un plato de menudo, Sóstenes se encontró a su fiel amigo de El Limón, convidándole de todo corazón a seguirla. El compadre se resistía, pues no acertaba a comprender cuál de los dos iba a costear la juerga. Mas, para quitarle esa preocupación de la cabeza, Sóstenes sacó de su bolsa un rollo de billetes de banco y, después de pagarle los tres pesos que le adeudaba, le regaló de amigo y para que se fuera enterando de quién era Sóstenes Bastidas, otros cincuenta duros.

La siguieron todo el día. Pero en vano intentó el compadre hacerle confesar a Sóstenes el origen de aquel dinero. A pesar de estar borracho, una cautela felina le hacían callar lo que no debía decirse.

—¿Tú eres mi amigo? —le preguntaba, abrazándole.

—Seguro, vale...

—Enton's no me preguntes.

La noche los sorprendió en un prostíbulo. Y la madrugada de

nuevo en la calle, con una mujer de la vida alegre por cada lado, una mulita o pequeña botella de buen mezcal en la mano y tres bandas de música detrás para que no dejasen de tocar ni un solo instante. Entrada ya la mañana, alquilaron autos para toda la comitiva y se fueron *a pasiar* al camino de Villa Unión... Cuando regresaron era ya casi de noche, y apenas podían tenerse en pie del sueño, el aguardiente y el cansancio; por lo que decidieron hacerse llevar al mesón, en donde durmieron pesadamente hasta el amanecer del otro día.

Entonces Sóstenes se esculcó los bolsillos sacando todo el dinero que le quedaba. Dióselo a contar a su compadre, que era mejor matemático que él, y salieron ochenta y nueve pesos y cuarenta y cinco centavos. Se echaron de nuevo a la calle. Y para *curarse la cruda,* abordaron nuevamente una cantina, donde volvieron a contratar la música y reanudaron la parranda.

Poco después de ese anochecer tuvieron un pleito con otros bacantes por causas baladíes, y como hubiese en él botellas rotas y cabezas averiadas, cargaron los *cuicos* con ellos a la Jefatura de Policía, en donde Sóstenes se insolentó ofendiendo al comisario, y tuvo que poner siete pesos su compadre para completar el importe de la multa.

¡Qué gran parranda!

Cuando en la mañana del otro día despertaron, Sóstenes se hallaba físicamente deshecho.

Pero, ¡eso sí!, ya sabían en el puerto y sus amigos de El Limón y Las Higueras quién era él gastando dinero... Lo único que se le ocurría deplorar era no haber tenido a tiempo la precaución de comprarse una pistola antes de dar cuenta del dinero. Aunque todavía le quedaban en su casa onzas bastantes para ello.

Pidióle ocho pesos prestados a su compañero y tomó el troque para La Mora.

—¿Siempre te lo ferearon? —le preguntó su mujer al verlo llegar.

—¡Pos, ¿luego?...!

—¿Y on tán, pues, las jolas?

—Las gasté, pues, con los amigos —respondió él con la mayor naturalidad del mundo—. Tenea que inseñarle a mi compa Inés y unos cuates de Las Higueras quién es Sóstenes Bastidas...— Y terminó, ofreciéndole el paquete—: Ai les merqué esas hilachas a ti y a los muchachos.

Ni por asomo se le ocurrió a la mujer reprocharle aquel dispendio. Todo lo que su marido hacía, bien hecho estaba. Además, había tenido la galantería de acordarse de ella comprándole aquellos trapos, y nunca hubiera esperado de él mayores atenciones.

Nuestro hombre se introdujo, menos desconfiado ya, en el jacal, a fin de desenterrar el bote y ver lo que quedaba en él. Contólo trabajosamente; eran veinte onzas. Las hizo un atado en el pañuelo y volvió a metérselas en la cintura por dentro de los pantalones.

Aquella noche se fue a las labores llevando el palote. Pero en vano revisó si quedaba más dinero enterrado junto a la mora.

Cuando al día siguiente se dirigía de nuevo al puerto con el fin de reducir a dinero circulante el oro que le quedaba, pensó por primera vez que no debía dilapidarlo como lo otro. Y se desentendió, con descortesía, de los amigos que al llegar le salieron al encuentro.

—Antes ni las moscas se paraban a recebirme —les dijo—... Pero ¿qué tal ora?... Como lo miran a uno con jolas.

Cambió el dinero y le dieron otro montón de pesos y billetes.

Decidido a ser cuerdo, se fue a los comercios y adquirió tres hermosas frazadas de lana de dos vistas, unos carranclanes e indianitas para su vieja y una pistola con canana repleta de parque que le consiguió en buena proporción uno de los *cuicos* que la otra vez lo encerraron. Después decidió que aún le faltaba vestirse bien y adquirir un buen caballo. Se mercó, pues, un sombrero charro, un paliacate colorado de seda, unas botas rubias de elástico, un pantalón de caqui y una chompa de gamuza; y luego fue a ver una yegua que le informaron vendían, comprándola con todo y montura.

Vestido así y cabalgando sobre ella, sintióse tan opulento que estuvo a pique de perder su escasa cordura y volver a las andadas.

Pero, después de hacer cuentas y comprobar que le quedaban unos doscientos ochenta pesos, volvió con ellos a La Mora.

Se los mostró en un puñado a su vieja, que estaba estupefacta de verlo tan elegante y derrochador, igual que los demás vecinos. Las frazadas fueron motivo de admiración y envidia generales y de gran regocijo de su mujer y prole. El caballo y la montura despertaron también expectación y elogiosos comentarios. Y no faltaron dos vecinos que acudieron enseguida a *echarle* un préstamo.

Después de darle treinta pesos a uno y cincuenta al otro, Sóstenes se detuvo unos días en su casa acariciando el resto del dinero.

Hasta que una tarde pasaron por allí unos amigos de San Ignacio, y viéndole tan elegante y bien montado lo invitaron a ir con ellos.

Sóstenes tenía grandes deseos de lucir su pistola, su traje y su caballería en San Ignacio, donde vivían algunos parientes. Y se dejó tentar, tomando los doscientos pesos restantes para adherirse a la cabalgata. Por el camino compraron mezcal y, llegados a la población, no pudieron menos de contratar a unos músicos e iniciar una parranda que duró dos días.

Hasta que, acabado el dinero, Sóstenes hubo de regresar a La Mora.

Al verlo llegar, bien molido del cansancio dentro de su traje fanfarrón y sobre su yegua de brío, la mujer se asomó a las puertas del jacal gritándole:

—¿Trujites algo pa nosotros, Sóstenes?

Y éste, sin el menor asomo de emoción y mientras se apeaba de la cabalgadura, replicó:

—Ora sí no, vieja. Se acabaron las jolas... ¡Pero ya saben en San Ignacio quién es Sóstenes Bastidas!...

Por eso entonces, tres años después, Sóstenes culpaba a la yegua y a los sarapes, desconocidos ya de tan maltrechos, de la muerte del mayor de sus hijos. Eran los testigos mudos, pero elocuentes, del atroz despilfarro de aquellos días que sólo le había dejado lo indispensable para arropar y trasladar en lomos de acémila al camposanto el cadáver del muchacho.

Circunstancia tanto más deplorable si nos ponemos a considerar que en toda la región ya nadie se acuerda de quién es Sóstenes Bastidas, fuera de él mismo.

PESCADORES DE TIBURÓN

> Dice un refrán mexicano: "...y mujer co-
> queta tira a puta".

PASADA la medianoche aparece la luna. Ligeramente oval y dorada
como moneda de cobre recién salida de cuño, asoma tras de las
crestas angulosas de la Sierra Madre descorriendo el negro manto
que envuelve el caserío de la ciudad porteña y pone a bailar sus
reflejos temblorosos sobre el mar, en la bahía. Ha destacado en
ésta los lejanos bultos oscuros de los pangos y canoas del fondeadero mecidos por la resaca. Y entre las grandes moles cónicas del
faro y el crestón que esconzan y resguardan la bocana, la barra
de Las Quebrantas distiende su lengua plateada, barrida por el
rizo de las olas.

Adormece al paisaje una quietud que se antoja eterna.

Sería necesario subirse a una cualquiera de las verdes eminencias sobre cuyos faldeos se extiende la ciudad, para distinguir más
allá del escollo de la Piedra Anegada, que a la entrada del puerto
descubre la bajamar y bate incesantemente el oleaje, la haraposa
vela de una canoa que empuja mar adentro el soplo de la brisa.

Vista desde allí, para el espectador ajeno a los sucesos que esta
noche han tenido lugar en una casucha del barrio de El Arsenal,
es bien poco lo que puede sugerir esa pobre embarcación. Se trata
de una de las muchas canoas de una pieza, labradas rústicamente en un grueso tronco de ceiba, que los pescadores de tiburón usan
en los menesteres de su oficio, y las cuales suelen dormir en la
arena húmeda de la Playa Sur y hacerse a la mar al despuntar
la aurora. Pintada de verde en los costados y con una vela sucia,
remendada y vieja bamboleándose en un mástil sinuoso, encajado
muy a proa, la gobierna un tosco remo canalete, y ni su nombre,
Irene, mal pintado de blanco en los cachetes, disiente de la cur-
silería pueril que suele presidir el bautizo de todas sus semejantes.

Lo único extraño en ella, aparte de la hora tan intempestiva a
que está haciéndose a la mar y para aquel a quien le fuera dado
observarla más de cerca, lo constituye el hecho de que lleve a
bordo, además de a sus dos tripulantes habituales, a una muchacha.

Ésta, una jovenzuela morena y carirredonda vestida con un sencillo traje de percal estampado de flores, va tirada sobre los paneles del fondo a mitad de la embarcación. Y solloza a intermitencias.

Sus acompañantes la miran de reojo, con cierta expresión rencorosa en la que pugna por asomar un dejo de ternura. Pero no parecen dispuestos a realizar el menor movimiento que satisfaga el inocultable afán de consolarla que por igual los embarga.

Hubiese sido necesario que levantara ligeramente el rostro, oculto por una espesa y desordenada cabellera, para que pudiéramos reconocer en ella a la Tina, la hija de don Gume, el viejo calafate del barrio de la Cervecería. Y al hacerlo, habríamos podido descubrir que las lágrimas han trazado unos surcos grotescos entre la gruesa capa de polvo que cubre sus mejillas; polvo que formó parte del atavío con que hará unas cuatro o cinco horas acudió al baile que daba en su casucha del barrio de El Arsenal su compadre, el pescador Tico, para celebrar el bautizo de un segundo hijo al que ella ha servido de madrina.

Antes de caer en la postración en que se encuentra, debió luchar arduamente contra la intención de sus dos acompañantes de subirla a la canoa; pues de ello dan fe, tanto como el desorden de su peinado, los desgarrones de su vestido. Ahora, toda resistencia se ha vuelto inútil, pues van demasiado lejos de la ciudad para que alguien pudiera oír sus gritos y acudir en su socorro, y el mar en la noche resulta demasiado imponente y tenebroso para que se arroje a él y trate de ganar a nado la costa.

Los dos hombres que la acompañan, se ven también fatigados aún de la brega para someterla a cautiverio.

Antimo, que está sentado sobre el entarimado de popa, va guardando el rumbo con el canalete y la piola de la escota que gobierna la vela, como dueño que es de la *Irene*. El otro, al que conocen por Nicho y es su primo y ayudante en las faenas de la embarcación, reposa sentado en la proa, sin hacer labor alguna desde que se calmaron los ímpetus de la rebelde y entraron en un mar profundo, donde ya no es posible ayudar empujando con la pértiga. Ambos visten gruesa camisola de rayadillo y pantalones azules de mezclilla remangados de las perneras hasta la iniciación del muslo, portan sombreros de soyate y van descalzos, como es habitual entre los de su profesión. Bajo los cinturones de cuero ennegrecido por el salitre marino se ve brillar la hoja de los cuchillos con los que se destaza a los tiburones capturados.

En su torre blanca, encaramada sobre la cúspide del peñón que se asoma al furor de las rompientes, el faro guiña su rayo de luz intermitente como burlándose de la indecisión de todos ellos.

Y parecen llegar aún, cabalgando en el ronquido sordo del océano y desde la distante playa, las notas de la cancioncita despechada que la vieja vitrola de Tico estaba llorando cuando una hora antes despegaron de la orilla:

> *Soy piedra que, con el tiempo,*
> *te has de tropezar conmigo...*

Es casi seguro que no han pensado aún hacia dónde se dirigen. Mar adentro, más allá de las tres islas de Puerto Viejo, están tendidas, como de costumbre, las cimbras con que el tiburón se pesca. Consisten en un cabo largo y resistente que se estira y hace flotar mediante dos bidones vacíos y tapados, sujetos a sus extremos y convenientemente anclados, cabo del cual penden varias cadenas con un anzuelo cebado que provoca la voracidad del animal y se clava en sus entrañas. Y los pescadores, sus dueños, las visitan cada dos o tres días para desprender las presas, generalmente muertas por la furia que hace que se desgarren las vísceras en sus ansias de evasión. Vuelven a encarnar los anzuelos con trozos de cazón o lisas que sacan de camino. Y luego se llevan los tiburones y cornudas que recogieron del aparejo a la isla de Venados o a las playas de la ciudad, para destazarlos cuidadosamente y extraer el voluminoso hígado que convertirán en valioso aceite, mientras filetean la carne que asoleada y convertida en cecina seca alcanza un buen precio en las plazas del interior de la República expendida como "bacalao del país" por los inescrupulosos comerciantes.

Mas, por esta vez, la *Irene* no navega en pos de las cimbras. Y sólo un movimiento inconsciente dictado por el hábito, hace que quien la maneja enfile su tajamar hacia las tres islas deshabitadas de Lobos, Pájaros y Venados que, con sus crestas de granito, semejan mar afuera de Puerto Viejo otros tantos cruceros fantasmales acechando el sueño plácido de la cercana ciudad.

Al raptarse a la Tina del baile en casa de Tico, Antimo y Nicho sólo han pensado en llevársela en la canoa; pero sin precisar el punto a donde deben atracar para gozarla. Y ahora que están en camino triunfal hacia ese momento ambos se sienten invadidos por un extraño desasosiego.

Por unos momentos, el despecho los había unido haciéndoles olvidar la cauda de odios y celos recíprocos que a causa de ella venía indisponiéndolos y sometiendo a una presión insoportable su vieja camaradería y asociación en el trabajo. Fue desde que apareció en escena el catrín empleado en la Capitanía de Puerto y ella abandonó la pérfida coquetería que se gozaba en hacerlos sufrir dándole alas a la pasión que había logrado despertar en los dos primos, que empezaron a darse cuenta de que había un enemigo de más importancia para sus esperanzas amorosas.

Desde aquella primera vez que ese intruso bailó con ella, y los vieron toda la noche tan amartelados, los dos atormentados primos empezaron a sentirse preteridos. Y cuando, atenidos al aliento que su conducta anterior había dado a sus anhelos, le reclamaron, la muy ladina se esforzó por aparecer juiciosa y sensata explicándoles que no quería perjudicar más la amistad y el parentesco que los unía y que había decidido cortar por lo sano con las pretensiones de ambos.

Esta solución, lejos de reconciliarlos, volvió más aguda su rivalidad al culparse mutuamente del fracaso. Pero pronto se pudieron dar cuenta de que el capricho por aquel nuevo pretendiente era mucho más hondo de lo que hubiera debido esperarse de esa ecuánime disposición de evitarles un perjuicio. Ella estaba más ilusionada con el mozo de lo que nunca se la había visto. Y el furor por lo que le estorbaba la esperanza inclaudicable de los dos pescadores, la incitaba a repeler sus intromisiones con prontos de un desdén exasperado que los lastimaba en lo vivo.

Si hubiera sido el catrín quien forzara el asedio y ella se hubiese mostrado con él por lo menos fingidamente esquiva y cautelosa, quizá el despecho de Antimo y de Nicho habría llegado a traducirse en una agresión al empleadillo de la Capitanía. Mas de toda evidencia no era así. Éste sólo se dejaba llevar sin poner de su parte gran empeño en el amorío. Y era ella, la Tina, la que, presa de un indisimulable desasosiego, forzaba la situación buscándole y acosándole, aun comprometiendo su recato.

Mal podían, en esas circunstancias, pedirle cuentas al otro, por mucho que su pasión por la veleidosa Tina los hiciera ver en él a un seductor que ponía en peligro su decoro.

Y en tal situación, los celos de los dos primos se desviaron hacia el nuevo pretendiente, decidiéndolos a hacerse mutuas confidencias de su despecho.

Hasta que esta noche, viéndola danzar amartelada con el palomo de la Capitanía en el baile de la casa de Tico, la amargura los hermanó hasta hacerlos beber juntos.

Pero de nada había valido para atenuar las desazones de aquel doble infortunio, la abundante cerveza que los anfitriones extraían de un barrilito trepado sobre un banco en el portalillo del corral y prodigaban generosamente entre la concurrencia. Heridos por la presencia de los ilusionados devaneos de la muchacha con el rival, los dos pescadores acabaron por salir a la calle y detenerse a la vuelta de la esquina, resueltos a sellar a solas y en la oscuridad de la noche un pacto que debería, ya que no remediar su fracaso, resarcir al menos de la humillación a su amor propio, secuestrándola y llevándosela al mar para obtener por la fuerza una fracción efímera de lo que no pudo conseguir la sinceridad de sus sentimientos antes de que el afortunado tercero se llevara lo que habían creído suyo.

Aún no tenían tiempo ni siquiera de planearlo en detalle, cuando una imprudencia de la propia Tina vino a precipitar las cosas ofreciéndoles la oportunidad que necesitaban.

Temerosa al notarlos ausentes de que hubiera brotado entre ambos otra pendencia y resuelta a poner paz haciéndoles terminantemente saber que toda opción para ellos había terminado, los había alcanzado en la esquina donde deliberaban. Y sólo tuvieron que sujetarla, taparle la boca para evitar que gritase solicitando ayuda y arrastrarla hasta la cercana playa, donde la introdujeron a la fuerza en la canoa de Antimo varada en la orilla, haciéndose a la mar con ella.

La Tina se había debatido cuanto pudo contra aquel imprevisto.

Pero fue inútil.

Las cosas se sucedieron con demasiada violencia para que en la casa de la fiesta se percataran a tiempo de lo que acontecía. Allí, la victrola continuaba raspando el disco afónico de *La piedra* y el catrín se entretenía escanciando el barrilito de cerveza, confiado en que regresaría diligente a sus brazos la que lo había abandonado unos momentos.

Entonces no salía aún la luna, y la oscuridad de la noche había favorecido en su huida a los fugitivos.

La ciudad dormía un sueño que empapaba el sudor y velaba el silencio. Desde horas antes habían cesado los golpes en los martinetes de las obras del muelle de astillero, y hasta el romper de las olas en la playa se sentía leve como una respiración. Sólo continuaba roncando, con su quejido desafinado y fatigoso, "el" dínamo de la planta de luz junto al estero y crepitaban espaciadamente, al impulso de una brisa tímida, las hojas quitinosas de los cocoteros en los corrales del jacalerío.

Ahora, la *Irene* navega en altamar y los sentimientos de sus dos tripulantes van cambiando rápidamente.

Si en la excitación de horas antes y con el despecho coincidente de los celos comunes por la mejor suerte de un tercero que les era decididamente más odioso, les pareció fácil avenirse a compartir esa mujer que ambos querían apasionadamente, a medida que se va acercando el momento crítico y que la ven tan próxima, tan desconsolada y tan indefensa, aquel propósito se les antoja disparatado. Empiezan a comprender que el sentimiento amoroso está aún demasiado latente y lleno de vigor en ambos para tomar seriamente aquello como un simple resarcimiento del amor propio ofendido.

Y apenas se levanta Nicho de su asiento en la proa para tomarla de un brazo y ayudarla a incorporarse del fondo húmedo de la canoa, cuando Antimo saca del agua el canalete y explota, brutalmente mordido por los celos:

—¡Déjala!

Dominado por lo imperioso de esa conminación, el otro desiste de su intento. Y se queda contemplando a su compañero con una expresión torva que habla por sí sola. No se requieren explicaciones orales de lo que sucede entre ellos. Ambos sienten lo que siente su rival y lo entienden claramente.

La propia Tina comienza a comprender el cariz que van tomando los hechos. Y, medrosa, se incorpora por sí sola para evitar irritarlos.

Pero se siente lo mismo que se sentiría un cervato herido que ve cómo pelean disputándoselo dos leones hambrientos. Y perdido su dominio, contrae un miedo profundo en el que cualquier intento de poner paz y llamar a la razón a los dos hombres se le aparece inútil y propenso a precipitar el desenlace fatal que vibra en la atmósfera. Todo razonamiento puede convertirse en detonante para la carga de violencia que se advierte a punto de estallar en los dos hombres.

De esa suerte, siguen navegando sin que ninguno de ellos se decida a sugerir un rumbo, como si temieran ya la presencia del momento en que deban definirse los derechos de cada cual y quisieran demorarlo el mayor tiempo posible.

Pese a la luna, el mar en la noche es negro como si fuera de tinta. Desde sus profundidades emerge impresionante un hálito de misterios. Las olas lentas, monstruosas, de mar adentro, curvan sus lomos bajo la tosca embarcación y la bambolean o mecen. Un reguero de burbujas produce su característico murmullo al estallar en la estela. Y el horizonte hacia el que maquinalmente se dirige la *Irene,* es como una boca negra y voraz que absorbiera el piélago infinito.

Cada vez más atrás y menos en alto persiste en su guiño intermitente la burlona luz del faro.

Ha de pasar una hora, quizás dos, sin que esa navegación sin rumbo se defina. Y en todo ese tiempo, la imaginación de los dos hombres rivales va elevando el rencor y la prevención mutua hasta alturas inconcebibles.

Por fin, la vela se enreda en un cambio de aire, y al tratar Antimo de componerla, como la Tina estorba la maniobra, toma a la muchacha por las axilas, más solícito de lo normal, para hacerla a un lado.

Esto da motivo a que Nicho estalle, saltando en su asiento:

—¿De mo'o que nomás tú tienes derecho a manijarla? —pregunta iracundo.

—¡Pos ¿qué no ves que estorba?! —contesta el otro de igual talante.

—¡A poco crees que yo ayudé pa que nomás tú te aprovecharas? —inquiere la inquina de Nicho.

—¡'Ueno!... ¿Qué cosa quieres?

—¡Qué cosa quiero!... ¡Qué cosa quiero!... P'acabar de una vez, ¡aquí sobra uno!...

—¡Juega! —conviene el otro.

—¡Más vale así!... Ni modo que de los dos... Ahora vamos a ver cuál se la queda —y empuña el cuchillo.

El otro lo imita y bravuconea:

—¡No vaya a ser que me a'ustes!; si yo nací curado de espantos...

Y ambos adelantan un pie hacia la mitad de la canoa.

Tina, sobrecogida, trata de interceder. Mas está escasa de razones y su intervención va a resultar estéril. Lo único que como transacción podría ofrecerles es el retorno a Mazatlán y que dirimieran allí calmadamente su dilema; pero ellos saben que de ese modo saldrían perdiendo ambos y jamás lo aceptarían. En el fondo, ni la propia Tina lo desea ya así. Puesto que después de esta aventura en el puerto ha quedado destruida la fama de su honestidad, prefiere en su sinceridad con ella misma que lo que ha de suceder, suceda... Salvo que la tragedia se perfila inevitable y quién sabe hasta dónde los lleve el desenlace de una situación tan absurdamente patética.

Ellos se injurian a medida que, con las manos en el mango de los cuchillos, se van acercando el uno al otro. Pero ninguno de los dos se anticipa a sacar el arma.

De pronto, los ojos de Nicho empiezan a brillar de un modo siniestro. Parado sobre el asiento, Antimo apoya un pie en éste y otro en la borda. Es una posición inestable y cualquier empujón súbito bastaría para hacerle perder el equilibrio.

Su rival no se toma mucho tiempo en cavilarlo. No es la ocasión para detenerse frente a escrúpulos menores. Y le acomete de pronto, mientras masculla una injuria soez.

Perdida su precaria estabilidad, Antimo se balancea un instante sobre la borda. Luego pierde pie y resbala al agua... Pero en su caída logra alcanzar la pernera del pantalón de su enemigo y se aferra furiosamente a ella arrastrándolo con él. El mar los recibe con una fiesta de espumas.

Como la vela hinchada por el viento hace navegar a la embarcación con cierta celeridad, pronto se quedan atrás.

La Tina sólo acierta a pensar estúpidamente que, por lo menos, no hubo sangre como lo temía. Pero, angustiada e histérica, no alcanza a reaccionar a tiempo. Y cuando quiere hacer algo por detener a la barca y prestar un imposible auxilio, ya el breve batir del agua donde cayeron se aquieta y confunde en la distancia. El océano es sólo una inmensa mancha negra sin puntos de referencia bajo la luz plateada de la luna.

Más allá del horizonte, de la canoa a la deriva, enloquecida por el miedo, la sed y el hambre, a la Tina la rescató tres días después un barcucho que navegaba de Manzanillo a Ensenada. Nunca volvió a su ciudad natal. Deseaba expiar su culpa en la tragedia de los dos pescadores y, aunque era virgen aún, no encontró mejor lugar para hacerlo que la sordidez de un prostíbulo.

EL PLAN

El hombre ha hecho más por detener el progreso que por impulsarlo... Pero en vano.

CUANDO en la ranchería de Paricutín surgió el volcán, era yo maestro de escuela en el cercano pueblo de San Juan Parangaricutiro.

Fue un suceso de mucha resonancia y no pude evitar que al principio me poseyera el mismo desconcierto que a los demás. Me revolví, emocionado, con las caravanas de gente de todos los confines que acudían a presenciar el fenómeno, y sentí envidia de los vecinos de mi pueblo que se aprovechaban de aquel cataclismo instalando vendimias en las cuales hacían muy buen negocio con los excursionistas. En sus comienzos, aquello tomó el aspecto de una feria ruidosa, pintoresca y desordenada que nadie había sabido sospechar.

Pero una vez que el entusiasmo se fue enfriando un poco, caímos en la cuenta de que el acontecimiento iba a alterar profundamente el modo de vida que llevábamos y que tal vez hasta amenazara la existencia misma de la población.

Me considero fácil de conformar; y acepté el suceso disponiéndome a afrontarlo del mejor modo posible. No logré de pronto imaginar que en mi pueblo vivieran personas tan testarudas como las que después vería luchar allí contra lo irremediable.

Dado que la lava que escurría por la boca del volcán, luego de levantar un montículo cónico, empezó a formar una especie de negro y ancho glaciar de piedra calcinada y humeante que en paulatino pero implacable avance iba sepultándolo todo a su paso, no pasaron muchas semanas sin que se hiciera evidente que Parangaricutiro corría serio peligro. Como se hallaba al final de la cañada que descendía desde las lomas a cuyo pie brotase el volcán hasta el fértil valle de Cariosto, era natural que ese río de piedra ardiente, al buscar un curso de acuerdo con el más bajo nivel, nos pasara por encima.

Pude notar que otros vecinos del pueblo se sentían sobrecogidos por ese mismo temor. Y estoy seguro de que muchos de ellos oraban en el templo pidiéndole al Cristo milagroso que hiciera el prodigio de apagar aquel infierno, o por lo menos, desviase la lava en otra dirección. Así que no me sorprendí cuando unos ingenieros del Gobierno vinieron a recomendarnos que hiciéramos labor de convencimiento entre los vecinos de que iba a ser necesario abandonar la población.

Yo lo hice de buena fe. Aunque no podía explicar a dónde debía retirarse nuestra gente. Edificar las casas en el cercano ranchito de Angahua, como era la idea de muchos encariñados con el terruño, parecía impráctico. La riqueza agrícola de la comarca estaba siendo perjudicada por la persistente lluvia de ceniza y arena del volcán, y si bien Angahua estaba un poquito más lejos y sobre un altozano, si aquello seguía al mismo ritmo y con igual intensidad, la lava iba a llegar hasta allá sin duda.

Por fin, me comunicaron que el Gobierno Federal había resuelto ceder a los vecinos desplazados de San Juan Parangaricutiro tierras en Conejos, a bastantes kilómetros de allí, así como ayudarlos con el traslado de sus propiedades y a edificar sus nuevos hogares. Y las cosas cambiaron. Me pareció que era lo único que se podía hacer, y lo expliqué de ese modo. Hubo unos cuantos que me entendieron. Pero la mayoría prefirió pedir consejo al señor cura; el cual, aunque hubiese deseado defender el pueblo, su sólido templo colonial y el extendido prestigio que tenía de milagrosa la imagen que en él se veneraba, no sabía cómo hacerlo y estaba confuso y titubeante.

Me valí de esta circunstancia para tratar de que me ayudara. Y convengo en que, si bien no me ayudó por una aversión instintiva a todas las disposiciones de un Gobierno que en otro tiempo hostilizó su labor, no entorpeció tanto como iban a hacerlo otros mi tarea.

Fueron tres los vecinos prominentes que decidieron iniciar la oposición al avance de la lava roja del volcán. E iban movidos por diferentes impulsos.

Me sorprendió esta disposición porque, a mi modo de ver, los volcanes son el desfogue natural de fuerzas subterráneas que ya no pueden permanecer más tiempo constreñidas y el resultado inevitable de la milenaria evolución de la Tierra desde el estado de incandescencia original, cuando fue un pedazo desprendido del Sol, al de astro muerto y frío. Pienso que nosotros, los seres vivos que habitamos el planeta, no somos más que un producto o una expresión de las condiciones térmicas por las que en determinado momento de esa evolución va pasando el astro en el transcurso de esa dilatadísima metamorfosis. Nacimos en nuestros originarios como especie cuando se enfrió lo suficiente para que pudiéramos vivir sin abrasarnos y nos extinguiremos como tal el día que se enfríe demasiado para que podamos soportar sus bajas temperaturas. Claro que este intervalo geológico representa muchos miles de siglos. Pero el volcán es uno de los millones de respiraderos por donde la Tierra va expulsando el calor que aún conserva en sus entrañas. Y constituye, por consecuencia y en último análisis, un factor tan necesario e inevitable en el proceso de enfriamiento que nos permitió la existencia como el que más. Lo que obliga a aceptarlo como algo lógico y además ineludible.

Yo podría comparar ese proceso del planeta con el progreso de la humanidad, que es lo que le dio su condición de racional al hombre, y que consecuentemente nadie ni nada podría detener sin que perdiésemos esa condición y nos convirtiéramos en tristes irracionales.

Pero así como hay hombres que consideran que tal progreso puede y debe detenerse de acuerdo con sus intereses y deseos, también los hay que se figuran capaces de oponerse al enfriamiento fatal de la Tierra; y, con ello, al surgimiento y acomodo de un volcán nuevo y rozagante, como ese nuestro Paricutín, en vez de hacerse a un lado con su existencia accidental y acomodarse a un nuevo régimen de vida.

Por lo menos en Parangaricutiro hubo tres que me veo forzado a considerar en esa absurda categoría.

Fue uno de ellos don Samuel Trooman, el hombre rico del pueblo y su comarca, tendajonero, prestamista a interés usurario, casateniente y benefactor de mendigos a la vez que forjador de insolventes con su ambición desaforada; el otro, don Porfirio Franco, era un carnicero tradicionalista y verdugo de las costumbres modernas. Y finalmente, un tercero llamado Domingo Manzano, adulto joven, fanfarrón, testarudo y ambicioso de poder, que daba cátedra de estulticia en una banca de la plazuela del lugar y era, según dijo, muy hombre para no dejarse conducir por otro camino que los que él mismo elegía.

Cuando estos tres conspicuos personajes se opusieron tajantemente a la evacuación y abandono del pueblo, no siéndome posible convencerlos y ante el peligro de resultar atropellado por ellos si insistía en hacerles ver a los demás la razón, resolví aguardar observando su proceder.

Creo que el natural cariño a Parangaricutiro hubiera podido disculpar su obcecada disposición si sólo hubiera en ella ese afecto desinteresado y generoso. Pero estoy seguro de que no era así, y que la actitud coincidente de los tres en cuanto a defender a la población de la avalancha del volcán era promovida por sentimientos diferentes, pero todos ellos eminentemente interesados y egoístas.

Al señor Trooman, hijo de padres extranjeros, ni como cuna que fuese de su infancia le interesaba afectivamente el destino de nuestro viejo y querido pueblo. Él había sido siempre el primero en atropellar y destruir en él todo lo que obstruía sus intereses financieros, sin respeto alguno a la tradición, y su familia la primera en importar de la ciudad cuantas modas iban destruyendo la originalidad de lo nuestro. Pero don Samuel era muy rico, dueño de las mejores propiedades, industrias y fincas de Parangaricutiro, y tenía prestado en hipoteca sobre muchas otras de las que poco a poco iba despojando a los vecinos. De esa manera, la mayor parte de su fortuna parecía destinada a quedar enterrada allí, y aunque él procurara disfrazarlo con palabras rimbombantes y razones ambiguas, ese temor era el motivo real de su resistencia a abandonar el pueblo.

Conceptúo a Domingo Manzano un simple oportunista, ambicioso de poder y pescador de río revuelto. Por haber sido alguna vez comandante de la policía, tenía alma de genízaro y alardeaba de bravucón asegurando que si le apoyaban unos cuantos hombres resueltos, él podía detener el alud de piedra hirviente. Éste buscaba un prestigio que le abriese las puertas al despotismo autoritario con que soñaba.

De escasos recursos materiales y económicos, al carnicero señor Franco le ataba a Parangaricutiro lo único que tenía: la consideración por pertenecer a una de las familias más viejas del pueblo y acaso, en alguna menor medida, su devoción a la imagen milagrosa del Cristo del templo, tan fanática que ni don Pío, el sacerdote, llegaba a comprenderla. Éste se hallaba consciente de que, al perecer Parangaricutiro, perecerían sus magros blasones y quedaría tan desamparado como cualquier otro ciudadano. Y se fue a arrodillar, con su fe y su veneración inconmensurables, ante la prodigiosa imagen, arrastrando tras él a unos cuantos vecinos de su vitola y comprometiéndose solemnemente a defenderla a ella y a su iglesia de aquel "eructo del Infierno", como él llamaba al joven Paricutín, que lo observaba todo indiferente desde la cumbre de su ya altiva montaña.

Por su parte, el señor cura, hombre prudente y calculador y no tan crédulo como ese exaltado sector de su feligresía, no encontró más camino que tolerar la cruzada y permitir que el Cristo permaneciese allí mientras el peligro no se presentaba más inminente. Pero, tal vez por temor a que la impotencia de la sagrada imagen para detener aquel alud de magmas humeantes fuese a minar los prestigios de su ministerio, se cuidó de asumir en la empresa el liderato.

Lo más irrazonable de esa tozuda resistencia a abandonar Parangaricutiro a merced de las fuerzas incontrastables de la naturaleza estuvo en que, si hasta entonces había sido un pueblo relativamente rico que le permitió sentirse un Creso a don Samuel, importante a Franco y emprendedor a Domingo, desde que el volcán empezó a arrojar lava, arena y ceniza y se tragó el agua de los arroyos que irrigaban el valle, la agricultura próspera que lo sostuvo murió por consunción e inevitablemente. Y por eso mismo, aunque aquellos tres héroes trasnochados consiguieran salvar el caserío, Parangaricutiro jamás volvería a recobrar la vitalidad pretérita y antes estaba inexorablemente condenado a morir económicamente estrangulado por la degradación progresiva de los campos que le rodeaban.

Pero como quiera que los tres intereses que se habían confabulado para defenderlo, el económico, el tradicionalista y el atrabiliario, eran demasiado intransigentes y poderosos para desafiar sus iras, yo me cuidé bien de exponer al público estas consideraciones. Y sin duda ellos estaban demasiado absortos en su empresa para reparar en semejantes nimiedades.

Al principio, cada uno de esos adalides procedió por cuenta propia y hasta un poco celoso de la competencia de los demás.

Don Samuel formó su propia tropa, valiéndose más de dinero que de argumentos líricos, con lo que sobra decir que era la más numerosa, si bien la menos sincera y consistente en su entusiasmo. Inmediatamente la organizó para que protegiese, antes que nada, lo más vulnerable de sus bienes raíces y un tanto desentendida de las propiedades de los demás.

Franco, rodeado de su grupo de fanáticos, procedió a organizar ceremonias religiosas donde se invocaba el favor de la imagen venerada, de la que se esperaba que con su milagroso poder detuviese las furias del Infierno que emergían por la boca del volcán. Y entre procesiones y ruegos, organizó temibles alharacas en las que se desdeñaba la palabrería profana de don Samuel y se iba perfilando una tendencia inquisitorial destinada a arrojar de allí y a apalear a los blasfemos que pusieran en duda con su escepticismo la bondad intrínseca de sus métodos.

Y por último, despreciando a los dos, pero dando aliento a las huestes de Franco, que en su calidad de oportunista pensaba utilizar como mano de obra suplementaria en su descomedida empresa por más baratas y manejables, se lanzó a la palestra Domingo Manzano, seguido de unos cuantos matones y despechados, sobrevivientes de un grupo de un tal Adolfo que en el rancho de Paricutín había intentado inútilmente detener los ríos de lava del volcán semanas antes.

Don Samuel había calificado de necios e ilusos a esos obstinados; pero entonces los necesitaba. Y como no era hombre para habérsela con rufianes ni con fanáticos, trató de solucionar esa falta de cohesión echando mano de su supremo recurso: el dinero. Con lo cual pudo comprar, salvo algunas reticencias de mando, el apoyo y la cooperación de la grey de Manzano, y sin darle mucha importancia a la mística estéril de Franco.

Ya de acuerdo, se dispusieron a trazar el plan de defensa práctica para enfrentar racionalmente el avance de la lava roja y detenerla, plan al que se le dio el nombre, por haber sido éste determinante en él, de "plan Trooman".

Es lógico que cuando uno se apresta a organizar una defensa, lo primero a analizar es la clase de enemigo con el que se propone contender. Y así lo hicieron, por lo menos parcialmente, ellos.

El enemigo mediato era, sin duda alguna, el volcán. Pero estaba demasiado fuera del alcance de sus precarios recursos para atacarle en su origen. El poder de ese enemigo residía en los materiales hirvientes que tenía dentro del cráter y que eran superiores a todo control humano. De modo que sólo les quedaba a los tres bravos defensores de lo indefendible enfrentarse a las consecuencias ruinosas de esa ebullición, tratando de detener la lava hirviente que arrojaba a medida que ella se fuera acercando y amenazando destruir sus lares queridos.

No se hubiera podido negar que resultaba labor de titanes tener que enfrentar las consecuencias del mal sin que hubiera modo alguno de atacarlo en su origen. Pero la obcecación no repara en esos nimios detalles.

Es cierto que en la primera asamblea que se realizó para trazar el plan defensivo, no faltó un exaltado que propusiera usar grandes cargas de dinamita o de trinitrotolueno para arrojarlas en el cráter y acabar con el volcán. Pero pronto cayeron en cuenta de que ese recurso era propio de un lunático abocado a una mayor destrucción, pues lejos de aventajar nada con él, conduciría a hacer más grande la boca, más amplios y destructores los derrames y más peligrosas y nocivas las materias derramables. Y hubo que desechar por disparatado ese proceder, que habría podido acabar no sólo con el pueblo, sino con toda la comarca y aun con ellos mismos.

Para darle más cuerpo a la conclusión de que no debía pensarse en sofocar la erupción del volcán, sino en poner coto a sus consecuencias catastróficas, estaban en plena discusión del caso cuando llegaron noticias de que en los faldeos del cerro del Paricutín había brotado otro pequeño volcancito por el que comenzaban a salir nuevas avalanchas de lava. Y esto los llevó a pensar si no sería volcánica toda la zona, y en el caso no remoto de que, mientras ellos estaban defendiendo al pueblo de la invasión de la lava, fuera a surgir otro volcán bajo sus pies o a sus espaldas, eventualidad en la cual la cosa no hubiera tenido ya remedio.

Frente a esa desdichada posibilidad decidieron atenerse a los rezos de la facción franquista y la ayuda de la divinidad que éstos podían aportarles. Y supuesto que no querían ceder y buscarse un acomodo en otra parte como los más cuerdos lo habían hecho ya, resolvieron tomar como enemigo único el alud de magmas expulsado por la boca original del volcán que se les estaba viniendo encima, y detenerle o desviarle a como diera lugar.

Así, la lógica resolución práctica que se tomó, fue la de edificar violentamente una gruesa barda de piedra con unos tres metros de espesor por ocho de altura, la cual protegería desde el sur y a todo lo ancho, la parte más amenazada del caserío de Parangaricutiro.

Y siendo don Samuel el único económicamente capacitado para retribuir a los peones que iban a trabajar en ella, tuvo que aportar los fondos; si bien en calidad de empréstito a la comunidad, que se lo reintegraría con sus respectivos intereses, una vez salvada la población y en el más breve plazo que fuera factible.

Se pusieron, pues, manos a la obra.

Sólo que al trazar la zanja en donde se asentarían los cimientos de aquella estructura colosal, sobrevino la primera discordia.

Puesto que su carácter de contribuyente mayor le otorgaba derechos de privilegio en los puntos a resolver, don Samuel se obstinaba, contra la opinión de la mayoría, en que aquella defensa debía trazarse en las afueras del pueblo, demasiado cerca del frontal del río de lava que venía avanzando, para que quedasen protegidas dentro de ella una casa y una huerta que por allí poseía. Y esto fue motivo de agrias disputas en las que se perdieron horas preciosas y las cuales terminaron con una mala transacción, accediendo el señor Trooman a que se sacrificaran aquellas propiedades, pero consiguiendo a cambio que se salvasen otras cinco casas suyas prolongando la barda más de lo razonable y evitando en ello que se aprovechase, para hacerla más efectiva, la ayuda de una prominencia orográfica que ya no se pudo utilizar.

Calculo que, al abrirse la zanja, la descubierta de la columna de lava avanzaba con una altura de unos cinco metros y una anchura de casi trescientos a un medio kilómetro del lugar en donde se había resuelto interceptarla.

Su velocidad no era fácil de establecer. Pues, a todo lo ancho, el avance de esa lava petrificada que por detrás empujaba la incandescente, era muy irregular; y unas veces caminaba más despacio y otras más aprisa, de acuerdo con la actividad del volcán y los obstáculos que se interponían a su avance. Pero puede suponerse que la media fuera de unos seis metros por cada veinticuatro horas. Y de esta suerte los defensores de Parangaricutiro disponían de unos tres meses para llevar a buen fin su propósito.

La actividad fue entusiasta y febril al principio. Hasta los propios líderes de cada grupo ponían la muestra metiendo en la obra la mano. Y en seguida se hizo notar la intromisión de un tal Darío, corresponsal de algunos periódicos de la ciudad, que corría de un lado a otro animando con epítetos de "héroe" y "luchador épico" que se sentían insinceros y destinados a halagar al señor Trooman, de cuyas dádivas vivía, a los pobres vecinos que echaban los bofes llevando y trayendo materiales de construcción para la obra.

Poco a poco, día con día, la robusta y bien sentada pared de piedras, ladrillos, tepalcates y vigas iba creciendo y elevándose. Y su robustez incitaba a creer que esos campeones de la obstinación lograrían hacer de ella algo tan sólido y firme y tan interesante para los arqueólogos de la posteridad como las pirámides de Teotihuacán que edificaron nuestros antepasados.

Ya que el material se acabó pronto, no obstante haberse echado mano de las cercas de los potreros de todo el valle y de cuanta piedra y peñasco apareció por las inmediaciones, los dirigentes hubieron de reunirse y deliberar. Y dado que la actividad día y noche del volcán no concedía respiro, se acordó por aclamación usar la piedra y los adobes de las bardas de los corrales del pueblo, la del brocal de los pozos y aun las de las paredes y cimientos de las casas abandonadas por aquellos que habían huido del lugar sin contribuir a su salvación.

Mas tampoco ese material fue suficiente para darle cima a la empresa.

Y vinieron nuevas asambleas, y en ellas acres y pesadas disputas sobre cuáles de las casas de los allí congregados habían de ser las primeras en desmantelarse, acordándose que se comenzaría por los edificios públicos, el encementado de la plazuela y sus bancas, la piedra rodada del empedrado de las calles y los postes y arbotantes de la luz. Y de este modo vieron su fin la casa del Ayuntamiento, la Cárcel Pública, mi escuela y otras construcciones mucho antes de que la lava llegara para acabar con ellas.

Con todo esto, ya la pared se encontraba muy cerca de llegar a un buen término. Y contemplando sus casi colosales proporciones, pienso que hasta el propio volcán debió sentirse cohibido por la magnitud del desafío que le presentaba la obstinación humana.

Con ello y algunas carretadas y camiones de piedra que enviaron como prueba de solidaridad y contribución otros poblados del rumbo, la pared pudo darse por lista cuando apenas la corriente de lavas empezaba a penetrar en las afueras. Era una gran obra de casi un kilómetro de longitud y que le doblaba la altura al alud de piedra hervida. Y sobre ella se colocó una cruz de palo implicando que con la ayuda de Dios resistiría su empuje.

Mientras las avanzadas del magma enemigo llegaban para lanzarse al asalto y ponerla a prueba, los constructores, fatigados de la agobiante brega, decidieron descansar unos días.

Y éstos sirvieron para poner de relieve la casi olvidada personalidad del fanático carnicero Franco, quien congregó al pueblo para incitarlo a apoyar esa barda material reforzándola con una muralla de rogativas a la Santísima Virgen y al Cristo milagroso.

Yo entré entonces en la población, y debo confesar que me sentí sobrecogido tanto por el fervor de las preces como por las colosales proporciones de la obra. Y también, ¡para qué ocultarlo ahora!, por lo poco práctico de aquel tremendo esfuerzo, dado el lastimoso estado en que quedase, despojado de lo mejor que había tenido, mi pobre pueblo de Parangaricutiro.

Luego de ese paréntesis de descanso y fervor religioso, la gente se ocupó de acumular una reserva de materiales a fin de tenerlos a mano en cualquier contingencia en que se presentara la necesidad de reforzar la barda.

Ya olía a azufre quemado en todo el pueblo. Y cuando el viento del sur soplaba hacia él, el humo que flotaba en la superficie de aquel océano de piedra calcinada pasaba sobre la valla protectora y envolvía las casas oscureciendo el ambiente y dando desde la distancia la impresión de que estaba en llamas todo el caserío. Y la densa lluvia de arenas negras que tenía que lavarse de sobre los tejados y azoteas para que no los derribase con su peso, iba cubriendo bajo una gruesa capa toda la vegetación herbácea y los arbustos del antes fértil valle y transformándolo en un desierto lodoso y negro. Las fuentes cercanas se habían secado, lo mismo que el arroyo y los pozos artesianos. Y sólo el cotidiano lloviznar de aquellas tardes de verano refrescaba un poco la pesada sofocación del ambiente.

Pero ninguno entre aquellos obstinados defensores parecía darse cuenta de ello, orgullosos como estaban de la obra realizada.

Por fin, una noche más oscura que las demás, el Paricutín debió sentirse dispéptico, pues sus rugidos aumentaron notoriamente y de su boca empezaron a salir grandes peñascos en estado de incandescencia, que luego de un desesperado intento de alcanzar el cielo, rodaban por las laderas del cerro contorneando de luz sus perfiles romos como si todo él se estuviera incendiando. Después de cada uno de estos accesos de furia indigesta se podían escuchar unos jadeos fatigosos, cada vez más prolongados. Y chorros de magma al rojo vivo trazaban grandes venas de fuego desde la cumbre hasta sus faldeos y se precipitaban sobre el valle.

No mucho tiempo después, al estímulo de esas presiones, comenzó a hacerse más frecuente y distinto el estrépito de los derrumbes en el frontón de lavas apagadas que avanzaban sobre Parangaricutiro. Y cuando al fin aclaró la aurora, advertimos, sobrecogidos, que el alud había alcanzado ya la barda a casi todo su ancho y empezaba a acumularse contra ella.

La gente se retiró medrosa de junto a la pared, porque temía que cediese al inminente empuje y porque la densidad del calor, los gases y los humos empezaba a volverse insoportable.

Después se sacó el milagroso Cristo a la calle. Y bajo aquel cielo que llovía arenas negras volviendo oscuro el día, se arrodillaron mujeres y hombres, orando.

Había llegado el momento supremo para Parangaricutiro y no tardaría en decidirse su destino. La pared resistió bizarra el primer embate. Parecía tan sólida que todos, hasta los que como yo se mostraban escépticos, encontraron ánimos para acercársele.

El calor y el humo, con su hedor a azufre, volvía irrespirable la atmósfera. Pero la lava se vio contenida, y parecía confusa sin saber qué hacer ni acabar de desviarse. La presión de la que por atrás llegaba hirviendo, sólo conseguía hinchar la correntada y reventar su superficie en olas y crujidos que por momentos la volvían trepidante.

Incapaz de soportar por mucho tiempo el calor y los gases, la gente retrocedió hacia el centro de la población. Y se turnaba para subir a la torre del templo, a presenciar desde más alto el fenómeno y reírse desde allí, con un regocijo vacilante e histérico, de la temporal impotencia del gran glaciar calcinante contra el aguante del paredón.

Con el transcurso de las horas, al verse aprisionado contra aquella barrera y constreñido desde atrás por los formidables ríos de magma que vomitaba el volcán, el alud comenzó a hincharse amenazador. Pero antes de que llegara a rebasar la altura de la barda, buscó y encontró salida por el extremo derecho de la misma, siguiendo una hondonada que le permitía desahogarse hacia el valle, dejando a un lado el pueblo de Parangaricutiro con su pared salvadora.

El júbilo que este feliz desenlace había despertado entre las huestes de Trooman, Franco y Manzano, no pudo ser celebrado por mucho tiempo. Pues muy pronto se notó que, si bien la mitad izquierda del ardiente río se había salido de su cauce al hallar ese desvío, la otra mitad, a la que por desgracia concurría la gran cantidad de desecho que estaba arrojando la nueva boca del volcán, persistía represándose contra el tramo izquierdo de la valla, sin decidirse a seguir la nueva dirección e hinchándose monstruosamente. Esto apuntaba hacia dos posibilidades igualmente dramáticas: que a la postre consiguiera rebasar o reventar la pared y precipitarse sobre el caserío, o que abriera un nuevo curso ciñendo por su orilla izquierda al pueblo y encerrándolo, con la bifurcación temporal, entre dos calcinantes corrientes de piedra ígnea.

No era cosa de ceder entonces que ya se había comprobado la capacidad de desviar el alud. Y reunida la asamblea, se acordó desmantelar veinte casas de las más grandes para emplear sus vigas y su piedra en apuntalar y darle más altura y grosor a aquel lado de la cerca.

Hubo una amarga disputa sobre cuáles casas serían condenadas a sufrir ese destino. Y pese a la férrea defensa que de las suyas hizo don Samuel, se acordó que fueran cinco de las que le pertenecían, y las quince restantes una de cada uno de otros tantos vecinos. Los cuales, en virtud de esa generosa transacción del señor Trooman, se quedaron sin nada, mientras él, que poseía muchas, conservaba la mayor parte.

Como quiera que sea, el plan se llevó a efecto, pese a los desmayos y conatos de asfixia que provocó la labor. Y puesto que el material no fue suficiente para lo que se proponían hacer, se desmantelaron otros diez edificios, con lo cual se dieron momentáneamente por satisfechos los acezantes y sofocados defensores de la población, cuya intrepidez no podía encontrar ya ni el alivio de unos tragos de agua para calmar la sed que los enloquecía.

Pero los ingenieros de aquella descabellada obra se sentían compensados de esas angustias y fatigas considerando que, por todas las apariencias, la pared había quedado lo suficiente alta y robusta para resistir el ímpetu de la lava.

Sin embargo, la permanencia en el pueblo se había ido volviendo cada vez más agobiante. Había que soportar la densa lluvia de ceniza y arena calcinada que ensombrecía el cielo y se metía por los ojos y los oídos; los temblores esporádicos de tierra que producía la incrementada actividad del volcán; el calor que pesaba con una densidad insufrible sobre los organismos; el ya obsesionante hedor sulfuroso; y la escasez de agua, que había de traerse de muy lejos y repartir con cuentagotas.

Por otra parte, mientras la lava del lado derecho, que venía del sur, había formado corriente y rebasaba Parangaricutiro por el poniente, al quedar eficazmente reforzado el extremo oriental de la pared, la lava que se estaba acumulando contra él mostraba una incipiente tendencia a rebosar sobre el altozano que por ese lado remataba la barda; lo cual volvería totalmente inútiles los grandes esfuerzos del vecindario, porque al descender por la orilla del oriente de la población un nuevo río de piedra hirviente, ésta quedaría atrapada entre los dos brazos de la bifurcación, como quedan esas isletas que se forman en el delta de los ríos, y sin más salida que la del lado norte. Mas por ir cuesta abajo y en aquella dirección hacia el valle los dos brazos del gran río de lavas volverían a encontrarse y fundirse, dejando encerrado a Parangaricutiro en un desolado corral de piedra hirviente, con su magna pared protectora, su milagrosa imagen cristiana y sus hombres emprendedores y testarudos.

Por fortuna, este peligro se advirtió a tiempo, y los que no teníamos ya ninguna fe en los remedios, huimos.

Pero aún persistió un crecido número de intolerantes en su vana lucha. Y como no se veía otra solución contra la nueva amenaza que la de extender el lado oriental del paredón hasta una colina inmediata, algo más elevada que el altozano, se pusieron manos a la obra.

Esta vez no había tiempo ya para meterse en disputas y asambleas. Y decidieron usar la madera y las piedras de cuantas casas fuera necesario, sin otra consideración que la de que quedasen lo más cercanas posible al lugar donde la estupenda construcción se prolongaría.

Renuncio a describir en detalle aquella colosal y estúpida lucha. Sólo diré que duró quince días con sus noches; y que el avance cada vez más apresurado de la lava no daba punto de reposo a nadie. Todos parecían obsesionados por la estrambótica idea de ganarle la carrera al volcán, y éste en acosarlos con sus siniestros bufidos, explosiones y jadeos. Contemplándolo desde una colina aledaña, en esos días me pareció haberlo visto mucho más enorme y poderoso de lo que de ordinario lo creía, y estuve casi seguro de que en el fondo se divertía jugando con nuestra ansiedad. Me incluyo porque debo confesar que a pesar del pesimismo que me hizo huir, desde la distancia acabé sintiéndome contagiado de aquel afán tan tesonero que alentaba una esperanza sutil de salvar el pueblo.

El esfuerzo de los obcecados fue tal, que a pesar de la sed, el calor y el agotamiento, en apenas unos días quedó levantada una sección de cuarenta metros más de barda, tan resistente como lo mejor de lo que antes elevaron.

Mas, cuando por fin tuvieron tiempo de volver la vista y detenerse a reflexionar, fue para recibir la amarga sorpresa de comprobar que, de cuanto había sido Parangaricutiro sólo quedaba, cubierto de escombros, cenizas y arena negra, el suelo sobre el que se construyeron sus edificios y calles, y en mitad de él, el viejo templo que nadie se atrevió a desmantelar, pero de cuyo interior el cura se había llevado en una de aquellas noches angustiosas, sin que nadie lo advirtiera, la milagrosa imagen del Cristo. Tal vez temió que el ya evidente fracaso de los planes que ella debió haber apadrinado erosionara su prestigio e hiciese que la ira de los fracasados la profanara; o creía sacarle mejor provecho a su fama de hacer portentos en algún otro lugar donde la vida prometiese ser más amable y rica que en lo que de nuestro desventurado pueblo subsistía.

La lava pareció dominada por un tiempo y con tendencia a desbordarse por el mismo cauce que días antes encontrara la mitad occidental de su curso.

Pero nadie sentía ya entusiasmo por aquel triunfo pírrico. Todos cuantos permanecían en la población andaban derrengados, con la boca abierta, el pecho jadeante y la cabeza queriendo explotar, abrumados por el calor, el hedor, los humos y las arenas y por la absoluta inutilidad de un esfuerzo tan ardoroso.

Nadie, tampoco, se atrevía ya a hablar ni a protestar contra el destino, pues veían como inevitable lo que ayer consideraron factible de enmienda.

Todos los que no cupieron en el interior de la iglesia, durmieron esa noche el cansancio a cielo descubierto y con su insensatez ungida por una sarcástica llovizna negra.

Al amanecer, aún se divisaba desde mi colina la gente sumida en el sueño e indiferente a la resistencia de la imponente muralla, a cuyo otro lado se inflaba, humeaba y crujía la lava. Sólo yo y mis convecinos, que tantas veces lo habíamos visto, podíamos concebir que en ese desamparado dormitorio se levantaba poco antes el pueblo de Parangaricutiro.

Luego de volverme unos instantes hacia el volcán, para burlarme de él con la consideración de que unos cuantos frágiles hombres obstinados habían logrado acabar con la población antes de que lo hiciera él con toda su rugiente y colosal fuerza, tomé mis cosas y emprendí el camino de Conejos.

Ya iban por él en silenciosa caravana otros grupos de vecinos que, como yo, habían permanecido por las inmediaciones alentando una esperanza de que aquella tropa de obcecados lograra salvar lo que fue escenario de nuestros recuerdos.

El Paricutín se estaba volviendo benevolente en el triunfo. Y la última vez que al doblar un recodo lo distinguí, parecía calmado y satisfecho con la lección que nos diera de que eso de oponerse a los designios de la naturaleza es tan inútil como intentar detener el progreso de la humanidad hacia sociedades mejores. A lo más, podía haber un algo de ironía en el denso penacho de humo blanco que agitaba en el azul matinal del firmamento.

Tras de nosotros llegaron a Conejos todos los que dormían en Parangaricutiro. Y ya estaban allí, desde antes de mi llegada, el periodista Darío, que entonces hacía mofa y escarnio de la necedad de aquellos a los que días antes llamara esforzados y sublimes y el sacerdote guardián de la prodigiosa imagen de Nuestro Señor, pidiendo limosna a aquella caravana de pordioseros para edificarle un nuevo templo.

Del que tuvo en San Juan Parangaricutiro sólo quedó la torre, emergiendo de ese mar de piedra que al cabo consiguió derribar el paredón e invadir lo que fuera asiento de su caserío. Es en ella donde consta un incompleto testimonio de la veracidad de esta historia.

Ya aquí, don Porfirio Franco conserva la libertad de darse golpes de pecho ante la milagrosa imagen del Cristo, con sólo un poco deteriorado su prestigio de persona importante. El fanfarrón Manzano ha encontrado en una banca de la nueva plazuela un púlpito donde se sienta a dar cátedra de estulticia rememorando sus hazañas durante la "salvación" de Parangaricutiro. Y sólo don Samuel Trooman parece haber salido perdiendo, pues ya no es aquel ricacho de ayer y ahora tiene que ponerse a tono con los demás trabajando duro para arrancarle a la tierra su sustento.

Debiera, sin embargo, consolarle la certidumbre de que, después de todo, ello es más justo, más equitativo y por ende más humano.

SU PERRO HEROICO

No sólo los canes son fieles y agradecidos a su dueño.

Ya de por sí, el camino del pueblo era bastante angosto. De suerte que la vereda que, partiendo de él, se desviaba rumbo al oriente, apenas tenía capacidad para los cascos de una caballería. A medida que se iba avanzando por ella se volvía más estrecha y menos andada. Y poco antes de llegar al cauce casi siempre vacío de un arroyuelo, desaparecía por completo.

Un poco más adelante, siguiendo el curso de aquel regato, se veía un jacal solitario en el paraje, hecho de varejones y techado con hoja de palma, pero protegido del sol por un gran zapote, el cual destacaba como una esmeralda gigantesca entre la aridez de las lomas cubiertas de arbustos grises. Junto a la choza existía un machero con cerca de estacada. Y en toda la extensión del horizonte no se divisaba un plantío.

En el interior del chamizo, al que daba acceso un hueco sin puerta, yacía una mujer joven tendida sobre un petate. Y a su lado, dentro de un cajón mullido con trapos viejos que hacía las veces de cuna, un recién nacido.

La noche mantenía oscuro el recinto. Y sólo se escuchaba, a intervalos, la respiración fatigosa de la parturienta, que parecía dormir un sueño reparador.

Por detrás de unas lomas salió un pedazo de luna alumbrando con su incierta claridad el paraje hostil. Una rana empezó a croar en las orillas del riachuelo y las chicharras a rascar sus alas estridentes entre las hojas del zapote y en los arbustos del monte.

Poco después aullaba el coyote sobre la cima de un cerro cercano y no tardaban en contestarle varios congéneres suyos desde las eminencias de enfrente. Era una conversación a ladridos y lamentos que, en un idioma quejumbroso y extraño, se extendía metódicamente todas las noches por el lomerío de aquellos parajes. Y se escuchaba lúgubre, como un llanto atormentado que brotara de las propias entrañas de la tierra.

Los coyotes de allí sufrían de hambre cada primavera. Como la falta de lluvias aniquilaba los pastos, las liebres, conejos y venados que constituían la base de su sustento durante el estío y el otoño, abandonaban estas lomas para bajar a los llanos de la planicie costera, donde nunca faltaba la humedad y algunas siembras tempraneras les daban la oportunidad de pacer maizales tiernos y hierba fresca de la que nace entre los surcos de los sembradíos o en los ribazos de los canales. El régimen alimenticio de los coyotes quedaba así restringido a eventuales pajarillos y minúsculos insectos, o, en el caso mejor, a polladas de zopilote.

Se quejaban, pues, de hambre. Y era el suyo un ulular que crispaba los nervios.

Acostumbrada de siempre a ello, a la madre del recién nacido no la solían desvelar estos conciertos.

Sin embargo, aquella noche, cuando ya la luna llevaba la mitad de su carrera andada por el firmamento, despertó y no pudo menos de sobresaltarse al escuchar los aullidos más próximos que de ordinario. Porque las circunstancias tenían mucho de excepcionales. Había dado a luz por la tarde y no se podía mover del petate, y Lauro, su marido, estaba ausente.

Él era carbonero. Todas las mañanas iba al barañal del monte llevando su machete y uno de sus asnos. Primero talaba unos cuantos arbustos que dejaba tirados para que se fueran secando. Luego se dirigía a otro lugar y recogía los que en días pasados cortase, cavaba una fosa, sepultábalos en ella y les prendía fuego, sofocando la hoguera con tapines a fin de que, consumidos lentamente, los ramascos se convirtieran en carbón y no en cenizas. Hecho esto, procedía a descubrir una hogaza de días anteriores sacando el carbón apagado y frío, encostalaba éste en unos sacos de arpilla y lo llevaba a lomo de burro hasta su choza, donde lo iba almacenando hasta completar la carga de su recua de cuatro pollinos, circunstancia en que marchaba al pueblo a venderlo.

Pero al volver del monte aquel día se encontró con la novedad de que su mujer estaba echada en el petate y quejándose desgarradoramente.

Fue una mala sorpresa, pues no esperaban el alumbramiento tan cercano y los hallaba totalmente desprevenidos. Lauro había pensado y resuelto hacer venir del pueblo a su suegra para que atendiese en esos momentos a la parturienta, y necesitaba comprar allá, de paso, todo lo que pudiera ser necesario para afrontar las más perentorias exigencias del parto. Y entonces le sorprendía la presencia de éste sin que hubiera realizado aquellos planes...

317

De modo que no tuvo otro remedio que aceptar la situación, atendiendo él mismo a la mujer, recibiendo al chamaco, anudándole el ombligo, lavándole y envolviéndole en trapos para depositarlo en ese cajón improvisado en cuna, que dejó al fácil alcance de la mano de la recién parida.

Una vez que lo más enojoso de aquel asunto estuvo resuelto, considerando que carecía de los víveres que debían servirle de reconstituyente a su mujer, así como de trapos limpios y otras menudencias que el nuevo huésped del jacal iba a volver indispensables, se decidió a abandonarlos por unas cuantas horas mientras aquella noche iba a vender las cargas del carbón y con su producto adquiría en el pueblo lo necesario.

Y así lo hizo.

A él sólo le preocupaban los coyotes por cuanto podían poner en peligro, como se acabaron en una ocasión las gallinas, a los once chivos que tenía en el machero, y cuya custodia estaba confiada a *Sultán,* un perrazo de pelo gris y colmillos poderosos que era el pastor oficial de su rebaño y al que alimentaba con leche de las mismas chivas para que estuviera mejor identificado con él.

Por lo demás, no pensó en su mujer ni en su hijo, de los que no pudo sospechar que corriesen riesgo alguno.

No obstante, parecía que los coyotes se habían dado cuenta de que faltaba él en la casa aquella noche y de que su mujer estaba casi imposibilitada para moverse; pues habían descendido de las lomas en donde acostumbraban llorarle su famélico estado a las estrellas y cada vez se oían más próximos al jacal y al machero.

En un principio, también a la mujer le inquietaba únicamente el temor de que fueran a atacar y a devorar el rebaño como lo habían hecho con las gallinas antes de que su marido se consiguiese el perro. *Sultán* era valiente y buen peleador y estaba protegido por un collar de clavos afilados que le pusiese Lauro. Pero podía resultarle difícil enfrentarse a una jauría tan numerosa y hambrienta, particularmente cuando le faltaban el estímulo y el respaldo de su amo.

Sin embargo, el perro permanecía tranquilo echado junto al rebaño, con un ojo cerrado y el otro abierto y, aunque silencioso aún, pendiente hasta del más insignificante de los movimientos y alaridos de aquella cobarde manada de alimañas.

Los minutos iban transcurriendo extraordinariamente lentos para la mujer desvelada. No tenía reloj, pero el instinto le decía que apenas iba tramontando la medianoche. Y Lauro no podía estar de vuelta antes de que alumbrara el sol de un nuevo día.

Una ráfaga de aire fresco penetraba por el agujero que servía de entrada al jacal. Y todo en el exterior palidecía con la luz fría de la luna impregnándose de un pávido desamparo.

Debió pasar mucho tiempo desde el momento en que ella despertó hasta aquel en que le fue dable oír, muy claramente, la respiración de un coyote que olfateaba algo a través de las paredes de empalizada de la choza y que luego arañaba débilmente al pie de sus estacas.

Entonces la sobrecogió el espanto. Y ya no tuvo otro remedio que olvidarse un poco de los chivos y pensar en ella y en su hijito.

La puerta abierta del jacal se convirtió instantáneamente en su obsesión. A través de ella y desde la ocuridad del interior, el paisaje iluminado por la luna se veía más claro. De haber podido moverse, habría corrido a tapar aquel orificio arrastrando el baúl o la mesa. Pero en su estado, cualquier intento brusco de levantarse del petate podía provocar una hemorragia y quizás un desmayo, convirtiéndola así en presa más fácil de las alimañas. Alargó únicamente un brazo hasta el cajón donde la criatura dormía, y esperó con la mirada fija en el hueco de la puerta.

Una procesión de siniestras ideas tomaba por asalto su cerebro.

Los animales debían estar muy hambrientos cuando se acercaban tanto. El silencio temeroso de *Sultán* parecía confirmarlo. Y acaso fuera mejor que éste abandonara los chivos y viniera a cuidarlos a ellos... Por un momento, acarició la intención de llamarlo. Pero luego se puso a pensar que Lauro, su marido, jamás hubiese podido comprender y perdonar el sacrificio del rebaño. De hecho, una vez que el mastín huyó por tres días de la casa seducido quizás por una coyota en celo, y a consecuencia de esa deserción faltó un chivato en el aprisco, Lauro se enfureció de tal manera que molió al can a palos a su regreso. Y desde entonces, el perrazo cumplía con escrupulosa fidelidad su misión, y el amo había llegado a estar tan orgulloso de él que a su misma mujer le entraban celos.

Unos cuantos ladridos furiosos de *Sultán* corroboraron aquellas reflexiones.

Creyó que los coyotes atacaban al rebaño. Pero no; el perro enmudeció enseguida para continuar tranquilo.

Momentos después, los ojos de la mujer dilatados por el miedo, veían aparecer en el hueco de la puerta y recortada sobre la claridad del exterior, la silueta ágil y huesuda de un coyote. El animal se detuvo allí mirando y olfateando hacia adentro con cierto recelo. Se le advertían erizados los pelos del espinazo, los blancos colmillos descubiertos y en los ojuelos dos brillantes puntos luminosos, mientras estiraba golosamente el hocico hacia adentro husmeando algo.

Entonces comprendió la parturienta que era el olor de la sangre del alumbramiento, flotando en la atmósfera, lo que le atraía. Y su pavura subió de punto.

El coyote, desconfiado aún, se resolvió a dar unos pasos en la estancia. Y apenas se movía en ese intento, cuando vino a recortarse la figura de otro igualmente flaco y receloso en el vano de la puerta.

El miedo que sentía la mujer no era ya por ella misma. Empezaba a darse cuenta de que la presa más fácil y codiciada por aquella jauría famélica iba a ser el recién nacido. Y se le fue el temblor del cuerpo y la angustia que le anudaba la garganta mientras se incorporaba un poco para atraer el cajón que servía de cuna y sacar con grandes trabajos de él a la criatura. Acomodó enseguida a ésta a sus espaldas, protegida entre su cuerpo y la pared. Y esperó, resuelta a dejarse devorar antes de entregarla.

Cuando hecho todo eso pudo volver la vista hacia el hueco de la puerta, los coyotes, que retrocedieron un poco con el ruido que produjo al mover el cajón, eran casi una docena de manchas negras examinando el interior con las orejas tiesas y los ojuelos brillantes.

La escena duró estática unos cuantos minutos que a ella le parecieron siglos. Y, poco a poco, otros bultos se iban añadiendo al grupo de los que esperaban.

De vez en cuando, aquella masa negra se revolvía gruñendo, y dos de los animales retrocedían enzarzados en frenética pelea. Pero retornaban a su expectación una vez que les pasaba el furor. Otros, que se habían quedado afuera, continuaban emitiendo aullidos cuyo eco llevaba un trágico presagio rebotando por las lomas.

La noche parecía eterna.

Los animales no mostraban prisa alguna en darle fin a su hazaña. Uno de ellos volvió a avanzar dentro del jacal sin que tardara un segundo en seguirle. Olfateaban, recelosos pero engolosinados. Les hubiera bastado un pequeño salto para caer sobre ella y su hijo y devorarlos. Mas temían algo; y daban vueltas sobre ellos mismos, explorando los rincones y conteniendo la imperiosa voz del hambre... Hasta que el más atrevido estiró, por fin, el cuello. Había adelantado otros dos pasos y olisqueaba golosamente el cajón que fuera cuna del recién nacido.

La mujer comprendió que debía hacer algo.

En aquellas soledades, gritar pidiendo auxilio era totalmente inútil. A lo sumo, hubiera atraído a *Sultán*, obligándolo a descuidar su celo por el rebaño, cosa que deseaba evitar a toda costa en beneficio de las esperanzas de su marido. Debía defenderse sola contra aquella manada de cobardes bichos, como una fiera auténtica, como se hubiera defendido Lauro... Y se incorporó un poco para levantar el cajón y arrojarlo con estrépito sobre los animales, que se precipitaron hacia el exterior gruñendo y atropellándose. Sólo dos de ellos habían de retraerse hasta un rincón y de permanecer indecisos y expectantes, con sus ojos fulgurando como brasas fijos en la mujer y el niño y exhibiendo el hambre y el malhumor en sus colmillos blancos.

Segundos después, los fugitivos volvían a filtrarse en la choza, tercos y desconfiados.

En el intervalo que medió mientras recobraban la temeridad, ella pudo acomodar a su alcance la mano del metate, el comal, dos ollas y otros objetos que podían servirle de proyectiles. Y aguardó, con el ánimo tenso, que volvieran a acercarse.

Cada minuto era un siglo.

El niño, despierto por el ruido y por el temblor que sacudía las espaldas de su madre, lloraba de hambre. Ella tuvo que recogerle y darle el pecho. Debió mamar acíbar, porque eludía el pezón con repugnancia.

Tardó bastante en ocultarse la luna. Y cuando lo hizo, sólo una leve claridad de las estrellas quedó rompiendo el velo oscuro de la noche. Las siluetas de las alimañas se habían diluido en las sombras, perdiéndose sus contornos, y únicamente se adivinaban por los puntos luminosos de sus ojuelos y por el olor salvaje que trasudaban sus pieles. Daban vueltas dentro de la choza rondando el petate, gruñían, entraban y volvían a salir desparramándose cada vez que se acercaban demasiado a la mujer y ésta les arrojaba algún objeto.

Afuera seguían llorándoles a las estrellas los más cobardes.

Pasó muchísimo tiempo así.

El olor a sangre, que venteaban con fruición, los excitaba. Y cada uno de ellos hubiese querido expulsar a los demás para quedarse solo con las presas.

Llegó un momento en que a la mujer no le hubiera importado el sacrificio del rebaño de cabras. Pero entonces, como estaban ya las cosas, tal vez la llegada de *Sultán* las empeoraría. Quizás las impacientes fieras lo hubieran matado antes de que consiguiera penetrar en la choza y con la pelea se hubiesen enfurecido y encontrado el pequeño margen de temeridad que para atreverse con ellos les faltaba. Y no quiso llamarle.

Les había arrojado el último de los proyectiles e iba a rendirse, cuando le pareció que en el exterior comenzaba a despuntar el alba. Tuvo dudas de si se trataba de una reaparición de la luna o empezaba a amanecer. Pero pronto pudo advertir que los coyotes se iban retirando y que sus aullidos se alejaban en dirección a las lomas. Sólo dos de ellos, hostigados por el hambre, permanecían rondando frenéticos el bulto que formaban ella y su hijito, olfateando y gruñendo... Hasta que la claridad del día les impuso la fuga.

Fue aquel un amanecer de resurrección para la mujer del petate.

Sus nervios, que llevaban muchas horas en tensión, se relajaron. Y los ojos, que le dolían de tanto mantenerlos abiertos y fijos en los movimientos de las fieras, dejaron caer los párpados. Nada ni nadie hubiera podido conseguir entonces que los unos se volvieran a crispar y los otros a abrir.

Y se hundió en un desvanecimiento, abrazada al recién nacido.

Era ya bien claro el día cuando Lauro y sus asnos aparecieron por el curso del arroyo vecino.

Sultán, que aún permanecía echado a las puertas del aprisco, levantó las orejas y comenzó a mover la cola jubilosamente. Pero sólo cuando su amo estuvo cerca abandonó su puesto de centinela y fue a darle la bienvenida.

Antes de apremiarle con una caricia, Lauro procedió a asomarse por encima de las bardas del machero a fin de recontar la chivada. Y una vez que pudo constatar que estaba completa, su cara se iluminó con una sonrisa y sus manos palmotearon, efusivas, los perniles del perro.

Desatando rápidamente los albardones de los cuatro asnos, empujó tres de éstos dentro del machero y se dispuso a atar el cuarto con el fin de examinarle una herida que se le agusanara en la cara y que debía curarle con creolina. Se dirigió después a la choza con el paquete de las compras bajo el brazo, y entró saludando a aquella insignificante parturienta del petate. Trasponía los umbrales bajos del jacal seguido de su fiel y ufano mastín, cuando se dirigió a la mujer lleno de explosivo orgullo:

—Los chivos tan completitos... ¡Qué tal de bravo salió mi perro!...

¿ERES TÚ, HELVA?

También hace ver visiones la esperanza.

CADA mañana, desde el día en que aconteció la tragedia, el hombre sólo vagaba por la marisma inmerso en una actitud de ausencia, siguiendo el estero húmedo a lo largo del canal que formaba la bajante. Debía ir abstraído en el recuerdo de su desgracia y como si quisiera sacar de aquella contemplación morbosa del plácido escenario de su desventura un alivio imposible para la soledad que lo envolvía.

Esa vez vio la aleta ominosa rasgando el agua lenta estero arriba. Y una gran conmoción sacudió con rabia su espíritu acongojado. ¿Había sido, quizás, aquel intruso el asesino?... Seguro de que volvería al agua profunda de la desembocadura antes de que el descenso de la marea lo pusiera en riesgo de quedar en seco, se encaminó apresuradamente a su casa en el ribazo y trajo el mismo cordel con triple garfio con que en vano rastrearan el fondo del canal por todo el delta la noche de su desventura buscando en vano a las desaparecidas. Y aguardó con un ansia de violencia a duras penas contenida el retorno de la fiera.

La aleta apareció por fin de regreso trazando zigzags en el agua mansa. Y sacudido por toda la siniestra emoción de la venganza, el hombre preparó el garfio para arrojárselo. Ahora estaba seguro de que habían sido víctimas de esa bestia asesina, olvidando la duda encendida en los oscuros trasfondos de su razón por el hecho de que no apareciesen ni sangre ni despojos en todo el trozo de mar y de marisma explorado.

Esperó hasta que se acercara a su orilla; y una vez que la tuvo a su alcance, lanzó con enérgica y fría destreza el triple garfio, que resbalando por el áspero costado del animal fue a encajar sus afiladas puntas en las aberturas branquiales de la agalla.

Al notarse herida en parte tan sensible, la bestia se sacudió con fiereza. De ser más profundo el estero se hubiera sumergido buscando alivio y escape en la hondura. Pero no había agua bastante para hacerlo, y su desesperado debatirse dejaba ocasionalmente de fuera, no sólo la aleta dorsal sino una parte de la caudal y aun a veces, monstruosa, la cabeza, mientras con esos aspavientos el garfio se hundía y aferraba más en la agalla.

Dueño de la situación, el hombre cobró cabo acercándola a la orilla, mientras el dolor lastimaba las sofocadas branquias y la hacía azotarse en el paroxismo de la desesperación. Mostraba la boca guarnecida por múltiples hileras de dientes triangulares y sus frenéticos coletazos encenagaban el agua limpia volviéndosela menos respirable... Pero no cesaba de debatirse en contorsiones que sólo conseguían agigantar el suplicio en las taladradas branquias.

No era demasiado grande. Un pez de metro y medio de largo con gruesa cabeza achatada. Y al ir acercándose al hombre por el tirón implacable del cabo atado al garfio, su captor quedó súbitamente paralizado por el asombro. Había creído escuchar una entrecortada y débil voz humana que salía por la ancha boca de la fiera desde sus mismas entrañas.

Sin que la sorpresa le hiciera aflojar el cable, el hombre se mantuvo unos instantes inmóvil, conturbado por una emoción de ribetes supersticiosos y tratando de concertarse.

"¿Será posible?", se preguntó... Lo era. Los sacudimientos espasmódicos del animal debían provocar en su interior contracciones que parecían lastimar a un ser vivo que llevaba en su intestino; pues la queja volvió a salir en dos palabras truncas, pero con inequívoca articulación humana, sólo algo confusas por la distorsión que a la voz del emisor le daba su sofocación allá adentro.

El hombre reaccionó con espanto. Estaba lívido cuando, agotada por su propio furor la bestia, cedió en la defensa y pudo sacarla fuera, sobre el fango de la orilla. Quedó contemplándola con horror hasta vencer su sobresalto.

Entonces, en las convulsiones de otro estertor de su agonía, el escualo se sacudió con dos nuevos coletazos. Y otra vez la misteriosa voz humana dejó escapar por entre sus dientes ensangrentados un como quejido.

En el hombre se impuso al terror un aliento de esperanza. ¿Qué significaba aquello?... ¿Tenía acaso esa fiera un alma humana capaz de expresar con exclamaciones articuladas su padecimiento?... ¿O era que aún vivía en las entrañas del asesino una de las víctimas de su voracidad maldita?...

Fuera de sí, arrastró a la bestia algo más a lo seco. Y una vez seguro de que estaba ya rendida, recogió cabo para no aflojar la tensión del garfio que la asfixiara y acercarse a su boca.

—¿Eres tú, Helva? —preguntó con voz enronquecida, como avergonzado de su credulidad.

No obtuvo respuesta hasta que insistió tres veces en la angustiada pregunta. Entonces, en una última sacudida agónica del escualo, la voz volvió a salir por su boca, aunque parecía más bien una queja que una respuesta coherente.

Alentado el hombre, se sobrepuso a su confusión y a sus dudas, volviéndose sordo al escepticismo que le inducía a preguntarse cómo era posible que la mujer o la niña continuasen viviendo en las entrañas de devorador semejante después de haber transcurrido una semana desde que en el desdichado accidente se volcó el bote y cayeron al agua. Y sacando el cuchillo que llevaba en la pretina, se lanzó sobre el asesino moribundo resuelto a liberar a la cautiva.

Aún lo contuvo una indecisión. Resultaba increíble que ni siquiera la pequeña pudiese sobrevivir comprimida dentro de un intestino con espacios tan reducidos... Pero había escuchado su voz y debía intentar rescatarla. Si bien, era preciso que se serenase y lo hiciera con las máximas precauciones para no ir a herirla con una brusca incisión del cuchillo que oprimía su mano temblorosa.

Mediante dos golpes de éste sobre la cabeza del escualo terminó con sus últimos alientos de vida. Entonces pudo voltearlo. Y por la parte blanda inferior de la quijada y la panza, comenzó a abrirlo en canal cuidadosamente, procurando dominar su ansiedad para que los cortes demasiado bruscos no resultaran profundos. Un segundo desgarrón dejó fluir afloraciones de sangre y de líquido intestinal y descubrió la vesícula y el voluminoso hígado que escaparon por entre los labios de la herida. Pero más al interior no había trazas de hinchazón que delataran la presencia en el estómago de un cuerpo humano... Y, sin embargo, él había escuchado tres veces aquella vocecita lastimera que le recordaba a la de su pequeña hija.

Siguió abriendo y sacando por la herida los intestinos de la fiera... Hasta que en una de las revoluciones del esófago, envuelto en un serpenteo de la tripa, tropezó con un objeto duro, no mayor que una de sus manos pero de bordes geométricos. Preguntándose qué era aquello, rasgó con la punta del cuchillo la cutícula que lo envolvía y extrajo completo el aparato: una pequeña grabadora manual de pilas secas, con todo y su *cassette* y al parecer encendida, ya que al arrojarla sobre el limo duro dejó escapar unos entrecortados monosílabos que le recordaron la voz infantil de su niña que la había tenido por juguete.

Al hombre lo detuvo en la labor el desaliento, enjugándose reflexivo el sudor que le cegaba. Sus esperanzas se derrumbaron; pero aún continuó tajando el vientre vacío del animal como si quisiera en ello desahogar su furia, antes de desistir, lavar en el agua del canal el arma ensangrentada, recoger aquel juguete que perpetuaba la voz de la pequeña ahogada y emprender un abatido regreso hasta su casa en el ribazo de la marisma, para llorar a solas su definitiva desesperanza.

ÍNDICE

PARADÓJICOS

TRÁGICOS

HUMORÍSTICOS

DRAMÁTICOS

Este libro se terminó de imprimir
en el mes de diciembre de 1992 en
VIDRIALES EDITORES, S. A. de C.V.
Av. Popocatépetl 421-3, México
03340, D.F., se tiraron 2,000
ejemplares.

LETRAS MEXICANAS

Valdés, Carlos. *El nombre es lo de menos.*

Vallarino, Roberto. *Exilio interior (poemas, 1979-1981).*

Vasconcelos, José. *Memorias.* (2 tomos).

Vázquez Aguilar, Joaquín. *Vértebras.*

Villaurrutia, Xavier. *Antología.*

Villaurrutia, Xavier. *Obras (Poesía. Teatro. Prosas varias. Crítica).*

Zaid, Gabriel. *Cuestionario.*

Obras completas de Alfonso Reyes

Reyes, Alfonso. *Obras completas.* I. *Cuestiones estéticas. Capítulos de literatura mexicana. Varia.*

Reyes, Alfonso. *Obras completas.* II. *Visión de Anáhuac. Las vísperas de España. Calendario.*

Reyes, Alfonso. *Obras completas.* III. *El plano oblicuo. El cazador. El suicida. Aquellos días. Retratos reales e imaginarios.*

Reyes, Alfonso. *Obras completas.* IV. *Simpatías y diferencias. Los dos caminos. Reloj de sol. Páginas adicionales.*

Reyes, Alfonso. *Obras completas.* V. *Historia de un siglo. Las mesas de plomo.*

Reyes, Alfonso. *Obras completas.* VI. *Capítulos de la literatura española.*

Reyes, Alfonso. *Obras completas.* VII. *Cuestiones gongorinas. Tres alcances a Góngora. Varia. Entre libros. Páginas adicionales.*

Reyes, Alfonso. *Obras completas.* VIII. *Tránsito de Amado Nervo. De viva voz. A lápiz. Tren de ondas. Varia.*

Reyes, Alfonso. *Obras completas.* IX. *Norte y Sur. Los trabajos y los días. Historia natural das Laranjeiras.*

Reyes, Alfonso. *Obras completas.* X. *Constancia poética.*

Reyes, Alfonso. *Obras completas.* XI. *Última Tule. Tentativas y orientaciones. No hay tal lugar.*

Reyes, Alfonso. *Obras completas.* XII. *Grata compañía. Pasado inmediato. Letras de la Nueva España.*

Reyes, Alfonso. *Obras completas.* XIII. *La crítica en la Edad ateniense. La antigua retórica.*

Reyes, Alfonso. *Obras completas.* XIV. *La experiencia literaria. Tres puntos de exegética literaria. Páginas adicionales.*

Reyes, Alfonso. *Obras completas.* XV. *El deslinde. Apuntes para la teoría literaria.*

Reyes, Alfonso. *Obras completas.* XVI. *Religión griega. Mitología griega.*

Reyes, Alfonso. *Obras completas.* XVII. *Los héroes. Junta de sombras.*

Reyes, Alfonso. *Obras completas.* XVIII. *Estudios helénicos.*

Reyes, Alfonso. *Obras completas.* XIX. *Los poemas homéricos. La Ilíada. La afición de Grecia.*

Reyes, Alfonso. *Obras completas.* xx. *Rescoldo de Grecia. La filosofía helenística. Libros y libreros en la Antigüedad. Andrenio: perfiles del hombre. Cartilla moral.*

Reyes, Alfonso. *Obras completas.* xxi. *Los siete sobre Deva. Ancorajes. Sirtes. Al yunque. A campo traviesa.*

LENGUA Y ESTUDIOS LITERARIOS

Auerbach, Erich. *Mimesis. La representación de la realidad en la literatura occidental.*

Béguin, Albert. *El alma romántica y el sueño. Ensayo sobre el romanticismo alemán y la poesía francesa.*

Bénichou, Paul. *La coronación del escritor, 1750-1830.*

Curtius, Ernst Robert. *Literatura europea y Edad Media latina.* (2 vols.)

Chomsky, Noam. *Reglas y representaciones.*

Dumézil, Georges. *Del mito a la novela.*

Ermatinger, E. *et al. Filosofía de la ciencia literaria.*

Frank, Joseph. *Dostoievski. Las semillas de la rebelión, 1821-1849.*

Highet, Gilbert. *La tradición clásica.* (2 vols.)

Jakobson, Roman. *Ensayos de poética.*

Leonard, Irving Albert. *Los libros del Conquistador.*

Lida, Raimundo. *Letras hispánicas. Estudios. Esquemas.*

Lida de Malkiel, María Rosa. *La idea de la fama en la Edad Media castellana.*

Moretta, Eugene L. *La poesía de Xavier Villaurrutia.*

Muschg, Walter. *Historia trágica de la literatura.*

Nieto, José Constantino. *Místico, poeta, rebelde, santo: en torno a San Juan de la Cruz.*

Patch, Howard Rollin. *El otro mundo en la literatura medieval.*

Paz, Octavio. *El arco y la lira.*

Paz, Octavio. *Sor Juana Inés de la Cruz o las trampas de la fe.*

Raymond, Marcel. *De Baudelaire al surrealismo.*

Rukser, Udo. *Goethe en el mundo hispánico.*

Schenk, H. G. *El espíritu de los románticos europeos. Ensayo sobre la historia de la cultura.*

Simon, John K. *La moderna crítica literaria.*

Steiner, George. *Después de Babel. Aspectos del lenguaje y la traducción.*

Suvin, Darko. *Metamorfosis de la ciencia ficción.*

Tagliavini, Carlo. *Orígenes de las lenguas neolatinas.*

Vallejo, Fernando. *Logoi. Una gramática del lenguaje literario.*

Walker, Ronald G. *Paraíso infernal. México y la novela inglesa.*